Shadows

Verbren im Dunkeln

Kapitel 1: Das Echo der Schuld

Victoria

Der Himmel war grau. Ein trüber Schleier, der sich perfekt anfühlte für den Tag, an dem wir Marc zu Grabe trugen. Der Wind war eisig, biss sich durch meinen Mantel, durch meine Haut, bis tief in mein Innerstes. Es war, als wollte er mich daran erinnern, dass ich eigentlich gar nicht hier stehen sollte. Ich hätte dort liegen müssen, an seiner Stelle, in diesem Sarg, der jetzt langsam in die kalte, feuchte Erde hinabgelassen wurde.

„Marc Heller war ein Held", sagte der Priester mit einer Stimme, die viel zu ruhig und sicher war. Er sprach von Pflicht, von Mut, von Opferbereitschaft. Die Worte prallten von mir ab wie Regen auf einem Regenschirm. Ich konnte nichts davon hören, ohne dass der Schmerz in mir lauter wurde. Ein dumpfes Dröhnen, das mir den Atem raubte.

Ich hatte die Augen geschlossen, obwohl ich wusste, dass es keinen Schutz gab vor den Bildern, die mir der Kopf lieferte. Der Moment, in dem die Kugeln flogen. Der Moment, in dem Marc aufgeschrien hatte. Der Moment, in dem sein Blick den meinen gesucht hatte, als das Leben aus ihm wich.

„Victoria?" Die sanfte Stimme meines Mannes riss mich aus meiner Starre. Seine Hand legte sich auf meinen

Rücken, ein Geste der Unterstützung – für die Außenstehenden. Doch ich spürte den Druck seiner Finger durch den Stoff. Eine stille Warnung: „Fang dich. Jetzt."

Ich schluckte schwer, öffnete die Augen und zwang mich, ein kleines, leeres Lächeln aufzusetzen. „Ich bin okay", flüsterte ich, obwohl es gelogen war. Nichts war okay. Ich war nicht okay. Und Marc war tot.

Der Priester hatte aufgehört zu sprechen. Die Familie trat vor, um Blumen auf den Sarg zu legen. Eine rote Rose nach der anderen verschwand in der Dunkelheit der Grube. Ich sollte das auch tun, das wusste ich. Doch meine Füße fühlten sich an, als wären sie in Beton gegossen. Stattdessen blieb ich stehen, das Gewicht meines Mannes spürbar neben mir, seine Präsenz so erdrückend wie immer.

„Geh hin", zischte er leise. Seine Stimme war zu ruhig, zu kontrolliert. Nur ich hörte den Befehl dahinter. Nur ich wusste, was passieren würde, wenn ich es nicht tat.

Mit einem steifen Nicken ging ich vor. Meine Hände zitterten, als ich die Rose hielt. Ihre Dornen gruben sich in meine Haut und ich fragte mich, ob der Schmerz echt genug war, um mich wachzurütteln. Doch das war er nicht. Nichts war das.

„Es tut mir leid, Marc", flüsterte ich, so leise, dass es niemand hören konnte. Vielleicht nicht einmal ich selbst. Ich ließ die Rose fallen und sah zu, wie sie zwischen die anderen fiel, bis ich sie nicht mehr erkennen konnte. Genau wie ich selbst.

Zurück in der Menge spürte ich die starren Blicke meiner Kollegen. Niemand sagte es, aber ich konnte ihre Gedanken lesen: *Warum hat sie überlebt und nicht er?* Das fragte ich mich auch. Warum lag ich nicht in diesem Sarg? Warum hatte ich überlebt, obwohl ich es nicht verdient hatte?

Die Beerdigung endete und die Menschen begannen zu gehen. Mein Mann hielt mich fest an der Schulter, ein Griff, der aussah wie Trost, sich aber anfühlte wie eine Fessel. „Lächeln", murmelte er, als ein Vorgesetzter an uns vorbeiging.
Also lächelte ich. Ich lächelte, obwohl ich am liebsten geschrien hätte. Ich spielte meine Rolle – die trauernde, aber tapfere Ehefrau. Die perfekte Polizistin, die in der Öffentlichkeit nichts an sich heran ließ. Doch innerlich war ich leer. Eine leere Hülle, die nur noch funktionierte, weil ich es musste.
Als wir schließlich im Wagen saßen, ließ ich meinen Kopf gegen die Fensterscheibe sinken. Die Fahrt nach Hause war still, bis auf das leise Summen des Motors. Kein Trost, keine Worte, die das Unfassbare lindern konnten.

Zuhause angekommen, schloss ich die Tür hinter mir und die Maske fiel ab. Ich ließ mich gegen die Wand sinken, spürte den kalten Stein in meinem Rücken. Mein Mann war in der Küche, sprach in sein Telefon – wie immer der kontrollierte, unerschütterliche Mann.

Doch ich war nicht unerschütterlich. Nicht mehr.
Vielleicht war ich es nie gewesen.
Ich zog meine Knie an die Brust, vergrub mein Gesicht
darin und ließ die Tränen kommen. Die Schuld. Die Wut.
Der Schmerz. Sie prasselten auf mich ein wie ein Sturm.
„Warum bin ich noch hier?" flüsterte ich in die Stille.
Und zum ersten Mal fühlte ich die Antwort. Weil es noch
nicht vorbei ist.
Noch nicht.

****

Die Nacht war still, doch in mir tobte ein Sturm, der nicht
enden wollte. Ich saß immer noch auf dem kalten Boden
im Flur, die Wände um mich herum fühlten sich an wie
ein Käfig. Mein Kopf war schwer, voller Erinnerungen,
die ich nicht abschütteln konnte. Marcs Lachen, sein
schiefer Humor bei langen Schichten. Sein Blick, als das
Blut aus seinem Körper strömte. Die Dunkelheit, die sich
wie eine Decke über meine Gedanken legte.
Ich hätte ihn retten sollen. Ich hätte schneller sein
müssen, klüger, besser. Stattdessen lag er jetzt in der
Erde, und ich... ich war hier. Lebendig. Aber irgendwie
auch nicht.

Die Küchentür öffnete sich und mein Mann trat in den
Flur. Sein Blick fiel auf mich, eine Mischung aus
Gereiztheit und Berechnung in seinen Augen. "Steh auf,
Victoria," sagte er ruhig, aber mit dem Tonfall, der
keinen Widerspruch duldete.
Ich wollte nicht. Ich wollte einfach nur hier sitzen

bleiben, verschwinden, mich auflösen. Doch ich wusste, was passieren würde, wenn ich es nicht tat. Also schob ich mich langsam hoch, die Beine zittrig, als hätte ich sie seit Stunden nicht benutzt.

"Das reicht jetzt," fuhr er fort und trat näher, sein Gesicht bedrohlich nah an meinem.

"Was denkst du, wie das aussieht? Du bist Detective Barnes, meine Frau. Keine schwache, heulende Frau, die sich im Flur zusammenkauert."

Ich biss mir auf die Unterlippe, um nicht zu antworten. Um nicht zu schreien. Mein Kopf senkte sich automatisch, ein Reflex, der sich über die Jahre eingebrannt hatte. "Ja, Sir," murmelte ich. Er nickte, zufrieden mit meiner Unterwerfung und drehte sich um, um die Treppe hochzugehen. Doch bevor er verschwand, blieb er stehen.

"Morgen früh bist du pünktlich im Büro. Keine Ausreden. Die Presse ist immer noch hinter uns her und wir müssen Haltung bewahren."

Wir. Er meinte *mich.* Ich war der Makel in seiner perfekten Fassade, der Fleck, den er jeden Tag wegzuwischen versuchte. "Natürlich," sagte ich leise, meine Stimme kaum mehr als ein Flüstern.

Als er verschwunden war, stieß ich den Atem aus, den ich die ganze Zeit angehalten hatte. Mein Körper zitterte vor unterdrückter Wut, doch diese Wut konnte ich nirgendwohin lenken. Er hatte mich gefangen. In der Ehe, in der Arbeit, in meinem Leben. Es gab keinen

Ausweg.

Ich zog mich in unser Schlafzimmer zurück, schloss die Tür und setzte mich auf die Bettkante. Die Dunkelheit im Raum war beruhigend, fast tröstlich. Doch dann kam es wieder. Der Gedanke. Der, der mich jede Nacht heimsuchte.

Es hätte mich treffen sollen.

Ich zog die Schublade meines Nachttisches auf und meine Hand zitterte, als ich die Pistole darin berührte. Dienstwaffe. Verdammt effizient. Ein sauberer Schuss und all das hier wäre vorbei. Keine Schuld, keine Qualen, kein ständiges Gefühl des Scheiterns mehr.

Ich legte die Waffe auf meinen Schoß und starrte sie an. Die kalte, harte Oberfläche fühlte sich beruhigend an. Doch etwas hielt mich zurück. Etwas Dunkles, das flüsterte: *Noch nicht. Du bist nicht fertig. Es gibt mehr zu tun.*

Ich schloss die Schublade wieder, legte die Waffe zurück, als wäre sie ein verbotenes Geheimnis. Nicht heute. Aber vielleicht morgen.

Ich warf mich ins Bett, ohne mich auszuziehen und starrte die Decke an. Die Dunkelheit wurde schwerer, dichter, bis sie mich endlich in den Schlaf zog. Doch selbst dort fand ich keine Ruhe.

In meinen Träumen war Marc da, mit seinem blutüberströmten Gesicht.

"Warum hast du mich nicht gerettet?" fragte er immer wieder. Und hinter ihm, verborgen im Schatten, war etwas anderes. Jemand. Ein Mann mit braunen Augen und einem kalten Blick, der mich ansah, als würde er auf etwas warten.

Ich wachte schweißgebadet auf, die Worte meines Traums noch in meinen Ohren. Die Dunkelheit hatte mich noch nicht losgelassen und ich wusste, dass sie es auch nicht tun würde.

Nicht, solange ich nicht die Wahrheit fand.

Nicht, solange ich nicht herausfand, wer der Schattenmann war, der Marc und mich angegriffen hatte.

Und nicht, solange ich in diesem Käfig festsaß.

Eines Tages, sagte ich mir. Irgendwann werde ich das hier beenden. All das.

Und wenn es soweit ist, wird niemand mich aufhalten.

Kapitel 2: Der Jäger im Schatten

Damian

Ich war da. Die ganze Zeit. Unter den grauen Wolken, umgeben von Polizisten in schwarzen Anzügen, die mit ernsten Mienen und verschränkten Armen dastanden. Niemand hatte mich bemerkt. Warum auch? Ich war ein Geist in dieser Menge. Ein Schatten, der zu flüchtig war, um wahrgenommen zu werden.

Marc Heller war tot. Ein sauberer Schuss, schnell und effektiv. So, wie es sein sollte. Aber sie – Victoria Barnes – sie lebte. Das war mein Fehler. Ich hätte den Job beenden müssen. Beide ausschalten, wie der Auftrag lautete. Doch stattdessen hatte ich gezögert. Und jetzt stand ich hier, unsichtbar zwischen den Trauernden und beobachtete sie, wie sie um einen Mann weinte, der besser war als ich.

Victoria war genau wie auf den Fotos, die ich vor dem Auftrag bekommen hatte:
lange braune Haare, ein schlanker, sportlicher Körper, und diese Augen – verdammt, diese blauen Augen. Sie hatten mich aus der Ferne getroffen, obwohl sie mich nicht einmal sah. Sie war anders. Nicht wie die anderen Zielpersonen, die ich zuvor erledigt hatte.
Sie hatte gekämpft. Selbst mit einer Kugel in der Seite hatte sie nicht aufgegeben. Ich erinnerte mich an den Moment, als sie mich angesehen hatte, mitten im

Chaos, ihr Gesicht blass vor Schmerz, aber voller Entschlossenheit. Vielleicht war es genau das gewesen, was mich davon abgehalten hatte, den letzten Schuss abzugeben.

Aber das änderte nichts. Der Job war unvollständig. Und ein unvollständiger Job war genauso gut wie ein Versagen. Mein Auftraggeber hatte es klar gemacht: Sie musste sterben. Sie war zu nah dran an Dingen, die niemand wissen durfte. Und ich war nicht der Typ, der Fehler ungestraft ließ – nicht bei anderen und schon gar nicht bei mir selbst.

Ich lehnte mich gegen einen Baum am Rand des Friedhofs und verschränkte die Arme vor der Brust. Mein Blick folgte ihr, während sie dort stand, eine Rose in der Hand, die Finger zitternd. Sie sah verloren aus, gebrochen und für einen Moment fragte ich mich, warum ich sie nicht einfach jetzt erledigte. Ein schneller Schuss, eine Silenced Pistol und es wäre vorbei. Niemand würde den Schatten bemerken, der sich aus der Menge löste und verschwand.

Doch ich tat es nicht. Stattdessen beobachtete ich sie weiter, wie ein Raubtier, das auf den richtigen Moment wartet. Es war eine seltsame Art von Kontrolle, sie aus der Ferne zu beobachten, ihre Schwäche zu sehen und zu wissen, dass ich derjenige war, der sie beenden konnte.

Ihr Mann stand neben ihr, ein steifer Kerl mit einem Gesicht wie aus Stein. Ich hatte meine Nachforschungen über ihn gemacht. Ein Kontrollfreak, ein Tyrann. Vielleicht war er noch schlimmer als ich –

zumindest hatte er den Anstand verloren, seine Dunkelheit zu verbergen. In der Öffentlichkeit war er der führsorgliche Ehemann, doch ich konnte die Spannung in seinen Schultern sehen, die unterschwellige Aggression, die sich hinter seiner Maske verbarg. Ein Mann wie er hielt seine Frau nicht aus Liebe an seiner Seite. Es war Besessenheit, Besitzgier. Das machte ihn gefährlich.

Die Beerdigung endete und ich blieb zurück, während die Menge sich zerstreute. Sie ging mit ihrem Mann, ihre Schultern hingen wie unter der Last der Welt. Ihre Schritte waren mechanisch, als hätte sie vergessen, wie man lebt. Sie sah aus wie jemand, der bereits gestorben war, nur ohne es zu wissen.
Ich folgte ihnen nicht. Noch nicht. Ich wusste, wo sie wohnte, wo sie arbeitete, ihre Routinen. Ich hatte Zeit. Und vielleicht, dachte ich, war das hier mehr als nur ein Auftrag. Vielleicht wollte ich mehr sehen. Mehr von dieser Frau, die gekämpft hatte, als sie hätte aufgeben sollen. Mehr von der Dunkelheit in ihr, die sie mit sich herumtrug.

Später saß ich in meinem Wagen, geparkt in einer dunklen Ecke gegenüber ihrem Haus. Die Lichter in den Fenstern flackerten auf und ich konnte ihre Silhouette sehen, wie sie durch die Räume ging. Langsam, träge. Sie war allein, für einen kurzen Moment, bevor er auftauchte. Ihr Mann. Ich konnte die Schatten ihrer

Gestalten hinter den Vorhängen sehen, die Art, wie er
näherkam, sie an der Schulter packte. Ihr Kopf senkte
sich und mein Griff um das Lenkrad wurde fester.
Es hätte mich nicht interessieren sollen. Was in ihrem
Haus passierte, war nicht mein Problem.
Mein Job war einfach: sie zu töten. Keine Fragen, keine
Emotionen, kein Blick zurück. Doch irgendetwas an ihr
hielt mich zurück. Vielleicht war es die Art, wie sie
kämpfte oder vielleicht war es die Tatsache, dass ich in
ihren Augen etwas gesehen hatte, das mich an mich
selbst erinnerte. Eine Leere, die nur jemand verstehen
konnte, der sie ebenfalls kannte.
Ich wusste, dass ich nicht zögern durfte. Zögern
bedeutete Schwäche und Schwäche war etwas, das ich
mir nie erlaubt hatte. Doch irgendetwas sagte mir, dass
es noch nicht Zeit war.
Nicht heute. Aber bald.
Ich startete den Motor und fuhr weg. Während ich die
dunklen Straßen entlang fuhr, wusste ich nur eines
sicher:
Sie würde mich nicht entkommen. Und wenn es soweit
war, würde sie wissen, wer ich wirklich bin.

****

Ich hätte sie töten sollen. Das dachte ich, während ich in
einer Bar am Rand der Stadt saß, ein Glas Whiskey in
der Hand. Die Lichter flackerten, warfen unruhige
Schatten an die Wände und die Luft roch nach Alkohol
und Verzweiflung. Der perfekte Ort für jemanden wie
mich.

Die letzten Tage hatte ich sie beobachtet, jede Bewegung, jede Geste. Sie war berechenbar, zumindest auf den ersten Blick. Routine war ihr Schutzschild – das Haus, die Arbeit und abends die Einsamkeit, die sie mit einem leeren Blick durchlebte, obwohl sie technisch nicht allein war. Ihr Mann, dieser Bastard, war immer da, eine dunkle Präsenz in ihrem Leben, die sie zu erdrücken schien. Doch sie ließ es geschehen, spielte ihre Rolle perfekt. Die brave Ehefrau. Die perfekte Polizistin.

Nur ich konnte die Risse in ihrer Fassade sehen.

Sie trug ihre Dunkelheit, wie ich meine trug. Aber ihre war irgendwie anders. Sie machte sie nicht schwach, sondern stark – zumindest auf ihre eigene, kaputte Art. Vielleicht war das der Grund, warum ich sie noch nicht getötet hatte. Vielleicht wollte ich sehen, wie tief ihre Dunkelheit wirklich ging. Oder vielleicht war ich einfach ein Idiot, der dabei war, einen Job zu vermasseln.

Ich leerte mein Glas und starrte auf das dunkle Holz der Bar. „Ein weiterer?" fragte der Barkeeper, ein stämmiger Kerl mit einer Zigarette zwischen den Zähnen.
Ich schüttelte den Kopf und stand auf. Es war Zeit, zurückzukehren. Zeit, den Job zu Ende zu bringen.

Ich parkte meinen Wagen ein paar Straßen von ihrem Haus entfernt. Die Dunkelheit war mein Verbündeter, die Stille mein Versteck. Ich lehnte mich gegen die

Motorhaube und ließ meine Augen über die Fenster ihres Hauses wandern. Licht brannte im Wohnzimmer. Sie war wach, wahrscheinlich allein. Der Mann war heute Abend nicht da, das wusste ich – ich hatte ihn vorhin am anderen Ende der Stadt gesehen.

Das wäre der perfekte Moment. Ein leiser Einstieg, ein gezielter Schuss und sie wäre erledigt. Keine Zeugen, kein Aufsehen. Nur ein weiterer Name auf meiner Liste, der von ihr gestrichen werden konnte.
Doch ich bewegte mich nicht. Stattdessen beobachtete ich.
Ihre Silhouette tauchte hinter den Gardinen auf. Sie schien am Fenster zu stehen, die Arme verschränkt, als würde sie in die Nacht hinaus starren. Was dachte sie in diesem Moment? Wusste sie, dass ich da war? Dass ich sie beobachtete?

Plötzlich zog sie die Vorhänge zu. Das Licht erlosch und die Dunkelheit verschluckte das Haus.
Ich lehnte mich zurück, unsicher, warum ich so lange zögerte. In meinem Kopf wiederholte sich immer wieder die Stimme meines Auftraggebers:
Erledige es. Keine Fragen. Keine Spielchen.

Doch diesmal war es nicht so einfach. Ich wollte mehr wissen. Über sie. Über ihren Kampfgeist, über die Dämonen, die sie in ihrem Leben begleiteten. Es war nicht nur Neugierde – es war etwas Tieferes, etwas Dunkleres. Ein Teil von mir wollte sie brechen, wollte sehen, wie viel sie noch ertragen konnte, bevor sie vollständig zusammenbrach.

Ich schüttelte den Gedanken ab, drückte die Hände gegen meine Schläfen. Verdammt. Das war nicht professionell. Das war nicht ich. Sie war nur ein Auftrag, ein Ziel. Und doch hatte sie etwas in mir ausgelöst, das ich nicht kontrollieren konnte.

Später in der Nacht saß ich wieder in meinem Wagen, rauchte eine Zigarette und versuchte, die Gedanken aus meinem Kopf zu vertreiben. Doch plötzlich regte sich etwas. Eine Bewegung in der Dunkelheit. Ich hob den Kopf und sah sie.

Victoria. Sie war aus dem Haus getreten, in einen Mantel gehüllt, der viel zu dünn für die kalte Nacht war. Ihre Haare fielen ihr lose über die Schultern und ihr Blick war starr in die Ferne gerichtet.

Ich beobachtete, wie sie ziellos die Straße hinunter ging, ihre Schritte langsam, fast wie in Trance. Es war kein Spaziergang, nicht wirklich. Sie wirkte, als würde sie vor etwas weglaufen – oder zu etwas hin.

Mein Herzschlag beschleunigte sich. Das war nicht Teil ihrer Routine. Sie brach aus. Sie tat etwas, das sie nicht jeden Tag tat.

Ich zündete den Motor, ließ die Scheinwerfer aus und folgte ihr in sicherem Abstand.

Sie lief weiter, bis sie einen verlassenen Park erreichte. Ein Ort, der längst dem Verfall überlassen war, mit überwucherten Wegen und kaputten Laternen. Sie blieb stehen, mitten auf einer Lichtung und sah in den Himmel.

Ich blieb in der Nähe, lehnte mich gegen einen Baum und beobachtete sie. Sie wirkte so klein, so verloren. Ein Teil von mir wollte näher herangehen, wollte wissen, was sie hierher getrieben hatte. Doch der andere Teil, der Jäger in mir, blieb wachsam.
Und dann drehte sie sich plötzlich um, ihre Augen direkt auf mich gerichtet.
Mein Atem stockte. Sie hatte mich gesehen.
„Wer ist da?" rief sie, ihre Stimme laut und klar in der Stille der Nacht.
Ich bewegte mich nicht, blieb im Schatten verborgen. Doch sie trat einen Schritt näher, ihre Haltung wachsam, ihre Augen suchend.

Für einen Moment wollte ich mich zeigen, wollte die Dunkelheit zwischen uns brechen. Doch ich blieb, wo ich war, ein stiller Schatten, der darauf wartete, dass der richtige Moment kam.
„Ich weiß, dass Sie da sind", sagte sie, diesmal leiser.
„Also kommen Sie raus, oder verschwinden Sie."
Ihre Worte hingen in der Luft, eine Herausforderung, die ich nur schwer ignorieren konnte.
Doch ich tat nichts. Ich war ein Jäger. Und sie war meine Beute.

Noch nicht, dachte ich. Noch nicht.

Kapitel 3: Schatten in der Nacht

Die Dunkelheit war meine einzige Begleiterin, als ich durch die leeren Straßen lief. Der kalte Wind biss mir ins Gesicht, ließ meine Wangen brennen und trieb mir die Tränen aus den Augen, die ich längst nicht mehr weinen wollte. Doch ich musste raus. Weg von dem Haus, weg von der Enge, weg von *ihm*.

Jeder Schritt fühlte sich schwer an, wie ein Akt des Trotzes gegen die unsichtbaren Fesseln, die mich hielten. Die Straßen waren leer, die Laternen warfen flackernde Schatten auf den Asphalt, als ich mich ziellos treiben ließ. Ich wusste nicht, wohin ich ging. Es war mir auch egal. Solange ich nicht stehen blieb.
Mein Kopf brummte, voller Gedanken, die ich nicht kontrollieren konnte.
Marcs Gesicht, das mich in meinen Träumen verfolgte. Sein Lächeln, sein Vertrauen in mich – alles zerrissen von einer Kugel, die eigentlich mir gegolten hatte.
Und dann er, mein Ehemann, der zu Hause auf mich wartete, der mich erdrückte, kontrollierte, zu etwas machte, das ich nicht mehr sein wollte.

Die Nacht war still, doch ich spürte, dass ich nicht allein war.

Es begann mit diesem Gefühl, das sich in meinen

Nacken schlich. Eine unheimliche Präsenz, die wie ein Schatten hinter mir her kroch. Ich blickte über die Schulter, doch da war nichts. Niemand. Nur die flackernden Lichter und die Stille, die plötzlich viel zu laut war.

Mein Schritt beschleunigte sich. Es war irrational, das wusste ich. Vielleicht spielte mir meine Fantasie einen Streich. Vielleicht war es nur die Angst, die mich seit dem Angriff nicht mehr losließ. Doch das Gefühl blieb. Jemand war da. Jemand beobachtete mich.

Ich fand mich plötzlich im Park wieder, einem Ort, der längst dem Verfall überlassen war. Die Wege waren überwuchert, die Bänke von Moos bedeckt. Die Laternen hier funktionierten schon seit Jahren nicht mehr. Doch genau hier blieb ich stehen, mitten auf einer Lichtung und lauschte. Nichts. Nur mein Atem und das Rauschen der Blätter im Wind.

„Wer ist da?" Meine Stimme schnitt durch die Dunkelheit, lauter als ich beabsichtigt hatte.
Keine Antwort. Keine Bewegung. Doch das Gefühl blieb. Meine Hand wanderte automatisch zu meiner Hüfte, zu der Stelle, wo sonst meine Dienstwaffe hing. Doch ich war unbewaffnet. Heute Abend hatte ich sie zu Hause gelassen – ein Fehler, den ich jetzt bitter bereute.
Ich trat einen Schritt vor, mein Blick wanderte über die Schatten, die sich zwischen den Bäumen sammelten.
„Ich weiß, dass Sie da sind!" rief ich, diesmal fester, selbstbewusster.
Immer noch keine Antwort. Doch ich spürte ihn. Es war,

als würde sein Blick meine Haut durchbohren, als würde er mich analysieren, jedes Zittern, jede Bewegung.
„Also kommen Sie raus oder verschwinden Sie!" sagte ich, meine Stimme jetzt leiser, fast ein Flüstern.

Ein leises Knacken, kaum hörbar, ließ mein Herz schneller schlagen. War da jemand? Oder spielte mir meine Paranoia wieder einen Streich?
Ich trat noch einen Schritt vor, die Dunkelheit vor mir anstarrend. Mein Atem war kurz, flach und ich fühlte, wie die Anspannung in meinen Schultern wuchs.
„Ich habe keine Angst vor Ihnen", log ich.
Doch das war es: eine Lüge. Ich hatte Angst. Angst, weil ich wusste, dass der Schatten in meinem Leben nicht nur in meinem Kopf existierte. Er war echt. Er war hier.

Als die Stille anhielt, spürte ich, wie meine Beine zitterten, doch ich zwang mich, stillzustehen. Es war, als wäre ich in einem Spiel gefangen, dessen Regeln ich nicht verstand.
Plötzlich zog eine kalte Böe durch den Park, ließ die Bäume ächzen und meine Haare ins Gesicht wehen. Ich spürte, wie mein Herzschlag sich beruhigte, wenn auch nur ein wenig. Vielleicht war da niemand. Vielleicht war ich wirklich nur paranoid.
Langsam drehte ich mich um, bereit, den Park zu verlassen, als das Gefühl wieder da war. Diesmal intensiver. Jemand war da. Direkt hinter mir, verborgen im Schatten.
Ich schluckte schwer, doch ich drehte mich nicht noch einmal um. Stattdessen ging ich, schneller jetzt, zurück

in Richtung der Straße. Jeder Schritt fühlte sich an, als würde ich durch Sand laufen, der mich zurückhalten wollte. Doch ich bewegte mich weiter, zwang mich, nicht zu rennen, auch wenn ich es wollte.

Er war da. Ich wusste es. Und er ließ mich gehen.

Zurück zu Hause schloss ich die Tür hinter mir ab, drehte den Schlüssel zweimal im Schloss. Mein Rücken lehnte sich gegen das Holz und ich versuchte, meinen Atem zu beruhigen.

Ich war nicht verrückt. Jemand war da draußen gewesen. Jemand hatte mich beobachtet. Und ich wusste, dass das noch nicht vorbei war.

Ich zog die Vorhänge zu, ließ das Licht aus und sank auf die Couch. Mein Blick wanderte in die Dunkelheit des Zimmers, und ich fragte mich, ob ich ihn wiedersehen würde.

Oder ob er mich finden würde, bevor ich es herausfand.

****

Der schrille Ton des Weckers riss mich aus einem unruhigen Schlaf. Mein Kopf brummte, meine Augen brannten. Die Nacht hatte nichts gebracht außer noch mehr Müdigkeit und noch schwerere Gedanken. Die Schatten des Parks, das Gefühl, beobachtet zu werden – all das klebte an mir wie ein kalter, feuchter Mantel, den ich nicht abschütteln konnte.

„Victoria!"

Marcus Stimme durchbrach die Stille wie ein Messer. Ich zuckte zusammen und zwang mich, die Augen zu öffnen. Mein Mann stand bereits angezogen im Türrahmen, die Krawatte perfekt gebunden, der Blick schneidend. Sein Morgenritual war immer das Gleiche: Effizient, kontrolliert, makellos. Ganz im Gegensatz zu mir.

„Steh auf. Wir haben einen langen Tag vor uns", sagte er mit einer Kälte, die sich wie ein Schlag anfühlte. Keine Frage, wie ich geschlafen hatte. Keine Sorge, ob es mir besser ging. Nur Befehle. Immer nur Befehle.

Ich nickte stumm, setzte mich auf und schwang meine Beine aus dem Bett. Mein Körper fühlte sich schwer an, als hätte jemand Gewichte an meine Glieder gebunden. Doch ich wusste, dass ich keine Zeit hatte, mich zu sammeln. Nicht mit ihm in der Nähe.

In der Küche roch es nach Kaffee, doch ich konnte den bitteren Geschmack in meinem Mund nicht ertragen. Mein Mann saß am Tisch, die Tasse in der einen Hand, während er mit der anderen sein Handy checkte. „Hast du die Berichte für heute vorbereitet?" fragte er, ohne aufzusehen. Seine Stimme war ruhig, doch ich wusste, dass jede falsche Antwort Konsequenzen haben würde. „Ja, ich habe alles gestern Abend fertig gemacht", log ich, während ich einen Schluck aus meinem Wasserglas nahm.

„Gut. Heute dürfen wir uns keine Fehler leisten. Die Medien haben immer noch ein Auge auf uns, nach der Sache mit Heller." Er sagte Marcs Namen, als wäre er eine weitere Akte, die man ablegen konnte. Kein Gefühl, kein Bedauern.

Ich biss mir auf die Innenseite meiner Wange, um nichts zu sagen. Es wäre sinnlos. Für ihn war Marc nur eine Schwäche in unserem Team, ein Problem, das uns fast die Glaubwürdigkeit gekostet hatte. Für mich war er ein Freund. Der einzige, den ich wirklich hatte.

Die Fahrt ins Revier war wie immer. Marcus fuhr, eine Hand am Lenkrad, die andere am Telefon, während ich aus dem Fenster starrte. Die Straßen zogen an mir vorbei, genauso monoton wie der Alltag, in dem ich gefangen war.

„Heute Nachmittag ist die Sitzung mit dem Commissioner", sagte er plötzlich und warf mir einen kurzen Blick zu. „Du wirst dabei sein. Keine Fehler, Victoria."

„Natürlich", antwortete ich mechanisch. Meine Stimme war ruhig, kontrolliert, genau wie er es erwartete. Doch innerlich brodelte etwas. Ein Teil von mir wollte schreien, wollte aus diesem Auto springen und einfach weglaufen. Doch wohin? Es gab keinen Ort, an dem ich sicher wäre. Nicht vor ihm. Nicht vor meinen eigenen Dämonen.

****

21

Im Revier war die Routine das einzige, was mich davon abhielt, auseinanderzufallen. Die Mappen, die Berichte, die Besprechungen – sie gaben meinem Tag eine Struktur, eine Illusion von Kontrolle. Doch die Blicke der Kollegen waren schwer zu ertragen. Manche waren mitleidig, andere misstrauisch. Ich konnte die unausgesprochenen Fragen in ihren Augen sehen: *Warum lebst du noch, wenn Marc tot ist?*

Ich wusste es selbst nicht.

Während mein Mann in einer Besprechung verschwand, zog ich mich in mein Büro zurück. Die Akte des Falls, der Marc das Leben gekostet hatte, lag immer noch auf meinem Tisch. Ich sollte sie schließen, sie zur Seite legen und weitermachen. Doch ich konnte nicht. Irgendetwas an diesem Fall ließ mich nicht los.

Ich öffnete die Mappe und starrte auf die Fotos: die verlassene Lagerhalle, die Blutspuren, die zerbrochenen Scheiben. Meine Finger glitten über die Notizen, die wir gemacht hatten. Der Täter war ein Schatten, unsichtbar und unerbittlich. Doch ich hatte ihn gesehen. Zumindest für einen Moment.

Ich schloss die Augen und versuchte, das Gesicht aus meinem Kopf zu rufen. Dunkle Augen, kalt und berechnend. Ein Mann, der keine Sekunde gezögert hatte, auf uns zu schießen. Doch warum hatte er mich verschont? Warum war ich noch hier?

Ein Räuspern hinter mir riss mich aus meinen Gedanken. Ich drehte mich um und sah Marcus, der mit verschränkten Armen im Türrahmen stand. Sein Blick war streng, seine Haltung angespannt.

„Was machst du da?" fragte er, ohne einen Schritt näher zu kommen.

„Ich... überprüfe nur die Akten", sagte ich, versuchte, meine Stimme ruhig zu halten.

„Das ist vorbei, Victoria. Heller ist tot. Der Fall geht dich nichts mehr an." Seine Stimme wurde leiser, bedrohlicher. „Konzentrier dich auf das, was vor uns liegt."

„Natürlich", antwortete ich, obwohl ich wusste, dass ich lügen musste. Denn ich konnte diesen Fall nicht loslassen. Nicht, solange ich wusste, dass der Schatten noch da draußen war.

Der Schatten, der mich beobachtet hatte. Der mich nicht hätte töten können. Der mich vielleicht immer noch beobachtete.

Und zum ersten Mal seit langem spürte ich etwas anderes als Angst. Es war leise, wie ein Funke in der Dunkelheit. Ein kleiner Funke, der wie ein Versprechen wirkte.

Ich würde die Wahrheit finden. Egal, was es kostete.

****

Die Luft im Besprechungsraum war stickig, fast erdrückend, obwohl die Klimaanlage lief. Der Commissioner saß am Kopf des Tisches, seine Hände flach auf der polierten Holzoberfläche. Er war ein großer Mann mit grauem Haar und einem Gesicht, das von den Jahren in der Polizei gezeichnet war. Doch seine Augen waren kalt, emotionslos, als sie sich auf mich richteten. Mein Mann saß zu meiner Linken, perfekt aufrecht, seine Haltung kontrolliert. Wie immer. Seine Miene war neutral, doch ich spürte die Spannung in seinem Blick, die unterschwellige Drohung, die mir jede Möglichkeit nahm, mich zu wehren.

„Detective Barnes", begann der Commissioner mit seiner tiefen Stimme. „Nach eingehender Überprüfung der Ereignisse rund um den Vorfall im Lagerhaus und dem Verlust von Detective Heller habe ich eine Entscheidung getroffen."
Ich nickte, mein Herz schlug schneller. Ich hatte gehofft, dass dieser Moment nicht kommen würde. Doch tief in mir wusste ich, was jetzt passieren würde.
„Ich habe entschieden, Sie von diesem Fall zu entbinden."
Die Worte trafen mich wie ein Schlag. Für einen Moment sagte niemand etwas. Der Raum schien stillzustehen und alles, was ich hören konnte, war das Pochen meines eigenen Herzens.
„Mit allem Respekt, Sir," begann ich und versuchte, die aufsteigende Panik in meiner Stimme zu unterdrücken.
„Ich bin die einzige Person, die bei diesem Einsatz überlebt hat. Ich kenne die Details, die Abläufe. Ich kann—"
„Das ist genau der Punkt, Detective", unterbrach er mich, seine Stimme ruhig, aber bestimmt. „Sie waren

direkt involviert. Emotional verbunden. Das macht Sie zur falschen Person, um diese Ermittlungen fortzuführen. Das ist keine Frage Ihrer Fähigkeiten, sondern Ihrer Objektivität."

Ich wollte widersprechen, wollte ihm erklären, dass ich der Sache näher war als jeder andere, dass ich vielleicht die Einzige war, die verstehen konnte, was wirklich passiert war. Doch bevor ich den Mund öffnen konnte, sprach mein Mann.

„Ich stimme dem Commissioner zu." Seine Stimme war ruhig, doch ich konnte den Triumph darin hören, den unterschwelligen Genuss, mich so zu sehen. „Victoria hat viel durchgemacht. Sie braucht Zeit, um sich zu erholen. Es wäre unverantwortlich, sie weiterhin diesem Druck auszusetzen."

Ich warf ihm einen schnellen Blick zu, mein Kiefer verkrampfte sich. Er sprach von mir, als wäre ich ein Kind, das beschützt werden musste. Doch ich wusste, was das wirklich war: Kontrolle. Er wollte mich schwach halten, abhängig.

„Sir," versuchte ich erneut, meine Stimme diesmal fester, „ich bin mehr als in der Lage, diesen Fall weiterzuführen. Emotional bin ich stabil genug. Und objektiv betrachtet—"

„Es ist entschieden, Detective", sagte der Commissioner, seine Stimme ließ keinen Raum für Diskussionen. „Der Fall wird an eine andere Einheit übergeben. Ich erwarte, dass Sie sich auf Ihre anderen Aufgaben konzentrieren."

Ich spürte, wie meine Hände zu Fäusten wurden,

versteckt unter dem Tisch. Mein ganzer Körper war angespannt und die Worte, die ich sagen wollte, brannten auf meiner Zunge. Doch ich konnte sie nicht aussprechen. Nicht hier. Nicht vor ihm.

„Verstanden, Sir", sagte ich schließlich, meine Stimme leise und kontrolliert.

Der Commissioner nickte. „Gut. Das war alles. Sie können gehen."

Draußen im Flur ließ ich meine Maske kurz fallen. Ich lehnte mich gegen die Wand, atmete tief ein und aus, versuchte, die Wut und die Verzweiflung in mir zu bändigen. Sie hatten mir den Fall genommen. Den einzigen Weg, den ich hatte, um die Wahrheit herauszufinden.

Mein Mann stand neben mir, seine Arme verschränkt, ein kleiner Hauch eines Lächelns auf seinen Lippen.

„Es ist besser so, Victoria", sagte er. „Du warst viel zu nah dran. Du kannst jetzt loslassen."

Ich sah ihn an, mein Blick kühl und abweisend.

„Das ist es, was du wolltest, oder?" fragte ich leise.

„Mich raus zu drängen, mich schwach aussehen zu lassen?"

Er zuckte mit den Schultern, doch in seinen Augen lag keine Unschuld. „Ich tue nur, was das Beste für uns alle ist."

„Für dich", korrigierte ich.

Sein Lächeln verschwand, und sein Blick wurde härter.

„Pass auf, was du sagst."

Ich wollte ihm antworten, wollte ihm alles ins Gesicht

schreien, was ich in diesem Moment fühlte. Doch ich wusste, dass es nichts ändern würde. Also wandte ich mich ab und ging den Flur entlang, meine Schritte hallten auf dem kalten Boden.

Zurück an meinem Schreibtisch starrte ich auf die Akten, die sie mir zugeteilt hatten – Routinefälle, nichts von Bedeutung. Die Dinge, die niemand sonst machen wollte

Doch mein Blick wanderte immer wieder zur verschlossenen Schublade meines Schreibtisches. Darin lag die Kopie der Ermittlungsunterlagen, die ich heimlich angefertigt hatte. Ich hatte sie behalten, weil ich wusste, dass so etwas passieren könnte.

Sie hatten mir den Fall genommen, aber das bedeutete nicht, dass ich aufhören würde.

Ich öffnete die Schublade, zog die Mappe heraus und begann zu lesen. Sie wollten mich stoppen, doch das war unmöglich. Irgendwo in diesen Seiten lag die Wahrheit und ich würde sie finden – mit oder ohne ihre Erlaubnis.

Der Schatten hatte mich beobachtet. Jetzt war es an der Zeit, ihn zu finden.

Kapitel 4: Geister der Vergangenheit

Die Bar war dunkel, ruhig und halb leer, genau wie ich sie in Erinnerung hatte. Der vertraute Geruch von altem Holz, abgestandenem Bier und einer Spur von Zitrus füllte die Luft, als ich die Tür hinter mir schloss. Es war ein Zufluchtsort, ein Ort, an dem Marc und ich oft nach langen Schichten gesessen hatten, um die Welt und ihre Abgründe für ein paar Stunden zu vergessen.

„Kleines", sagte eine vertraute Stimme hinter dem Tresen, bevor ich überhaupt einen Platz gefunden hatte. Der Barkeeper, Joe, ein älterer Mann mit grauem Bart und einem unverkennbaren Lächeln, winkte mich zu meinem üblichen Platz.
„Moscow Mule?" fragte er, ohne auf eine Antwort zu warten. Er wusste, dass ich zustimmen würde. Es war immer unser Getränk gewesen, Marcs und meines.
Ich setzte mich auf den Hocker und sah zu, wie Joe den Drink zubereitete. Sein Blick war prüfend, besorgt.
„Es ist eine Weile her, dass ich dich gesehen habe. Marc auch. Ich nehme an, du... brauchst das heute."
Er stellte das Glas vor mich, die Limette perfekt am Rand platziert. Ich konnte nicht sprechen. Meine Kehle war wie zugeschnürt, also nickte ich nur. Er verstand.

Die Zeit in der Bar verstrich langsam. Ich nippte an

meinem Drink, ließ die kalte Schärfe des Ingwers auf meiner Zunge brennen. Um mich herum war es ruhig, Gespräche murmelten leise im Hintergrund, während ich mit der Hand über das Kondenswasser am Glas strich. Joe kam und ging, warf mir hin und wieder einen Blick zu, als wollte er sicherstellen, dass ich nicht vollkommen zerbrach. Aber er wusste auch, wann er Abstand halten musste. Das war das Gute an ihm: Er verstand, wann man sprechen wollte und wann man einfach nur allein sein musste.

Als die Sonne längst hinter dem Horizont verschwunden war, zog ich die Mappe aus meiner Tasche. Die Akte, die ich nicht loslassen konnte. Ich schlug sie auf und breitete die Fotos, die Berichte und die Notizen vor mir auf dem Tresen aus. Der vertraute Schmerz stieg in mir auf, als ich Marcs Gesicht auf einem der Bilder sah – lebendig, lachend, in einem Moment festgehalten, den es nie wieder geben würde.
Die Seiten flüsterten mir zu, jede Zeile eine Erinnerung an das, was geschehen war. Die Kugeln. Die Schreie. Sein Blut, das den Boden färbte. Ich hatte überlebt, doch ich wusste nicht, warum. Warum hatte der Mann – der Schatten mit den dunklen Augen – mich verschont? Ich lehnte mich vor, mein Blick wanderte von den Fotos zu den Notizen, versuchte, die Lücken zu füllen, die mich wach hielten. Es war alles da und doch fehlte das Wichtigste:
das Warum.

Joe näherte sich leise, stellte eine zweite Moscow Mule vor mich und deutete in eine Ecke der Bar. „Von ihm", murmelte er nur, bevor er sich wieder entfernte.

Ich hob meinen Blick, schaute in die Richtung in die Joe gedeutet hatte. und da an einem Tisch in einer dunklen Ecke saß jemand. Ich kannte ihn nicht, hatte ihn zuvor noch nie gesehen. Ich musterte ihn kurz, hob dann das Glas an, meine Hände zitterten leicht.
„Auf dich, Marc", flüsterte ich, bevor ich einen Schluck nahm.

Mein Blick fiel auf eine Notiz, die ich in der Hektik der letzten Tage übersehen hatte: *Zugang zum Lagerhaus über die Seitengasse. Unbekannter Lieferwagen, schwarze Fenster.*
Es war ein Detail, das mir nichts gesagt hatte, als ich es zum ersten Mal gelesen hatte. Doch jetzt, in der Stille der Bar, fühlte es sich wie ein Schlüssel an. Der Lieferwagen war nie gefunden worden. Weder Spuren noch Hinweise, woher er kam oder wohin er fuhr.
Ich zog meinen Notizblock hervor und begann, Dinge zu verbinden. Es war wie ein Puzzle, eines, das nur ich zusammenfügen konnte. Und jedes Teil, das ich fand, brachte mich näher an die Wahrheit.
Die Wahrheit, dass der Schatten nicht einfach verschwunden war.
Die Wahrheit, dass er mich immer noch beobachtete. Und das dieser Unbekannte mich beobachtete. Ich spürte seinen Blick. Die ganze Zeit.

Joe lehnte sich irgendwann gegen den Tresen und sah mich an. „Kleines", sagte er sanft. „Manchmal ist es besser, die Dinge loszulassen."

Ich sah ihn an, meine Augen müde, aber entschlossen.

„Nicht, wenn sie dich am Leben halten, Joe."

Er nickte, sagte nichts mehr und ließ mich mit meinen Gedanken allein.

Und meine Gedanken lagen schon lange nicht mehr bei den Akten - nicht nur..

****

Damian

Die Bar war ein Ort, der wie geschaffen war, um in der Menge zu verschwinden. Dunkel, verraucht, mit genug Lärm, um Gespräche zu übertönen, aber nicht laut genug, um aufzufallen. Genau die Art von Ort, in dem ich mich am wohlsten fühlte. Und genau die Art von Ort, an dem sie sich offensichtlich sicher fühlte.

Ich saß in einer dunklen Ecke, mein Rücken zur Wand, meine Augen auf sie gerichtet. Victoria. Sie saß an der Theke, den selben Moscow Mule in der Hand, den sie fast immer bestellte – zumindest laut den Beobachtungen, die ich in den letzten Tagen gemacht hatte. Es war fast lächerlich, wie berechenbar sie war. Und doch war da etwas an ihr, das mich immer wieder anzog.

Sie war in die Akten vertieft, das Licht über ihr warf Schatten auf ihr Gesicht, ließ ihre blauen Augen noch heller wirken. Sie wirkte konzentriert, verloren in ihren Gedanken, während ihre Finger nervös über das Glas strichen. Ich hätte sie aus der Distanz beobachten können, wie ich es gewohnt war, aber irgendetwas in mir drängte mich, näher zu gehen.

Ich hob die Hand, um die Aufmerksamkeit des Barkeepers zu erregen.

„Noch einen Moscow Mule", sagte ich ruhig, wobei mein Blick nie von ihr abwich.

Der Barkeeper, der mich mit einem misstrauischen Blick musterte, zog eine Augenbraue in die Höhe.

„Für sie?" fragte er, sein Tonfall mehr prüfend als interessiert.

Ich nickte und er zuckte mit den Schultern, bevor er begann, den Drink zu mischen. Victoria bemerkte nichts. Sie war zu sehr in ihre Unterlagen vertieft, zu sehr in den Schmerz und die Schuld, die sie unübersehbar mit sich herumtrug.

Als der Drink fertig war, deutete der Barkeeper auf mich.

„Von ihm", sagte er knapp, als er das Glas vor ihr abstellte.

Victoria sah auf, ihr Gesicht zeigte kurz Überraschung, bevor sie sich zu mir umdrehte. Unsere Blicke trafen sich und ich konnte den Moment spüren, in dem sie versuchte, mich einzuschätzen. Ich hielt ihrem Blick stand, lehnte mich entspannt in meinem Stuhl zurück und hob mein Glas leicht, eine stumme Einladung.

Sie runzelte die Stirn, bevor sie sich langsam abwandte, doch ihre Haltung hatte sich verändert. Sie war jetzt aufmerksamer, gespannter. Sie nahm einen Schluck aus dem neuen Drink, aber ich wusste, dass sie mich nicht mehr aus den Augen ließ.

Einige Zeit verging, bevor sie aufstand. Sie nahm ihre Tasche, die Unterlagen sorgfältig verstaut und kam zu mir. Ihre Schritte waren leise, kontrolliert, aber ihre Augen – diese blauen, stechenden Augen – funkelten vor Misstrauen.
„Warum der Drink?" fragte sie, ihre Stimme ruhig, aber mit einem scharfen Unterton.
Ich zuckte mit den Schultern, ließ meine Mundwinkel leicht nach oben ziehen.
„Du sahst aus, als könntest du noch einen gebrauchen."
„Und du dachtest, du könntest ihn einfach für mich bestellen?" Sie verschränkte die Arme, ihre Haltung defensiv, doch in ihrem Blick lag auch etwas anderes. Neugier.

Ich nahm einen Schluck von meinem eigenen Drink und stellte das Glas langsam ab. „Vielleicht. Oder vielleicht wollte ich einfach nett sein."
Sie lachte trocken, ein kaltes, emotionsloses Lachen.
„Nett? Männer wie du sind nie einfach nett."
Interessant. Sie hatte mich schon eingeschätzt, kategorisiert, ohne dass wir ein Wort gewechselt hatten.
„Männer wie ich?" fragte ich, meine Stimme beiläufig.
„Und was genau bin ich?"
Sie neigte leicht den Kopf, als würde sie versuchen,

hinter meine Maske zu sehen.

„Ein Problem", sagte sie schließlich. „Eins, das ich gerade nicht brauche."

Ich lehnte mich vor, meine Ellbogen auf die Tischplatte gestützt und ließ mein Lächeln breiter werden.

„Manchmal sind die größten Probleme die interessantesten."

Sie hielt meinem Blick stand, ließ sich nicht einschüchtern, doch ich konnte sehen, wie sie innerlich arbeitete, versuchte, mich einzuordnen. Es war fast amüsant, zu beobachten, wie ihr Verstand ratterte.

„Danke für den Drink", sagte sie schließlich, ihre Stimme distanziert. „Aber ich bin kein Fan von Spielchen."

„Schade", antwortete ich. „Das macht das doch viel.. interessanter."

Sie musterte mich noch einen Moment, dann drehte sie sich um und ging zurück zu ihrem Platz. Doch ich wusste, dass sie mich nicht vergessen würde. Der Samen des Zweifels war gepflanzt und das war alles, was ich brauchte.

Ich ließ mein Glas leer werden, bezahlte und verließ die Bar, ohne ein weiteres Wort mit ihr zu wechseln. Doch ich wusste, dass dies nicht das Ende war. Es war nur der Anfang.

Victoria Barnes war mehr als nur ein Auftrag. Sie war eine Herausforderung. Und ich bin nie Herausforderungen aus dem Weg gegangen.

****

Draußen war die Nacht kalt, der Wind trug den Geruch von Regen in der Luft. Ich lehnte an der Wand gegenüber der Bar, eine Zigarette zwischen den Fingern und beobachtete den Eingang. Victoria war immer noch drinnen, vertieft in ihre Gedanken, ihre Unterlagen, ihre Zweifel. Sie hatte keine Ahnung, dass ich draußen auf sie wartete – oder vielleicht wusste sie es. Vielleicht spürte sie es. Menschen wie sie hatten oft einen sechsten Sinn für Gefahr.

Ich ließ die Zigarette fallen, trat sie mit dem Stiefel aus und wartete geduldig. Sie würde nicht ewig dort bleiben. Und ich hatte Zeit. Geduld war ein Teil des Spiels, ein Teil von mir.

Als sie endlich die Bar verließ, zog sie ihren Mantel enger um sich, die Tasche über die Schulter geworfen. Ihre Schritte waren leise, fast unhörbar auf dem feuchten Gehweg. Sie ging nicht schnell, aber auch nicht zu langsam. Ein kontrollierter Rhythmus, wie jemand, der sich der Dunkelheit bewusst war, aber zu stolz war, zu rennen.

Ich ließ ein paar Sekunden verstreichen, bevor ich mich in Bewegung setzte. Der Abstand zwischen uns war perfekt – nah genug, um sie nicht aus den Augen zu verlieren, aber weit genug, um in den Schatten zu bleiben. Die Straßen waren fast leer, das leise Summen der Laternen und der entfernte Lärm der Stadt die einzigen Geräusche.

Victoria hielt ihren Kopf leicht gesenkt, ihre Hände in den Taschen ihres Mantels. Sie wirkte angespannt, ihre Schultern waren steif, als hätte sie das Gefühl, beobachtet zu werden. Aber sie drehte sich nicht um. Noch nicht.

Ich folgte ihr durch mehrere Straßen, immer in Deckung, immer in ihrem Schatten. Sie war wachsam, aber nicht wachsam genug. Es war faszinierend, sie so zu sehen, in ihrem natürlichen Zustand – keine Polizistin, keine Ehefrau, nur eine Frau, die mit ihren eigenen Dämonen kämpfte.

Sie nahm eine Abkürzung durch einen kleinen Park, dessen Wege von überwucherten Büschen und spärlichen Laternen gesäumt waren. Ein kluger Zug – kürzer, weniger Leute. Aber auch gefährlicher. Niemand war hier, niemand würde ihre Schreie hören, wenn ich wollte, dass sie schrie.

Doch das war nicht der Plan. Noch nicht.

Ich blieb im Schatten der Bäume, meine Schritte lautlos, während sie vor mir herging. Ihr Atem war sichtbar in der kalten Nachtluft, eine Erinnerung daran, wie zerbrechlich Menschen waren. Wie einfach es wäre, dieses Spiel zu beenden.

Als sie schließlich ihr Wohnhaus erreichte, blieb ich stehen, gut versteckt in einer Seitengasse. Sie warf einen schnellen Blick über die Schulter, aber ich war bereits in der Dunkelheit verschwunden. Sie stand einen Moment still, bevor sie ihre Schlüssel hervor zog und die Tür öffnete.

Ich beobachtete, wie das Licht im Haus anging. Ihre Silhouette erschien kurz hinter dem Vorhang, dann verschwand sie.

Ich lehnte mich gegen die kühle Ziegelwand, zog tief Luft und ließ den Rauch, den ich nicht inhalierte, langsam aus meinem Mund entweichen. Sie war sicher – für heute.

Aber die Frage blieb: Warum ließ ich sie immer noch am Leben?

Ein Teil von mir wusste die Antwort. Es war nicht mehr nur ein Auftrag. Sie war anders. Sie hatte etwas Dunkles in sich, das mich anzog. Ein Teil von ihr erinnerte mich an mich selbst, an die Bruchstücke, die ich in mir trug und die ich nie reparieren konnte.

Ich wartete noch eine Weile, sicherzustellen, dass niemand sonst ihr folgte, bevor ich mich schließlich abwandte und die Straße hinunter ging. Die Nacht war still, doch ich wusste, dass es nicht so bleiben würde.

Victoria Barnes war noch nicht bereit zu sterben. Und ich war noch nicht bereit, sie loszulassen.

Kapitel 5: Das Spiel beginnt

Damian

Die Bar war ein Ort der Wiederholung. Dieselben
Gesichter, dieselben Gespräche, dieselbe müde
Routine. Es war der perfekte Ort, um nicht aufzufallen,
und gleichzeitig, um einen Plan umzusetzen. Und sie
war wieder hier – pünktlich, wie ich es erwartet hatte.
Victoria Barnes hatte ihre Muster und ich lernte sie
schnell.

Ich saß wieder in meiner Ecke, den Rücken zur Wand,
ein Glas Whiskey vor mir, während ich sie beobachtete.
Sie war genauso wie am Abend zuvor: die Haare locker
über die Schultern fallend, ihre blauen Augen auf die
Unterlagen gerichtet, die sie mitgebracht hatte. Ihr
Moscow Mule stand unberührt vor ihr, während ihre
Finger nervös über die Seiten strichen.
Es war fast tragisch, wie viel Schuld und Schmerz sie
mit sich herum trug. Und faszinierend. Sie war stark, das
konnte ich sehen. Doch Stärke war oft nur eine Hülle –
und ich wollte wissen, was darunter lag.
Ich wartete eine Weile, ließ sie sich in ihre Welt
versinken. Sie hatte keine Ahnung, dass ich sie
beobachtete. Oder vielleicht hatte sie es. Vielleicht
wartete sie sogar darauf.

Nach einer halben Stunde stand ich auf, nahm mein
Glas mit und ging langsam zu ihr hinüber. Sie bemerkte

mich erst, als ich mich neben sie setzte, einen Stuhl Abstand haltend, mein Glas auf den Tisch stellte und sie ansah.

„Scheint, als hätten wir denselben Geschmack in Bars", sagte ich beiläufig, mein Ton ruhig, fast entspannt.

Sie hob den Kopf und ich sah, wie sich ihre Augen leicht verengten. Ihre Haltung straffte sich, als würde sie innerlich schon auf Verteidigung schalten. „Scheint so", antwortete sie trocken, ihre Stimme kontrolliert.

Ich nahm einen Schluck aus meinem Glas, ließ die Stille für einen Moment zwischen uns wirken, bevor ich wieder sprach.

„Die meisten Leute kommen hierher, um zu vergessen. Du scheinst dich zu erinnern."

Ihre Augen blitzten auf, als hätte ich einen Nerv getroffen. Doch sie hielt sich zurück, verschränkte die Arme vor der Brust und musterte mich.

„Und du? Was suchst du hier?"

„Ablenkung", antwortete ich mit einem schiefen Lächeln. „Oder vielleicht Gesellschaft."

„Gesellschaft?" Sie zog eine Augenbraue hoch. „Von einer Fremden?"

„Manchmal sind Fremde die besten Gesprächspartner."

Sie schnaubte leise, als wäre sie sich nicht sicher, ob sie über meine Antwort lachen oder mich ignorieren sollte. Doch sie tat weder das eine noch das andere. Stattdessen nahm sie einen Schluck aus ihrem Glas, ihre Augen nie von mir abwendend.

„Der Drink gestern...", sagte sie schließlich, ihr Tonfall jetzt direkter. „Warum?"

Ich zuckte mit den Schultern, ließ mein Lächeln nicht

verschwinden.

„Du sahst aus, als könntest du einen gebrauchen.“

„Ich bin mir sicher, dass das nicht der einzige Grund war.“

Gut. Sie war misstrauisch – wie erwartet. Aber das machte es umso interessanter.

„Vielleicht wollte ich einfach mit dir reden“, sagte ich ruhig. „Vielleicht wollte ich sehen, was eine Frau wie du in einem Ort wie diesem sucht.“

„Eine Frau wie ich?“ Ihre Stimme war kühl, aber ich konnte die Neugier darin hören.

„Eine, die nicht hierher gehört. Aber die trotzdem nicht weg geht."

Ein Schatten huschte über ihr Gesicht und für einen Moment sah ich, wie sich etwas in ihr regte – Wut vielleicht oder Schmerz. Doch sie ließ es nicht zu. Sie war zu gut darin, ihre Gefühle zu verbergen.

„Und was macht dich so sicher, dass ich nicht hierher gehöre?“ fragte sie schließlich, ihre Augen jetzt fast herausfordernd.

Ich lehnte mich zurück, mein Glas in der Hand und musterte sie.

„Nichts an dir passt zu diesem Ort. Du bist keine von denen, die sich verstecken. Du bist eine Kämpferin.“

Sie schwieg und ich konnte sehen, wie meine Worte sie trafen. Nicht tief genug, um sie zu brechen, aber genug, um sie zum Nachdenken zu bringen.

„Du bist ziemlich gut darin, Menschen zu lesen“, sagte

sie schließlich. „Oder ist das nur eine Masche?"
Ich lächelte. „Vielleicht ein bisschen von beidem."

Für einen Moment war da eine seltsame Ruhe zwischen
uns. Sie sah mich an, als wollte sie etwas sagen, etwas,
das tief in ihr begraben lag. Doch dann schüttelte sie
den Kopf, trank den letzten Schluck aus ihrem Glas und
stand auf.
„Danke für das Gespräch", sagte sie knapp, bevor sie
sich abwandte.
Ich beobachtete, wie sie zur Tür ging, ihre Tasche über
der Schulter, ihre Schritte entschlossen. Sie wollte mich
ignorieren, mich abschütteln. Doch ich wusste, dass sie
an mich denken würde. Genau wie ich an sie.
Ich ließ mein Glas auf dem Tisch stehen, bezahlte und
folgte ihr. Diesmal etwas näher als am Abend zuvor.

Das Spiel hatte begonnen. Und ich spielte nie, um zu
verlieren.

****

Victoria

Die Nacht war kalt und der Wind pfiff durch die leeren
Straßen, als ich die Bar verließ. Mein Atem stand in
kleinen weißen Wolken vor mir, während meine Schritte
auf dem Gehweg widerhallten. Ich hatte gehofft, dass

der Moscow Mule und die stickige Atmosphäre der Bar meine Gedanken betäuben würden, doch das Gegenteil war der Fall.

Der Fremde hatte alles wieder in Bewegung gesetzt.

Ich zog meinen Mantel enger um mich und ging schneller, versuchte, die Kälte und das merkwürdige Gefühl abzuschütteln, das mich seit diesem Gespräch nicht losließ. Es war etwas an ihm gewesen – an seiner Art zu sprechen, an seinem Blick, der mich nicht losließ. Seine Augen hatten mich durchbohrt, als könnte er sehen, was in mir vor sich ging, als hätte er einen Schlüssel zu etwas, das ich selbst kaum verstand. *Eine Kämpferin*, hatte er gesagt. Ich hatte die Worte fast wütend weggeschoben, doch sie hallten in meinem Kopf wider. Warum war ich überhaupt mit ihm ins Gespräch gekommen? Ich hätte ihn ignorieren sollen, ihn mit einem abweisenden Kommentar in die Schranken weisen können. Aber etwas an ihm hatte mich neugierig gemacht. Und das machte mir Angst.

Ich warf einen Blick über die Schulter, mehr aus Gewohnheit als aus Notwendigkeit. Die Straße war leer, nur die orangefarbenen Straßenlaternen beleuchteten den Weg vor mir. Doch das Gefühl, beobachtet zu werden, war zurück – genau wie in der Nacht zuvor. Mein Herzschlag beschleunigte sich, doch ich zwang mich, weiterzugehen. Vielleicht war es nur Paranoia. Oder vielleicht auch nicht.
Ich ließ meine Hand in die Manteltasche gleiten, spürte

den kalten Griff meines Klappmessers, das ich seit dem Angriff immer bei mir trug. Es war keine Waffe, die ich jemals gegen jemanden einsetzen wollte, aber allein der Gedanke daran gab mir ein wenig Trost.

Der Weg nach Hause fühlte sich länger an als sonst, jeder Schatten dehnte sich aus, jede Bewegung ließ mich innehalten. Schließlich erreichte ich mein Wohnhaus, zog meinen Schlüssel hervor und schloss die Tür auf. Als ich die Tür hinter mir verriegelte, atmete ich tief durch. Doch die Ruhe hielt nicht lange an.
Ich trat ans Fenster, zog den Vorhang leicht beiseite und spähte hinaus. Da war niemand. Keine Bewegung, keine Gestalt in der Dunkelheit. Und doch konnte ich das Gefühl nicht abschütteln, dass ich nicht allein war.
Ich zog meinen Mantel aus, warf ihn achtlos über die Lehne des Sofas und ließ mich darauf sinken. Meine Tasche lag noch auf meinem Schoß, die Mappe mit den Akten darin. Es war, als hätte sie ein Eigenleben, als würde sie mich dazu zwingen, sie wieder zu öffnen. Widerwillig zog ich die Papiere hervor, breitete sie auf dem Couchtisch aus und starrte auf die Bilder, die Notizen, die Details, die ich fast auswendig kannte.

Doch dieses Mal war es anders. Dieses Mal konnte ich seinen Blick spüren, diesen fremden Mann aus der Bar, wie er mich beobachtete. Ich sah ihn vor mir, sein schiefes Lächeln, die Art, wie er sich bewegte – entspannt, aber aufmerksam, wie ein Raubtier, das darauf wartet, zuzuschlagen.
Ich schüttelte den Kopf, versuchte, den Gedanken zu

vertreiben. Doch ich konnte es nicht. Es war nicht nur Paranoia. Es war etwas Echtes, etwas, das ich nicht benennen konnte.

Später, als die Nacht tiefer wurde und die Stille im Haus überwältigend war, stand ich auf und trat zum Fenster. Ich schob den Vorhang zur Seite, spähte hinaus – und erstarrte.

Da war er. Dieselbe Gestalt, die ich in der Bar gesehen hatte, lehnte an einer Straßenlaterne auf der gegenüberliegenden Straßenseite. Er war weit genug entfernt, um nicht bedrohlich zu wirken, aber nah genug, dass ich ihn erkennen konnte.

Mein Herz setzte einen Schlag aus. Er bewegte sich nicht, machte keine Anstalten, näherzukommen. Es war, als würde er warten. Aber auf was?

Ich ließ den Vorhang fallen und trat einen Schritt zurück, mein Atem ging schneller. Meine Hand glitt wieder zu meiner Seite, an der eigentlich immer meine Dienstwaffe war. Ein automatischer Reflex.

Was wollte er? War er ein Zufall, ein Fremder, der zufällig denselben Weg gewählt hatte? Oder war er etwas anderes?

Ich wusste, dass ich was tun musste. Doch in diesem Moment war ich wie eingefroren, gefangen zwischen der Angst und einer seltsamen, beunruhigenden Neugier.

Wer war dieser Mann? Und warum hatte ich das Gefühl, dass ich die Antwort vielleicht gar nicht hören wollte?

****

Damian

Ich lehnte an der Straßenlaterne, der Rauch meiner Zigarette kräuselte sich in der kalten Nachtluft. Das Wohnzimmerfenster war erleuchtet und ihre Silhouette bewegte sich hinterm Vorhang wie ein Schatten auf einer Leinwand. Sie war unruhig, das konnte ich sehen. Sie zog die Vorhänge immer wieder ein Stück auf, spähte hinaus, als wüsste sie, dass ich da war. Vielleicht tat sie es. Vielleicht fühlte sie es.

Es war faszinierend, sie so zu beobachten. Ihre Bewegungen waren nicht hektisch, sondern kontrolliert, wie eine Raubkatze, die sich sicher war, dass sie nicht die Beute war. Doch das war sie. Und ich war der Jäger. Ich hatte sie den ganzen Abend studiert, ihre Worte, ihre Haltung. Sie war klug, misstrauisch, aber auch verletzt – eine gefährliche Kombination. Frauen wie Victoria wussten zu kämpfen, aber sie kämpften nicht nur gegen die Welt, sondern auch gegen sich selbst. Und das machte sie vorhersehbar.

Ich zog an der Zigarette, ließ die Glut aufleuchten, bevor ich sie zu Boden warf und mit dem Stiefel austrat. Sie war immer noch hinter dem Vorhang, reglos jetzt, als ob sie spürte, dass ich nicht mehr verborgen war. Ich ließ den Blick über die Straße wandern, prüfte die

Umgebung – ein instinktiver Reflex, der mir in Fleisch und Blut übergegangen war.

Und dann kam er.

Ein Auto hielt vor dem Haus. Ein schwarzer Wagen, unauffällig, aber teuer – genau wie der Mann, der ausstieg. Ihr Ehemann. Ich hatte ihn schon vorher beobachtet, in seiner Rolle als kontrollierender Bastard, der alle um sich herum manipulierte. Er war das Gegenteil von Victoria: kalt, berechnend, ohne sichtbare Brüche. Ein Mann, der glaubte, die Welt und alle in ihr kontrollieren zu können.

Ich trat einen Schritt zurück in die Dunkelheit der Gasse, beobachtete, wie er um das Auto herum ging. Seine Bewegungen waren zielsicher, die Haltung eines Mannes, der wusste, dass niemand es wagen würde, ihm zu widersprechen. Er schloss die Tür des Hauses auf, verschwand darin und das Licht hinter ihrem Fenster veränderte sich. Seine Silhouette gesellte sich zu ihrer, größer, dominanter.

Ich konnte sehen, wie sich ihre Haltung veränderte. Sie war nicht mehr die Frau, die ich in der Bar gesehen hatte – die, die sich weigerte, gebrochen zu sein. Jetzt war sie anders. Ihre Schultern senkten sich leicht, ihr Kopf neigte sich. Es war subtil, aber es reichte. Er hatte die Kontrolle.
Ich biss die Zähne zusammen, ein unbewusstes, scharfes Knirschen, das mich fast überraschte. Warum

störte es mich? Er war Teil ihres Lebens, eine Dynamik, die ich nicht verstand und die mich eigentlich nicht interessieren sollte. Aber das tat sie.

Ich sah zu, wie sie miteinander sprachen. Ihre Bewegungen waren angespannt und ich konnte den Ausdruck auf seinem Gesicht nicht erkennen, aber ich wusste, dass es keine Zärtlichkeit war, die sie verband. Es war Macht. Kontrolle. Und sie ließ es zu – oder musste es.

Ein Teil von mir wollte näher gehen, wollte hören, was sie sagten. Doch ich blieb, wo ich war, in der Dunkelheit, wie ein Jäger, der seine Beute studierte.

Warum ließ sie sich das gefallen? Warum kämpfte sie nicht? Sie war keine Frau, die sich einfach so brechen ließ, das hatte ich gesehen. Und doch war sie hier, gefangen in einer Dynamik, die sie zu erdrücken schien. Die Lichter erloschen und die Dunkelheit verschluckte das Fenster. Ich wusste, dass ich gehen sollte, aber ich blieb noch einen Moment länger, den Blick auf das Haus gerichtet.

Der Mann glaubte, sie zu kontrollieren. Doch er war blind für das, was wirklich in ihr war. Ihre Dunkelheit war kein Makel, sondern eine Waffe. Und eines Tages, dachte ich, würde sie die Kontrolle zurückgewinnen.

Vielleicht würde ich zusehen. Vielleicht würde ich helfen. Oder vielleicht würde ich derjenige sein, der sie daran hindert.

Mit einem letzten Blick wandte ich mich ab und

verschwand in die Nacht. Das Spiel war noch lange nicht vorbei. Es hatte gerade erst begonnen.

Kapitel 6: Zurück im Feld

Victoria

Der Morgen war düster, der Himmel verhangen mit grauen Wolken, die das Licht verschluckten. Es passte zu meiner Stimmung. Mein erster Einsatz seit der Tragödie. Seit dem Tag, an dem Marc gestorben war. Seit ich mit knapper Not überlebt hatte.

Ich zog meine Jacke enger um mich und griff nach meiner Tasche, die an der Tür hing. Mein Herz schlug schneller, als ich an den heutigen Einsatz dachte. Es war nichts Großes, nur ein Durchsuchungsbefehl in einer alten Lagerhalle am Stadtrand – Routine. Aber Routine hatte mich schon einmal fast getötet.

Mein neuer Partner wartete unten vor dem Revier. Detective Daniel Carter – jung, ehrgeizig, und viel zu nett, um lange in diesem Beruf zu überleben. Er lächelte, als ich näher kam, eine Mischung aus Aufmunterung und Nervosität in seinem Blick. „Detective Barnes", begrüßte er mich, seine Stimme freundlich, aber mit einem Unterton, der mich an einen Erstklässler erinnerte, der versuchte, Eindruck zu machen. „Bereit für heute?"
Ich nickte knapp. „Sicher. Es ist nur eine Durchsuchung."
Er stimmte zu, doch ich konnte die Besorgnis in seinem Blick sehen. Jeder im Revier wusste, was passiert war.

Jeder wusste, dass ich eigentlich nicht hier sein sollte. Aber ich war hier und das musste reichen.

Die Fahrt zur Lagerhalle war ruhig, abgesehen von Carters gelegentlichen Versuchen, Smalltalk zu machen. Ich antwortete kurz, konzentrierte mich auf die Straße und die Akte, die ich in der Hand hielt. Die Halle gehörte zu einem Verdächtigen, der in Verbindung mit einer Reihe von Drogendelikten stand. Es sollte einfach sein – reingehen, Beweise sichern, rausgehen.
Doch ich konnte das beklemmende Gefühl in meiner Brust nicht abschütteln. Die Lagerhalle erinnerte mich an den Ort, an dem Marc gestorben war. An die Kugeln, die durch die Luft gepfiffen waren. An den Schatten, der uns beobachtet hatte.

Als wir ankamen, war das Gelände menschenleer, bis auf zwei Streifenwagen, die bereits vor Ort waren. Die Beamten hatten die Umgebung gesichert, warteten auf uns, um das Gebäude zu betreten. Carter und ich stiegen aus, ich hielt meine Hand unbewusst nahe an meine Waffe. Ein Reflex, der mir geblieben war.

„Alles ruhig hier?" fragte Carter einen der Streifen-Cops, der nickte.
„Ja, Sir. Keine Bewegung. Wir haben den Eingang überprüft. Keine Fallen oder versteckten Kameras."
Carter sah mich an, als wollte er wissen, ob ich das

Kommando übernehmen würde. Ich nickte. „In Ordnung.
Los geht's."

Drinnen war die Luft abgestanden, erfüllt von dem
muffigen Geruch von altem Holz und verrottetem Metall.
Die Halle war riesig, mit hohen Decken und Regalen,
die bis zur Decke reichten. Der Boden war staubig, mit
Spuren von Reifen und Stiefeln, die auf kürzliche
Aktivitäten hindeuteten.

Wir bewegten uns langsam, unsere Taschenlampen
schnitten durch die Dunkelheit, während wir die Räume
absuchten. Carter blieb dicht hinter mir, sein Funkgerät
leise eingestellt, um keine Aufmerksamkeit zu erregen.
„Sieht aus, als wäre hier nichts mehr los", flüsterte er.
Ich antwortete nicht, ließ meinen Blick über die Regale
und Kisten wandern. Es war zu still, zu sauber.
Irgendetwas stimmte hier nicht.
Und dann hörte ich es. Ein Geräusch, leise und doch
klar genug, um meinen Puls in die Höhe zu treiben.
Schritte, irgendwo in der Ferne. Ich hielt meine Hand
hoch, ein stummer Befehl an Carter, stehen zu bleiben.
„Da ist jemand", flüsterte ich und zog meine Waffe. Mein
Griff war fest, meine Atmung kontrolliert, doch ich
konnte das Zittern in meinen Fingern spüren. Es war, als
wäre ich wieder zurück in der Hölle.

Wir folgten den Geräuschen, bewegten uns vorsichtig
durch die Halle, bis wir schließlich einen Mann

entdeckten. Er stand mit dem Rücken zu uns, eine Kiste vor sich und war offenbar dabei, etwas hineinzulegen. „Polizei! Hände hoch!" rief ich, meine Stimme laut und fest, obwohl mein Herz raste.

Der Mann erstarrte, drehte sich langsam um, seine Hände in die Luft gehoben. Er war jung, Mitte zwanzig vielleicht, mit einem nervösen Blick, der sofort verriet, dass er etwas zu verbergen hatte.

Carter trat vor, legte ihm Handschellen an, während ich die Umgebung absicherte. Doch das Gefühl, dass etwas nicht stimmte, ließ mich nicht los. Der Mann war nicht der, den wir suchten. Er war nur ein Bote, ein kleiner Fisch in einem viel größeren Teich.

„Ich schwöre, ich weiß nichts!" stammelte der Mann, während Carter ihn nach draußen führte.

Ich blieb zurück, ließ meinen Blick über die Kiste schweifen, die er zurückgelassen hatte. Als ich sie öffnete, entdeckte ich Beweise – Drogen, Bargeld, Waffen. Doch auch etwas anderes: ein kleiner, schwarzer USB-Stick.

Ich steckte ihn ein, ohne Carter etwas zu sagen. Vielleicht war es nichts. Aber vielleicht war es genau das, was ich brauchte.

Zurück im Wagen war Carter überraschend ruhig, bis er schließlich die Stille durchbrach. „Nicht schlecht für deinen ersten Einsatz zurück."

Ich nickte, mein Blick aus dem Fenster gerichtet. Es war kein Sieg. Es fühlte sich nicht einmal wie ein Schritt vorwärts an. Doch der Stick in meiner Tasche brannte wie ein stilles Versprechen.

Ich war zurück. Und ich würde die Wahrheit finden –
koste es, was es wolle.

****

Zurück im Department fühlte ich mich seltsam rastlos.
Der Fund in der Lagerhalle hatte mehr Fragen
aufgeworfen, als er beantwortet hatte und der kleine
schwarze USB-Stick in meiner Tasche schien schwerer
zu werden, je länger ich darüber nachdachte.
Irgendetwas an ihm fühlte sich wichtig an, bedeutsam –
vielleicht sogar gefährlich.

Ich setzte mich an meinen Schreibtisch und zog den
Stick hervor. Mein Blick wanderte durch den Raum, zur
halb geöffneten Tür, aber niemand schien auf mich zu
achten. Die anderen waren mit ihren eigenen Aufgaben
beschäftigt. Das war gut. Ich wollte nicht, dass jemand
Fragen stellte, besonders nicht Carter. Er war ein netter
Kerl, aber ich konnte ihm nicht trauen – noch nicht.
Ich schob den Stick in den Computer und wartete,
während der Bildschirm flackerte. Die Dateien darauf
waren verschlüsselt, aber das war kein Problem. Ich
hatte gelernt, wie man solche Dinge umgeht, lange
bevor ich Polizistin wurde. Ich begann, die ersten Codes
zu knacken, als ich hinter mir Schritte hörte.
„Victoria." Die Stimme ließ mich erstarren.

Ich blickte langsam auf und sah meinen Ehemann vor mir stehen. Seine Augen waren kalt und sein Gesichtsausdruck verriet, dass er genau wusste, was ich tat. Er schloss die Tür hinter sich und die Anspannung im Raum stieg schlagartig.

„Was machst du da?" fragte er leise, seine Stimme gefährlich ruhig.

Ich schluckte schwer, versuchte, meine Nerven zu beruhigen.

„Ich überprüfe Beweise, die wir bei der Durchsuchung gefunden haben."

Er trat um den Schreibtisch herum, seine Augen auf den Bildschirm gerichtet. Als er den USB-Stick bemerkte, verengten sich seine Augen. „Das sieht nicht aus wie etwas, das du offiziell protokolliert hast."

Ich spürte, wie mein Atem schneller ging. „Ich wollte nur sicherstellen, dass es etwas Relevantes ist, bevor ich es melde."

Seine Hand schnappte nach meinem Arm, zog mich hoch, bevor ich reagieren konnte.

„Was glaubst du, was du da tust?" zischte er, seine Stimme plötzlich laut und bedrohlich.

„Du hast keine Befugnis, Beweise zu unterschlagen, Victoria. Weißt du, was das bedeutet?"

„Ich unterschlage nichts!" protestierte ich, doch meine Stimme war leise, meine Worte unsicher. „Ich versuche, Antworten zu finden!"

„Du versuchst, dich selbst in Schwierigkeiten zu bringen!" Er drängte mich gegen die Wand, seine Hand auf meiner Schulter, seine Finger so fest, dass es schmerzte. Sein Gesicht war so nah, dass ich seinen Atem auf meiner Haut spüren konnte.

„Du bringst uns alle in Gefahr mit deinem verdammten Stolz."

Ich wollte ihn wegstoßen, doch ich wusste, dass ich keine Chance hatte. Er war stärker und er wusste es. Doch bevor ich etwas tun konnte, öffnete sich die Tür.

„Detective Barnes?" Carters Stimme ließ uns beide erstarren. Er stand im Türrahmen, seine Augen geweitet, als er die Szene vor sich sah.

Marcus richtete sich auf, ließ mich los und drehte sich um, sein Gesicht sofort wieder ruhig und kontrolliert.

„Carter", sagte er mit einem charmanten Lächeln. „Tut mir leid, dass Sie das sehen mussten. Meine Frau und ich hatten eine kleine... hitzige Diskussion über den Fall."

Carter sah von ihm zu mir, seine Augen suchten nach Antworten, doch ich konnte nichts sagen. Meine Kehle war wie zugeschnürt.

„Alles in Ordnung hier, Detective Barnes?" fragte Carter schließlich, doch seine Stimme klang zögerlich.

Bevor ich antworten konnte, trat mein Mann näher und legte eine Hand an meine Wange, seine Berührung plötzlich sanft. „Alles ist in Ordnung", sagte er und zog mich in einen Kuss, der so abrupt kam, dass ich erstarrte. Es war nicht zärtlich, nicht liebevoll. Es war Besitz. Kontrolle.

Er ließ mich los und wandte sich an Carter. „Wir sollten uns um den Bericht kümmern. Victoria wird sich später beruhigen."

Carter sah mich an, als wollte er etwas sagen, doch mein Mann legte ihm die Hand auf die Schulter und führte ihn hinaus. Die Tür schloss sich hinter ihnen und ich stand allein in meinem Büro, die Wände schienen sich um mich zu schließen.

Ich spürte, wie die Tränen brannten, doch ich zwang sie zurück. Das Spiel ging weiter und ich musste einen Weg finden, es zu gewinnen. Bevor es mich endgültig zerstörte.

Kapitel 7: Zerbrochene Fassade

Damian

Die Bar war genauso wie immer – stickig, düster und mit
dem leisen Summen von Gesprächen gefüllt, die
niemand wirklich hören wollte. Ich saß wieder in meiner
Ecke, ein Glas Whiskey vor mir, während ich auf sie
wartete. Ich wusste, dass sie kommen würde. Victoria
war zu vorhersehbar, zu routiniert. Was ich nicht wusste,
war, wie spät es werden würde.

Sie kam später als sonst, die Tür fiel schwer hinter ihr
zu. Ich bemerkte sie sofort. Sie wirkte... anders. Ihre
Schultern waren gesenkt, ihr Gang war langsamer, fast
wie unter einem unsichtbaren Gewicht. Selbst aus der
Entfernung konnte ich sehen, dass sie einen schlechten
Tag gehabt hatte. Schlechter als sonst.
Sie setzte sich an ihren üblichen Platz am Tresen, und
der Barkeeper und Besitzer, Joe, den ich mittlerweile
fast ebenso gut kannte wie sie, stellte ihr automatisch
einen Moscow Mule hin. Doch sie rührte ihn nicht an.
Sie starrte auf das Glas, ihre Finger strichen nervös
über den Rand, als suchte sie darin eine Antwort, die sie
nicht finden konnte.

Ich wartete nicht. Ich zögerte keinen Moment.

Mit meinem Glas in der Hand stand ich auf und ging zu
ihr, meine Schritte ruhig, aber entschieden. Ich setzte

mich neben sie, ließ einen Stuhl Abstand, aber nicht genug, um unauffällig zu bleiben. Sie bemerkte mich sofort. Ihre blauen Augen wanderten zu mir und ich sah die Erschöpfung darin, die Frustration – und die Wut.

„Später Abend für dich", sagte ich ruhig, nahm einen Schluck aus meinem Glas, ohne sie direkt anzusehen. Sie seufzte leise, ein Geräusch, das fast unterging, aber ich hörte es trotzdem.

„Nicht in der Stimmung für Smalltalk", murmelte sie und wandte ihren Blick wieder dem Glas vor sich zu.

„Dann lass uns den überspringen", entgegnete ich.

„Schlechter Tag?"

Sie warf mir einen Blick zu, ihre Augen blitzten auf, und für einen Moment dachte ich, sie würde mich wegschicken. Doch sie tat es nicht. Stattdessen lehnte sie sich zurück, griff nach ihrem Glas und nahm einen großen Schluck. „Das ist eine Untertreibung."

Ich ließ mein Glas auf den Tresen sinken und drehte mich leicht zu ihr.

„Willst du drüber reden?"

Victoria lachte leise, ein bitteres, fast höhnisches Lachen.

„Ich kenne dich nicht einmal. Warum sollte ich mit dir reden?"

„Vielleicht, weil ich dir nicht nahestehe", sagte ich ruhig. „Manchmal ist es einfacher, mit Fremden zu reden."

Sie schwieg, starrte wieder auf ihr Glas, als überlegte sie, ob sie mir glauben sollte. Schließlich hob sie die Schultern, ein kleines, erschöpftes Zucken.

„Es ist... alles. Die Arbeit. Die Leute. Alles fühlt sich an,

als würde es mich erdrücken. Weißt du, wie das ist?"
„Ja", sagte ich schlicht, ohne Zögern. „Das weiß ich."

Sie sah mich an, ihre Augen suchten nach etwas – nach
einer Lüge, nach einer Maske. Doch ich ließ sie nichts
finden. Das war der Trick. Keine Maske, nur die
Wahrheit oder zumindest das, was sie für die Wahrheit
hielt.
„Was machst du?" fragte sie schließlich, ihre Stimme
leiser jetzt, fast ein Flüstern.
„Du kommst hierher, redest mit mir... Warum?"
Ich zuckte mit den Schultern, ließ ein schiefes Lächeln
spielen.
„Vielleicht interessiert es mich, was dich so zerbricht."
Ihre Augen verengten sich leicht und ich wusste, dass
sie die Worte abwog, sie von allen Seiten betrachtete,
bevor sie sie akzeptierte. Doch bevor sie antworten
konnte, stellte Joe ihr einen zweiten Drink hin und
wandte sich dann mir zu. „Noch einen für dich?"
„Warum nicht", sagte ich und schob mein Glas zu ihm.

Die Stille zwischen uns war jetzt anders. Schwerer, aber
nicht unangenehm. Sie spielte mit ihrem Glas, während
ich sie beobachtete, mein Blick ruhig, kontrolliert.
„Vielleicht solltest du dich einfach ablenken", sagte ich
schließlich, meine Stimme leise genug, dass nur sie es
hören konnte.
„Ablenken?" Sie lachte bitter. „Von was? Meinem
kompletten Desaster von einem Leben?"
Ich lehnte mich näher zu ihr, meine Ellbogen auf den
Tresen gestützt.

„Vielleicht. Oder vielleicht von dem, was du dir nicht eingestehst."

Sie starrte mich an und ich konnte sehen, wie meine Worte etwas in ihr auslösten. Es war nur ein kleiner Riss, aber das war genug. Ein Riss war alles, was ich brauchte.

„Du bist seltsam", murmelte sie schließlich, nahm einen weiteren großen Schluck aus ihrem Glas und stellte es mit einem leichten Klirren ab. „Aber wenigstens ehrlich."

„Ich nehme das als Kompliment", sagte ich ruhig und lehnte mich zurück, meine Haltung wieder entspannt.

Victoria sagte nichts mehr und ich drängte nicht. Manchmal musste man das Chaos in jemandem einfach wirken lassen. Manchmal war das Chaos selbst der Schlüssel.

Ich würde warten. So wie immer. Denn ich wusste, dass sie zurückkommen würde.

Sie hatte keine andere Wahl.

****

Victoria

Ich wusste nicht, warum ich ihm nicht einfach den Rücken zu kehrte. Warum ich sitzen blieb und seine Worte in meinem Kopf nachhallen ließ. Vielleicht war es, weil er mich nicht mitleidig ansah wie die anderen. Vielleicht, weil er keine Fragen stellte, die nach einfachen Antworten verlangten. Oder vielleicht, weil ich einfach zu erschöpft war, um wegzugehen.

Der Fremde – ich kannte nicht einmal seinen Namen – war seltsam. Seine Ruhe irritierte mich. Es war, als würde er mehr über mich wissen, als er sollte, und ich hasste das. Und doch... war da etwas an ihm. Etwas, das mich dazu brachte, zu bleiben.

Ich nahm einen weiteren Schluck aus meinem Glas, das mittlerweile fast leer war, und stellte es ab. „Du hast gesagt, du weißt, wie das ist – dieses Gefühl, erdrückt zu werden. Ist das wahr? Oder war das nur eine weitere dieser mysteriösen Floskeln, die du so gerne benutzt?"
Er lehnte sich zurück, sein Blick war ruhig, aber intensiv.
„Ich lüge nicht", sagte er schlicht. „Ich weiß, wie es ist, zu kämpfen, während die Welt versucht, dich zu brechen."
Ich wollte lachen, aber das Geräusch blieb mir im Hals stecken.
„Und? Wie gehst du damit um?"
Er zog die Schultern hoch, sein Blick wanderte kurz zum Tresen.
„Manchmal kämpfst du zurück. Manchmal lässt du es dich zerbrechen. Und manchmal... wartest du einfach ab, bis du deinen Moment findest."
Seine Worte trafen mich härter, als ich zugeben wollte.
Es fühlte sich an, als würde er meine Gedanken laut aussprechen. Ich wusste nicht, ob ich wütend auf ihn

sein sollte oder dankbar, dass er es sagte.

„Ich weiß nicht, ob ich meinen Moment noch finde",
murmelte ich schließlich, fast zu leise, um es zu hören.

„Vielleicht nicht", antwortete er ruhig. „Aber das heißt
nicht, dass du nicht weitersuchen solltest."

Die Zeit verging in einer seltsamen Mischung aus Stille
und kurzen, scharfen Sätzen, die mehr über mich
verrieten, als ich wollte. Doch er schien kein Urteil zu
fällen, kein Mitleid zu zeigen. Es war... seltsam
beruhigend.

Als die Nacht fortschritt und die Bar langsam leerer
wurde, fühlte ich mich schwer. Nicht vom Alkohol,
sondern von der Erkenntnis, wie sehr mein Leben aus
der Kontrolle geraten war. Es war nicht nur die Arbeit,
die ständigen Blicke der Kollegen, das Gefühl, dass
jeder dachte, ich sei zerbrochen. Es war auch... er. Mein
Mann. Seine Worte, seine Wut, sein Griff, der sich
anfühlte wie eine Kette, die mich langsam erstickte.

Ich stand auf, schwankte leicht und griff nach meiner
Tasche. Der Fremde sah mich an, aber er sagte nichts.
Er wartete. Das tat er immer, oder? Warten.

„Ich... muss gehen", sagte ich, meine Stimme klang rau
und schwach.

Er nickte nur. „Pass auf dich auf, Victoria."

Mein Herz setzte einen Schlag aus. „Woher weißt du
meinen Namen?" fragte ich, mein Blick scharf auf ihn
gerichtet.

Er hielt meinem Blick stand, ohne auch nur mit der

Wimper zu zucken. „Kleine Stadt", sagte er schlicht. „Und du bist ein Cop. Du glaubst doch nicht, dass die Leute dich nicht kennen?"
Ich wollte ihm glauben, aber irgendetwas an der Art, wie er es sagte, ließ mich zögern. Ich spürte, wie sich meine Kehle zuschnürte, doch ich zwang mich, ruhig zu bleiben. Ich drehte mich um und verließ die Bar, mein Herz schlug schneller, als es sollte.

Draußen war die Luft kalt und klar und ich zog meinen Mantel enger um mich. Meine Schritte hallten auf dem Bürgersteig und obwohl die Straßen leer wirkten, konnte ich das Gefühl nicht abschütteln, dass jemand mir folgte. Ich drehte mich um, sah aber niemanden. „Reiß dich zusammen, Victoria", murmelte ich zu mir selbst und ging weiter. Doch das Gefühl blieb. Ein leises Flüstern in meinem Kopf, das mir sagte, dass ich beobachtet wurde.

Als ich endlich zu Hause ankam, verriegelte ich die Tür hinter mir und ließ mich schwer gegen das Holz sinken. Meine Hände zitterten, meine Gedanken rasten. Wer war dieser Mann? Und warum fühlte es sich an, als würde er mehr über mich wissen, als er sollte? Ich wusste, dass ich keine Antworten finden würde, indem ich hier saß und mich von meinen Gedanken verschlingen ließ. Doch ich konnte auch nicht zurückgehen. Nicht zu ihm, nicht zur Bar. Ich war gefangen, in einer Spirale aus Unsicherheit und

Dunkelheit und ich hatte keine Ahnung, wie ich da wieder herauskommen sollte.

Das Licht im Flur war gedimmt, als die Stille des Hauses mich umfing. Ein dumpfer Schmerz pochte in meinem Kopf und ich spürte den leichten Schwindel des Moscow Mule, der noch in meinen Adern pulsierte. Es war nicht viel, aber es war genug, um mich zu entspannen – zumindest für ein paar Stunden.

Ich streifte meine Schuhe ab, ließ meine Tasche auf den Boden sinken und seufzte leise. Alles, was ich wollte, war eine heiße Dusche und ein paar Stunden Schlaf, bevor der nächste Tag begann. Doch als ich das Wohnzimmer betrat, blieb ich wie angewurzelt stehen. Er saß da. Marcus. Mein Mann. Im Dunkeln. Nur das schwache Licht der Straßenlaternen schimmerte durch die Vorhänge und warf Schatten auf sein Gesicht. Seine Haltung war angespannt, seine Hände auf den Armlehnen des Sessels verkrampft und seine Augen waren auf mich gerichtet – kalt, berechnend, wie ein Raubtier, das seine Beute fixiert.
„Spät dran", sagte er leise, seine Stimme ein Messer, das durch die Stille schnitt.
Mein Atem stockte und ich spürte, wie mein Herzschlag schneller wurde.
„Ich war im Joe's", sagte ich, meine Stimme brüchig, während ich versuchte, einen neutralen Ton zu treffen.
„Ich brauchte etwas Zeit für mich."
Er stand auf, langsam, bedrohlich und kam auf mich zu. Seine Schritte waren leise, aber jeder von ihnen ließ

meinen Magen sich zusammenziehen.

„Im Joe's?" wiederholte er, als wäre es ein Verbrechen und sein Blick wanderte zu mir hinunter. „Du bist angetrunken."

Ich schüttelte den Kopf, doch mein Gleichgewicht verriet mich.

„Ich hatte nur ein paar Drinks. Ich bin nicht—"

„Du bist Polizistin, Victoria!" fauchte er und unterbrach mich. Seine Stimme war plötzlich laut, voller Wut, die er nicht mehr verbergen konnte. „Du hast eine Verantwortung, verdammt noch mal! Und du stolperst betrunken nach Hause wie irgendein verdammter Niemand?"

Ich wich zurück, meine Kehle war trocken, meine Gedanken rasten.

„Ich bin nicht betrunken", versuchte ich erneut, aber meine Worte schienen ihn nur noch mehr anzustacheln. Marcus packte meinen Arm, sein Griff war fest, schmerzhaft.

„Du blamierst mich, Victoria. Weißt du das? Was glaubst du, was passiert, wenn jemand dich so sieht? Wenn jemand davon erfährt?"

„Lass mich los", sagte ich, meine Stimme leiser, aber ich wusste, dass er nicht hören wollte. Es ging nicht um mich. Es ging nie um mich. Es ging um ihn, um seine Kontrolle, um seine verdammte Fassade der Perfektion.

Er drängte mich gegen die Wand, sein Gesicht war nah an meinem und ich konnte den stechenden Geruch seines Aftershaves riechen. „Ich habe genug von deinem Verhalten", zischte er. „Genug von deinem

Mitleidsspiel, genug von deinem unprofessionellen Mist."

Mein Puls raste, meine Hände zitterten, doch ich biss die Zähne zusammen, ließ keinen Laut von mir hören. Das war es, was er wollte – mich brechen, mich schwach sehen. Aber das würde ich ihm nicht geben. Seine Hand glitt von meinem Arm zu meiner Wange, eine Geste, die fast sanft wirkte, doch ich konnte die Gewalt dahinter spüren.
„Du wirst dich zusammenreißen", sagte er leise, seine Stimme ein gefährliches Flüstern.
„Du wirst aufhören, mich zu blamieren. Verstanden?"
Ich nickte stumm, meine Kehle zugeschnürt, während Tränen in meinen Augen brannten, die ich nicht zuließ. Ich spürte, wie er mich musterte, wie er mich abschätzte, bevor er einen Schritt zurücktrat.
„Geh schlafen", sagte er, als wäre nichts passiert und drehte sich um, um den Raum zu verlassen. Doch bevor er die Tür erreichte, warf er mir einen letzten Blick zu, sein Lächeln kalt und voller Kontrolle.
„Morgen werden wir über deine Disziplin sprechen."

Als er verschwand, sank ich an der Wand hinunter, meine Hände krallten sich in meine Knie. Die Wut, die Angst, der Schmerz – sie mischten sich zu einem Sturm, der mir den Atem raubte. Ich war gefangen und er wusste es. Doch in meinem Inneren brodelte etwas – ein leiser, dunkler Funke, der sich weigerte, zu erlöschen. Eines Tages, sagte ich mir. Eines Tages würde ich ihn brechen, so wie er mich gebrochen hatte.

Eines Tages würde ich frei sein.

Kapitel 8: Das süße Gift

Victoria

Der Geruch von frisch gebrühten Kaffee und knusprig gebratenem Speck weckte mich. Mein Kopf fühlte sich schwer an, der leichte Schwindel von letzter Nacht war einer dumpfen Benommenheit gewichen. Ich lag eine Weile still und starrte an die Decke, während die Erinnerungen an den Abend sich in meinem Geist formten. Sein Gesicht. Seine Wut. Die Art, wie er mich gegen die Wand gedrängt hatte. Und dann... Nichts. Doch jetzt war da dieser Duft, so vertraut wie das Muster, das immer folgte.

Ich zog mich an und ging langsam in die Küche. Und da war er – mein Mann. Perfekt gekleidet, seine Ärmel leicht hochgekrempelt, während er lächelnd an der Arbeitsplatte stand und die letzten Rühreier auf zwei Teller verteilte. Ein Bild von häuslicher Harmonie, wie aus einem Werbespot.

„Guten Morgen, Schatz", sagte er, seine Stimme warm und freundlich, als wäre nichts gewesen. Als hätte er mich nicht letzte Nacht angeschrien, bedroht, kontrolliert.

Ich sagte nichts, setzte mich an den Tisch, wo bereits ein Platz für mich vorbereitet war: Saft, Kaffee, mein Lieblingsmarmeladenbrot – alles perfekt arrangiert.

Es war Teil seines Musters. Nach jedem Ausbruch kam die Wiedergutmachung.

„Ich dachte, du könntest ein gutes Frühstück gebrauchen", fuhr er fort und setzte sich mir gegenüber. Sein Lächeln war weich, fast liebevoll, während er mir die Tasse Kaffee reichte. „Wir haben beide gestern überreagiert."

Überreagiert. Das war sein Wort für seine Wut. Für seine Gewalt. Für sein Bedürfnis, mich zu kontrollieren. Und jedes Mal, wenn er es sagte, sollte es so klingen, als trage ich eine Mitschuld.

„Danke", murmelte ich und nahm die Tasse, obwohl der Kaffee mir fast den Hals zuschnürte. Ich trank einen Schluck, ließ die Wärme sich in meinem Körper ausbreiten, während ich innerlich mit der Kälte kämpfte, die er hinterließ.

Er beobachtete mich eine Weile, bevor er weitersprach. „Ich weiß, dass die letzten Wochen schwer für dich waren, Victoria. Der Job, der Verlust von Marc... Es ist viel, das verstehe ich."

Seine Worte waren genau richtig, genau so gewählt, dass sie tröstlich und verständnisvoll klangen. Doch ich konnte den kontrollierenden Unterton darunter hören, den unausgesprochenen Befehl, mich zusammenzureißen.

„Es wird besser werden", sagte er, seine Hand legte sich über meine, seine Berührung warm, aber schwer. „Wir müssen nur zusammenhalten, uns gegenseitig unterstützen. Wie immer."

Wie immer. Ich wollte lachen, aber ich konnte es nicht. Wir hatten uns nie gegenseitig unterstützt. Es war immer nur er, der die Zügel hielt, während ich mich daran festhielt, um nicht zu fallen.

„Natürlich", sagte ich leise, während ich einen Bissen von dem Brot nahm, der sich in meinem Mund wie Asche anfühlte.

Er lächelte, als hätte ich ihm genau das gesagt, was er hören wollte.

„Das wusste ich. Du bist stark, Victoria. Und ich bin hier, um dir zu helfen."

Ich wollte schreien, wollte ihm ins Gesicht werfen, dass er nicht half, sondern zerstörte. Doch ich wusste, dass es keinen Sinn hatte. Es war immer das gleiche Spiel. Nach der Dunkelheit kam das süße Gift – die sanften Worte, die leisen Versprechen, die er nie hielt.

„Ich habe heute eine Besprechung mit dem Commissioner", sagte er, während er sein Frühstück aufaß. „Wir müssen einige Punkte zum Heller-Fall besprechen. Du solltest dich auf die Routinefälle konzentrieren. Es wird dir helfen, wieder in den Rhythmus zu kommen."

„Natürlich", sagte ich erneut, die Worte kamen automatisch. Das war es, was er hören wollte, also gab ich es ihm. Es war einfacher so.

Er stand auf, trat hinter mich und küsste mich leicht auf die Wange.

„Ich bin stolz auf dich, Victoria. Du wirst das alles hinter dir lassen. Und ich werde da sein, um dir zu helfen."

Ich blieb still, mein Blick auf den Teller vor mir gerichtet, während er sich fertig machte und das Haus verließ.

Erst als ich das Geräusch der Tür hörte, ließ ich den Atem aus, den ich unbewusst angehalten hatte.

Das Spiel war vorbei. Zumindest für den Moment.

Ich saß eine Weile reglos am Tisch, bevor ich schließlich die Tasse nahm und sie mit einem einzigen Schluck leerte. Die Wärme des Kaffees war weg, genauso wie die Illusion von Normalität, die er versucht hatte zu erschaffen.

Ich wusste, dass ich nicht ewig in diesem Muster gefangen sein konnte. Doch die Frage war: Wie brach man aus einem Käfig aus, wenn der Schlüssel in den Händen desjenigen lag, der dich darin gefangen hielt?

****

Die Luft war kühl und klar, der Himmel noch blass vom nahenden Sonnenaufgang, als ich die Tür hinter mir schloss und die ersten Schritte setzte. Joggen war die einzige Flucht, die ich hatte – ein paar kostbare Minuten, in denen ich das Gefühl hatte, die Kontrolle zu haben, selbst wenn es nur über meinen Atem und meine Schritte war.

Ich zog meine Kapuze über den Kopf, die Hände in die Taschen meiner dünnen Jacke vergraben, während ich die leeren Straßen entlanglief. Der Rhythmus meiner Schritte, das konstante Pochen meiner Schuhe auf dem Asphalt, beruhigte meine Gedanken. Hier draußen, in der Stille des Morgens, fühlte ich mich für einen Moment frei.

Ich lief die gewohnte Route entlang, vorbei an kleinen Häusern und geschlossenen Geschäften, deren Schilder noch von der Nacht erleuchtet waren. Die Routine war beruhigend, fast wie eine Meditation, doch mein Kopf ließ mich nicht los. Die Bilder von letzter Nacht spielten sich immer wieder ab – sein Gesicht, seine Stimme, die Kälte in seinen Augen, die nur von seinem charmanten Lächeln am nächsten Morgen überdeckt wurde.

Ich lief schneller, als könnte ich den Gedanken davonlaufen, meine Beine arbeiteten härter, mein Atem wurde schwerer. Doch die Wahrheit war: Ich konnte nicht entkommen. Nicht vor ihm. Nicht vor dem Käfig, den er für mich gebaut hatte.

Als ich den Park erreichte, wo ich normalerweise kurz anhielt, spürte ich, wie sich meine Brust zusammenzog. Die Bänke waren leer, der Platz friedlich, doch in mir war nichts Friedliches. Mein Blick wanderte zu der kleinen Brücke, die über den schmalen Fluss führte und ich blieb stehen, die Hände auf meine Knie gestützt, während ich nach Luft rang.

Ich fühlte mich beobachtet.

Der Gedanke kam plötzlich, schoss wie ein kalter Blitz durch meinen Kopf. Ich richtete mich langsam auf und ließ meinen Blick über den Park schweifen. Da war niemand, zumindest niemand, den ich sehen konnte. Doch das Gefühl blieb – ein dumpfes Pochen in meinem Nacken, das ich nicht abschütteln konnte.

War ich paranoid? Wahrscheinlich. Nach allem, was passiert war, wäre es kein Wunder. Und doch konnte ich nicht leugnen, dass es da war – dieses unbestimmte Gefühl, dass jemand in den Schatten lauerte.

Ich setzte meinen Lauf fort, zwang meine Beine, sich weiter zu bewegen, auch wenn das Gefühl der Unruhe nicht verschwand. Die vertraute Strecke brachte mich schließlich zurück zu meinem Viertel und als ich vor meinem Haus ankam, blieb ich stehen, meine Hände wieder auf die Knie gestützt.

Mein Atem ging schnell, mein Herz schlug laut in meiner Brust, doch es war nicht die Erschöpfung des Laufens, die mich so fühlen ließ. Es war etwas anderes – etwas, das mich dazu brachte, einen letzten Blick über die Straße zu werfen, bevor ich hineinging.

Da war niemand. Natürlich nicht. Und doch fühlte ich, dass ich beobachtet wurde.

Ich schloss die Tür hinter mir ab, zog meine Schuhe aus und lehnte mich für einen Moment gegen die Wand. Der Lauf hatte mir nichts gebracht. Keine Ruhe, keine Klarheit, keine Flucht.

Die Realität wartete auf mich. Und sie war unerbittlich.

Kapitel 9: Jägerblick

Damian

Die Morgenluft war kalt, die Art von Kälte, die sich in die Knochen fraß, wenn man lange genug still stand. Aber ich war geduldig. Geduld war das Wichtigste im Spiel des Jagens. Und Victoria? Sie war die perfekte Beute. Stark, aber mit Rissen in ihrer Fassade. Schlau, aber nicht schlau genug, um mich zu bemerken.

Ich hatte ihren Rhythmus studiert und heute Morgen war keine Ausnahme. Sie joggte die gleiche Strecke, immer zur gleichen Zeit. Ihre Bewegungen waren flüssig, aber ich konnte die Anspannung in ihrer Haltung sehen, die Zerrissenheit, die sie mit jedem Schritt von sich wegzudrängen versuchte.
Ich hielt mich im Schatten der Bäume, immer einen Schritt zurück, immer außerhalb ihres Blickfelds. Es war nicht schwer, unbemerkt zu bleiben. Sie war aufmerksam, das wusste ich, aber auch abgelenkt von den Dämonen, die sie zu bekämpfen versuchte. Ich war

einfach ein weiterer Schatten in ihrer ohnehin schon dunklen Welt.

Als sie den Park erreichte und an der kleinen Brücke stehen blieb, hielt ich inne. Sie lehnte sich nach vorne, die Hände auf die Knie gestützt, ihr Atem sichtbar in der kalten Luft. Ich sah, wie sie sich umblickte, ihr Blick wanderte durch die Leere des Parks, aber sie sah mich nicht.

Doch ich wusste, dass sie mich spürte.

Das war das Faszinierende an ihr. Sie war instinktiv, fast wie ein Raubtier, das wusste, wann es beobachtet wurde. Aber sie war nicht stark genug, um mich zu sehen – noch nicht. Sie stand da, ihr Körper angespannt, ihre Augen suchend, aber ich war nicht dumm. Ich blieb unsichtbar.

Ich folgte ihr zurück durch die Straßen, immer mit ausreichend Abstand. Sie lief schneller, als würde sie versuchen, irgendetwas abzuschütteln, das sie verfolgte. Vielleicht mich. Vielleicht ihre eigenen Gedanken. Vielleicht beides.
Als sie vor ihrem Haus stehen blieb und sich nach Luft rang, versteckte ich mich hinter einem geparkten Wagen, beobachtete, wie sie sich langsam aufrichtete und über die Straße blickte. Ihr Gesicht war eine Maske, die sie mühsam aufrechterhielt, doch ich konnte die Müdigkeit in ihren Augen sehen, die Frustration in der Art, wie sie sich bewegte.

Ich lehnte mich zurück, beobachtete, wie sie ihre Tür öffnete und im Inneren verschwand. Die Straße war wieder still, doch ich blieb, ließ meinen Blick auf dem Fenster ruhen, in dem ich kurz ihre Silhouette sah, bevor sie verschwand.

Ich wusste nicht, warum ich das tat. Warum ich sie nicht einfach erledigte und den Job beendete. Sie war mein Auftrag, nichts weiter. Und doch hielt ich mich zurück, beobachtete sie, studierte sie, als wäre sie mehr als nur ein Ziel.
Vielleicht war es ihre Dunkelheit, die mich anzog, die Art, wie sie mit jedem Schritt gegen etwas Unsichtbares kämpfte. Oder vielleicht war es einfach die Tatsache, dass sie mich an etwas erinnerte, das ich längst verloren hatte.

Was auch immer es war, es war gefährlich. Und doch konnte ich nicht aufhören.
Ich trat zurück in die Schatten, mein Atem war ruhig, kontrolliert, während die Kälte mich umfing. Sie würde wiederkommen, das wusste ich. Und ich würde warten. Denn das war es, was ich tat. Warten. Beobachten. Jagen.

****

Die Bar war genauso, wie sie immer war – dunkel, verraucht, voller Menschen, die versuchten, sich zu vergessen. Ich saß an meinem üblichen Platz in der Ecke, ein halb leeres Glas Whiskey vor mir, während ich den Raum beobachtete. Doch heute war es anders. Etwas fehlte.

Victoria.

Es war seltsam, wie sehr ihre Abwesenheit den Raum verändern konnte. Normalerweise war sie wie ein stiller Sturm, eine Präsenz, die die Luft spannte, auch wenn sie nichts sagte. Doch heute war sie nicht da und die Leere, die sie hinterließ, war spürbar.
Ich nahm einen Schluck aus meinem Glas, ließ den Alkohol in meiner Kehle brennen, während ich die Tür im Auge behielt. Jede Person, die hereinkam, ließ meinen Blick kurz aufblitzen, doch keiner von ihnen war sie. Die Minuten vergingen und mein Geduldsfaden wurde immer kürzer.

Wo war sie?

Ich zog eine Zigarette aus der Packung in meiner Tasche und zündete sie an, nahm einen tiefen Zug, während meine Gedanken sich zu verdunkeln begannen. Es war nicht normal für sie, ihre Routine zu durchbrechen. Sie war eine Frau, die sich an Muster hielt – nicht aus Bequemlichkeit, sondern aus Notwendigkeit. Ihre Welt war ein Chaos und diese kleinen Gewohnheiten waren ihre Anker.
Doch heute Abend hatte sie die Kette gebrochen.
Warum?
Ein Teil von mir fragte sich, ob es an mir lag. Ob ich zu viel getan hatte, zu nah gekommen war. Vielleicht hatte

sie etwas gespürt, etwas geahnt, und war deshalb nicht hier. Aber das passte nicht zu ihr. Sie war misstrauisch, ja, aber sie lief nicht davon. Nicht so einfach.

Die Bar begann sich zu leeren, die Gespräche wurden leiser und das Klirren der Gläser war das einzige Geräusch, das blieb. Ich drückte die Zigarette in dem Aschenbecher aus und lehnte mich zurück, ließ meinen Blick durch den Raum wandern. Joe, war der einzige, der noch mit Energie arbeitete, während er die letzten Tische abräumte.
„Sieht aus, als würde sie heute nicht auftauchen", sagte er plötzlich, ohne mich anzusehen. Seine Stimme war ruhig, fast beiläufig.
Ich sah ihn an, mein Gesicht blieb unbewegt. „Wovon redest du?"
Er zuckte mit den Schultern und stellte ein Glas in die Spüle.
„Victoria. Du bist nicht so subtil, wie du denkst. Jeder hier hat bemerkt, dass du auf sie wartest." Ich schwieg, meine Hand um das Glas fester. „Und wo ist sie?"
Joe hielt inne, seine Hände auf dem Tresen abgestützt und sah mich an.
„Weiß ich nicht. Sie ist ein Gewohnheitstier, das stimmt. Aber manchmal, weißt du, brechen Menschen aus ihren Mustern aus. Vielleicht hat sie heute entschieden, etwas anderes zu tun."
Oder vielleicht, dachte ich, hat sie keine Wahl gehabt.

Ich zahlte meine Rechnung, ließ das Glas stehen und ging hinaus in die kalte Nacht. Der Wind biss mir ins

Gesicht und ich zog meine Jacke enger um mich. Die Straßen waren leer und die Stille war bedrückend.

Ich wusste, dass ich sie finden würde. Es war nicht die Frage des Ob, sondern des Wann. Victoria Barnes war nicht die Art von Frau, die einfach verschwand. Sie war die Art von Frau, die sich durchkämpfte, egal wie tief sie fiel. Aber heute Nacht war sie irgendwo da draußen und ich wusste, dass sie nicht allein war – ob sie es wusste oder nicht.

Ich zog die Kapuze über meinen Kopf, zündete mir eine weitere Zigarette an und verschwand in die Dunkelheit.

Das Spiel war noch nicht vorbei. Es hatte nur eine neue Richtung eingeschlagen.

Der Wind zog durch die leeren Straßen, während ich ziellos ging. Mein Kopf war voll von Gedanken, die ich nicht ordnen konnte – ihre Abwesenheit in der Bar, die brennende Frage, wo sie war und das Gefühl, dass etwas nicht stimmte. Es war mehr als nur eine Routineunterbrechung. Es war ein Bruch in ihrer Welt und ich wollte wissen, warum.

Als ich an einem kleinen italienischen Restaurant vorbeikam, blieb ich abrupt stehen. Mein Blick wanderte durch die großen Fensterfronten, die den Innenraum warm und einladend wirken ließen. Und da war sie.

Victoria.

Sie saß an einem Tisch in der Mitte des Restaurants, ihr Gesicht halb von ihrem Mann verdeckt, der neben ihr saß. Sein Arm lag locker um ihre Schultern, während er mit der anderen Hand ein Glas Wein hob. Sein Lächeln war breit, fast strahlend und seine Augen fixierten sie, als wäre sie der Mittelpunkt seines Universums.

Ich spürte, wie mein Magen sich zusammenzog.

Sie waren nicht allein. Mit ihnen am Tisch saßen zwei andere Paare, alle gut gekleidet, mit perfekt inszeniertem Lächeln. Es war die Art von Abend, bei der jeder so tat, als wäre alles perfekt, während die Gespräche oberflächlich blieben und die Gläser klangen. Doch das war nicht das, was mich störte.

Es war ihr Gesicht.

Victoria saß dort, die Schultern leicht gesenkt, ein schwaches Lächeln auf den Lippen, das nicht ihre Augen erreichte. Sie lachte, wenn die anderen lachten, hob ihr Glas, wenn es erwartet wurde und ließ es zu, dass ihr Mann sie immer wieder küsste. Auf die Wange, auf die Stirn, sogar kurz auf die Lippen. Es wirkte fast zärtlich. Liebevoll. Für jemanden, der sie nicht kannte, wäre es ein perfektes Bild einer glücklichen Ehe gewesen.

Doch ich wusste es besser.

Mein Blick blieb auf ihr haften, während ich in den Schatten vor dem Restaurant stehen blieb. Sie wirkte angespannt, selbst in der scheinbaren Wärme des Abends. Jeder Kuss, jede Berührung, jedes Lächeln ihres Mannes war zu perfekt, zu inszeniert. Es war nicht echt. Es war ein Schauspiel und sie spielte ihre Rolle – wie immer.

Ich sah, wie sie unbewusst an ihrem Weinglas drehte,

ihre Finger immer wieder über den Rand strichen. Ein kleines Zeichen, das niemand am Tisch bemerkte. Aber ich tat es. Es war ein Reflex, ein Hinweis darauf, dass sie nicht hier sein wollte, dass sie sich selbst beruhigen musste.

Ihr Mann beugte sich vor, flüsterte ihr etwas ins Ohr, das sie kurz lächeln ließ. Doch das Lächeln verschwand so schnell, wie es gekommen war und sie wandte ihren Blick ab, starrte für einen Moment auf den Tisch, bevor sie wieder in die Konversation eintauchte.

Ich ballte meine Hände zu Fäusten in den Taschen meiner Jacke. Warum ließ sie das zu? Warum spielte sie mit? Ich wusste, dass sie stark war, dass sie kämpfen konnte und doch saß sie da, gefangen in dieser Farce, als hätte sie keine Wahl. Und vielleicht hatte sie das wirklich nicht.
Doch etwas an diesem Bild – an der Art, wie ihr Mann sie ansah, wie er sie ständig berührte, als müsste er sie markieren – ließ eine Welle von Wut in mir aufsteigen. Es war nicht Liebe, die er ihr zeigte. Es war Besitz. Kontrolle.
Ich hätte gehen sollen. Ich hätte das Bild vor mir ignorieren, mich zurückziehen und meinen Job im Auge behalten sollen. Doch ich konnte nicht. Etwas an ihr, an diesem zerbrechlichen Lächeln, hielt mich fest.
Ich blieb, bis sie und die anderen aufstanden. Ihr Mann zog ihr den Stuhl zurück, legte eine Hand an ihren unteren Rücken, als sie ging. Er küsste sie erneut, diesmal länger und lachte dabei über etwas, das einer

der anderen Männer sagte.

Victoria spielte ihre Rolle perfekt. Doch ich sah den winzigen Moment, als sie über die Schulter zurückblickte, ihre Augen kurz den Raum absuchten, als hätte sie gehofft, etwas oder jemanden zu sehen, der sie rettete.

Sie sah mich nicht. Aber ich war da.

Als sie in der Dunkelheit verschwand, ihre Hand fest in der ihres Mannes, wusste ich, dass sie nicht frei war. Nicht wirklich. Und das machte sie umso faszinierender. Das Spiel wurde komplizierter. Und ich war bereit, es zu spielen.

Kapitel 10: Gefangen in Perfektion

Victoria

Zu Hause war es still, als wir ankamen und ich fühlte, wie die Anspannung in meinem Körper mich lähmte. Der

Abend war genau so verlaufen, wie ich es erwartet hatte. Lächeln, Lachen, Hände halten – das perfekte Schauspiel einer glücklichen Ehe. Alle hatten es geglaubt und das war der Punkt. Sie sollten es glauben.

Mein Mann schloss die Tür hinter uns und legte seine Hand leicht an meinen Rücken, führte mich ins Wohnzimmer. Seine Berührungen waren sanft, fast liebevoll und ich wusste, was als Nächstes kommen würde. Das war immer so nach solchen Abenden. Erst das perfekte Paar in der Öffentlichkeit, dann der perfekte Mann in der Privatsphäre. Es war ein Kreislauf, aus dem ich nicht entkommen konnte.
„Du warst großartig heute Abend", sagte er, als ich mich auf die Couch setzte und meine Schuhe auszog. Seine Stimme war warm, ein Kompliment, das sich wie eine Fessel anfühlte. „Die anderen waren beeindruckt von dir. Von uns."
„Danke", sagte ich leise, mein Blick auf die Schuhe vor mir gerichtet. Meine Stimme klang mechanisch, wie immer, wenn ich mit ihm sprach. Ich hatte gelernt, mich selbst auszuschalten, um zu überleben.

Marcus beugte sich zu mir, legte zwei Finger unter mein Kinn und hob meinen Kopf, bis ich ihn ansehen musste. Sein Lächeln war weich, aber seine Augen waren kalt – die Augen eines Mannes, der die Kontrolle über alles hatte, was ihn umgab.
„Victoria", sagte er leise, „du weißt, dass ich nur das Beste für uns will, oder?"
Ich nickte, zwang mich zu einem schwachen Lächeln.

„Natürlich."

„Gut." Er küsste mich, seine Lippen fest auf meinen, als wollte er mich daran erinnern, wem ich gehörte. Es war kein liebevoller Kuss. Es war ein Statement.

Ich folgte ihm ins Schlafzimmer, meine Bewegungen mechanisch, wie ein Schauspieler, der eine Rolle spielte. Das Licht war gedämpft, die Atmosphäre perfekt inszeniert. Er zog mich an sich, seine Hände glitten über meinen Rücken, während er leise Worte murmelte, die ich nicht wirklich hörte. Es war immer dasselbe.
Ich ließ es geschehen, ließ ihn die Kontrolle übernehmen. Mein Körper reagierte, weil es das war, was er erwartete. Meine Gedanken jedoch waren woanders. Ich dachte an die Bar, an die Freiheit, die ich für ein paar Stunden gefühlt hatte. Und ich dachte an den Fremden mit den dunklen Augen, der mich ansah, als könnte er in meine Seele sehen.
Doch hier, in diesem Moment, war ich gefangen.
Gefangen in der Rolle, die ich spielen musste, um nicht alles zu verlieren. Gefangen in der Illusion, dass ich ein normales Leben führte.

Als er schließlich neben mir einschlief, sein Atem gleichmäßig und ruhig, starrte ich an die Decke. Die Dunkelheit im Raum war erdrückend und ich fühlte, wie die Tränen in meine Augen stiegen, doch ich ließ sie nicht fallen. Tränen bedeuteten Schwäche und Schwäche konnte ich mir nicht leisten.
Ich wusste, dass dieser Moment kommen würde. Der

Moment, in dem ich das Spiel beenden würde. Doch nicht heute. Noch nicht.

Ich lag da, still und reglos, während die Minuten sich zu Stunden dehnten. Sein Arm lag schwer auf mir, eine Erinnerung daran, dass ich ihm gehörte. Doch in meinem Inneren formte sich ein leiser, dunkler Gedanke: *Nicht mehr lange.*

****

Der Morgen im Department begann wie jeder andere. Der Kaffeegeruch hing in der Luft, Kollegen sprachen gedämpft miteinander und die leisen Geräusche von Tastaturen und Telefonen bildeten den Hintergrund für meine Gedanken. Doch in mir tobte ein Sturm. Der Stick, den ich in der Lagerhalle gefunden hatte, ließ mich nicht los. Ich hatte gehofft, ihn heimlich analysieren zu können, aber mein Mann war mir zuvor gekommen – wie immer.

Ich war tief in einen Bericht vertieft, als Carter an den Schreibtisch trat an dem ich gerade saß. Sein Gesichtsausdruck war ernst, aber seine Augen verrieten eine seltsame Mischung aus Anspannung und Entschlossenheit.
„Victoria", sagte er leise, sich zu mir beugend, damit niemand mithören konnte. „Ich habe mir den Stick angesehen."
Mein Kopf schnellte hoch und mein Herz begann schneller zu schlagen.

„Was?" flüsterte ich zurück, meine Augen wanderten nervös durch den Raum, um sicherzugehen, dass niemand uns beobachtete.

„Ich hatte nicht viel Zeit", erklärte er, seine Stimme gedämpft, aber drängend.

„Ich konnte den Stick nur kurz analysieren, bevor ich ihn zurückbringen musste. Wenn dein Mann oder jemand anderes bemerkt hätte, dass er weg war, wäre das ein Desaster gewesen."

„Und?" fragte ich, meine Stimme war kaum mehr als ein Flüstern. „Was war drauf?"

Carter sah sich erneut um, bevor er sich neben mich setzte, seine Haltung fast entspannt, obwohl seine Hände verrieten, wie nervös er war. „Es sind verschlüsselte Dateien, aber ich konnte grob erkennen, worum es geht. Es handelt sich um Finanztransaktionen – große Summen, die von einem Konto auf ein anderes verschoben wurden. Und es gibt Verbindungen zu Personen, die in verschiedenen Drogenkartellen aktiv sind."

Mein Herz setzte einen Schlag aus. „Drogenkartelle?" wiederholte ich ungläubig.

Er nickte. „Es ist keine direkte Verbindung, aber genug, um Fragen zu stellen. Ich habe ein paar Namen gesehen – nichts Konkretes, aber sie könnten relevant sein. Doch ich konnte nicht weiter graben, bevor ich den Stick zurückbringen musste."

Ich ließ die Informationen auf mich wirken, mein Kopf ratterte. Der Stick war wichtiger, als ich gedacht hatte. Wenn das stimmte, dann hatte ich Beweise in der Hand,

die nicht nur den Fall verändern könnten, sondern auch erklären könnten, warum wir angegriffen worden waren.
„Hat jemand etwas gemerkt?" fragte ich schließlich, meine Stimme wieder ruhiger.
Carter schüttelte den Kopf, aber ich konnte die Anspannung in seiner Haltung sehen.
„Nein. Aber ich hatte das Gefühl, beobachtet zu werden, während ich daran gearbeitet habe. Es könnte nur Paranoia sein, aber ich wollte kein Risiko eingehen."
„Gut", sagte ich und versuchte, meine Gedanken zu ordnen. „Das war klug von dir. Wir dürfen keinen Verdacht erregen."
„Victoria", sagte Carter, seine Stimme jetzt ernster. „Was machst du mit diesen Informationen? Du weißt, dass das gefährlich ist, oder? Wenn jemand merkt, dass wir an diesem Stick interessiert sind..."

„Ich weiß", unterbrach ich ihn, meine Stimme leise, aber fest. „Aber das hier ist größer, als wir gedacht haben. Ich werde vorsichtig sein."
Er sah mich an, sein Blick voller Besorgnis, doch er sagte nichts. Schließlich nickte er, stand auf und ließ mich allein mit meinen Gedanken.

Ich lehnte mich zurück, ließ den Stift in meiner Hand sinken und starrte auf den Bildschirm vor mir, ohne wirklich zu sehen, was darauf war. Der Stick war ein Schlüssel, ein Zugang zu etwas, das ich nicht ignorieren konnte. Doch gleichzeitig war er eine Gefahr – nicht nur für mich, sondern auch für Carter.
Ich wusste, dass mein Mann davon wusste. Er hatte den

Stick konfisziert, bevor ich überhaupt die Chance hatte, ihn richtig zu analysieren.

Doch warum? Was wusste er? Oder noch wichtiger: Was versuchte er zu verbergen?

Die Fragen ließen mich nicht los, und ich wusste, dass ich nicht aufhören konnte. Nicht jetzt. Carter hatte ein Risiko auf sich genommen und das bedeutete, dass ich es auch tun musste. Doch dieses Spiel war gefährlich und ich war mir nicht sicher, wie viele Züge mir noch blieben, bevor ich alles verlor.

****

Mein Herz pochte schneller, während ich den Flur entlangging. Mein Mann war bei einer Sitzung mit dem Commissioner und ich wusste, dass dies meine einzige Chance war. Die Gedanken an den Stick und das, was Carter herausgefunden hatte, brannten in meinem Kopf. Ich musste wissen, was noch darauf war und vor allem, warum mein Mann ihn so schnell an sich gerissen hatte. Ich öffnete die Tür zu seinem Büro. Es war still, bis auf das leise Summen des Computers und die Uhr an der Wand, die unerbittlich tickte. Ich hatte nicht viel Zeit, also musste ich schnell und gründlich sein.

Die erste Schublade seines Schreibtisches war verschlossen, aber ich hatte in den Jahren gelernt, wie ich mit solchen Hindernissen umzugehen hatte. Mit einer Haarnadel, die ich immer bei mir trug, öffnete ich das Schloss. In der Schublade waren Akten, alles ordentlich sortiert, aber nichts, was mit dem Stick zusammenhing.

Ich ging weiter, durchsuchte die anderen Schubladen, den Aktenschrank, sogar die kleinen Boxen, die auf seinem Regal standen. Doch nichts. Der Stick war verschwunden.

Ein Gedanke blitzte durch meinen Kopf: *Hat er ihn versteckt? Oder ist er schon längst nicht mehr hier?*

Ich setzte mich an seinen Computer und versuchte, auf die Dateien zuzugreifen, die er zuletzt geöffnet hatte. Doch sein Passwort war geändert. Natürlich. Er war nicht dumm. Mein Blick wanderte durch den Raum und ich spürte, wie die Verzweiflung in mir wuchs. Wenn der Stick nicht hier war, dann konnte er überall sein – bei einem seiner Kollegen, in einem anderen Büro oder er hatte ihn vielleicht komplett verschwinden lassen.

Ich hielt inne, mein Atem ging schneller, während ich versuchte, meine Gedanken zu ordnen. Wenn er den Stick tatsächlich weggeschafft hatte, dann hatte er entweder etwas darauf gefunden, dass ihn beunruhigte oder er wusste, dass ich versuchte, es zu finden.

Die Tür zum Büro knarrte leicht, und ich fuhr herum, mein Herz blieb kurz stehen. Doch es war nur ein Luftzug. Ich atmete tief durch, zwang mich, ruhig zu bleiben. Doch ich wusste, dass die Zeit knapp wurde. Marcus konnte jeden Moment zurückkommen.

Ich verließ das Büro, so leise, wie ich gekommen war und schloss die Tür hinter mir. Mein Kopf ratterte, während ich mich entfernte. Der Stick war nicht hier. Das bedeutete, dass ich einen neuen Plan brauchte – und zwar schnell.

Zurück am Schreibtisch setzte ich mich, meine Hände zitterten leicht, während ich vorgab, an einem Bericht zu arbeiten. Die Realität traf mich mit voller Wucht: Er war mir immer einen Schritt voraus. Doch das würde mich nicht aufhalten.
Wenn der Stick weg war, dann war er entweder bei einem seiner Verbündeten – oder irgendwo, wo er dachte, dass ich ihn niemals finden würde. Und ich wusste, dass ich ihn finden musste. Denn was auch immer darauf war, es war wichtig genug, dass er alles daran setzte, es zu verbergen.

Und ich würde es ans Licht bringen. Koste es, was es wolle.

Carter trat an den Schreibtisch, sein Gesicht angespannt und ich wusste sofort, dass etwas nicht stimmte. Er wirkte unruhig, sein Blick wanderte durch das Büro, als wollte er sicherstellen, dass niemand in der Nähe war, bevor er sprach. Ich lehnte mich leicht vor, mein Herz schlug schneller, während ich auf das wartete, was er mir zu sagen hatte.
„Victoria", begann er leise, seine Stimme fast ein Flüstern. „Ich habe mich umgehört. Niemand von den anderen Detectives weiß etwas von dem Stick."
Ich fühlte, wie sich mein Magen zusammenzog. „Was meinst du?" fragte ich, obwohl ich die Antwort bereits

ahnte.

„Ich habe diskret nachgeforscht", fuhr er fort, seine Hände steckten tief in seinen Taschen, während er sich nervös umsah. „Keiner der Detectives hat den Stick jemals gesehen. Niemand weiß, dass es ihn überhaupt gibt. Ich dachte, vielleicht hätte jemand ihn konfisziert oder weitergeleitet, aber… nichts."

Die Worte hingen schwer in der Luft. Mein Puls beschleunigte sich und ich spürte, wie die Verzweiflung in mir wuchs. Das bedeutete nur eins: Mein Mann hatte den Stick nicht einfach verschwinden lassen, er hatte ihn komplett aus der Reichweite aller anderen genommen.

„Dann hat er ihn", murmelte ich, meine Stimme so leise, dass sie kaum hörbar war.

Carter sah mich an, seine Stirn in Sorgenfalten gelegt.

„Victoria, wenn dein Mann den Stick hat… Was glaubst du, warum? Was ist da drauf, das er so sehr verstecken will?"

Ich schüttelte den Kopf, mein Blick wanderte zum Fenster. „Ich weiß es nicht", sagte ich ehrlich. „Aber ich habe das Gefühl, dass es etwas ist, das alles verändern könnte."

„Das hier wird gefährlich", warnte Carter, seine Stimme wurde eindringlicher.

„Du weißt, dass er mächtig ist. Wenn er merkt, dass du nachforscht…"

„Ich weiß", schnitt ich ihm das Wort ab, meine Stimme fester, als ich mich fühlte. „Aber ich kann nicht aufhören. Nicht jetzt."

Carter sah mich einen Moment lang an, seine Augen

voller Sorge, bevor er schließlich nickte. „Ich stehe hinter dir", sagte er leise. „Aber pass auf dich auf, okay?"
Ich nickte, doch in meinem Inneren tobte ein Sturm. Carter hatte recht. Das hier war gefährlich. Doch ich hatte keine Wahl. Der Stick war der Schlüssel und ich würde ihn finden – egal, wie tief ich graben musste.

Als Carter ging, lehnte ich mich zurück und schloss die Augen für einen Moment. Mein Kopf ratterte, die Puzzlestücke fügten sich langsam zusammen, doch das Bild blieb unvollständig. Wenn mein Mann den Stick hatte, dann hatte er auch die Antworten. Und ich musste einen Weg finden, sie ihm zu entreißen.
Das Spiel hatte sich verändert. Doch ich war bereit, meine Züge zu machen. Egal, wie riskant sie waren.

Kapitel 11: Der Druck steigt

Damian

Die Nacht hatte mir nichts gebracht – keinen Schlaf, keine Ruhe, nur Schatten, die mich verfolgten.

Albträume, die immer gleich begannen und endeten: das Echo von Schüssen, das Rauschen von Blut, das Gefühl, dass mir die Kontrolle entgleitet. Ich hatte sie schon oft gehabt, diese Träume. Doch in letzter Zeit waren sie schlimmer geworden, intensiver.

Am Morgen war ich wütend aufgewacht und diese Wut hatte mich den ganzen Tag begleitet. Jeder Atemzug fühlte sich an, als würde er die Flammen in meinem Inneren nur noch anfachen. Ich konnte keinen klaren Gedanken fassen, keine Ruhe finden. Selbst der Whiskey, der sonst half, brachte nichts.

Am frühen Nachmittag klingelte das Telefon. Ich wusste, wer es war, bevor ich abnahm. Mein Auftraggeber. Die einzige Person, die in meinem Leben noch Macht über mich hatte – zumindest vorübergehend.

„Damian", begann die Stimme am anderen Ende, ruhig, aber voller unausgesprochener Drohungen. *„Ich habe gehört, dass der Job noch nicht erledigt ist."*
Ich ballte meine freie Hand zur Faust, mein Kiefer verkrampfte sich. „Ich arbeite daran", sagte ich knapp.
„Arbeiten daran? Was bedeutet das?" Die Stimme war nun schärfer, kälter. *„Es war ein einfacher Auftrag. Zwei Cops, beide zu eliminieren. Der eine ist erledigt. Aber die Frau? Sie läuft immer noch frei herum."*
Ich biss die Zähne zusammen und schloss die Augen, während ich versuchte, meine Wut zu kontrollieren.

„Sie ist nicht leicht zu erwischen", sagte ich schließlich, meine Stimme flach.

„Aber ich bin nah dran."

„*Nah dran?*" Der Hohn in der Stimme ließ meine Wut noch stärker aufflammen. „*Damian, ich habe dich nicht engagiert, weil du nah dran bist. Ich habe dich engagiert, weil du effektiv bist. Und jetzt höre ich, dass du sie nicht nur verschont hast, sondern sie auch noch verfolgst? Beobachtest?*"

Ich sagte nichts. Es gab nichts zu sagen, was diese Situation retten konnte. Und das wusste er.

„*Du wirst den Job beenden*", sagte die Stimme, jede Silbe eine kalte Drohung. „*Oder ich finde jemanden, der es für dich tut. Und Damian… wenn ich das tun muss, dann weißt du, was das bedeutet.*"

Das Gespräch wurde unterbrochen und ich ließ das Telefon sinken, meine Hände zitterten vor unterdrückter Wut. Es war nicht die Drohung, die mich so wütend machte. Es war die Wahrheit darin. Wenn ich diesen Auftrag nicht erledigte, würde mein Auftraggeber mich selbst zur Zielscheibe machen.

Ich rieb mir über das Gesicht, versuchte, einen klaren Gedanken zu fassen. Doch alles, woran ich denken konnte, war sie – Victoria. Ihre Augen, die mehr sprachen, als sie jemals sagte. Ihre Stärke, die sie so gut versteckte, aber die ich jedes Mal spürte, wenn ich sie beobachtete.

Sie war mehr als nur ein Ziel. Und das war mein

Problem.

Ich griff nach der Flasche Whiskey auf dem Tisch, doch selbst der Gedanke an Alkohol brachte keine Erleichterung. Mein Kopf war ein Chaos, mein Herz ein Pulverfass und ich wusste, dass ich kurz davor war, zu explodieren.
Der Druck wuchs. Und ich wusste, dass ich eine Entscheidung treffen musste – bald. Entweder ich beende den Job oder ich finde einen Weg, ihn zu umgehen. Doch beides würde Konsequenzen haben. Und dieses Mal konnte ich nicht sicher sein, ob ich bereit war, sie zu tragen.

****

Die Bar war wieder mein Zufluchtsort, auch wenn sie sich in letzter Zeit mehr wie ein Käfig anfühlte. Der vertraute, rauchige Geruch, das leise Gemurmel von Gesprächen und das dumpfe Klirren von Gläsern waren der einzige Trost, den ich an diesem Tag finden konnte. Joe, der Barkeeper, kannte mich inzwischen gut genug, um mir ohne zu fragen einen Whiskey hinzustellen.
„Harter Tag?" fragte er beiläufig, während er das Glas vor mir abstellte.
„Harter Monat", murmelte ich, nahm einen Schluck und ließ den Alkohol durch meinen Körper brennen. Doch selbst der Whiskey konnte die Anspannung in meinen Schultern nicht lösen. Mein Kopf war ein Chaos und ich konnte das Gefühl nicht abschütteln, dass alles um mich herum auseinanderfiel.

Victoria war nicht da. Wieder nicht. Es war das zweite Mal in Folge und ich fragte mich, ob sie mich bewusst mied, ob sie irgendetwas geahnt hatte. Doch ich wusste, dass das nicht stimmte. Sie war ein Gewohnheitstier und etwas hatte ihre Routine durchbrochen.
Eine Stunde verging, und ich hatte den Whiskey längst geleert. Die Bar wurde voller, lauter, doch mein Blick wanderte immer wieder zur Tür. Und dann sah ich sie.

Victoria.

Mein Puls beschleunigte sich, doch es war nicht die übliche Mischung aus Faszination und Kontrolle, die mich überkam. Es war etwas anderes. Denn sie war nicht allein.
Neben ihr war ein Mann, Carter, der jüngere Detective aus dem Department, den ich bereits beobachtet hatte. Er war entspannt, seine Haltung locker und er lächelte, als sie gemeinsam zur Bar gingen. Sie schienen sich gut zu verstehen, vielleicht zu gut.
Victoria war anders. Ihre Schultern waren immer noch angespannt, doch sie lächelte – nicht das gezwungene Lächeln, das ich kannte, sondern etwas Echtes, wenn auch schwach. Es war, als ob sie für einen Moment aus ihrer Dunkelheit ausgebrochen war. Und ich konnte nicht sagen, ob mich das mehr wütend oder fasziniert machte.

Sie setzten sich an einen Tisch und Joe brachte ihnen Drinks. Mein Blick blieb auf ihr haften, während ich versuchte, ihre Gesten und ihren Ausdruck zu lesen. Sie war nervös, das konnte ich sehen. Ihre Finger spielten mit dem Glas, ihr Blick wanderte immer wieder durch den Raum, als suchte sie etwas – oder jemanden.

Carter sagte etwas und sie lachte leise. Es war ein leises, vorsichtiges Lachen, das mir mehr über sie verriet, als sie vielleicht wollte. Sie versuchte, normal zu sein, sich einzureden, dass sie frei sein konnte, dass sie sich aus dem Käfig befreien konnte, in dem sie gefangen war.

Doch ich wusste es besser. Der Käfig ließ sich nicht so leicht öffnen.

Ich nahm mein Glas und stand auf, ging zur Theke, ohne die beiden aus den Augen zu lassen. Joe bemerkte meinen Blick und grinste leicht. „Eifersüchtig?"

„Wüsste nicht wieso", murmelte ich und bestellte einen zweiten Whiskey.

Ich hätte hingehen können. Ich hätte sie unterbrechen, die Dynamik stören können. Doch ich tat es nicht.

Stattdessen blieb ich stehen, beobachtete, wartete. Sie war nicht dumm. Sie würde mich irgendwann bemerken. Und dann würde ich wissen, wie weit sie bereit war zu gehen, um ihre Fassade aufrechtzuerhalten.

Denn das hier war mehr als nur ein Spiel. Es war eine Erinnerung daran, dass ich immer einen Schritt voraus sein musste. Und Victoria Barnes war die einzige Person, die mich dazu brachte, zu glauben, dass ich vielleicht verlieren könnte.

****

Victoria

Die Bar war wie immer – laut, stickig und doch hatte sie etwas Beruhigendes an sich. Carter und ich saßen an einem der hinteren Tische, abseits des Trubels. Er war gut gelaunt, erzählte Geschichten von seinem ersten Jahr im Dienst, während ich mich bemühte, aufmerksam zu wirken. Doch meine Gedanken waren überall, nur nicht hier.

Und dann spürte ich ihn.

Es war wie ein leichter Druck im Nacken, ein instinktives Wissen, dass ich beobachtet wurde. Mein Blick wanderte unauffällig durch den Raum, bis ich ihn sah. *Den Fremden.* Er saß an der Theke, ein Glas Whiskey in der Hand, seine dunklen Augen fest auf mich gerichtet. Meine Kehle wurde trocken und mein Herzschlag beschleunigte sich.

Ich versuchte, meine Fassade zu wahren, wandte meinen Blick schnell ab und konzentrierte mich auf Carter.

„Also, was ist mit den Berichten von heute Morgen?" fragte ich, meine Stimme gezwungen beiläufig.

„Oh, die Sache mit dem Lagerhaus?" Carter hob sein Glas und nippte daran.

„Ich habe die Akten übernommen. Aber ehrlich gesagt, es fühlt sich an, als würden wir nur an der Oberfläche kratzen."

Ich nickte, zwang mich zu einem Lächeln, während ich

nervös an meinem Glas spielte.

„Das tun wir oft. Manchmal braucht es Zeit, bis man das große Ganze sieht."

Doch meine Gedanken waren nicht bei seiner Antwort. Sie waren bei *ihm*.

Warum war er hier? War es Zufall? Oder war er mir gefolgt? Das Gefühl, dass seine Augen mich immer noch verfolgten, ließ mich nicht los.

Nach ein paar Minuten entschuldigte ich mich bei Carter und stand auf.

„Ich bin gleich zurück. Ich muss mal auf die Toilette."

„Klar", sagte er, lehnte sich zurück und sah mir nach, während ich mich durch die Menge bewegte.

Ich spürte *ihn*, noch bevor ich ihn wieder sah. Sein Blick brannte auf meiner Haut, doch ich hielt meinen Kopf gesenkt, als ich an der Theke vorbeiging und in den schmalen Flur trat, der zu den Toiletten führte. Erst als ich die Tür hinter mir schloss, ließ ich meinen Atem heraus. Meine Hände zitterten, als ich mich am Waschbecken festhielt.

Ich sah mein Spiegelbild an. Mein Gesicht war blass, meine Augen zeigten die Erschöpfung, die ich so sehr zu verbergen versuchte. Warum ließ ich ihn so sehr an mich herankommen? Warum konnte ich ihn nicht einfach ignorieren?

Ich drehte das Wasser auf, spritzte mir etwas ins Gesicht und atmete tief durch.

„Reiß dich zusammen, Victoria", murmelte ich zu

meinem Spiegelbild.

„Er ist nur ein Typ. Du bist stärker als das."

Doch in meinem Inneren wusste ich, dass das nicht stimmte. Er war nicht nur „ein Typ". Er war anders. Sein Blick war schwer, durchdringend, als könnte er in meine Gedanken sehen. Und das machte ihn gefährlich – nicht nur für meinen Job, sondern auch für mich.

Ich trocknete mein Gesicht ab, straffte meine Schultern und bereitete mich darauf vor, zurückzugehen. Doch der Gedanke, ihn wieder zu sehen, ließ mein Herz schneller schlagen. Ich wusste nicht, wie lange ich das Spiel mit ihm noch spielen konnte.

****

Damian

Ich wusste, dass sie mich gesehen hatte. Es war der kurze Moment, als ihr Blick durch die Bar wanderte und an mir hängen blieb. Sie hatte schnell weggesehen, versucht, es zu ignorieren, aber ich konnte den winzigen Ruck in ihrer Haltung erkennen. Sie wusste, dass ich da war. Und das war genug.

Als sie schließlich aufstand und Richtung Toilette ging, folgte ich ihr. Nicht sofort, sondern mit genug Abstand, um keinen Verdacht zu erregen. Die Menge in der Bar war dicht genug, dass ich fast unbemerkt durch sie gleiten konnte. Ich war wie ein Schatten, immer knapp außerhalb ihres Sichtfeldes.

Ich lehnte mich an die Wand gegenüber der Toilettentür, meine Arme locker verschränkt, meine Augen auf die schmale Tür gerichtet. Der Flur war schwach beleuchtet und die Geräusche der Bar waren hier gedämpft. Ich spürte die Spannung in meinem Körper, eine Mischung aus Wut, Neugier und etwas anderem, das ich nicht benennen konnte.

Warum war sie mit diesem Detective hier? Was wollte sie? Wollte sie etwas herausfinden – oder einfach nur vergessen? Der Gedanke, dass sie vielleicht versuchte, einen Ausweg zu finden, machte mich wütend. Sie konnte nicht einfach verschwinden. Nicht, solange ich nicht entschieden hatte, was ich mit ihr tun würde.

Die Tür öffnete sich, und sie trat heraus. Ihr Kopf war gesenkt, ihre Schultern straff, als ob sie sich auf etwas vorbereitete. Als sie mich sah, blieb sie abrupt stehen. Ihre Augen weiteten sich für den Bruchteil einer Sekunde, bevor sie sich schnell wieder fasste.

„Was machst du hier?" Ihre Stimme war leise, aber fest, ihre Augen suchten die Umgebung, als wollte sie sicherstellen, dass niemand uns beobachtete.
Ich zuckte mit den Schultern, ließ mein schiefes Lächeln spielen.
„Ich dachte, ich sag Hallo."
„Hallo?" Sie verschränkte die Arme vor der Brust, ihre Haltung war defensiv, aber ich konnte die leichte Unsicherheit in ihrem Blick sehen.
„Du folgst mir in einen schmalen Flur, um Hallo zu

sagen?"

„Ich wollte sicherstellen, dass es dir gut geht", sagte ich ruhig, mein Tonfall fast beiläufig. Doch mein Blick ließ keinen Zweifel daran, dass ich wusste, wie angespannt sie war.

Sie schnaubte leise, ein bitteres Lachen, das ohne Freude war.

„Mir geht's gut. Du kannst also wieder gehen."

„Das glaube ich nicht." Ich trat einen Schritt näher, hielt meinen Blick fest auf sie gerichtet. „Du spielst ein gefährliches Spiel, Victoria. Und ich frage mich, ob du weißt, wie nah du daran bist, die Kontrolle zu verlieren."

Sie wich nicht zurück, ihre Haltung wurde steifer.

„Du weißt nichts über mich."

„Vielleicht weiß ich mehr, als du denkst." Meine Stimme war leiser, dunkler jetzt.

„Ich sehe, wie du dich bewegst, wie du versuchst, die Teile deines Lebens zusammenzuhalten, die längst auseinanderfallen. Und ich frage mich… wie lange kannst du das noch durchhalten?"

Ihre Augen funkelten vor Wut, aber ich konnte auch die Angst darin sehen. Sie war eine Kämpferin, ja, aber sie war auch müde. Und ich wusste, dass das, was ich sagte, sie traf – weil es wahr war.

„Ich habe keine Zeit für deine Spielchen", sagte sie schließlich, ihre Stimme scharf.

„Bleib weg von mir."

Ich trat zur Seite, ließ sie passieren, aber ich hielt meinen Blick auf ihr, bis sie den Flur verließ und wieder in die Menge der Bar eintauchte. Sie ging schnell, ihre

Schritte waren eilig, aber sie war nicht geflohen. Nicht wirklich.

Ich lehnte mich wieder an die Wand, nahm einen tiefen Atemzug und spürte, wie die Wut in mir langsam verebbte. Sie war faszinierend – mehr, als ich zugeben wollte. Und ich wusste, dass ich sie nicht einfach loslassen konnte.

Nicht jetzt. Nicht, bevor ich wusste, was mich so sehr an ihr festhielt.

Die Bar fühlte sich plötzlich leer an, obwohl sie voller Menschen war. Victoria war verschwunden und die Wut, die ich so mühsam unterdrückt hatte, stieg wieder in mir auf. Es war nicht nur Wut – es war Frustration, ein brennender Knoten in meiner Brust, den ich nicht lösen konnte.

Ich kehrte an die Theke zurück und bestellte einen weiteren Whiskey. Joe, stellte mir das Glas hin, ohne ein Wort zu sagen. Er wusste, dass ich heute keine Konversation wollte. Ich nahm einen großen Schluck, spürte den Alkohol brennen, doch er half nicht. Der Whiskey war fast leer und ich war kurz davor, den Raum zu verlassen, bevor ich endgültig die Kontrolle verlor. Dann setzte sich jemand direkt neben mich. Der Stuhl kratzte leicht über den Boden und ich spürte ihre Präsenz, noch bevor ich sie ansah.

„Ich kenn nicht mal deinen Namen."
Ihre Stimme war ruhig, aber fest und ich musste nicht

hinsehen, um zu wissen, dass es Victoria war. Meine Hand umklammerte das Glas, mein Kiefer verkrampfte sich, bevor ich mich langsam zu ihr drehte.

Sie war zurück.

Ich ließ meinen Blick über ihr Gesicht wandern. Sie war ruhig, aber ich konnte die Anspannung in ihren Schultern sehen, die winzigen Züge in ihrem Gesicht, die verrieten, dass sie nicht so gefasst war, wie sie zu sein schien. Sie wollte eine Antwort – vielleicht, weil sie die Kontrolle zurückgewinnen wollte, vielleicht, weil sie genauso verwirrt war wie ich.

„Damian", sagte ich schließlich, meine Stimme ruhig, aber tiefer, als ich beabsichtigt hatte. „Jetzt kennst du ihn."

„Damian." Sie wiederholte den Namen, als würde sie ihn testen, seine Schärfe in ihrem Mund spüren. Dann nickte sie leicht, ihre Augen fixierten mich.

„Warum bist du hier?"

Ich hob mein Glas, ließ das letzte bisschen Whiskey den Rand berühren, bevor ich es leerte. „Ich mag die Bar", sagte ich schlicht. „Vielleicht mag ich die Menschen hier."

„Menschen wie mich?" Ihre Stimme war schärfer und ich konnte sehen, wie ihre Fassade bröckelte. Sie wollte Antworten und sie wollte sie jetzt.

Ich stellte das Glas ab, drehte mich vollständig zu ihr, meine Ellbogen auf den Tresen gestützt.

„Vielleicht", sagte ich leise, ließ meinen Blick in ihren verweilen. „Oder vielleicht bist du es, die sich immer wieder in meine Nähe begibt."

Sie schnaubte leise, fast ein bitteres Lachen und schüttelte den Kopf. „Du bist unglaublich."

„Das höre ich öfter", antwortete ich trocken, ein Hauch von einem Lächeln spielte auf meinen Lippen. Doch in mir brodelte es. Sie war zurückgekommen. Warum?

„Hör zu", sagte sie schließlich, ihre Stimme leiser, fast ein Flüstern.

„Ich weiß nicht, wer du bist oder was du willst. Aber ich habe genug damit zu tun, mich selbst zusammenzuhalten. Also sag mir, was dein verdammtes Problem ist."

Ich lehnte mich vor, ließ meinen Blick fest auf ihr ruhen. „Vielleicht, Victoria, bist du mein Problem."

Ihre Augen weiteten sich leicht, bevor sie sich wieder zusammenriss. Doch ich konnte sehen, dass ich sie getroffen hatte. Sie suchte nach Worten, aber für einen Moment fand sie keine.

„Du solltest vorsichtig sein", sagte sie schließlich, ihre Stimme wieder fester.

„Du weißt nicht, mit wem du dich anlegst."

Ich lächelte leicht, ein kaltes, schiefes Lächeln. „Das Gleiche könnte ich dir sagen."

Die Spannung zwischen uns war greifbar, wie ein gespanntes Seil, das jeden Moment reißen konnte. Sie sagte nichts mehr, hielt meinem Blick stand, bevor sie schließlich aufstand. „Pass auf dich auf, Damian."

„Du auch, Victoria", sagte ich leise, während sie sich umdrehte und durch die Bar verschwand.

Ich sah ihr nach, mein Herz schlug schneller, als es sollte. Sie war nicht nur ein Ziel. Sie war etwas anderes – etwas, das ich nicht benennen konnte.
Und das machte sie gefährlicher als alles, womit ich je zu tun gehabt hatte.

Ich blieb an der Theke sitzen, mein leeres Glas vor mir, während sie aus der Bar verschwand. Ihr Name hallte noch in meinem Kopf wider, jeder Buchstabe eine unausgesprochene Herausforderung. Victoria. Sie war mehr als nur ein Auftrag. Mehr als nur ein Spiel. Und das machte sie gefährlich – für mich, für sie selbst, für jeden, der in ihrer Nähe war.
Ich bestellte noch einen Whiskey, obwohl ich wusste, dass er nichts ändern würde. Joe, warf mir einen prüfenden Blick zu, sagte aber nichts. Er wusste, wann es besser war, den Mund zu halten.

Die Minuten dehnten sich und ich ließ meinen Blick durch die Bar wandern. Doch nichts konnte die Spannung lösen, die in meiner Brust wuchs.
Warum war sie zurückgekommen? Sie hätte mich ignorieren, mich meiden können, aber sie hatte sich neben mich gesetzt. Sie hatte Antworten gewollt, die ich nicht geben konnte.
Oder wollte ich sie nicht geben?
Der Gedanke nagte an mir. Sie hatte mich konfrontiert, mich herausgefordert und ich hatte reagiert, ohne nachzudenken. Das war untypisch für mich. Ich war immer kontrolliert, immer einen Schritt voraus. Aber bei

ihr? Alles, was ich tat, fühlte sich improvisiert an, als ob ich auf dünnem Eis balancierte.

Ich zahlte meine Rechnung, stand auf und verließ die Bar. Die kalte Nachtluft schlug mir ins Gesicht, doch sie brachte keine Klarheit. Die Straßen waren still, leer und die Dunkelheit schien dichter als sonst. Ich zog meine Jacke enger und ging los, ohne ein Ziel vor Augen. Doch jeder Schritt führte mich unweigerlich zurück zu ihr.

Ich hielt in Sichtweite ihres Hauses an, versteckte mich in den Schatten eines Baumes. Die Fenster waren dunkel, das Gebäude still. Sie war zu Hause. Der Gedanke beruhigte mich nicht. Stattdessen verstärkte er die Unruhe, die mich den ganzen Tag begleitet hatte.

Warum hatte sie sich entschieden, zurückzukommen? Warum hatte sie mich nicht ignoriert? Sie wusste, dass ich eine Gefahr war – oder zumindest ahnte sie es. Doch sie hatte das Risiko in Kauf genommen. Vielleicht, dachte ich, war sie genauso fasziniert von mir wie ich von ihr. Die Erkenntnis war so erschreckend wie verlockend.

Ich blieb eine Weile stehen, beobachtete das Haus, das stille Versprechen, dass sie dort drinnen war, lebendig und voller Geheimnisse. Doch irgendwann zwang ich mich, mich umzudrehen und zu gehen. Nicht heute. Nicht jetzt. Aber ich wusste, dass ich zurückkommen würde. Und ich wusste, dass sie es ebenfalls tun würde.

Kapitel 12: Gefährliches Spiel

Victoria

Der Morgen war wie immer – kalt, monoton und voller unausgesprochener Spannungen. Mein Mann bestand darauf, mich zur Arbeit zu fahren, wie er es in letzter Zeit immer häufiger tat. Die Fahrt war still, bis auf die gelegentlichen Kommentare über den Verkehr oder das

Wetter. Es war seine Art, Kontrolle auszuüben, ohne direkt etwas zu sagen.

„Heute gibt es einen Einsatz für dich", begann er schließlich, seine Stimme so neutral, dass sie fast wie eine Falle klang. „Ein neuer Fall. Illegale Prostitution." Ich sah aus dem Fenster, während die Straßen an uns vorbeizogen.

„Prostitution?" fragte ich, meine Stimme ebenfalls neutral. „Das ist normalerweise nicht mein Einsatzbereich."

„Es ist jetzt dein Bereich." Seine Antwort war scharf, fast endgültig. Er warf mir einen Blick zu, der keine Diskussion zuließ. „Du wirst dich einschmuggeln. Undercover. Das ist deine Stärke, Victoria. Du weißt, wie man Menschen liest, wie man Vertrauen aufbaut." Mein Magen zog sich zusammen, doch ich ließ mir nichts anmerken.

„Und warum gerade ich? Gibt es keine anderen Cops, die besser dafür geeignet sind?"

„Du bist die Beste dafür." Seine Stimme wurde weicher, aber ich konnte den unterschwelligen Befehl darin spüren. „Außerdem bist du stark. Du kannst das. Und ich werde sicherstellen, dass nichts schiefgeht." Seine Worte waren beruhigend gemeint, doch sie fühlten sich an wie eine Schlinge um meinen Hals. Es ging nicht darum, ob ich die Beste war oder nicht. Es ging darum, dass er mich in eine Situation bringen wollte, die ich nicht kontrollieren konnte – um mich daran zu erinnern, dass ich immer noch von ihm abhängig war.

Im Department wartete der Rest des Teams bereits auf uns. Carter war auch da, sein Blick war neugierig, aber besorgt, als er mich ansah. „Undercover?" fragte er, als Marcus den Plan vorstellte. „Ist das nicht ein bisschen riskant?"

„Victoria ist genau die Richtige dafür", sagte mein Mann mit einem charmanten Lächeln, das die anderen im Raum überzeugte. „Sie kennt die Arbeit, sie ist geschickt und sie weiß, wie man mit Menschen umgeht. Das hier wird schnell und sauber laufen."

Carter sah mich an, als wollte er fragen, ob ich damit einverstanden war, doch ich nickte nur. Was hätte ich auch sagen sollen? Mein Mann hatte entschieden und ich wusste, dass jede Gegenwehr nur dazu führen würde, dass er seinen Griff verstärkte.

Der Rest des Briefings war eine Mischung aus Informationen über das Zielgebiet, die Personen, die wir ins Visier nahmen und die Deckgeschichte, die ich übernehmen sollte. Ein heruntergekommenes Clubhaus, das als Tarnung für illegale Prostitution und Menschenhandel diente. Mein Ziel war es, Vertrauen zu den Betreibern aufzubauen und Hinweise auf die größeren Strukturen dahinter zu sammeln.

Als das Meeting vorbei war, blieb Carter kurz bei mir stehen, während die anderen den Raum verließen.

„Bist du sicher, dass du das machen willst?" fragte er leise, sein Blick ernst.

„Es geht nicht darum, ob ich will", sagte ich, meine Stimme kontrolliert. „Es ist mein Job."

Er runzelte die Stirn, wollte etwas sagen, entschied sich aber dagegen. Stattdessen nickte er und ging.

Der Rest des Tages war ein Nebel aus Vorbereitung und unausgesprochenen Spannungen. Mein Mann hielt mich ständig unter Beobachtung, sein Blick war wie ein Gewicht, das ich die ganze Zeit spürte. Er war zufrieden, dass ich gehorchte, dass ich tat, was er wollte. Doch in meinem Inneren wuchs die Wut, ein leiser Funke, der sich weigerte, erloschen zu werden.

Am Abend, als ich die Details meiner neuen Identität lernte und mich darauf vorbereitete, die Rolle zu übernehmen, fragte ich mich, ob dies der Punkt war, an dem ich endlich ausbrechen konnte. Vielleicht war dies meine Chance – ein gefährliches Spiel, ja, aber eines, bei dem ich die Regeln neu schreiben konnte.
Und vielleicht, dachte ich, würde ich dabei nicht nur die Wahrheit über diesen Fall ans Licht bringen, sondern auch die Ketten brechen, die mich so lange festgehalten hatten.

****

„Das hier," sagte Marcus, während er ein knappes schwarzes Kleid aus der Tasche zog, „ist perfekt. Es ist auffällig genug, um dich glaubwürdig zu machen, aber nicht so sehr, dass du wie eine Zielscheibe wirkst."
Ich stand in der Umkleide des Departments, mein Blick auf das Kleid gerichtet. Es war viel zu kurz, viel zu eng und ich konnte nicht glauben, dass er dachte, das wäre

eine gute Idee. Doch das Lächeln auf seinem Gesicht ließ keinen Widerspruch zu. Es war sein übliches Spiel – charmant an der Oberfläche, kontrollierend darunter.

„Das ist nicht nötig," sagte ich ruhig, obwohl mein Magen sich zusammenzog. „Ich kann etwas tragen, das weniger auffällig ist, aber genauso effektiv."

Sein Lächeln verschwand und sein Blick wurde kühler. „Victoria, ich bin dein Vorgesetzter und ich sage, was nötig ist. Dieses Outfit wird sie glauben lassen, dass du dorthin gehörst. Oder willst du, dass sie misstrauisch werden?"

Ich biss die Zähne zusammen, zwang mich, nicht zu reagieren.

„Natürlich nicht."

„Gut." Er trat näher, sein Tonfall wurde fast sanft, aber ich konnte die Untertöne von Macht und Kontrolle spüren. „Du wirst das großartig machen. Ich weiß, dass du es kannst."

Als ich das Kleid anzog, fühlte ich mich, als würde ich eine Rüstung ablegen und mich stattdessen völlig ungeschützt präsentieren. Der Stoff war dünn und ich spürte, wie die Luft über meine Haut strich. Es war genau das Gegenteil von dem, was ich in einer solchen Situation tragen wollte – aber genau das, was Marcus wollte.

Als ich aus der Umkleide trat, musterte er mich mit einem selbstzufriedenen Blick.

„Perfekt," sagte er. „Du siehst genau so aus, wie du aussehen sollst."

„Wie eine Prostituierte?" fragte ich, meine Stimme warf ihm einen scharfen Blick zu.

Er lachte, ein leises, kaltes Lachen. „Wie jemand, der genau dort hingehört."

Ich spürte, wie die Wut in mir brodelte, doch ich zwang mich, ruhig zu bleiben.

Das war sein Spiel und ich würde es nicht gewinnen, indem ich mich provozieren ließ.

„Wir können dich nicht verkabeln," sagte er, als wir uns auf den Weg machten. „Das wäre zu riskant. Wenn sie irgendetwas Verdächtiges finden, bist du tot, bevor wir eingreifen können."

„Also bin ich auf mich allein gestellt," sagte ich trocken, mein Blick aus dem Fenster gerichtet.

„Ich werde immer in der Nähe sein," antwortete er, seine Stimme hatte diesen beruhigenden Ton, der alles andere als beruhigend war. „Ich lasse dich nicht aus den Augen."

Die Ironie seiner Worte war fast überwältigend. Er ließ mich nie aus den Augen, nicht nur in diesem Fall. Aber es war keine Fürsorge, die ihn antrieb – es war Kontrolle. Er wollte sicherstellen, dass ich in seiner Hand blieb, dass ich mich nie zu weit entfernte.

****

Als wir das Ziel erreichten, hielt er mich kurz zurück, bevor ich ausstieg. Seine Hand legte sich auf meinen Arm, fest, aber nicht zu fest.

„Pass auf dich auf, Victoria," sagte er, seine Augen

suchten meinen Blick. „Du bist wertvoller, als du denkst."
Ich nickte, sagte nichts. Meine Kehle war trocken und
die Worte, die ich ihm sagen wollte, blieben
unausgesprochen. Stattdessen richtete ich meinen Blick
auf das Gebäude vor mir – ein heruntergekommener
Club, dessen flackerndes Neonlicht mehr versprach, als
es halten konnte.
Dies war mein Spielfeld. Und obwohl ich wusste, dass
Marcus in der Nähe war, fühlte ich mich allein. Doch
vielleicht war das genau das, was ich brauchte – diese
Isolation, dieses Risiko. Denn wenn ich dieses Spiel
richtig spielte, könnte es meine Chance sein, alles zu
ändern.
Ich atmete tief durch, bevor ich ausstieg und in die
Dunkelheit trat.

Die Nacht war kühl und die Luft war schwer von
Zigarettenrauch und der dumpfen Musik, die aus dem
heruntergekommenen Club drang. Die Neonlichter
warfen einen unruhigen Schein auf die Menschen, die
vor dem Eingang standen – Männer mit gierigen Blicken
und Frauen, die versuchten, sich selbst zu verkaufen
oder einfach zu überleben.
Ich hielt meinen Kopf hoch, meine Schultern zurück, als
ich mich dem Eingang näherte. Das Kleid fühlte sich wie
eine zweite Haut an, unangenehm und falsch, doch ich
ließ es mir nicht anmerken. Dies war mein Einsatzgebiet
und ich würde mich nicht von Unsicherheit oder Scham
überwältigen lassen.
Der Türsteher, ein breitschultriger Mann mit tätowiertem
Hals, musterte mich von Kopf bis Fuß. Sein Blick blieb

etwas zu lange auf meinen Beinen hängen, bevor er mit einem selbstgefälligen Grinsen nickte.

„Neu hier?" fragte er, seine Stimme tief und rau.

„Vielleicht", antwortete ich mit einem Lächeln, das mehr Geheimnis versprach, als ich zu bieten hatte. „Aber ich denke, ich werde mich hier schnell wohlfühlen."

Er ließ mich passieren, ohne weitere Fragen zu stellen. Männer wie er waren leicht zu lesen – sie suchten keine Wahrheit, nur eine Illusion.

Drinnen war es noch lauter, noch stickiger. Der Boden vibrierte unter den Bässen der Musik, und das Licht wechselte zwischen grellen Farben und dunklen Schatten. Die Luft roch nach billigem Parfüm und verschüttetem Alkohol. Frauen in knappen Outfits bewegten sich zwischen den Gästen, einige lachten, andere wirkten wie Geister, die durch die Menge schwebten. Ich ließ meinen Blick durch den Raum wandern, suchte nach einem Anker, etwas, das mir einen Einstieg bot.

Meine Aufgabe war klar: Vertrauen gewinnen, Informationen sammeln. Doch das war leichter gesagt als getan.

Ein Mann an der Bar fiel mir auf – mittleren Alters, mit einem teuren Anzug, der nicht zum Rest der Umgebung passte. Er sprach leise mit einem anderen Mann, der wie ein Wachhund neben ihm stand. Das könnte ein Anfang sein. Ein Ziel.

Ich ging zur Bar, bestellte einen Drink und achtete darauf, dass meine Bewegungen locker und selbstbewusst wirkten. Der Mann bemerkte mich, sein Blick blieb an mir hängen, bevor er mit einem kurzen Nicken seinen Wachhund wegschickte.

„Du bist neu hier", sagte er, als ich näher kam. Seine Stimme war glatt, geschäftsmäßig, aber seine Augen funkelten vor Neugier. „Das sieht man."
Ich hob mein Glas, ließ das Lächeln auf meinen Lippen spielen.
„Vielleicht bin ich auch nur gut darin, aufzufallen."
Er lachte leise, ein kontrolliertes, kalkuliertes Lachen.
„Das bist du definitiv."
Er streckte die Hand aus. „David."
„Vanessa", antwortete ich und nahm seine Hand, während ich den falschen Namen wie eine zweite Identität überstreifte.
„Was führt dich hierher, Vanessa?" fragte er, sein Blick wanderte erneut über mich, als würde er mich abschätzen.
„Geschäft", sagte ich, ohne zu zögern. „Ich habe gehört, dass dies der richtige Ort ist, um die richtigen Leute zu treffen."
Sein Interesse war geweckt. „Vielleicht bist du tatsächlich am richtigen Ort. Was für ein Geschäft hast du im Sinn?"
„Das hängt davon ab, was du anzubieten hast", antwortete ich, während ich den ersten Schritt in seine Welt machte.

Ich spürte die Spannung in meinem Nacken, das Wissen, dass Marcus irgendwo in der Nähe war, mich beobachtete. Doch hier, in diesem Moment, war ich allein. Und das war gut so. Dies war mein Spielfeld und ich war bereit, die Regeln zu brechen, wenn es bedeutete, dass ich endlich die Kontrolle zurückgewinnen konnte.

Die Nacht war noch lang, und das Spiel hatte gerade erst begonnen.

David musterte mich weiter, sein Blick scharf, aber interessiert. Männer wie er hatten eine Schwäche für Frauen, die Rätsel schienen – und ich spielte diese Rolle perfekt. In meinem Kopf liefen die möglichen Szenarien ab: Wie weit musste ich gehen, um ihn zu überzeugen? Und wie lange konnte ich meine Tarnung aufrechterhalten, ohne die Kontrolle zu verlieren?

„Nun, Vanessa", begann er, seine Stimme glatt wie Öl. „Du siehst aus wie jemand, der sich nicht scheut, Risiken einzugehen."

„Risiken können sich lohnen, wenn man sie richtig kalkuliert", antwortete ich und ließ meine Finger beiläufig über den Rand meines Glases gleiten.

„Aber ich nehme an, das weißt du schon."

Er lächelte, ein schiefes Grinsen, das seine Absichten verriet.

„Vielleicht solltest du mir mehr über dein Geschäft erzählen."

Ich neigte meinen Kopf leicht zur Seite, als würde ich nachdenken.

„Vielleicht später. Zuerst möchte ich die richtigen Leute kennenlernen. Weißt du, wie es ist – Vertrauen muss verdient werden."

David lachte leise und hob sein Glas. „Das stimmt. Vertrauen ist alles. Und manchmal auch sehr schwer zu finden."

Während wir sprachen, spürte ich die Augen der anderen Gäste auf mir. Die Frauen, die um Aufmerksamkeit kämpften, die Männer, die mich abschätzten. Doch ich hielt meinen Fokus auf David. Wenn er glaubte, dass ich nützlich war, würde er mir den Zugang verschaffen, den ich brauchte.
Doch gleichzeitig spürte ich die unsichtbare Leine, die Marcus mir angelegt hatte. Ich wusste, dass er irgendwo draußen war, mich beobachtete, jede meiner Bewegungen bewertete. Sein Einfluss hing wie ein Schatten über mir und ich konnte nicht vergessen, dass ich nicht nur mit David, sondern auch mit Marcus ein Spiel spielte.

David beugte sich vor, seine Stimme wurde leiser.
„Es gibt einen Raum im hinteren Bereich. Vielleicht können wir dort in Ruhe reden."
Mein Herz schlug schneller, doch ich ließ mir nichts anmerken.
„Klingt gut", sagte ich und nahm einen letzten Schluck aus meinem Glas.
Er führte mich durch die Menge, vorbei an anderen Tischen und an einer schweren Tür, die von einem weiteren Wachmann bewacht wurde. Ein kurzer Blickwechsel und wir durften passieren. Der Raum war

kleiner, intimer, mit gedämpftem Licht und einem schweren Tisch in der Mitte. Es fühlte sich an wie ein Verhörraum – ein Ort, an dem die Machtverhältnisse eindeutig waren.

David bot mir einen Platz an und ich setzte mich, meine Haltung entspannt, obwohl mein Puls raste. Er setzte sich gegenüber, lehnte sich zurück und beobachtete mich, bevor er sprach.

„Erzähl mir, Vanessa", begann er, seine Stimme ruhig. „Warum bist du wirklich hier?"

Mein Kopf ratterte. Dies war der Moment, in dem ich entscheiden musste, wie weit ich meine Geschichte treiben konnte, ohne Verdacht zu erregen.

„Ich bin auf der Suche nach Gelegenheiten", sagte ich, meine Stimme ruhig und kontrolliert. „Und ich habe gehört, dass du jemand bist, der weiß, wie man solche Gelegenheiten schafft."

David nickte langsam, seine Augen suchten meinen Blick, als wollte er Lügen in meinem Gesicht finden.

„Vielleicht", sagte er schließlich.

„Aber ich mache keine Geschäfte mit Fremden. Bevor ich irgendetwas anbiete, muss ich sicher sein, dass ich dir trauen kann."

Ich lehnte mich leicht nach vorne, ließ ein selbstbewusstes Lächeln auf meinen Lippen spielen.

„Das Vertrauen muss auf beiden Seiten wachsen, David. Aber ich bin bereit, den ersten Schritt zu machen, wenn du es auch bist."

Sein Lächeln vertiefte sich und ich wusste, dass ich ihn

zumindest für den Moment überzeugt hatte. Doch tief in mir wusste ich, dass dies erst der Anfang war. Jeder Schritt, den ich in diese Welt machte, brachte mich näher an die Wahrheit – aber auch näher an die Gefahr, enttarnt zu werden.

Als ich schließlich den Raum verließ, fühlte ich die Schwere in meinem Körper, die Anspannung in meinen Muskeln. Doch ich hatte es geschafft. David war interessiert, und das bedeutete, dass ich einen Fuß in der Tür hatte.
Draußen, in der Dunkelheit, sah ich keine Spur von Marcus, aber ich wusste, dass er da war. Irgendwo. Beobachtend. Kontrollierend.
Das Netz zog sich enger. Doch ich war bereit, weiterzumachen – egal, was es kostete.

Die Fahrt nach Hause war still, aber ich konnte die Spannung zwischen uns spüren, wie eine unsichtbare Mauer. Marcus hatte sich wieder einmal perfekt inszeniert – der schützende Ehemann, der verständnisvolle Vorgesetzte. Doch ich kannte ihn zu gut. Sein Schweigen war keine Ruhe, sondern ein Test, ein Versuch, mich aus der Fassung zu bringen.
„Du hast dich gut geschlagen", sagte er schließlich, als wir vor unserem Haus anhielten. Seine Stimme war ruhig, aber ich konnte den Unterton hören.
„David scheint interessiert. Du machst Fortschritte."
Ich nickte knapp, meine Hände umklammerten meine Tasche, während ich die Tür öffnete. „Danke."
„Ich muss noch mal ins Department", sagte er, während

ich ausstieg.

„Berichte überprüfen. Vielleicht ein paar Anweisungen für morgen vorbereiten."

„Natürlich." Mein Ton war neutral, fast mechanisch. Ich wollte nicht, dass er Verdacht schöpfte.

Er sah mich kurz an, seine Augen suchten meinen Blick, bevor er sich zurücklehnte.

„Ruh dich aus, Victoria. Morgen wird ein langer Tag." Ich nickte und sah ihm nach, als er davonfuhr. Erst als die Rücklichter seines Wagens in der Dunkelheit verschwanden, atmete ich tief durch. Das Spiel war noch nicht vorbei.

Drinnen zog ich die Tür hinter mir zu und lehnte mich für einen Moment dagegen. Mein Herz schlug schneller und meine Gedanken rasten. Marcus war weg und das bedeutete, dass ich handeln konnte. Der kurze Moment der Freiheit war kostbar und ich konnte es mir nicht leisten, ihn zu verschwenden.

Ich zog das Kleid nicht aus. Stattdessen überprüfte ich meine Tasche, stellte sicher, dass ich alles hatte, was ich brauchte – Ausweis, Geld, meine Dienstwaffe, die ich aktuell immer bei mir trug. Dann zog meine Jacke enger und trat wieder in die kühle Nachtluft.

****

Zurück beim Club schien die Atmosphäre noch intensiver, noch drückender als zuvor. Das flackernde Neonlicht war wie ein Magnet und ich spürte die Blicke auf mir, noch bevor ich den Eingang erreichte. Doch diesmal war es anders. Ich war nicht mehr nur eine Polizistin undercover – ich war eine Frau, die um ihre eigene Freiheit kämpfte.

Der Türsteher nickte mir zu, als ich näher kam, sein Grinsen war das gleiche wie zuvor.
„Du bist wieder da", sagte er, als wäre das eine Überraschung.
„Natürlich", antwortete ich und ließ das Lächeln auf meinen Lippen spielen.
„Ich habe noch einiges zu erledigen."
Er trat zur Seite und ich trat ein, die Musik hämmerte durch meine Ohren, während ich mich durch die Menge bewegte. Mein Ziel war klar: Ich musste David erneut treffen, die Verbindung vertiefen. Doch ich wusste, dass ich vorsichtig sein musste. Marcus würde mich beobachten, vielleicht nicht jetzt, aber irgendwann.

David saß an der gleichen Stelle wie zuvor, ein Drink in der Hand, während er sich mit einem anderen Mann unterhielt. Als er mich sah, hob er eine Augenbraue und winkte mich heran. Sein Blick wanderte über mich, als würde er versuchen, mehr aus mir herauszulesen.
„Du bist zurück", sagte er, als ich mich zu ihm setzte.

„Natürlich." Ich nahm den Drink, den der Kellner mir brachte und ließ meinen Blick kurz durch den Raum wandern. „Ich dachte, wir könnten unser Gespräch fortsetzen."
David lehnte sich zurück, ein zufriedenes Lächeln auf seinen Lippen.

„Das gefällt mir. Eine Frau, die weiß, was sie will."
„Immer", sagte ich ruhig, obwohl mein Puls raste.

Während wir sprachen, spürte ich, wie sich das Netz
enger zog. Jeder Satz war ein Tanz, ein Balanceakt
zwischen Wahrheit und Lüge. Doch ich wusste, dass ich
keine andere Wahl hatte. Dies war der einzige Weg, die
Wahrheit zu finden – über David, über Marcus und
vielleicht sogar über mich selbst.
Die Nacht war noch lang und ich wusste, dass ich
Marcus' Schatten spüren würde, sobald ich nach Hause
zurückkehrte. Aber für den Moment war ich allein. Und
das war genug, um weiterzumachen.

David hatte diese Art von Präsenz, die unangenehm
und dennoch faszinierend war. Seine Worte waren glatt,
jedes Lächeln perfekt platziert. Doch ich wusste, dass
es eine Fassade war. Alles, was er sagte oder tat, hatte
einen Zweck und dieser Zweck war Kontrolle.
Er hatte begonnen, sich zu entspannen, sein Drink war
halb leer und seine Stimme wurde weicher. Doch seine
Augen waren wachsam, suchten nach einem Zeichen
von Schwäche, einem Hinweis, dass ich nicht die war,
für die ich mich ausgab. Und dann begann seine Hand
zu wandern.
Es war subtil, fast beiläufig. Zuerst ruhte sie auf meinem
Knie, als wollte er nur unterstreichen, wie vertraut er mit
mir war. Doch dann wanderte sie weiter, sein Griff wurde
fester, während seine Finger langsam über meinen
Oberschenkel glitten.
Ich musste all meine Kontrolle aufbringen, um nicht zu

reagieren. Ein Teil von mir wollte aufspringen, ihn wegstoßen, ihm zeigen, dass ich nicht sein Eigentum war. Doch ich wusste, dass das alles ruinieren würde. Wenn ich das Vertrauen zerstörte, das ich gerade erst aufgebaut hatte, würde ich nicht nur diesen Einsatz gefährden – ich würde mich selbst in eine noch gefährlichere Situation bringen.

„Du bist wirklich eine faszinierende Frau, Vanessa", sagte er, seine Stimme ein leises Murmeln, das die laute Musik um uns herum fast übertönte.

„Du hast etwas an dir, das... neugierig macht."

Ich zwang mich zu einem Lächeln, ließ meine Finger spielerisch über den Rand meines Glases wandern.

„Vielleicht, weil ich nicht wie die anderen bin."

Er lachte leise, seine Hand wanderte weiter nach oben, sein Griff wurde fester.

„Das bist du definitiv nicht."

Mein Herz raste, doch ich hielt meinen Blick auf ihm.

„Und was macht dich so sicher, dass ich nicht wie die anderen bin?"

„Du bist mutig", sagte er, sein Grinsen breiter werdend.

„Du weißt, wie man spielt und du verstehst, dass man manchmal Risiken eingehen muss, um zu bekommen, was man will."

Ich legte meine freie Hand auf seine, ließ sie kurz dort ruhen, bevor ich sie sanft entfernte. „Das stimmt. Aber du weißt, dass es bei jedem Spiel Regeln gibt, oder?"

Seine Augen funkelten und ich konnte sehen, dass er die Herausforderung mochte.

„Regeln sind dafür da, gebrochen zu werden."

„Vielleicht", sagte ich, mein Lächeln unverändert, obwohl mein Puls raste. „Aber nur, wenn man bereit ist, die Konsequenzen zu tragen."

David zog seine Hand langsam zurück, sein Grinsen blieb. Er lehnte sich in seinem Stuhl zurück, als würde er mich erneut mustern, mich neu bewerten.
„Ich mag dich, Vanessa. Du hast... Feuer."
„Das hör ich öfter", antwortete ich, meine Stimme ruhig, aber in mir tobte ein Sturm.
„Wir sollten uns öfter sehen", sagte er schließlich, seine Stimme wurde geschäftsmäßiger. „Ich denke, wir könnten gut zusammenarbeiten."
Ich nickte langsam, mein Blick wanderte kurz durch den Raum, bevor ich zu ihm zurückkehrte. „Das denke ich auch."

Der Rest des Gesprächs verlief glatter, seine Berührungen waren weniger aufdringlich, aber ich wusste, dass er mich weiterhin testen würde. Männer wie David wollten Macht und sie hatten ihre Wege, um sie zu bekommen.
Als ich schließlich aufstand, spürte ich, wie seine Augen mir folgten.
Doch ich hatte erreicht, was ich wollte: ein weiterer Schritt in sein Vertrauen, ein weiterer Schritt in seine Welt.

Draußen in der kalten Nachtluft ließ ich den Atem aus, den ich unbewusst angehalten hatte. Ich hatte das Spiel überstanden, doch ich wusste, dass ich noch tiefer hineingezogen wurde. Und je weiter ich ging, desto gefährlicher wurde es – nicht nur für meinen Auftrag, sondern auch für mich selbst.

Kapitel 13: Die Spur in der Nacht

Damian

Der Tag war eine endlose Spirale aus Wut und Frustration. Ich hatte Victoria den ganzen Tag nicht gesehen. Kein Zeichen von ihr. Sie war wie vom Erdboden verschluckt und das nagte an mir. Jeder Gedanke, jede Bewegung drehte sich um sie, wie ein Schatten, der mich nicht losließ.

Als die Nacht hereingebrochen war, wurde meine Geduld belohnt. Ich sah Marcus' Auto vor ihrem Haus halten. Victoria stieg aus und ich spürte sofort, dass etwas anders war. Ihr Gang war angespannt, sie schien abwesend. Marcus stieg nicht aus, stattdessen fuhr er wieder weg. Die Rücklichter verblassten und ich wusste, dass dies meine Chance war.

Ich hielt mich in den Schatten, beobachtete, wie Victoria ins Haus ging, aber ich wusste, dass sie nicht lange bleiben würde. Irgendetwas an ihrer Haltung, an der Art, wie sie sich bewegte, sagte mir, dass sie etwas vorhatte.
Es dauerte nicht lange, bis sie wieder herauskam. Dasselbe Kleid, dieselben hohen Schuhe. Sie hatte nicht einmal den Anschein erweckt, sich umzuziehen. Sie war zielgerichtet, schnell und das machte mich neugierig.

Ich folgte ihr durch die Straßen, immer einen sicheren Abstand haltend. Sie wirkte entschlossen, aber auch wachsam. Ihre Bewegungen waren die einer Frau, die wusste, dass sie beobachtet werden könnte. Doch sie wusste nicht, dass ich es war.
Ihr Ziel wurde klar, als sie sich dem Club näherte, den ich schon zuvor aus der Ferne beobachtet hatte. Es war kein Ort für jemanden wie sie. Zumindest nicht für die Victoria, die sie nach außen hin zu sein schien.
Sie wurde von dem Türsteher hereingelassen und ich blieb stehen, ließ meinen Blick durch die Umgebung wandern. Es gab keine Spur von Marcus. Das

bedeutete, dass sie hier alleine war – zumindest physisch. Aber ich wusste, dass er sie irgendwie überwachte. Er war nicht der Typ, der losließ.

Ich wartete ein paar Minuten, bevor ich mich selbst in Bewegung setzte. Der Türsteher musterte mich, aber ich war gut genug darin, mich unauffällig zu geben. Ein kurzer Blick, ein Nicken und ich war drin.
Drinnen war der Club ein Wirrwarr aus Licht, Rauch und lauter Musik. Die Menschen bewegten sich wie Schatten durch den Raum, doch ich suchte nur nach einem einzigen Gesicht.

Da war sie. Victoria saß an einem Tisch, ein Drink vor sich, und sprach mit einem Mann, den ich irgendwo her kannte. Seine Haltung war dominant, fast lässig, aber seine Augen waren aufmerksam, kalkulierend. Er hatte Interesse an ihr, das war offensichtlich.

Und sie spielte mit.

Mein Kiefer verkrampfte sich, als ich sah, wie seine Hand sich auf ihren Oberschenkel legte. Sie zeigte keine Reaktion, aber ich konnte die Spannung in ihrer Haltung spüren. Sie hatte ihn unter Kontrolle, auch wenn er es nicht wusste.

Ich bestellte einen Drink, hielt mich im Hintergrund und beobachtete. Dies war nicht nur ein Spiel – es war ein Tanz auf Messers Schneide. Victoria spielte ihre Rolle perfekt, aber ich wusste, wie gefährlich es war, sich mit solchen Männern einzulassen. Und ich wusste auch, dass ich nicht der Einzige war, der sie beobachtete. Marcus' Einfluss war überall. Ob er hier war oder nicht, sein Schatten hing über ihr, über diesem Raum. Doch in diesem Moment war es meine Anwesenheit, die sie nicht bemerkte.

Ich blieb, bis sie den Tisch verließ, bis sie den Club verließ, ohne dass etwas Schlimmeres geschah. Doch meine Gedanken waren ein Chaos. Was wollte sie wirklich? Was suchte sie in dieser Dunkelheit? Und warum, verdammt noch mal, konnte ich sie nicht einfach loslassen?

Ich folgte ihr mit einem sicheren Abstand, meine Schritte lautlos, während sie durch die dunklen Straßen ging. Der Club lag nun hinter uns und die Nacht war still, abgesehen vom gelegentlichen Rauschen eines vorbeifahrenden Autos. Sie wirkte konzentriert, ihr Kopf leicht gesenkt, ihre Haltung straff, als würde sie genau wissen, dass sie nicht allein war.

Doch ich war nicht der Einzige, der sie beobachtete.

Ich bemerkte sie zuerst, zwei Männer, die aus einem Hauseingang traten und ihre Aufmerksamkeit auf Victoria richteten. Ihr Gang war lässig, doch ihre Augen verrieten ihre Absicht. Sie hielten Abstand, beschleunigten dann ihre Schritte, als warteten sie darauf, dass sie den richtigen Moment fanden. Ich wusste, was kommen würde, noch bevor es geschah.

Victoria bog in eine schmale, kaum beleuchtete Gasse ab, wahrscheinlich, um einen schnelleren Weg zu ihrem Ziel zu nehmen. Die beiden Männer folgten ihr und ich erhöhte meine Geschwindigkeit, blieb aber weit genug zurück, um nicht entdeckt zu werden.

Sie war noch nicht weit in der Gasse, als einer der Männer vorpreschte. Der andere folgte sofort und bevor sie reagieren konnte, griffen sie sie. Der erste packte sie am Arm, der zweite legte ihr eine Hand über den Mund, um ihren Schrei zu ersticken. Sie wehrte sich, trat nach dem ersten Mann, doch er packte sie härter und zog sie tiefer in die Dunkelheit der Gasse.

Ich handelte, bevor ich überhaupt nachdenken konnte. Mein Herz raste und mein Körper bewegte sich instinktiv, wie in einem Einsatz. Die Wut, die den ganzen Tag in mir gebrodelt hatte, fand endlich ein Ventil.

Der erste Mann bemerkte mich zu spät. Ich packte ihn am Kragen und riss ihn zurück, bevor er reagieren konnte. Mein Ellbogen traf seine Schläfe mit einem dumpfen Knall und er ging zu Boden, benommen und stöhnend.

Der zweite Mann ließ Victoria los, als er mich sah, doch er war zu langsam. Ich trat nach ihm, mein Fuß traf ihn in die Kniekehle und er fiel nach vorne. Bevor er sich aufrappeln konnte, packte ich ihn am Nacken und drückte ihn gegen die Wand der Gasse.

„Was glaubst du, was du hier tust?" knurrte ich, meine Stimme war leise, aber voller Wut.

Der Mann stammelte etwas Unverständliches, während er versuchte, sich aus meinem Griff zu winden. Doch ich ließ ihn nicht los, meine Finger gruben sich in seinen Nacken, bis er aufhörte, sich zu bewegen.

„Verschwindet", zischte ich und ließ ihn los, trat einen Schritt zurück, um sicherzustellen, dass er nicht wieder auf dumme Gedanken kam. Er sah zu seinem Kumpel, der sich mühsam vom Boden aufrappelte und zusammen stolperten sie aus der Gasse, ohne sich umzudrehen.

Victoria stand immer noch da, ihr Atem ging schnell, ihre Augen waren weit aufgerissen. Sie sah mich an, ihre Haltung angespannt, als ob sie nicht sicher war, ob ich ihr Freund oder Feind war.
„Alles in Ordnung?" fragte ich, meine Stimme ruhiger, aber die Wut in mir war noch nicht ganz verflogen.
„Was… was machst du hier?" Ihre Stimme zitterte leicht, doch ihre Augen waren wachsam.
„Dir das Leben retten, anscheinend", antwortete ich trocken, ließ meinen Blick kurz über sie gleiten, um sicherzugehen, dass sie unverletzt war.
„Vielleicht solltest du etwas vorsichtiger sein, Victoria. Die Welt ist voller Schatten."
„Ich…" Sie suchte nach Worten, schüttelte dann den Kopf und holte tief Luft.
„Danke", sagte sie schließlich, ihre Stimme leiser.
Ich nickte, trat einen Schritt zurück, um ihr Raum zu geben.
„Das nächste Mal nimmst du besser den beleuchteten Weg."
„Das nächste Mal…" Sie hielt inne, ihre Augen funkelten

kurz vor Wut. „…wirst du mich nicht verfolgen."
Ich ließ ein schiefes Lächeln spielen. „Das ist eine interessante Forderung."

Sie wollte etwas sagen, entschied sich dann jedoch dagegen. Stattdessen zog sie ihre Jacke enger um sich und ging zurück Richtung Hauptstraße.
Aber ich konnte sie nicht einfach gehen lassen. Nicht nach dem, was gerade passiert war, und nicht, solange diese unausgesprochene Spannung zwischen uns in der Luft hing.
Bevor sie die Gasse verlassen konnte, stellte ich mich vor sie, die Hände locker an meinen Seiten, mein Blick ruhig, aber fest.
„Was jetzt?" fragte sie, ihre Stimme eine Mischung aus Wut und Erschöpfung.
„Willst du mich noch belehren, wie ich durch die Straßen gehen soll?"
Ich hob eine Augenbraue, ließ ein leichtes Lächeln auf meinen Lippen spielen.
„Vielleicht. Oder vielleicht will ich einfach sicherstellen, dass du keine weiteren dummen Entscheidungen triffst."
Sie schnaubte leise, ein bitteres Lachen und machte einen Schritt zurück, bis sie mit dem Rücken gegen die kalte Wand der Gasse lehnte.
„Was ist dein Problem, Damian?" fragte sie, ihre Stimme schärfer jetzt.
„Warum kannst du mich nicht einfach in Ruhe lassen?"
„Vielleicht", sagte ich leise und trat einen Schritt näher, „weil ich das Gefühl habe, dass du jemanden brauchst, der dich daran erinnert, dass du nicht unbesiegbar bist."

Ihre Augen funkelten vor Wut, doch sie wich nicht zurück, selbst als ich näher kam. Ich stützte eine Hand gegen die Wand, direkt neben ihrem Kopf, während ich mich leicht zu ihr beugte. Mein Blick hielt ihren fest, meine Stimme blieb ruhig, fast spielerisch.

„Du bist stark, Victoria. Das sehe ich. Aber manchmal frage ich mich... Wie lange kannst du noch so tun, als ob du alles unter Kontrolle hast?"

„Und du glaubst, du hast mich durchschaut?" fragte sie, ihre Stimme war jetzt eine leise Herausforderung. „Du kennst mich nicht."

„Vielleicht kenne ich dich besser, als du denkst." Ich ließ meine andere Hand leicht über ihren Arm gleiten, nicht bedrohlich, sondern fast wie ein Test. Sie erstarrte, doch sie schob meine Hand nicht weg.

Ich beugte mich ein Stück näher, ließ mein Gesicht nur Zentimeter von ihrem entfernt.

„Du spielst ein gefährliches Spiel, Victoria", sagte ich leise, meine Stimme ein dunkles Flüstern. „Aber ich spiele gerne."

Ihr Atem ging schneller und ich konnte die Zerrissenheit in ihrem Blick sehen. Sie wollte etwas sagen, doch die Worte schienen ihr zu entgleiten. Stattdessen legte sie ihre Hände flach gegen die Wand, als müsste sie sich selbst stabilisieren.

„Was willst du von mir, Damian?" fragte sie schließlich, ihre Stimme ein Hauch von Verzweiflung.

„Ich will wissen, was dich so sehr antreibt", sagte ich ehrlich. „Ich will wissen, warum du dich selbst in die

Dunkelheit wirfst, obwohl du genau weißt, wie tief sie ist."

Sie schwieg, ihr Blick wanderte kurz zur Seite, bevor sie mich wieder ansah.

„Vielleicht", sagte sie leise, „ist die Dunkelheit das Einzige, das sich echt anfühlt."

Ich ließ die Worte wirken, spürte, wie sie die Spannung zwischen uns verstärkten. Mein Blick wanderte zu ihren Lippen, blieb einen Moment dort, bevor ich sie wieder ansah.

„Vielleicht bist du einfach zu gut darin, dir einzureden, dass du allein bist."

„Und was bist du?" fragte sie, ihre Stimme war leiser, aber ihre Augen funkelten noch immer vor Widerstand.

„Ein Retter? Ein Held?"

Ich ließ ein schiefes Lächeln auf meinen Lippen spielen.

„Ich bin niemand, Victoria. Aber ich bin hier."

Für einen Moment war es, als ob die Welt um uns herum stillstand, die Geräusche der Straße gedämpft, die Kälte der Nacht bedeutungslos. Doch dann schob sie sich an mir vorbei, ließ meine Hand an der Wand zurück und warf mir einen letzten Blick über die Schulter zu.

„Bleib weg von mir, Damian", sagte sie, ihre Stimme war jetzt fester.

„Sonst wirst du es bereuen."

Ich ließ sie gehen, doch mein Herz raste. Sie glaubte, dass sie die Kontrolle hatte, doch in Wirklichkeit war sie genauso in diesem Spiel gefangen wie ich. Und ich wusste, dass keiner von uns wirklich loslassen konnte.

****

Victoria

Meine Gedanken rasten, als ich durch die dunklen Straßen nach Hause ging.
Damian. Die Männer. Die Gasse. Alles verschwamm in meinem Kopf zu einem Strudel aus Wut, Verwirrung und etwas anderem, das ich nicht benennen konnte.
Warum hatte er mich verfolgt? Warum war er aufgetaucht, um mich zu retten, nur um dann mit mir zu spielen, als wäre ich ein Bauer in einem seiner Pläne?

Doch die größeren Fragen waren die, die ich nicht stellen wollte.
Warum hatte ich nicht zugeschlagen, ihn weggestoßen, als er mir so nah gekommen war? Warum war ich geblieben, als ich längst hätte gehen können?
Die Kälte der Nacht schien mich nicht zu erreichen und als ich endlich vor meinem Haus stand, war ich erschöpft – körperlich und emotional.

Kaum hatte ich die Tür geöffnet, hörte ich ihn. Marcus.
Sein Ton war ruhig, aber ich konnte den unausgesprochenen Befehl darin hören.
„Victoria."
Ich blieb stehen, schloss die Tür hinter mir und drehte

mich um. Er lehnte lässig gegen die Wand des Flurs, doch seine Augen waren alles andere als entspannt. Sie glitten über mich, blieben an dem knappen Kleid hängen, das ich immer noch trug.

„Ich hab dir gar nicht gesagt, wie heiß du in diesem Outfit aussiehst."

Seine Stimme war glatt, fast spielerisch, aber ich kannte ihn zu gut, um die Kontrolle darin zu überhören. Er trat auf mich zu, sein Blick fest auf mir, während er mich musterte.

„Marcus, ich bin müde", begann ich, doch er ließ mich nicht ausreden.

„Müde?" Er lachte leise und schüttelte den Kopf, bevor er mich an sich zog. Seine Hände waren fest, sein Griff unnachgiebig, während er mich näher zog.

„Zeig mir die Vanessa, die in dir steckt."

Mein Körper erstarrte und für einen Moment war ich unfähig, mich zu bewegen. Seine Lippen fanden meine, fordernd, dominant und ich spürte, wie meine Kehle sich zu schnürte. Es war nicht der Kuss eines Mannes, der seine Frau liebte – es war der Kuss eines Mannes, der etwas beanspruchte, das er für sein Eigentum hielt.

„Marcus, hör auf." Meine Stimme war leise, fast schwach, doch ich zwang mich, den Kopf wegzudrehen, um seinen Kuss zu unterbrechen.

Seine Hände lockerten sich für einen Moment, doch sein Blick blieb auf mir, seine Augen waren kalt.

„Du spielst mit Feuer, Victoria", sagte er, seine Stimme gefährlich ruhig.

„Du hast keine Ahnung, wie nah du daran bist, dich

selbst zu verbrennen."

„Ich spiele nicht", sagte ich, meine Stimme fester jetzt, obwohl mein Herz raste.

„Ich mache nur meinen Job."

„Deinen Job?" Er trat einen Schritt zurück, ließ seine Hände sinken, doch sein Lächeln war alles andere als freundlich.

„Denk daran, wem du deinen Job zu verdanken hast, Victoria. Denk daran, wer dich beschützt, während du da draußen… Vanessa spielst."

Seine Worte trafen mich, doch ich ließ mir nichts anmerken. Stattdessen sah ich ihn an, meine Augen fest auf ihm, während ich die Wut in mir unterdrückte.

„Ich bin müde", sagte ich schließlich, meine Stimme war ruhig, aber bestimmt. „Wir reden morgen weiter."

Er sagte nichts, doch sein Blick blieb auf mir, schneidend und durchdringend. Schließlich nickte er knapp und trat zur Seite, um mich vorbeizulassen.

Als ich schließlich in meinem Schlafzimmer war, ließ ich mich schwer auf das Bett sinken. Mein Körper zitterte und ich fühlte, wie die Tränen in meine Augen stiegen, doch ich zwang sie zurück. Das war nicht der Moment, um zu brechen. Noch nicht.

Ich dachte an Damian, an seine Worte, an die Art, wie er mich ansah, als könnte er durch meine Fassade hindurchsehen. Und ich dachte an Marcus, an seine Kontrolle, an das Netz, das er um mich gesponnen hatte.

Ich war gefangen – zwischen zwei Männern, zwischen zwei Welten. Und ich wusste, dass ich einen Weg finden musste, mich zu befreien, bevor ich daran zugrunde ging.

Ich lag still, mein Körper war schwer und mein Geist war ein Chaos. Die Dunkelheit des Zimmers war keine Erleichterung; sie fühlte sich bedrückend an, fast erdrückend. Ich hörte, wie Marcus die Tür leise öffnete und eintrat, seine Schritte gedämpft, aber zielgerichtet. Ich spürte ihn, noch bevor er das Bett erreichte – seine Präsenz war wie eine Welle, die alles verschluckte. Er legte sich neben mich, seine Bewegungen ruhig, fast bedächtig. Doch ich wusste, was kommen würde, noch bevor seine Hand nach mir griff. Er zog mich an sich, seine Arme fest, aber nicht zärtlich, während sein Körper sich an meinen schmiegte. Sein Atem war warm an meinem Hals und ich spürte die Forderung in seiner Berührung, lange bevor er sprach.
„Du bist immer noch so heiß in diesem Outfit", murmelte er, seine Stimme war ein dunkles Flüstern, das keine Ablehnung zuließ. Seine Hände begannen zu wandern, glitten über meine Taille, meine Hüften, bevor sie inne hielten, gerade lange genug, um die Kontrolle zu spüren. Ich schloss die Augen, zwang mich, ruhig zu bleiben, meinen Atem gleichmäßig zu halten. Dies war die schwerste Rolle, die ich je gespielt hatte – die perfekte Ehefrau, die fügsame Partnerin. Ich wusste, dass jedes Zeichen von Widerstand die Situation nur verschlimmern würde. Marcus mochte Macht und er genoss es, sie auszuüben.

„Marcus…" begann ich, meine Stimme war leise, aber ich wusste, dass er sie hörte.

„Shh." Er unterbrach mich, seine Finger fanden den Reißverschluss meines Kleides.

„Keine Ausreden. Keine Diskussionen. Heute Nacht bist du nicht die Polizistin. Heute Nacht bist du nur meine Frau." Ich spürte, wie meine Kehle sich zu schnürte, doch ich hielt meine Haltung. Meine Gedanken rasten, suchten nach einem Ausweg, doch es gab keinen. Nicht jetzt. Vielleicht morgen. Vielleicht später.

Seine Lippen fanden meinen Hals, seine Hände wurden fordernder, wanderten über meinen Körper, während er das Kleid langsam öffnete. Sein Verlangen war unmissverständlich und ich wusste, dass es keinen Sinn hatte, ihn aufzuhalten. Doch in meinem Inneren brannte ein stiller, dunkler Funke. Es war nicht Angst, nicht Wut – es war etwas anderes. Etwas, das sich nach Freiheit sehnte, nach einem Ende dieses Spiels.

Ich spielte die Rolle, die er von mir erwartete. Ich ließ ihn glauben, dass er die Kontrolle hatte, dass ich die perfekte Ehefrau war, die er sich wünschte. Doch während er mich beanspruchte, schwor ich mir, dass dies nicht ewig so weitergehen würde. Irgendwann würde ich mich befreien – von ihm, von seinem Griff, von all den Ketten, die mich festhielten.

Doch für jetzt war ich still, mein Körper fügsam, während mein Geist sich vorbereitete. Das war nicht nur sein Spiel. Es war auch meins. Und ich würde es gewinnen. Egal, wie lange es dauerte.

Kapitel 14: Illusion

Victoria

Die Sonne war bereits aufgegangen, als ich die Augen öffnete. Das Bett neben mir war leer, aber das war keine Überraschung. Marcus war selten da, wenn ich aufwachte. Es war, als ob er bewusst darauf verzichtete, mir die Illusion von Normalität zu geben. Doch auf dem Nachttisch lag eine Nachricht, die ich sofort erkannte. Ich griff danach, meine Finger glitten über das glatte Papier. Seine Handschrift war wie immer präzise, fast mechanisch:

„Komm später ins Department. Bereite dich auf den Einsatz vor. Frühstück ist fertig."

Mein Magen zog sich zusammen, obwohl ich wusste, dass das nichts Neues war. Marcus gab Befehle, selbst in den kleinsten Details meines Lebens. Ich legte die Nachricht beiseite und starrte einen Moment lang an die Decke. Mein Körper fühlte sich schwer an, mein Kopf war voller Gedanken, die ich nicht ordnen konnte.

Ich zog mich an, schnappte mir meine Laufschuhe und ging nach unten. Der Geruch von frisch gebrühtem Kaffee und geröstetem Brot empfing mich.
Marcus hatte alles vorbereitet: Kaffee, Toast, Rührei. Es war die perfekte Inszenierung des liebevollen Ehemanns. Doch ich spürte, dass es nichts anderes war als ein weiterer Teil seines Spiels. Ich nahm eine Tasse Kaffee, trank einen Schluck und ließ den Rest auf dem Tisch stehen. Mein Kopf war zu voll, um etwas zu essen. Ich musste laufen. Es war das Einzige, was mir einen klaren Kopf verschaffte – die Bewegung, der Rhythmus meiner Schritte, der mich für einen Moment von allem ablenkte.

Draußen war die Luft kühl, doch die Sonne wärmte bereits die Straßen. Ich begann langsam zu joggen, ließ meine Gedanken mit jedem Schritt fließen. Die Ereignisse der letzten Nacht waren wie ein Film, der immer wieder in meinem Kopf ablief. Damian in der Gasse. Marcus zu Hause. Die Männer, die mich angegriffen hatten.

Warum war Damian da gewesen? Und warum konnte ich seinen Blick nicht vergessen, die Art, wie er mich angesehen hatte, als ob er mehr wusste, als er sollte? Und Marcus… Sein Griff, seine Worte, sein Anspruch auf mich. Ich hatte das Gefühl, dass sein Einfluss immer stärker wurde, dass er immer tiefer in mein Leben eindrang. Doch ich wusste, dass ich eines Tages die Kontrolle zurückgewinnen musste.
Es war keine Frage des Ob, sondern des Wann.

Meine Schritte wurden schneller, mein Atem ging heftiger, doch es war ein befreiendes Gefühl. In diesen Momenten fühlte ich mich lebendig, fast frei. Doch ich wusste, dass die Realität auf mich wartete, sobald ich zurückkehrte. Der Tag hatte gerade erst begonnen und der Einsatz am Abend würde alles von mir verlangen. Doch hier, in diesem Moment, gehörte ich nur mir selbst. Und das musste für jetzt genug sein.

****

Das Kleid, das Marcus mir für den Abend hinterlassen hatte, war kaum mehr als ein Stück Stoff. Es war knapper, enger und aufreizender als das Letzte und ich spürte, wie sich mein Magen zusammenzog, als ich es anzog. Der Stoff schmiegte sich an meinen Körper, ließ keinen Raum für Unsicherheiten und doch fühlte ich mich darin verletzlicher denn je.
„Du siehst perfekt aus", hatte Marcus gesagt, bevor er

mich zum Club geschickt hatte. Sein Lächeln war schneidend, seine Augen voller Kontrolle.

„Denk daran, dass du nicht nur für dich selbst arbeitest. Du bist dort, um uns zu repräsentieren." Seine Worte hallten in meinem Kopf wider, während ich durch die Straßen zum Club ging. Die Nacht war kühl und das Kleid ließ die Kälte direkt an meine Haut. Jeder Schritt fühlte sich an wie ein Marsch ins Zentrum eines Spiels, das ich nicht kontrollieren konnte.

Im Club war die Atmosphäre wie zuvor – laut, drückend, voller Menschen, die sich verlieren wollten. Doch diesmal war etwas anders. Die Blicke, die ich auf mir spürte, waren intensiver, gieriger. Ich war ein Ziel, eine Trophäe und jeder in diesem Raum wusste es.

David saß an seinem gewohnten Platz, ein Drink in der Hand und sein Gesicht hellte sich auf, als er mich sah. Sein Lächeln war breit, fast siegreich und ich wusste, dass er genau wusste, was er wollte.

„Vanessa", rief er und breitete die Arme aus, als wollte er mich willkommen heißen.

„Du siehst… unglaublich aus."

Ich ließ ein Lächeln auf meinen Lippen spielen, obwohl ich innerlich eine Mauer hochzog. „Freut mich, dass es dir gefällt."

„Gefällt?" Er lachte, stand auf und trat näher. „Gefällt ist untertrieben. Du bist eine Göttin, Vanessa." Seine Hand legte sich auf meinen unteren Rücken, führte mich zu seinem Tisch, wo er mir einen Drink anbot. Doch diesmal war er nicht daran interessiert, Smalltalk zu führen. Seine Augen waren dunkel, seine Absichten klar.

„Lass uns verschwinden", sagte er leise, seine Stimme war ein tiefes, raues Murmeln.

„Fick mich. Zeig, was du drauf hast."

Ich spürte, wie mein Körper erstarrte, doch ich zwang mich, ruhig zu bleiben. Das war Teil des Spiels, das wusste ich. Doch sein Griff wurde fester, sein Blick durchdringender. Er wollte nicht warten, wollte nicht spielen.

„David", sagte ich und legte eine Hand auf seine Brust, als würde ich ihn beruhigen.

„Geduld ist eine Tugend, weißt du?"

„Scheiß auf Geduld", zischte er, zog mich näher. „Ich will dich jetzt."

Mein Herz raste, doch mein Gesicht blieb neutral. Dies war der Moment, in dem alles zusammenbrechen konnte – oder in dem ich die Kontrolle zurückerobern musste.

„Ich verstehe", sagte ich leise, ließ meinen Blick kurz durch den Raum wandern, als suchte ich nach einem sicheren Ausweg.

„Aber wenn du willst, dass ich dir zeige, was ich draufhabe, dann muss es… unvergesslich sein."

Sein Blick verengte sich, als dachte er über meine Worte nach, doch sein Griff lockerte sich leicht.

„Unvergesslich?" fragte er, ein schiefes Lächeln auf seinen Lippen. „Was hast du im Sinn?"

„Gib mir fünf Minuten", sagte ich und ließ meine Stimme weich und verführerisch klingen. „Lass mich mich vorbereiten. Glaub mir, es wird sich lohnen."

Er zögerte, doch schließlich nickte er, sein Grinsen

wurde breiter.

„Fünf Minuten, Vanessa. Keine Sekunde länger."

Ich nickte, löste mich aus seinem Griff und ging Richtung der hinteren Räume. Mein Herz schlug wie verrückt und mein Kopf ratterte. Ich hatte fünf Minuten, um einen Plan zu schmieden, bevor alles eskalierte. Denn wenn ich das falsch spielte, würde der Preis höher sein, als ich bereit war zu zahlen.

Kaum hatte ich die Tür zum hinteren Bereich des Clubs hinter mir geschlossen, zückte ich mein Handy. Meine Finger zitterten leicht, als ich Marcus' Nummer wählte. Jeder Herzschlag fühlte sich an, als würde er die Sekunden lauter machen. Es dauerte nicht lange, bis er abhob.

„Victoria", sagte er, seine Stimme war ruhig, aber ich konnte den Kontrollton darunter hören. „Was ist los?"

„David", begann ich, meine Stimme leise, aber fest.

„Er will mich mitnehmen. Er… er will mehr, Marcus. Er erwartet, dass ich mich… füge."

Es war einen Moment still am anderen Ende der Leitung und ich konnte förmlich spüren, wie sein Verstand arbeitete.

„Hat er dir das direkt gesagt?"

„Ja." Ich stützte mich gegen die Wand und schloss die Augen.

„Er will, dass ich mit ihm gehe. Jetzt."

Marcus' Ton änderte sich, wurde kälter, berechnender.

„Das ist gut", sagte er, als ob er gerade ein wichtiges Puzzlestück gefunden hätte.

„Das bedeutet, dass er dir vertraut. Geh mit ihm."

Meine Augen rissen sich auf und mein Magen zog sich zusammen.

„Was?"

„Du hast richtig gehört", sagte er ruhig. „Wenn er dich mitnimmt, bekommst du Zugang. Du kommst näher an ihn ran, an das, was er wirklich tut. Das ist der Punkt dieses Einsatzes, Victoria."

„Marcus, er ist gefährlich", sagte ich, meine Stimme drängender.

„Das ist keine Routineoperation. Er will Kontrolle und ich bin nicht sicher, wie weit er gehen wird."

„Du bist stärker, als du denkst", antwortete Marcus, seine Stimme hatte diesen vertrauten Tonfall, der mehr Befehl als Trost war. „Und du bist nicht allein. Ich werde in der Nähe sein, das weißt du. Wenn etwas schiefläuft, greife ich ein."

Ich presste die Lippen zusammen, versuchte, die Wut in mir zu unterdrücken. Natürlich würde er das sagen. Für Marcus war ich kein Mensch in Gefahr – ich war ein Werkzeug, ein Mittel, um das Ziel zu erreichen.

„Marcus, hör mir zu—"

„Nein, Victoria, du hörst mir zu", unterbrach er mich, seine Stimme wurde schärfer.

„Du bist die Beste, die wir haben. Und du weißt, wie wichtig dieser Fall ist. Du kannst das. Und ich werde dafür sorgen, dass du sicher bist."

Seine Worte fühlten sich an wie eine Kette, die sich enger um meinen Hals zog. Doch ich wusste, dass es keinen Sinn hatte, zu widersprechen. Marcus ließ keine

Diskussion zu.

„In Ordnung", sagte ich schließlich, meine Stimme flach. „Aber wenn es eskaliert, werde ich selbst entscheiden, wie weit ich gehe."

„Das erwarte ich von dir", sagte er, fast zufrieden. „Ruf mich an, wenn du etwas hast, das wir verwenden können. Und Victoria…" Er hielt kurz inne, und ich konnte den Hauch von Besitz in seiner Stimme spüren. „Pass auf dich auf."

Er legte auf, bevor ich antworten konnte und ich starrte für einen Moment auf das Telefon in meiner Hand. Die Kälte seiner Worte ließ mich erschaudern, doch ich schob das Gefühl beiseite.

Ich atmete tief durch, richtete meine Haltung und ließ das Handy in meine Tasche gleiten. Der Spiegel im Raum zeigte mir eine Frau, die entschlossen wirkte, obwohl in ihrem Inneren ein Sturm tobte. Dies war mein Spiel, mein Einsatz und ich würde es durchziehen – aber zu meinen Bedingungen.

Ich öffnete die Tür und trat zurück in den Club. Die Zeit lief und David wartete. Doch ich wusste, dass ich nicht die Einzige war, die spielte.

Als ich zurück zu David ging, war sein Blick gierig, durchdringend, als hätte er jede Sekunde gezählt, die ich weg gewesen war. Er streckte die Hand nach mir aus, zog mich näher und bevor ich etwas sagen konnte, lagen seine Hände wieder auf meinem Körper. Sie wanderten über meine Taille, glitten über meine Hüften, während sein Atem warm und schwer an meinem Hals war.

„Du machst mich wahnsinnig, Vanessa", flüsterte er, seine Lippen streiften meine Haut.

„Ich kann es kaum erwarten, dich ganz für mich zu haben."

Ich spürte, wie mein Herz raste, doch ich hielt meinen Atem ruhig. Dies war das Spiel. Dies war der Einsatz. Doch mit jedem Hauch seiner Lippen an meinem Hals, mit jedem Griff seiner Hände an meinen Körper wurde das Netz enger und es fühlte sich an, als würde mir die Luft ausgehen.

„David", begann ich, meine Stimme ruhig, aber bestimmend. „Vielleicht sollten wir woanders hingehen. Irgendwo… privater."

Er zog sich leicht zurück, sah mich an und ich konnte das Funkeln in seinen Augen sehen – die Vorfreude, die Kontrolle.

„Genau das hatte ich im Sinn." Er packte meine Hand, wollte mich aus dem Club führen, doch gerade als er sich bewegte, wurde er abrupt von der Seite angerempelt.

Ein Mann, scheinbar betrunken, schwankte und stieß David so heftig an, dass er fast sein Gleichgewicht verlor.

„Pass doch auf!" zischte David, drehte sich um und fixierte den Fremden mit einem wütenden Blick.

Ich erkannte ihn sofort. Damian.

Er sah aus, als hätte er mehr getrunken, als gut für ihn war, doch ich wusste, dass das nur eine Fassade war. Seine Schritte waren leicht unsicher, sein Blick verschwommen, doch die Spannung in seinen Bewegungen verriet mir, dass er genau wusste, was er tat.

„Oh, sorry, Kumpel", lallte Damian, eine Hand erhoben, als wollte er sich entschuldigen. „Hab dich nicht gesehen."

David funkelte ihn an, ließ meine Hand los und trat einen Schritt näher.

„Du solltest besser aufpassen, bevor du jemanden anrempelst, der dir das Genick brechen könnte."

Damian hob beide Hände, sein Gesicht war von einem schiefen Grinsen geprägt. „Ganz ruhig, Mann. Ich wollte nur mein Drink holen."

„Dann hol ihn und verschwinde", knurrte David, bevor er sich wieder mir zuwandte. „Wo waren wir?"

Damian machte einen Schritt zurück, doch sein Blick blieb einen Moment länger auf mir hängen, als es hätte sein sollen. Ich spürte die Spannung in der Luft, spürte, wie Davids Griff an meinem Arm wieder fester wurde.

„Lass uns gehen", sagte David, seine Stimme war ruhig, aber ich konnte die unterschwellige Wut darin hören. Er wollte keine Szene machen, nicht hier, nicht jetzt. Doch ich wusste, dass er Damians Eingreifen nicht vergessen würde.

Ich nickte, ließ mich von ihm führen, doch mein Blick wanderte zurück zu Damian. Für einen Moment trafen sich unsere Augen und ich konnte die stille Botschaft darin sehen:

Ich bin hier. Du bist nicht allein.

Doch in diesem Moment fühlte ich mich alles andere als sicher.

****

Damian

Ich hatte alles gesehen. Jedes Lächeln, jede Bewegung von David, die Art, wie er Victoria berührte, als gehöre sie ihm. Mein Kiefer verkrampfte sich, während ich an der Bar saß, mein Glas in der Hand, das längst leer war. Dies war kein einfaches Spiel mehr. David hatte eine Grenze überschritten und ich wusste, dass ich nicht einfach zusehen konnte, wie er sie aus dem Club führte. Victoria war stark, aber David war nicht der Typ, der losließ. Er wollte Macht, Kontrolle und er war bereit, sie mit Gewalt durchzusetzen, wenn es sein musste. Ich musste eingreifen – aber ich brauchte einen Plan, der mich nicht sofort verriet.

Nach meinem Zusammenstoß mit dem Kerl beobachtete ich, wie David sie wieder näher zu sich zog, seine Hand fest um ihren Arm, während er sie Richtung Ausgang führte. Mein Puls beschleunigte sich, doch ich hielt meinen Atem ruhig. Ein offenes Eingreifen war keine Option. Nicht hier, nicht so.
Ich ließ meinen Blick durch den Raum schweifen, suchte nach einem Punkt, der das Chaos entfachen konnte, das ich brauchte. Zwei Männer saßen an einem

Tisch in der Nähe, ihre Stimmen waren laut und ihre Gläser fast leer. Sie waren bereits leicht betrunken und ihre Gesten wurden immer grober. Perfekt.

Ich trat an ihren Tisch, stellte mein leeres Glas ab und ließ meine Hand scheinbar beiläufig gegen einen von ihnen stoßen, sodass sein halbvolles Bierglas über die Kante kippte und sich über seinen Schoß ergoss.

„Verdammt!" rief er, sprang auf und sah mich an, seine Augen vor Wut verengt. „Pass auf, du Idiot!"

„Beruhig dich", sagte ich mit einem schiefen Grinsen, meine Stimme war ruhig, aber provozierend. „War doch nur ein Glas Bier."

Sein Kumpel stand ebenfalls auf, schob den Tisch zur Seite und die Stimmung eskalierte sofort. Es dauerte keine fünf Sekunden, bis der erste Schlag fiel – genau wie ich es geplant hatte.

Der Lärm zog sofort Aufmerksamkeit auf sich. Die Gäste drehten sich um, einige zogen sich zurück, während andere näherkamen, um zuzusehen. Das Personal schrie Anweisungen, doch die Situation war außer Kontrolle.

Ich sah, wie David stehen blieb, seinen Griff um Victorias Arm löste und sich umsah. Seine Augen blitzten vor Ärger und ich konnte sehen, wie er die Szene analysierte. Er war nicht der Typ, der Chaos tolerierte, besonders nicht, wenn es in seinem Club war und es seinen Plänen im Weg stand.

„Bleib hier", sagte er zu Victoria, bevor er zwei Männer aus der Ecke winkte, die eindeutig zu ihm gehörten. Die beiden folgten ihm, als er sich mit schnellen, entschlossenen Schritten auf die Schlägerei zubewegte.

Ich nutzte den Moment. Während David und seine Männer versuchten, die Situation zu beruhigen – oder ihre Autorität zu demonstrieren –, bewegte ich mich durch die Menge und näherte mich Victoria, die nervös am Rand der Szenerie stand.
„Du solltest verschwinden", sagte ich leise, als ich hinter ihr auftauchte.
Sie drehte sich zu mir um, ihre Augen waren weit vor Überraschung. „Damian?"
„Keine Zeit für Fragen", zischte ich. „Wenn du mit ihm gehst, bist du auf dich allein gestellt. Lass mich dir helfen."
Sie zögerte, ihr Blick wanderte zu David, der gerade einen der Männer am Kragen packte und ihn gegen die Wand drückte. Es war klar, dass er die Kontrolle zurückgewinnen wollte, doch die Szene war immer noch chaotisch.
„Victoria", drängte ich, meine Stimme leiser, aber eindringlich. „Vertrau mir. Nur dieses eine Mal."
Sie sah mich an, ihre Lippen leicht geöffnet, bevor sie schließlich nickte. „Okay."

Ich legte eine Hand auf ihren unteren Rücken, führte sie durch die Menge, die zu sehr mit dem Drama vor sich beschäftigt war, um uns zu beachten. Wir schlüpften durch eine Seitentür und die kühle Nachtluft empfing uns.
„Was jetzt?" fragte sie, ihre Stimme war leise, aber ich

konnte die Anspannung darin hören.

Ich hielt inne, drehte mich zu ihr um. „Jetzt bringe ich dich in Sicherheit."

„Und dann?" Ihre Augen suchten meinen Blick und ich konnte die Mischung aus Wut und Unsicherheit darin sehen.

„Dann sehen wir, ob dein Plan oder meiner besser ist." Ich ließ ein schiefes Lächeln spielen, doch in mir brodelte es. Dies war noch lange nicht vorbei – weder für sie noch für mich. Und David würde nicht vergessen, was heute passiert war.

Kapitel 15: Unfreiwillige Hilfe

Damian

Ich zog Victoria schnell durch die Seitengasse, die zum Parkplatz hinter dem Club führte. Sie hielt mit meinen schnellen Schritten kaum mit, doch ich ließ keinen Raum für Diskussionen. Jede Sekunde, die wir länger blieben, war eine Sekunde, in der David uns finden konnte – und das durfte nicht passieren.

„Wohin bringst du mich?" fragte sie schließlich, ihre

Stimme war scharf, aber ich hörte das Zittern darin.

„Ins Auto", sagte ich knapp, ohne sie anzusehen. „Ich habe hier keinen Plan B."

„Natürlich nicht", murmelte sie und riss ihren Arm aus meinem Griff, als wir das Fahrzeug erreichten. Sie blieb stehen, ihre Augen fixierten mich.

„Damian, was zur Hölle machst du da?"

„Dich retten", sagte ich und öffnete die Beifahrertür. Mein Ton war ruhig, aber die Spannung in meiner Stimme war nicht zu überhören.

„Und bevor du protestierst: Du hattest keine bessere Idee."

Ich deutete auf die Tür, doch sie verschränkte die Arme vor der Brust, ihre Haltung stur.

„Ich brauche keinen Retter."

Ich seufzte, trat einen Schritt näher und sah ihr direkt in die Augen.

„Das ist nicht der Moment, Victoria. Du bist gerade aus dem Club eines Mannes geflohen, der dich nicht nur kontrollieren will, sondern auch bereit ist, alles zu tun, um dich zu besitzen. Willst du wirklich hier stehen bleiben, bis er merkt, dass du weg bist?"

Sie hielt meinem Blick stand, doch ich konnte sehen, wie sich ihre Entschlossenheit bröckelte. Schließlich schnaubte sie leise, ließ ihre Arme sinken und stieg ins Auto.

„Gut", sagte sie knapp, ihre Stimme war kühl. „Aber das hier heißt nicht, dass ich dir vertraue."

„Das musst du nicht", antwortete ich, als ich die Tür zuschlug und mich ans Steuer setzte. „Aber es heißt, dass ich dir gerade den Arsch gerettet habe. Schon wieder."

Ich startete den Motor und der Wagen setzte sich in Bewegung, während ich meine Augen auf den Rückspiegel fixierte. Die Gasse blieb leer, doch ich wusste, dass es nicht lange dauern würde, bis David die Flucht bemerkte. Er würde nicht locker lassen, das war sicher.

„Wohin fahren wir?" fragte sie und ich spürte, wie sie sich unruhig neben mir bewegte.

„Ein sicherer Ort", sagte ich knapp, ohne genauer zu werden. Ich hatte einen Unterschlupf in der Stadt, einen Ort, den ich selten nutzte, aber genau für solche Situationen vorbereitet hatte.

„Sicher? Mit dir?" Sie lachte bitter. „Das ist ein Widerspruch."

Ich warf ihr einen kurzen Blick zu, ließ ein schiefes Lächeln auf meinen Lippen spielen. „Vielleicht. Aber ich bin nicht derjenige, der dich gerade fast aus dem Club geschleppt hat."

„Du hast mich ins Auto geschoben, Damian", konterte sie, ihre Stimme war jetzt schärfer. „Das ist nicht besser."

„Es ist besser, als tot zu sein", sagte ich ruhig, mein Blick blieb auf der Straße. „Und wenn du ehrlich bist, weißt du das auch."

Die Spannung im Auto war greifbar und ich wusste, dass sie explodieren würde, sobald wir in Sicherheit waren. Doch für jetzt war es egal. Ich hatte sie aus Davids Griff befreit und das war alles, was zählte.

Die Nacht war noch lang und das Spiel hatte gerade erst eine neue Wendung genommen.

****

Victoria

Das Auto war stickig, die Luft schwer von unausgesprochenen Worten und der Hitze des Adrenalins, die noch immer in meinen Adern pulsierte. Ich zog das Kleid an meinen Oberschenkeln herunter, so gut es ging, um nicht zu viel Haut preiszugeben, doch der Stoff war knapp, zu knapp und die Bewegung brachte kaum Erleichterung.
Ich spürte, wie Damians Blick kurz zu mir wanderte, bevor er wieder auf die Straße schaute. Ohne ein Wort streckte er eine Hand nach hinten und griff nach etwas auf der Rückbank. Als er sich wieder nach vorne beugte, hielt er eine Lederjacke in der Hand.
„Hier", sagte er knapp und reichte sie mir, ohne mich anzusehen. „Zieh das über."
Ich starrte die Jacke an, meine Hände zögerten, sie zu nehmen.
„Warum?"
„Weil du halb nackt bist und ich es leid bin, die ganze

Zeit zu sehen, wie du versuchst, dich zu bedecken",
antwortete er, sein Ton war rau, aber nicht unfreundlich.
„Es lenkt mich ab."

Ich biss die Zähne zusammen, wollte ihm etwas
Scharfes entgegnen, doch schließlich griff ich nach der
Jacke. Sie war schwer, warm und als ich sie über meine
Schultern zog, fühlte ich mich tatsächlich ein wenig
sicherer. Der Geruch von Leder und einem Hauch von
seinem Aftershave hing in der Luft und ich hasste mich
dafür, dass es mich beruhigte.
„Danke", murmelte ich schließlich, ohne ihn anzusehen.
„Keine Ursache", sagte er und richtete seine
Aufmerksamkeit wieder auf die Straße. Doch ich konnte
sehen, wie sich seine Finger fest um das Lenkrad
krallten, als ob er versuchte, die Kontrolle zu behalten.

Das Schweigen zwischen uns war erdrückend, doch ich
konnte es nicht brechen. Meine Gedanken rasten,
drehten sich um David, um die Männer im Club, um
Damian. Warum war er überhaupt dort gewesen?
Warum konnte er nicht einfach verschwinden? Warum
fühlte ich mich bei ihm sicher, obwohl ich ihm nicht
traute?
„Was willst du, Damian?" fragte ich schließlich, meine
Stimme war leiser, als ich beabsichtigt hatte.
Er sah mich kurz an, sein Blick war kühl, aber nicht kalt.
„Ich will dich am Leben halten."
„Und warum? Was kümmert es dich?"
„Vielleicht, weil ich jemanden wie dich nicht
verschwinden sehen will", sagte er ruhig, fast beiläufig,

doch ich konnte die Schwere in seinen Worten spüren. „Oder vielleicht, weil ich keine Lust habe, zusehen zu müssen, wie jemand wie David dich zerstört."

Ich hielt seinem Blick stand, meine Hände um die Jacke gezogen, als könnte sie mich vor der Wahrheit in seinen Worten schützen. „Ich brauche keinen Schutz."
„Das hast du schon gesagt", murmelte er, sein Ton war trocken, fast amüsiert.
„Aber die Realität sieht anders aus."
Ich wollte widersprechen, ihm sagen, dass er keine Ahnung hatte, was ich durchmachte, doch die Worte blieben mir im Hals stecken. Er hatte recht, zumindest in diesem Moment. Ich war in Gefahr und so sehr ich es hasste, das zuzugeben, Damian hatte mich da rausgeholt, wo ich es nicht allein geschafft hätte.
„Wohin fahren wir?" fragte ich, meine Stimme war jetzt ruhiger.
„An einen Ort, wo du erstmal nachdenken kannst, ohne dass jemand wie David oder Marcus dich findet", sagte er, sein Ton war sachlich, aber entschlossen.
„Und dann klären wir, was als Nächstes passiert."
„Marcus", wiederholte ich und spürte, wie sich mein Magen zusammenzog. Ich hatte keine Ahnung, wie ich das erklären sollte. Doch das war ein Problem für später. Jetzt musste ich herausfinden, was Damian wirklich wollte – und ob ich ihm trauen konnte.

Das Spiel, in das wir beide verwickelt waren, wurde immer komplizierter.

Das Auto hielt vor einem unscheinbaren Apartmentkomplex, dessen graue Fassade fast vollständig mit dem Schatten der Nacht verschmolz. Keine auffälligen Lichter, keine Kameras, keine Zeichen dafür, dass dieser Ort irgendetwas Besonderes war. Doch vielleicht war das der Punkt – es war perfekt, weil es so unauffällig war.

„Komm", sagte Damian knapp, als er den Motor abstellte und ausstieg. Er war bereits um das Auto herum, bevor ich die Beifahrertür öffnen konnte und reichte mir eine Hand, die ich ignorierte, als ich selbst ausstieg. Die schwere Lederjacke, die ich noch immer trug, fühlte sich wie ein Schutzschild an, doch ich wusste, dass sie mich nicht wirklich vor dem schützen konnte, was vor mir lag.

„Wo sind wir?" fragte ich leise, während ich ihm folgte, meine Arme eng um mich geschlungen.

„Ein sicherer Ort", antwortete er, ohne sich umzudrehen. „Zumindest für den Moment."

Er führte mich durch einen Seiteneingang, dessen Tür er mit einem schnellen Dreh seines Schlüssels öffnete. Die Treppen waren eng, die Wände kahl und jeder Schritt hallte leise durch den Flur. Es war nichts Besonderes, aber genau das machte es passend. Damian wusste, wie man sich unsichtbar machte und ich konnte nicht anders, als mich zu fragen, wie oft er das schon getan hatte – und für wen.

Schließlich blieben wir vor einer Tür im dritten Stock stehen. Er zog einen weiteren Schlüssel hervor, öffnete die Tür und trat ein. Ich folgte ihm zögernd, mein Blick glitt durch den Raum, während ich meine Umgebung aufnahm.

Die Wohnung war klein, fast spartanisch eingerichtet. Ein Sofa, ein kleiner Couchtisch, eine offene Küche und eine Tür, die vermutlich zum Schlafzimmer führte. Es war sauber, aber es hatte keine persönliche Note – keine Bilder, keine Gegenstände, die darauf hindeuteten, dass hier jemand lebte.
„Das ist es?" fragte ich, während ich die Jacke enger um mich zog.

„Das ist es", antwortete er und schloss die Tür hinter uns. Seine Bewegungen waren ruhig, kontrolliert, aber ich konnte die Anspannung in seinen Schultern sehen.
„Es ist nicht luxuriös, aber es ist sicher."
„Sicher?" Ich schnaubte leise, ließ mich auf das Sofa sinken, das überraschend bequem war. „Du hast gerade einen Mann wütend gemacht, der keine Skrupel hat, Leute verschwinden zu lassen, Damian. Wie sicher ist es hier wirklich?"
Er lehnte sich gegen die Wand, die Arme verschränkt und sah mich an, sein Blick kühl, aber nicht ohne eine Spur von Sorge.
„Sicher genug, um dir Zeit zu verschaffen, nachzudenken. Und mir Zeit, einen Plan zu machen."
Ich hob eine Augenbraue. „Einen Plan? Ich dachte, du machst das alles improvisiert."
Ein schwaches Lächeln zog über seine Lippen, doch es erreichte seine Augen nicht. „Vielleicht. Aber wenn du das hier überleben willst, Victoria, musst du mir

vertrauen."

„Vertrauen", wiederholte ich und ließ das Wort in der Luft hängen.

„Das ist eine Menge verlangt von jemandem, der nicht mal richtig erklären kann, warum er überhaupt hier ist." Er schwieg, sein Blick wurde ernster, doch er sagte nichts. Ich wusste, dass ich ihn herausforderte, ihn vielleicht sogar provozierte, aber ich konnte nicht anders. Die Situation war zu angespannt und mein Kopf war voller Fragen, auf die ich keine Antworten hatte.

„Du kannst dich ausruhen", sagte er schließlich, seine Stimme leiser. „Das Schlafzimmer ist frei. Ich bleibe hier und halte Wache."

„Du bist wirklich der perfekte Gentleman", murmelte ich, doch ich stand auf und ging Richtung Schlafzimmer. Ich hielt inne, drehte mich zu ihm um.

„Und Damian… danke. Auch wenn ich nicht weiß, warum du es tust."

Er sah mich an, sein Blick war schwer, doch er antwortete nicht. Stattdessen nickte er nur und ich verschwand in dem kleinen Raum, schloss die Tür hinter mir und lehnte mich dagegen. Die Nacht hatte mich an meine Grenzen gebracht, doch hier, in dieser stillen, unauffälligen Wohnung, fühlte ich mich zum ersten Mal ein wenig sicher. Auch wenn ich wusste, dass Damian genauso gefährlich sein konnte wie die Männer, den ich zu entkommen versuchte.

****

Damian

Die Wohnung war still, aber die Stille fühlte sich an wie ein Schlag auf die Trommelfelle. Ich konnte nicht still sitzen, konnte nicht abschalten. Meine Gedanken rasten, während ich durch den Raum ging, mein Blick immer wieder zur geschlossenen Schlafzimmertür wanderte.

Victoria.

Sie war da drinnen, doch es fühlte sich an, als wäre sie Lichtjahre entfernt. Ich griff nach der Whiskyflasche auf der Anrichte, schenkte mir ein Glas ein und nahm einen großen Schluck. Der Alkohol brannte, doch er brachte keine Ruhe. Nicht heute.

Die Tür öffnete sich und ich hielt inne, das Glas in der Hand, während sie heraustrat. Sie hatte sich die Jacke enger um die Schultern gezogen, ihr Blick war schwer und ihre Bewegungen verrieten ihre Erschöpfung.

„Du solltest schlafen", sagte ich, meine Stimme war flach, fast ein Befehl.
„Ich kann nicht", antwortete sie leise, ihre Augen suchten meinen Blick und ich konnte die Spannung in ihrer Haltung sehen.
„Ich muss dir etwas sagen."
Ich lehnte mich gegen die Anrichte, das Glas noch immer in der Hand und wartete.

„Ich höre."

„Das Ganze…" Sie hielt inne, schloss kurz die Augen, bevor sie mich wieder ansah.

„Der Club, David – das ist ein Undercover-Einsatz, Damian."

Ich ließ die Worte wirken, doch ich konnte keine Überraschung vortäuschen.

„Das weiß ich."

Sie blinzelte, ihr Gesicht zeigte für einen Moment Verwirrung.

„Du… wusstest es?"

„Natürlich", sagte ich und stellte das Glas ab. „Du bist gut, Victoria, aber nicht gut genug, um mich zu täuschen."

Sie schwieg, ihre Hände verkrampften sich leicht an der Jacke, doch sie hielt meinem Blick stand. „Ich hatte keine Wahl", sagte sie schließlich, ihre Stimme wurde fester.

„Dieser Einsatz – es geht um Menschenhandel, um illegale Netzwerke. Ich musste dort rein."

„Und du dachtest, du hättest alles im Griff?" fragte ich leise, meine Stimme war ruhig, aber der Zorn darunter ließ sich nicht verbergen.

„Ja", antwortete sie, doch ihre Augen verrieten etwas anderes. Unsicherheit. Angst.

„Du hast nichts im Griff, Victoria." Ich trat näher, meine Bewegungen ruhig, doch mein Blick war schneidend.

„David hätte dich gefickt. Er hätte sich genommen, was er will und du hättest nichts tun können, um ihn aufzuhalten."

Ihre Augen weiteten sich und ich konnte sehen, wie Wut in ihrem Blick aufstieg.

„Du hast keine Ahnung, wovon du redest!"

„Habe ich nicht?" Ich lachte leise, bitter, bevor ich weitersprach.

„Ich habe gesehen, wie er dich angesehen hat, wie er dich berührt hat. Du warst für ihn kein Mensch, Victoria. Du warst eine Trophäe. Etwas, das er brechen konnte."

„Hör auf!" Ihre Stimme war jetzt scharf, fast ein Schrei und sie machte einen Schritt zurück, ihre Hände ballten sich zu Fäusten. „Hör einfach auf!"

„Warum?" fragte ich, ließ meine Stimme sinken, meine Worte wurden leiser, doch ich trat noch näher.

„Weil ich die Wahrheit sage? Weil du weißt, dass du nicht mehr die Kontrolle hast?"

„Ich gehe", sagte sie plötzlich, drehte sich um und ging Richtung Tür, doch ich war schneller.

Bevor sie die Klinke erreichen konnte, griff ich nach ihrem Handgelenk. Mein Griff war sanft, fast zaghaft, doch ich ließ sie nicht los. Sie blieb stehen, ihr Atem ging schnell und ich konnte die Spannung in ihrem Körper spüren.

„Victoria", sagte ich leise, meine Stimme war jetzt weicher.

„Ich wollte dich nicht verletzen. Aber du musst aufhören, dir einzureden, dass du das hier allein bewältigen kannst."

Sie drehte sich zu mir um, ihre Augen glänzten, doch sie hielt den Blick gesenkt.

„Ich habe keine andere Wahl."

„Du hast immer eine Wahl", sagte ich, meine Finger lockerten sich leicht um ihr Handgelenk, doch ich ließ sie nicht los. „Aber manchmal musst du die Kontrolle abgeben, um zu überleben."

Für einen Moment standen wir einfach nur da, die Spannung zwischen uns war greifbar. Sie sah mich schließlich an, ihr Blick war hart, aber ich konnte den Schmerz darin sehen. „Warum tust du das? Warum hilfst du mir?"
Ich hielt ihrem Blick stand, ließ ein schiefes Lächeln auf meinen Lippen spielen.
„Vielleicht, weil du mich daran erinnerst, dass ich auch mal gedacht habe, ich hätte alles im Griff."
Sie schwieg, ihr Körper entspannte sich leicht, doch ich wusste, dass dies nur ein kleiner Sieg war. Das Spiel, das wir spielten, war noch lange nicht vorbei. Und die Frage war nicht, ob wir es gewinnen konnten – sondern ob wir es überleben würden.

****

Victoria

Mein Herz raste, mein Atem ging schneller und mein Kopf fühlte sich an, als würde er gleich explodieren. Damian hielt mein Handgelenk, sein Griff war sanft, fast vorsichtig, doch es fühlte sich an wie eine Fessel. Eine Fessel, die mich zurückhielt, die mich zwang, ihn anzusehen, ihn anzuhören, obwohl das Letzte, was ich wollte, war, ihn hier zu haben – in meinem Kopf, in meiner Nähe, überall.

Meine Gefühle fuhren Achterbahn. Wut, Angst, Erschöpfung – alles prallte aufeinander, wie eine Welle, die nicht enden wollte.

„Lass mich los!" fauchte ich, riss meinen Arm zurück und er ließ mich tatsächlich los, seine Hand glitt langsam weg, aber sein Blick blieb fest auf mir.

„Victoria…" begann er, doch ich hob eine Hand, um ihn zu unterbrechen.

„Nein!" Meine Stimme war scharf, zitterte leicht, doch ich sprach weiter.

„Ich habe alles im Griff, Damian. Alles!"

Er hob eine Augenbraue, sein Blick blieb ruhig, aber ich konnte sehen, dass er nicht überzeugt war. Das machte mich nur noch wütender.

„Aber du…" Ich machte einen Schritt zurück, meine Stimme wurde lauter, die Worte kamen schneller.

„Du bist das Problem. Du verfolgst mich. Immer. Bist überall. Was soll das?"

Er sagte nichts, sah mich nur an, als würde er auf den richtigen Moment warten, um etwas zu sagen. Doch ich ließ ihm keine Zeit.

„Du bist in der Bar. Du bist im Club. Du tauchst immer dann auf, wenn ich dich am wenigsten erwarte. Warum, Damian? Was willst du von mir?" Meine Stimme brach am Ende fast, doch ich zwang mich, weiter zu sprechen.

„Willst du mich kontrollieren? Willst du mich retten? Was soll das sein – dein verdammtes Hobby?"

„Ich will dich nicht kontrollieren", sagte er schließlich,

seine Stimme war ruhig, aber ich konnte die Spannung darin hören. „Und ich will dich auch nicht retten. Aber ich will auch nicht zusehen, wie du dich in etwas verrennst, das dich zerstören wird."

„Es zerstört mich nicht!" Ich ballte die Hände zu Fäusten, meine Nägel gruben sich in meine Handflächen, doch der Schmerz brachte keine Klarheit. „Ich habe diesen Einsatz unter Kontrolle. Ich weiß, was ich tue."
„Das tust du nicht." Seine Worte waren leise, aber sie trafen mich wie ein Schlag.
„Victoria, du bist stark. Aber du bist allein. Und das wird dich kaputt machen."

Ich schüttelte den Kopf, fühlte, wie die Tränen in meinen Augen brannten, doch ich weigerte mich, sie zuzulassen.
„Ich brauche niemanden", flüsterte ich, mehr zu mir selbst als zu ihm. „Ich komme allein klar."
„Das sehe ich." Er verschränkte die Arme, sein Ton war bitter, fast sarkastisch.
„Du hast alles im Griff, nicht wahr? Deshalb bist du hier, in meiner Wohnung, anstatt sicher in deinem eigenen Zuhause."
Ich öffnete den Mund, um etwas zu sagen, doch ich hatte keine Antwort. Denn er hatte recht. Ich war hier, weil ich keine Wahl hatte, weil ich keine Kontrolle mehr hatte – nicht über David, nicht über Marcus und schon gar nicht über mich selbst.
„Warum?" fragte ich schließlich, meine Stimme war

leise, fast ein Flüstern.

„Warum verfolgst du mich? Warum hilfst du mir?"

Sein Blick wurde weicher, doch er sagte nichts. Er trat einen Schritt näher und obwohl ich zurückweichen wollte, blieb ich stehen.

„Weil du mich nicht loslässt", sagte er schließlich, seine Stimme war leise, fast ein Hauch. „So wie ich dich nicht loslassen kann."

Seine Worte hingen schwer in der Luft, und für einen Moment fühlte ich mich, als wäre der Boden unter mir verschwunden. Ich wollte wütend auf ihn sein, wollte ihn wegstoßen, wollte ihm sagen, dass er Unrecht hatte. Doch ich konnte es nicht. Denn tief in mir wusste ich, dass er recht hatte.

****

Damian

Ich trat näher, ließ meine Schritte langsam, fast bedächtig und hielt meinen Blick fest auf ihr. Sie hatte Platz, um zurückzuweichen, um zu fliehen, doch sie blieb stehen. Ihre Schultern waren angespannt, ihre Lippen leicht geöffnet und ihr Atem ging schneller, doch sie wich nicht.

Das machte mich wahnsinnig.

Ihr Blick war schwer, voller Wut, Verwirrung – und etwas, das ich nicht benennen konnte, das aber tief in mir etwas entfachte. Es war, als wollte sie mich herausfordern, als wollte sie mich testen. Und ich wusste, dass ich nicht gewinnen konnte, ohne mich vollständig in diesem Moment zu verlieren.

„Victoria", murmelte ich, meine Stimme war rau, fast ein Flüstern.
„Du kannst immer noch gehen."

Sie sagte nichts, bewegte sich nicht. Ihre Augen hielten meinen Blick und ich konnte spüren, wie die Luft zwischen uns schwer wurde, elektrisiert. Alles in mir schrie, sie zu berühren, die Distanz zu überbrücken, doch ich zwang mich, still zu halten.
„Warum gehst du nicht?" fragte ich schließlich, meine Stimme war leiser, dunkler jetzt.
„Vielleicht", sagte sie, ihre Stimme war kaum mehr als ein Hauch, „weil ich genauso wenig weiß, was ich will, wie du."

Ihre Worte waren wie ein Auslöser. Die Spannung explodierte und ich konnte mich nicht länger zurückhalten. Mit einem schnellen Schritt schloss ich die Distanz zwischen uns, mein Körper war dicht an ihrem, doch ich berührte sie nicht. Meine Hände stützten sich an die Wand neben ihrem Kopf, mein Gesicht war nur Zentimeter von ihrem entfernt.
„Du machst mich wahnsinnig", sagte ich leise, mein Atem streifte ihre Wange. „Weißt du das?"

Sie antwortete nicht, doch ihr Blick sagte mehr, als Worte es könnten. Ihre Augen wanderten zu meinen Lippen und ich konnte spüren, wie die Temperatur zwischen uns stieg, wie die Kontrolle, die ich so mühsam aufgebaut hatte, zerbrach.

Ich ließ meine Hand langsam über ihre Wange gleiten, mein Daumen strich leicht über ihre Lippen, bevor ich ihr Kinn anhob, sodass sie mich ansehen musste.

„Sag mir, dass ich aufhören soll", flüsterte ich, meine Stimme war brüchig, voller unausgesprochener Verlangen.

Doch sie sagte es nicht. Stattdessen blieb sie stehen, ihre Augen suchten meinen Blick und ich wusste, dass es vorbei war – dass ich längst verloren hatte.

Ich neigte mich vor, meine Lippen fanden ihre, zuerst sanft, zögernd, doch als sie den Kuss erwiderte, explodierte alles in mir. Es war wild, fordernd, heiß.

Meine Hände fanden ihre Taille, zogen sie näher, während ihre Finger in mein Haar glitten, mich noch näher zogen.

Die Welt um uns verschwand und alles, was zählte, war dieser Moment, dieses brennende Feuer zwischen uns.

Ich spürte, wie sich ihre Anspannung löste, wie sie sich mir hingab, doch ich wusste, dass dies mehr war als nur Verlangen. Es war ein Kampf, ein Krieg, den keiner von uns wirklich gewinnen konnte.

Doch in diesem Moment war es egal. Es war wild, roh und es fühlte sich so verdammt echt an.

„Damian…" murmelte sie gegen meine Lippen, ihre

Stimme war ein leises Flehen, doch ich konnte nicht aufhören. Nicht jetzt.

Meine Hände glitten über ihren Rücken, fanden ihre Hüften, während sie sich an mich klammerte, als wäre ich alles, was sie in diesem Moment festhalten konnte. Und vielleicht war ich das. Vielleicht waren wir das für einander – ein Chaos, das keinen Sinn ergab, aber in diesem Moment alles war.

Alles in mir war ein einziges Chaos. Ihr Atem, ihr Körper, der sich so nah an meinem bewegte, ihr Blick, der mir zeigte, dass sie genauso zerrissen war wie ich – es machte mich wahnsinnig. Die Spannung zwischen uns explodierte und jede Grenze, die ich mir selbst auferlegt hatte, fiel in sich zusammen.

Meine Hände glitten zu ihren Schultern, fanden die Jacke, die sie noch immer trug und ich riss sie herunter. Der Stoff fiel zu Boden und ich sah, wie ihre Augen kurz vor Überraschung aufblitzten, doch sie sagte nichts. Stattdessen hielt sie meinem Blick stand, ihre Lippen waren leicht geöffnet, ihr Atem schwer.

„Ich will dich so sehr", murmelte ich, meine Stimme war rau, fast brüchig. Es war keine Bitte. Es war ein Geständnis.

Ich griff nach ihrer Taille, zog sie noch dichter an mich und mein Körper drückte sie fester gegen die Wand. Sie keuchte leise, doch es war kein Widerstand – es war etwas anderes, etwas, das ich nicht benennen konnte, aber das mich noch mehr antrieb.

Meine Lippen fanden ihren Hals und ich spürte, wie sie

den Kopf leicht zur Seite neigte, mir mehr Raum gab. Meine Zähne streiften ihre Haut. Ich konnte nicht genug von ihr bekommen, von ihrem Duft, von der Wärme, die von ihr ausging.

„Damian…" Ihre Stimme war ein Hauch, fast verloren in ihrem Atem. Doch es war nicht nur ein Ruf. Es war eine Warnung.

Ich hielt inne, nur für einen Moment, mein Atem ging schnell, während ich mein Gesicht gegen ihren Hals presste. Mein Kopf war ein Wirrwarr aus Verlangen und einer leisen Stimme, die mich zurückhalten wollte. Doch ich konnte sie nicht hören, nicht wirklich. Alles, was zählte, war sie – und wie sehr ich sie wollte.

„Sag mir, dass ich aufhören soll", murmelte ich erneut, meine Hände fest an ihrer Hüfte, meine Stimme war dunkel und voller unausgesprochener Emotionen.

„Sag es, Victoria. Jetzt."

Doch sie sagte es nicht. Stattdessen hob sie ihre Hände, legte sie an meine Brust und für einen Moment dachte ich, sie würde mich wegstoßen. Doch sie zog mich stattdessen näher, und ich spürte, wie die letzte Spur von Zurückhaltung in mir verschwand.

Ich war grob, fordernd. Meine Finger gruben sich in ihren Körper, meine Lippen forderten mehr, als ich zu geben hatte. Doch sie hielt mich fest, als würde sie in mir etwas suchen, das sie genauso dringend brauchte wie ich sie.

Die Welt um uns existierte nicht mehr. Nur wir, dieses Chaos, diese brennende Leidenschaft, die uns beide zerstören könnte. Und ich wusste, dass ich zu weit ging, dass dies alles nur komplizierter machen würde. Doch ich konnte nicht aufhören. Nicht jetzt. Nicht, wenn sie mich genauso sehr wollte wie ich sie.

****

Victoria

Mein Verstand schrie, dass das hier falsch war. Dass ich es beenden musste, bevor es zu weit ging. Doch mein Körper war ein Verräter, jeder Atemzug, jede Bewegung war ein Eingeständnis dessen, was ich wirklich wollte – was ich brauchte. Die Hitze zwischen uns stieg an, verschlang jeden klaren Gedanken, bis nur noch das Verlangen übrig war.

Seine Hände hielten mich fest, drückten mich gegen die Wand und ich spürte die Stärke in seinem Griff, die Kontrolle, die er über mich hatte. Meine Beine gaben nach, wurden weich, doch er ließ mich nicht sinken. Stattdessen hielt er mich aufrecht, sein Körper war dicht an meinem, seine Lippen fordernd, wild, unaufhaltsam.

Meine Hände griffen nach seinen Dog Tags, zogen ihn näher, als ob der kleine Abstand zwischen uns zu viel wäre. Das kalte Metall lag schwer in meiner Hand, doch alles, was ich spürte, war die Hitze seines Körpers, die mich fast überwältigte.

„Damian", flüsterte ich, doch ich wusste nicht, ob es eine Warnung war oder ein Flehen. Vielleicht beides.

Er antwortete nicht mit Worten, sondern mit Berührung. Seine Finger glitten über meinen Körper, fanden den Saum meines Kleides und schoben es langsam nach oben. Jeder Zentimeter, den der Stoff verschwand, ließ meine Haut brennen, als würden seine Berührungen sich tief in mich eingraben.

Seine Finger fanden meinen Slip, glitten vorsichtig darüber und ich biss mir auf die Lippe, um ein Keuchen zu unterdrücken. Er war sanft, fast zögernd, als würde er mich testen, doch es dauerte nicht lange, bis seine Bewegungen sicherer wurden.

„Sag mir, dass ich aufhören soll", murmelte er erneut, seine Stimme war rau und dunkel und ich spürte, wie die Worte meinen Körper durchdrangen. Doch ich konnte es nicht. Die Worte blieben mir im Hals stecken, verschluckt von dem Verlangen, das mich erfasste.

Seine Finger massierten mich langsam und ich konnte nicht verhindern, dass mein Kopf zurück gegen die Wand fiel. Meine Hände suchten Halt an seinen Schultern, klammerten sich an ihn, als würde ich sonst den Boden unter den Füßen verlieren. Jeder seiner Bewegungen ließ die Hitze in mir weiter steigen, bis es sich anfühlte, als würde ich gleich explodieren.

Ich wusste, dass es falsch war. Alles daran war ein Fehler. Doch ich konnte mich nicht wehren. Nicht gegen ihn, nicht gegen mich selbst. In diesem Moment war er alles, was zählte – diese Verbindung, diese Berührung, diese Flucht aus der Dunkelheit, die mich sonst verschlingen würde.

„Victoria", murmelte er erneut, seine Stimme war jetzt weicher, doch sie hatte noch immer diese unausgesprochene Forderung. „Sag es."

Doch ich sagte es nicht. Stattdessen zog ich ihn noch näher, ließ ihn fühlen, wie sehr ich ihn brauchte, wie sehr ich mich selbst in diesem Moment verlor. Und ich wusste, dass es kein Zurück mehr gab. Nicht für ihn. Nicht für mich.

Ein Keuchen entkam meinen Lippen, unkontrolliert, roh, als seine Finger in mich eindrangen. Es war eine Mischung aus Überraschung und Verlangen, eine Flut von Empfindungen, die mich überwältigten. Mein Kopf fiel erneut gegen die Wand und ich klammerte mich an ihn, während er mich sicher hielt, seine Bewegungen sicher, intensiver, fordernder, als wusste er genau, wie er mich vollständig aus der Kontrolle reißen konnte. Plötzlich ließ er mich los, nur um vor mir auf die Knie zu sinken. Meine Atmung stockte, als ich sah, wie er meinen Blick hielt, während er meine Hüften zu sich zog. Seine Hände waren fest, doch sie zitterten leicht, als konnte auch er sich kaum zurückhalten.

Er hob eines meiner Beine an und legte es über seine Schulter, sein Griff war sicher, während er mich stabil hielt. Die Position war so intim, so wild, dass ich kaum fassen konnte, was geschah, doch die Gedanken verschwanden, als ich spürte, wie seine Lippen mich berührten.

Ein leises, fast unwillkürliches Stöhnen entkam mir, als seine Zunge langsam über mich glitt, mich erkundete, mich forderte. Jede Bewegung war präzise, fast qualvoll langsam und ich konnte nicht verhindern, dass mein Körper auf seine Berührungen reagierte. Meine Hände suchten Halt an der Wand, an seinem Haar, doch nichts konnte die Intensität der Empfindungen dämpfen. „Damian", keuchte ich, meine Stimme war ein Hauch, verloren in der Hitze des Moments. Doch er hielt nicht inne. Stattdessen zog er mich noch näher, seine Zunge wurde fordernder, tiefer, während seine Finger weiterhin an mir arbeiteten, mich weiter in den Wahnsinn trieben.

Ich fühlte mich, als würde ich explodieren, als würde mein Körper gleich die Kontrolle vollständig verlieren. Es war zu viel, zu intensiv und doch wollte ich mehr. Seine Bewegungen waren wild, doch sie hatten eine präzise Zielstrebigkeit, die mich vollkommen aus der Realität riss. Ich ließ mich fallen und wusste, dass ich verloren war – an ihn, an diesen Moment, an das, was wir beide nicht kontrollieren konnten.

****

Damian

Meine Gedanken waren leer, ausgelöscht von der Hitze, die zwischen uns tobte. Alles, was zählte, war sie – Victoria. Ihr Geschmack, ihr Körper, ihre Reaktionen. Sie war in meinem Kopf, in meinem Körper und ich konnte an nichts anderes denken. Jeder Moment, jede Bewegung war ein weiterer Schritt, der mich in den Abgrund zog.

Ich richtete mich auf, meine Hände glitten über ihre Hüften, hielten sie fest, als könnte ich sie niemals loslassen. Ihr Atem war schwer, ihre Haut glühte und ich fühlte die Spannung in ihrem Körper, als ich mich gegen sie drückte. Mein harter Schwanz fand ihren Mittelpunkt, und ich musste all meine Kontrolle aufbringen, um mich zurückzuhalten.

„Bitte sag mir, dass ich aufhören soll", murmelte ich, meine Stirn lehnte sich gegen ihre. Meine Stimme war rau, dunkel, fast flehend.

„Sonst garantiere ich für nichts mehr, Vic."

Sie sagte nichts, schon wieder nicht, aber ihre Augen suchten meinen Blick und was ich darin sah, ließ meine letzte Zurückhaltung bröckeln. Es war keine Angst, kein Zögern – es war ein Spiegel dessen, was in mir tobte. Verlangen. Verwirrung. Eine unausgesprochene Bitte.

„Vic", flüsterte ich, meine Hände wanderten tiefer, meine Hüften drückten fester gegen sie. Mein Körper brannte, mein Verstand schrie, doch ich konnte nicht aufhören. Nicht, wenn sie mich so ansah, nicht, wenn sie mich so wollte.

„Sag es mir", forderte ich noch einmal, meine Stimme war jetzt ein raues Knurren, während mein Körper sich weiter gegen ihren presste. „Sag, dass ich aufhören soll,

Victoria."
Doch es kam nichts. Stattdessen schloss sie die Augen, ihr Kopf lehnte sich zurück gegen die Wand und ich fühlte, wie sich ihre Hüften leicht gegen mich bewegten, ein stilles Eingeständnis dessen, was sie wollte.

Die letzte Grenze fiel, und ich wusste, dass ich verloren war. Verloren an sie, an diesen Moment, an das Chaos, das uns beide verschlang. Meine Gedanken waren längst verschwunden. Alles, was übrig war, war das Verlangen, das in mir brannte, roh und unaufhaltsam. Sie war alles, was ich wollte, alles, was ich in diesem Moment brauchte. Und ich konnte mich nicht länger zurückhalten.

Mit einem schnellen, entschlossenen Griff zog ich sie hoch, ihre Beine um meine Hüften schlingend und drückte sie fester gegen die Wand. Mein Atem war schwer und ich konnte fühlen, wie ihr Körper unter meinen Händen bebte – nicht vor Angst, sondern vor derselben Hitze, die auch mich erfasst hatte.

„Victoria", flüsterte ich, doch diesmal war es keine Frage, kein Flehen. Es war ein Bekenntnis, eine Tatsache.

Meine Hände wanderten hastig zu meiner Hose, öffneten den Reißverschluss und ich holte meinen harten Schwanz heraus. Er brannte, schmerzte vor Verlangen nach ihr und ich konnte nichts tun, um es aufzuhalten. Mein Blick traf ihren und ich sah die gleiche Mischung aus Wut, Verwirrung und Verlangen in ihren Augen.

„Ich will dich", sagte ich, meine Stimme war rau, dunkel. „Sag mir, dass du mich auch willst."

Sie zögerte einen Moment, ihr Atem war schwer, ihre Augen suchten meinen Blick. Sie zog mich näher an sich, ihre Finger gruben sich in meine Schultern und das war alles, was ich brauchte.
Ich positionierte mich an ihrem Eingang, fühlte die Hitze, die von ihr ausging und mein Verstand war ein einziges Chaos. Es war falsch, es war gefährlich, aber in diesem Moment war es das Einzige, was sich richtig anfühlte.
„Letzte Chance", murmelte ich, meine Stimme war fast ein Knurren, meine Stirn gegen ihre gelehnt. „Sag, dass ich aufhören soll."
Doch sie tat es nicht. Und ich wusste, dass es kein Zurück mehr gab.

****

Victoria

Mein Atem ging schwer, mein Kopf war ein einziges Chaos, doch ich konnte nicht aufhören. Sein Körper war dicht an meinem, seine Hände fest, fordernd und ich spürte, wie jede Grenze zwischen uns verschwamm. Alles, was zählte, war dieser Moment – roh, wild, unaufhaltsam. Ich wusste, dass es falsch war, dass ich es nicht zulassen sollte. Doch der Gedanke, zu stoppen, fühlte sich unmöglich an. Ich wollte ihn, brauchte ihn, mehr, als ich bereit war zuzugeben.

„Damian", flüsterte ich, mein Blick hielt seinen fest. Doch diesmal war da keine Unsicherheit mehr in meiner Stimme. Kein Zögern.
„Fick mich", sagte ich, meine Stimme war leise, doch die Worte hallten schwer in der Luft zwischen uns. Es war keine Bitte. Es war eine Forderung.
Sein Atem stockte und ich konnte sehen, wie die letzten Spuren seiner Kontrolle verschwanden. Seine Augen brannten und bevor ich noch einmal etwas sagen konnte, drückte er mich fester gegen die Wand, sein Körper war überall, seine Hände fanden jede Stelle, die sie forderten.

Es war, als wäre die Welt um uns nicht mehr existent. Alles, was ich spürte, war er – und wie er mich in diesem Moment völlig in Besitz nahm. Meine Nägel gruben sich in seine Schultern und ich klammerte mich an ihn, ließ mich in dieses Chaos fallen, das wir gemeinsam geschaffen hatten.
Ich wusste, dass dies alles ändern würde. Doch in diesem Moment war mir alles egal – außer ihm.

Meine Welt drehte sich, als Damian mich plötzlich hoch hob, seine Hände fest um meine Hüften, als wollte er mich nie wieder loslassen. Ich spürte die rohe Stärke in ihm, die Wärme seines Körpers, die mich umfing, während meine Beine sich um seine Taille schlangen.

Alles an ihm war fordernd, intensiv und ich wusste, dass ich in diesem Moment nichts dagegen tun wollte.

Er trug mich zum Sofa, setzte mich nicht sanft, sondern mit einer ungezähmten Entschlossenheit ab. Meine Hände suchten Halt an seinen Schultern, an seinem Nacken, doch nichts konnte mich auf die nächste Bewegung vorbereiten.

Seine Hand fand meinen Hals, seine Finger waren fest, aber nicht schmerzhaft. Er hielt mich in dieser Spannung, in diesem Moment, während seine Augen sich in meine bohrten. Sein Blick war dunkel, voller Verlangen und ich spürte, wie die Luft zwischen uns noch schwerer wurde.

„Vic", murmelte er, seine Stimme war ein raues Knurren, seine Stirn lehnte sich kurz gegen meine. „Du machst mich wahnsinnig."

Ich konnte nicht antworten, konnte nur fühlen, wie sein Griff mich gleichzeitig festhielt und völlig aus der Kontrolle brachte. Mein Atem ging schnell und als er sich über mich beugte, spürte ich, wie jede Grenze zwischen uns endgültig zerbrach.

Er gab sich mir hin, ließ mich die volle Intensität seiner Bewegungen spüren, während er mich auf dem Sofa in Besitz nahm. Jeder Moment war ein Sturm aus Hitze, Verlangen und einer rohen, unkontrollierbaren Energie, die uns beide verschlang. Meine Hände fanden Halt an seinem Rücken, gruben sich in seine Haut, während ich mich ihm völlig hingab.

„Damian", keuchte ich, sein Name war das Einzige, das

ich in diesem Moment aussprechen konnte. Doch es war genug. Alles an ihm sprach für sich, jede Berührung, jeder Kuss, jede Bewegung, die mich tiefer in dieses Chaos zog.

Es wild, heiß und so intensiv, dass ich nicht mehr wusste, wo er aufhörte und ich begann. Es war falsch, gefährlich, unkontrollierbar – und genau das machte es unmöglich, sich zu wehren.

Mein Körper fühlte sich schwer an, jeder Muskel brannte, als ich mich auf dem Sofa niederließ, völlig erschöpft. Mein Atem war flach, kaum mehr als ein Keuchen und mein Herz hämmerte immer noch wie verrückt in meiner Brust. Es war, als hätte die Welt angehalten, als existiere nur noch dieser Raum, dieses Sofa – und er.

Damian lag halb über mir, sein Gesicht war gegen meinen Hals gelehnt und ich spürte seinen warmen Atem auf meiner Haut. Sein Körper war ebenso angespannt wie meiner, doch langsam begann er sich zu entspannen. Sein Gewicht drückte mich sanft in die Kissen, und ich fühlte mich gleichzeitig überwältigt und sicher.

Die Stille im Raum war greifbar, unterbrochen nur von unserem Atem, der sich allmählich beruhigte. Meine Gedanken waren leer, ausgebrannt von dem Sturm, der uns beide erfasst hatte. Es war, als hätte ich keinen

Platz mehr für Zweifel, keine Energie mehr, um darüber nachzudenken, was gerade passiert war – oder was es bedeutete.

„Vic", murmelte Damian schließlich, seine Stimme war rau, kaum mehr als ein Flüstern. „Bist du okay?"
Ich wollte etwas sagen, wollte ihm antworten, doch mein Mund war trocken und meine Gedanken rasten. Alles, was ich tun konnte, war ein leichtes Nicken, meine Hand suchte nach Halt auf seiner Schulter, als ob ich ihn beruhigen wollte – oder mich selbst.
Sein Blick traf meinen und ich sah die gleichen Fragen in seinen Augen, die auch in meinem Kopf tobten. Doch keiner von uns sagte etwas. Worte hatten hier keinen Platz, nicht nach dem, was gerade passiert war.

Langsam erhob er sich von mir, sein Gewicht verließ mich, doch er blieb dicht an meiner Seite. Seine Hand streifte über meinen Arm, fast beruhigend, bevor er sich zurücklehnte und seine Stirn mit der Hand rieb.
„Das war…" Er hielt inne, suchte nach Worten, doch ich wusste, dass er sie nicht finden würde. Es gab keine Worte für das, was gerade zwischen uns passiert war.

Ich schloss die Augen, ließ meinen Kopf gegen die Rückenlehne sinken und versuchte, meinen Atem zu beruhigen. Doch tief in mir wusste ich, dass diese Stille nicht ewig andauern konnte. Früher oder später würden wir uns dem stellen müssen – was es bedeutete, was es für uns beide verändern würde.
Doch für diesen Moment, für diesen kurzen Augenblick,

war ich einfach nur da. Atemlos, erschöpft, und vollständig von dem, was wir geteilt hatten, verschlungen.

Kapitel 16: Realität

Victoria

Die Stille war schwer und dicht, wie ein Tuch, das uns beide umhüllte. Mein Atem hatte sich gerade beruhigt, mein Körper war schwer und erschöpft, als plötzlich das schrille Klingeln meines Handys die Luft zerriss.

Mein Herz setzte aus, als mein Blick zum Gerät wanderte, das auf dem Couchtisch vibrierte. Der Name auf dem Display brachte die Realität mit voller Wucht zurück.

Marcus.

Ein kalter Schauer lief mir über den Rücken und in diesem Moment schoss alles wieder durch meinen Kopf – was passiert war, was ich zugelassen hatte. Mein Atem wurde schneller und die Hitze, die gerade noch meine Gedanken dominiert hatte, wurde durch eine Welle von Schuldgefühlen und Selbsthass ersetzt.

Ich griff nach dem Handy, doch meine Hände zitterten. Damian beobachtete mich, sein Blick war wachsam, aber er sagte nichts. Das machte es nur schlimmer. Ich drückte den Anruf weg, ließ das Handy wieder auf den Tisch fallen und vergrub mein Gesicht in meinen Händen.

„Vic", sagte Damian schließlich, seine Stimme war ruhig, doch sie schnitt durch meine Gedanken wie ein Messer. „Was ist los?"

Ich schnaubte bitter, ließ die Hände sinken und sah ihn an, meine Augen brannten vor unterdrückten Tränen und Wut. „Was ist los?" wiederholte ich, meine Stimme war leise, aber scharf. „Ich habe gerade alles zerstört. Das ist los."

„Nichts ist zerstört", sagte er, seine Stirn runzelte sich,

als ob er nicht verstand, was ich meinte. „Was passiert ist, war—"

„War ein Fehler!" unterbrach ich ihn und meine Stimme brach am Ende. „Das hier hätte niemals passieren dürfen!"

Die Worte hingen schwer in der Luft und ich konnte sehen, wie sein Kiefer sich anspannte, doch er sagte nichts. Das machte mich nur noch wütender.

„Ich bin verheiratet, Damian", fuhr ich fort, meine Stimme war voller Selbsthass. „Egal, was Marcus ist, ich bin an ihn gebunden. Und du – du hast es nur noch schlimmer gemacht."

„Ich habe nichts gemacht, was du nicht wolltest", konterte er, seine Stimme war jetzt härter und er beugte sich vor, seine Augen hielten meinen Blick fest.

„Du hast mich nicht aufgehalten, Victoria."

„Das macht es nicht besser!" rief ich und stand auf, meine Hände zitterten, als ich durch mein Haar fuhr. „Ich hätte es tun müssen. Ich hätte es wissen müssen. Aber ich…" Meine Stimme brach und ich musste tief durchatmen, um nicht die Fassung zu verlieren.

Damian stand ebenfalls auf, kam näher, doch ich wich zurück, hob die Hände, um ihn aufzuhalten. „Nein. Bleib weg."

„Vic", sagte er leise, doch seine Stimme war jetzt eindringlicher. „Das hier war echt. Das weißt du."

„Echt?" Ich lachte bitter und schüttelte den Kopf. „Das hier war ein Desaster. Und jetzt muss ich mit den

Konsequenzen leben."
Ich griff nach meiner Tasche, zog sie hastig über die Schulter, obwohl meine Hände immer noch zitterten.
„Ich hätte nie zulassen dürfen, dass du so nah an mich herankommst", flüsterte ich, meine Stimme war jetzt kaum mehr als ein Hauch.
Damian sah mich an, seine Augen waren schwer, doch er sagte nichts mehr. Und in diesem Moment hasste ich ihn genauso sehr, wie ich mich selbst hasste.
Ich schnappte mein Handy vom Tisch, öffnete die Tür und verschwand in die Nacht, während die Schuld mich wie ein schwerer Mantel umhüllte.

****

Damian

Die Tür fiel ins Schloss und ich stand wie betäubt im Raum, die Stille lastete schwer auf mir. Sie war weg, verschwunden in die Nacht und ich konnte nichts dagegen tun. Meine Hände ballten sich zu Fäusten, mein Atem war schwer und eine Welle von Verzweiflung und Wut überrollte mich.

Sie hatte recht. Es war ein Fehler gewesen.

Ich war schwach geworden, hatte die Kontrolle verloren und jetzt zahlte ich den Preis dafür. Alles, was ich versucht hatte, aufzubauen – die Distanz, die Vorsicht, die Kontrolle – war in einem einzigen Moment zusammengebrochen und sie hatte mich zurückgelassen mit nichts als dem Verlangen, das sie in mir entfacht hatte.

Ich fuhr mir mit einer Hand durch die Haare, ging auf und ab, während die Gedanken in meinem Kopf wie ein Sturm tobten. Ich konnte immer noch ihren Geschmack auf meinen Lippen spüren, ihren Duft, der die Luft erfüllte. Es war, als hätte sie jeden Teil von mir markiert und ich konnte sie nicht aus meinem Kopf bekommen. „Verdammt, Vic!" knurrte ich und schlug mit der Faust gegen die Wand. Der Schmerz war ein willkommener Fokus, doch er reichte nicht aus, um den Sturm in mir zu beruhigen.

Sie hatte Recht, aber auch Unrecht. Es war ein Fehler, ja – aber nicht, weil es falsch war. Sondern weil es nicht genug war.

Ich wollte mehr.

Ich wollte sie. Nicht nur ihren Körper, sondern alles. Ihre Stärke, ihre Wut, ihre Zerrissenheit – alles, was sie ausmachte, alles, was sie war. Und das machte mich wahnsinnig.
Denn sie hatte mich genauso tief in ihren Bann gezogen, wie ich sie.
„Warum lässt du mich nicht los?" murmelte ich, als könnte sie mich hören, obwohl sie längst gegangen war.
„Warum kann ich dich nicht loslassen?"

Die Realität war brutal: Ich war ein Narr, ein Idiot, der dachte, er könnte in ihrer Nähe sein, ohne sich zu verlieren. Doch sie war ein Feuer, das alles verschlang, was ihr zu nah kam – und ich wollte nichts anderes, als wieder in diese Flammen zu springen.

Ich wollte sie. Trotz allem, was passiert war. Trotz allem, was noch kommen würde.

Und das war mein größter Fehler.

****

Victoria

Ich hatte kaum die Tür hinter mir geschlossen, als Marcus' Stimme aus der Dunkelheit des Wohnzimmers kam. Sein Ton war kalt, scharf wie ein Messer und ich spürte, wie mein Magen sich zusammenzog.

„Wo warst du, Victoria?" fragte er, ohne seine Stimme zu erheben, doch die Wut war deutlich zu hören. „Ich habe dich angerufen."

Ich hing meine Tasche mit zitternden Fingern an den Haken, bevor ich ins Wohnzimmer trat. Er saß auf der Couch, ein Glas Whisky in der Hand, sein Blick auf mich gerichtet wie ein Jäger, der seine Beute fixierte.

„Ich… hatte zu tun", murmelte ich, mein Blick wich seinem aus.

„Zu tun?" Er stand auf, langsam, fast bedächtig und trat näher.

„Ich habe mir Sorgen gemacht, Victoria. Du bist nicht ins Department gekommen. Du hast nicht zurückgerufen.

Und du willst mir sagen, dass du einfach... beschäftigt warst?"

Seine Nähe war erdrückend und ich musste all meine Kontrolle aufbringen, um nicht zurückzuweichen. „Es war wegen des Einsatzes", sagte ich schließlich, meine Stimme war ruhig, obwohl mein Herz raste. „Ich musste ein paar Dinge klären, um sicherzustellen, dass ich vorbereitet bin."

„Wirklich?" Er musterte mich, seine Augen durchdringend und ich wusste, dass er nach einem Zeichen von Lüge suchte. „Und warum klingst du, als würdest du mir etwas verschweigen?"

„Ich verschweige dir nichts", sagte ich, meine Hände ballten sich zu Fäusten, um das Zittern zu verbergen. „Ich habe alles im Griff."

„Hast du das?" Er trat einen Schritt zurück, sein Blick war nun schärfer, als wollte er die Kontrolle über die Situation zurückerlangen.

„Erzähl mir von dem Einsatz, Victoria. Was hast du heute erreicht?"

Mein Kopf ratterte, suchte nach einer schnellen Lüge, die plausibel klang.

„Ich habe mit David gesprochen", sagte ich schließlich, mein Blick war auf den Boden gerichtet. „Er vertraut mir jetzt. Wir sind nah dran, Marcus. Es läuft gut."

Er schwieg einen Moment und ich spürte, wie seine Augen mich weiter durchbohrten. Doch schließlich nickte er langsam und ich konnte sehen, wie sich seine Schultern leicht entspannten.

„Gut", sagte er schließlich, seine Stimme war ruhiger, doch sie hatte immer noch diesen kalten Unterton. „Du bist meine beste Polizistin, Victoria. Ich erwarte, dass du das zu Ende bringst."

Ich nickte, sagte nichts mehr und er ließ mich gehen. Ich spürte seinen Blick noch auf mir, als ich ins Badezimmer ging und die Tür hinter mir schloss. Mein Herz hämmerte in meiner Brust und ich musste mich gegen das Waschbecken lehnen, um meine Beine davon abzuhalten, nachzugeben.
Die Lüge hatte funktioniert. Für jetzt.
Ich drehte die Dusche auf, das heiße Wasser lief über meinen Körper, brannte fast auf meiner Haut, doch ich wollte es nicht abstellen. Ich wollte, dass es alles von mir abwusch – die Schuld, den Hass auf mich selbst, die Erinnerungen an Damian, die sich in meinem Kopf festgesetzt hatten.

Doch es funktionierte nicht. Nichts konnte die Gefühle vertreiben, die sich in mir aufgestaut hatten. Und während das Wasser weiterlief, konnte ich nicht verhindern, dass die Tränen kamen – leise, heimlich, wie alles in meinem Leben.
Ich hatte alles im Griff, sagte ich mir. Doch tief in mir wusste ich, dass das eine Lüge war. Und irgendwann würde alles zusammenbrechen.

Plötzlich hörte ich die Tür des Badezimmers leise aufgehen. Mein Körper versteifte sich und bevor ich reagieren konnte, trat Marcus ein. Ich spürte seine Präsenz, bevor ich ihn sah und ein kalter Schauer lief trotz der Wärme über meinen Rücken.

„Victoria", sagte er leise, seine Stimme hatte diesen vertrauten Ton – eine Mischung aus Zärtlichkeit und Kontrolle, die mich immer wieder auf die gleiche Weise gefangen nahm. „Du bist so wunderschön."

Ich drehte mich langsam zu ihm um und mein Herz setzte einen Schlag aus, als ich sah, dass er sich bereits auszog. Seine Bewegungen waren ruhig, fast gemächlich, während er seine Kleidung ablegte und sie ordentlich zusammenfaltete, bevor er in die Dusche trat.

„Ich kann mich glücklich schätzen, so eine Frau an meiner Seite zu haben", fuhr er fort, während er näherkam. Seine Hand strich sanft über meinen Arm, ließ kleine Tropfen Wasser herunterlaufen, während er mich mit diesem Blick ansah – einem Blick, der gleichzeitig Zuneigung und Besitzanspruch ausdrückte.

„Marcus…" begann ich, doch meine Stimme war schwach und ich wusste nicht, was ich sagen sollte.

„Schh", unterbrach er mich, seine Finger fanden ihren Weg unter mein Kinn, hoben mein Gesicht an, sodass ich ihm in die Augen sehen musste.

„Du brauchst nichts zu sagen. Ich weiß, dass du es schwer hast, Victoria. Aber ich bin hier. Ich bin immer hier."

Seine Worte waren sanft, doch sie fühlten sich wie ein Käfig an, der sich enger um mich schloss. Ich wollte wegsehen, doch sein Griff hielt mich fest und sein Blick ließ keinen Raum für Flucht.

Er beugte sich vor, seine Lippen fanden meine Stirn, dann meine Wange, bevor er leise murmelte. „Du bist meine Frau, Victoria. Alles, was du tust, alles, was du bist – das ist auch ein Teil von mir. Und ich werde immer an deiner Seite sein."
Ich konnte nichts sagen, konnte mich nicht rühren. Das Wasser lief weiter über uns, doch es konnte die erdrückende Wärme seiner Nähe nicht vertreiben. Marcus war perfekt – charmant, kontrolliert und doch war jeder Moment mit ihm ein weiterer Schritt in die Dunkelheit. Und ich wusste, dass ich in diesem Moment nicht entkommen konnte. Nicht unter seinem Blick, nicht in diesem Raum. Nicht, solange ich seine Frau war.

Marcus' Hände waren überall, fordernd und gleichzeitig zärtlich, als ob er versuchte, mir zu zeigen, dass er mich sowohl verehren als auch besitzen konnte. Seine Lippen fanden meinen Mund, und ich wusste, dass ich keine Wahl hatte. Ich musste die Fassade aufrechterhalten. Ich erwiderte seinen Kuss, ließ ihn glauben, dass alles normal war, dass nichts zwischen uns anders war als sonst. Doch in meinem Kopf tobte ein Sturm. Mein Körper war hier, unter dem prasselnden Wasser, aber mein Geist war weit weg – bei Damian.
Die Erinnerungen an ihn waren so lebendig, so intensiv, dass ich spüren konnte, wie sie mich überwältigten. Seine Hände, sein Blick, seine Stimme – alles an ihm hatte mich auf eine Art berührt, die ich nicht erklären

konnte. Und jetzt, mit Marcus, fühlte sich alles falsch an. Jede Berührung, jede Bewegung war ein Schlag gegen die Schuld, die in meinem Inneren wuchs. Marcus' Lippen wanderten über meinen Hals, seine Hände glitten über meine Seiten, meinen Rücken und ich spürte, wie sich mein Körper verkrampfte, obwohl ich es nicht zeigen durfte. Ich musste ruhig bleiben. Perfekt bleiben. Die perfekte Ehefrau.

Doch ich konnte nicht mehr.

Meine Hand fand den Griff der Dusche und ohne nachzudenken, drehte ich ihn. Ein Schwall kalten Wassers ergoss sich plötzlich über uns und ich keuchte laut, als die eisige Kälte meinen Körper traf. Marcus sprang zurück, ein erschrockener Laut entkam ihm. „Was zur Hölle, Victoria?!" rief er, seine Stimme war jetzt schärfer und er schüttelte den Kopf, während das kalte Wasser weiter über uns prasselte.
Ich hielt den Blick gesenkt, zwang mich, ruhig zu atmen, obwohl mein Herz wie wild schlug. „Entschuldige", sagte ich leise, meine Stimme zitterte leicht. „Ich habe wohl den falschen Griff erwischt."
Er sah mich für einen Moment an, sein Blick war durchdringend, als ob er versuchte, die Wahrheit aus mir herauszulesen. Doch schließlich schüttelte er den Kopf und trat aus der Dusche, griff nach einem Handtuch.
„Pass auf, Victoria", sagte er, sein Ton war jetzt wieder ruhig, aber ich konnte die Kante darin hören. „Du scheinst in letzter Zeit etwas abwesend zu sein."

Ich nickte, sagte nichts und als er das Badezimmer verließ, fühlte ich mich, als könnte ich endlich atmen. Das kalte Wasser lief weiter über meinen Körper und ich lehnte meinen Kopf gegen die Fliesen, ließ die Tropfen meine Haut hinunterlaufen, während mein Geist sich immer wieder in Damians Nähe verlor.

Ich hasste mich für die Gedanken, für das Verlangen, für die Schuld.
Doch nichts davon änderte etwas. Ich war gefangen – zwischen der Fassade, die ich aufrechterhalten musste und den Gefühlen, die ich nicht kontrollieren konnte.

Kapitel 17: Abwesenheit

Victoria

Der nächste Morgen war schwer. Mein Körper fühlte sich müde an, mein Geist war ein Wirrwarr aus

Gedanken, die ich nicht sortieren konnte. Die heiße Dusche hatte die Kälte der letzten Nacht vertrieben, aber nichts hatte die Schwere auf meiner Brust gelindert. Es war, als ob jede Bewegung mich an den Rand des Zusammenbruchs brachte.

Im Department war alles wie immer – laut, hektisch, der Geruch von billigem Kaffee und viel zu lange durchgearbeiteten Nächten. Doch ich war nicht wirklich da. Mein Kopf war noch immer in der Dusche, bei Marcus, bei Damian. Bei allem, was ich nicht kontrollieren konnte.

„Victoria?" Carters Stimme riss mich aus meinen Gedanken und ich zuckte leicht zusammen, als ich ihn neben meinem Schreibtisch stehen sah. Sein Blick war besorgt und er hielt eine Tasse Kaffee in der Hand, die er mir wortlos hinhielt.

„Danke", murmelte ich, nahm die Tasse und setzte mich gerade hin, als ob das meinen Zustand kaschieren könnte.

„Du wirkst abwesend", sagte er, ohne sich zu setzen. Sein Ton war leise, aber direkt. „Alles in Ordnung?"

„Ja", antwortete ich zu schnell und ich wusste, dass es nicht überzeugend klang. „Nur müde. Es war eine lange Nacht."

Er hob eine Augenbraue, setzte sich auf die Ecke meines Schreibtischs und verschränkte die Arme. „Eine lange Nacht?" fragte er, sein Ton war ruhig, doch ich konnte die Neugier darin hören.

„Du hast doch gesagt, dass du nur ein paar Vorbereitungen für den Einsatz machen musstest. Was ist passiert?"

Ich schüttelte den Kopf, zwang mich, ein Lächeln aufzusetzen.

„Nichts, Carter. Wirklich. Es ist nur der Druck. Marcus erwartet Ergebnisse und das bedeutet, dass ich viel mehr geben muss als sonst."

„Das ist nicht neu", sagte er, sein Blick blieb auf mir. „Aber du wirkst anders, Victoria. Du warst immer gut darin, mit Druck umzugehen. Warum fühlst du dich jetzt so…" Er suchte nach dem richtigen Wort, bevor er es fand. „…unruhig?"

Seine Worte trafen mich, doch ich zwang mich, ruhig zu bleiben.

„Es ist nichts, Carter", sagte ich schließlich, meine Stimme war jetzt fester.

„Ich habe alles unter Kontrolle."

Er sah mich an, als würde er nach etwas suchen, was ich nicht sagte, doch schließlich nickte er langsam und stand auf. „Wenn du reden willst, weißt du, wo du mich findest", sagte er, bevor er zurück zu seinem Schreibtisch ging.

Ich sah ihm nach, meine Finger um die Tasse Kaffee gekrallt, die jetzt in meinen Händen zitterte. Ich hasste es, ihn anzulügen. Doch noch mehr hasste ich die Tatsache, dass er Recht hatte. Ich war unruhig. Abwesend. Und tief in mir wusste ich, dass es nicht besser werden würde. Nicht, solange ich weiterhin die Fassade aufrechterhalten musste.

Nicht, solange Damian und Marcus in meinem Leben waren – zwei Männer, die beide auf unterschiedliche

Weise eine Macht über mich hatten, die ich nicht kontrollieren konnte.

Damian

Der Tag war wie jeder andere – zumindest tat ich so. Meine Hände taten ihre Arbeit, mein Kopf hielt sich an den Plan, der mir aufgetragen worden war. Es gab keine Fehler, keinen Platz für Zweifel. Die Forderung war eindeutig und ich hatte keine Wahl. Meine Loyalität galt dem Auftrag und so hatte es immer sein sollen.

Doch in meinem Inneren tobte ein Krieg.

Victoria war in meinem Kopf, wie ein unaufhaltsames Echo, das ich nicht verdrängen konnte. Die letzten Nächte, die Hitze, die Wut – alles mischte sich zu einem Gefühl, das mich fast wahnsinnig machte. Ich wollte sie vergessen, musste sie vergessen. Doch stattdessen fand ich mich wieder in der Bar, wie immer, am gleichen Platz, mit dem gleichen Glas Whisky vor mir. Ich sagte mir, dass ich hier war, um die Routine aufrechtzuerhalten, um sicherzugehen, dass mein Plan unbemerkt umgesetzt werden konnte. Doch tief in mir wusste ich, dass das eine Lüge war. Ich war hier, weil ich sie sehen wollte. Weil ich mich nicht davon abhalten konnte.

Die Minuten zogen sich hin, und ich fragte mich, ob sie überhaupt kommen würde. Vielleicht war sie endlich zur

Vernunft gekommen, vielleicht hatte sie erkannt, dass sie besser dran war, wenn sie mich nicht mehr in ihrer Nähe hatte.

Doch dann öffnete sich die Tür und da war sie.

Sie betrat die Bar, ihre Haltung war angespannt, aber selbstbewusst, und ihr Blick wanderte suchend durch den Raum, bis er auf mir landete. Für einen Moment schien sie innezuhalten, ob sie überlegte, zurückzugehen. Doch dann trat sie ein und ich spürte, wie etwas in mir nachgab – eine Spannung, die ich nicht einmal bemerkt hatte.

Victoria ging zum Tresen, setzte sich ein paar Hocker von mir entfernt und bestellte ihren üblichen Drink. Ihr Gesicht war ruhig, aber ich konnte die Müdigkeit in ihren Augen sehen, die feine Linie der Anspannung um ihren Mund. Sie war erschöpft. Und doch war sie hier.

Ich wusste, dass ich mich zurückhalten sollte, wusste, dass ich sie nicht weiter in dieses Chaos hineinziehen durfte. Doch der Gedanke, sie nicht anzusprechen, fühlte sich unmöglich an. Sie war hier und das bedeutete, dass auch sie die Verbindung nicht leugnen konnte – so sehr sie es vielleicht versuchte.

„Vic", sagte ich schließlich, meine Stimme war ruhig, aber ich konnte das Drängen darin nicht verbergen. Sie sah mich an, ihr Blick war scharf, aber da war auch etwas anderes – etwas, das ich nicht deuten konnte. Sie hob ihr Glas, trank einen Schluck und ließ den Moment zu lange verstreichen, bevor sie antwortete.

„Damian", sagte sie schließlich, ihre Stimme war leise,

fast müde. „Wir sollten das nicht tun."

„Aber du bist hier", antwortete ich, meine Augen hielten ihren Blick fest. „Also sag mir, warum du gekommen bist."

Sie schwieg, ihr Blick wanderte kurz zum Tresen, bevor sie mich wieder ansah. „Vielleicht wollte ich dich daran erinnern, dass es vorbei ist."

Ich ließ ein kurzes, bitteres Lächeln spielen.

„Und deshalb bist du hier? Um sicherzustellen, dass wir uns nicht wiedersehen?"

Ihre Lippen pressten sich zusammen, doch sie sagte nichts. In diesem Moment wusste ich, dass sie genauso wenig Kontrolle über das hatte wie ich. Und das war genug, um mich noch weiter in dieses Chaos zu ziehen.

„Ich war glücklich, bevor du mich gestalkt hast", sagte sie, ihre Stimme war leise, aber jedes Wort traf mit einer Präzision, die mich erstarren ließ. „Lass es, Damian. Sonst muss ich dich festnehmen lassen." Ihre Worte schnitten tiefer, als sie sollten. Ich hatte schon viel Schärferes gehört, härtere Vorwürfe und doch saß diese eine Aussage wie ein Messer in meiner Brust. Ich wollte etwas sagen, wollte sie davon abhalten zu gehen, doch die Worte blieben mir im Hals stecken. Ihre Augen suchten meinen Blick, aber sie waren nicht wütend – sie waren traurig. Das machte es nur noch schlimmer.

Ich fühlte, wie die Zerrissenheit in mir immer größer wurde. Ein Teil von mir wollte sie packen, sie zurückhalten, sie zwingen, sich mit dem auseinanderzusetzen, was zwischen uns war. Doch ein anderer Teil wusste, dass sie recht hatte. Ich war derjenige, der immer wieder in ihre Nähe kam, der die Grenzen überschritt, der sie in ein Chaos zog, das sie nicht verdient hatte.

„Vic..." begann ich, doch meine Stimme war rau und brüchig und sie hob nur eine Hand, um mich zu stoppen.

„Nein", sagte sie, ihre Stimme war jetzt fester. „Hör auf, Damian. Hör einfach auf. Es hat keinen Sinn."

Sie stand auf, ließ ihr Glas auf dem Tresen zurück und drehte sich zur Tür. Jeder Schritt, den sie machte, fühlte sich an, als würde sie mich immer weiter zurücklassen – in einem Raum, der sich plötzlich viel leerer anfühlte. Ich wollte ihr folgen, wollte sie zurückrufen, doch ich blieb sitzen, wie festgenagelt. Der Kampf in mir war unerträglich. Ich wollte sie, brauchte sie, mehr als alles andere. Doch ich wusste auch, dass ich das, was ich ihr antat, nicht länger rechtfertigen konnte.

Als die Tür sich hinter ihr schloss, lehnte ich mich zurück und schloss die Augen. Ihre Worte hallten in meinem Kopf wider, und ich fühlte die Schuld, die Wut, die Verzweiflung, die in mir tobten. Ich hatte keinen Plan mehr, keinen klaren Gedanken. Alles, was ich hatte, war sie – und das Wissen, dass ich sie auf eine Art verloren hatte, die ich nicht rückgängig machen konnte. Doch tief in mir brannte immer noch das Verlangen, das sie hinterlassen hatte.

Und ich wusste, dass ich sie nicht einfach gehen lassen

konnte. Nicht endgültig. Nicht, solange sie in meinem Kopf war – und in meinem Herzen.

Ich saß nur wenige Sekunden, nachdem sie die Bar verlassen hatte, bevor ich aufstand. Es war, als hätte mein Körper ohne meinen Willen gehandelt, angetrieben von einer Kraft, die ich nicht kontrollieren konnte. Ich wusste, dass ich sie gehen lassen sollte, wusste, dass es das Richtige war.

Doch ich konnte nicht.

Ich folgte ihr, meine Schritte waren schnell, aber leise, meine Augen fixierten ihren Rücken, während sie die Straße entlangging. Ihre Haltung war steif, angespannt und ich wusste, dass sie mich spüren konnte, auch wenn sie sich nicht umdrehte.

Als sie in eine Seitengasse abbog, wusste ich, dass das meine Chance war. Ohne nachzudenken, ohne zu zögern, griff ich nach ihrem Arm, drehte sie herum und drückte sie hart gegen die Wand. Ihr überraschter Atemzug war das Einzige, was die Stille der Nacht durchbrach.

„Damian! Was zum Teufel—"

„Hör auf, so zu tun, als wäre es dir egal!" unterbrach ich sie, meine Stimme war rau, fast ein Knurren, während ich sie festhielt.

„Du kannst mir sagen, dass ich verschwinden soll. Du kannst mich anschreien, mich verfluchen – aber du kannst mir nicht sagen, dass du mich nicht willst."

Ihre Augen weiteten sich, und für einen Moment schien sie sprachlos zu sein. Doch dann blitzte Wut in ihrem Blick auf und sie versuchte, sich aus meinem Griff zu befreien.

„Lass mich los, Damian!" fauchte sie, ihre Stimme war scharf, doch ich konnte das Zittern darin hören. „Das ist nicht—"

„Nicht was?" Ich lehnte mich näher, meine Stirn war fast an ihrer, meine Hände hielten sie fest an den Schultern. „Nicht richtig? Nicht der Moment? Sag mir, Victoria. Sag mir, was du wirklich denkst."

Sie schluckte, ihr Atem ging schneller und ich konnte die Verwirrung in ihren Augen sehen. Sie war genauso zerrissen wie ich, genauso verloren in diesem Chaos, das uns beide verschlang.

„Ich hasse dich", flüsterte sie schließlich, doch ihre Stimme brach am Ende.

„Ich hasse dich dafür, dass du immer wieder in mein Leben trittst."

„Lüg mich nicht an", sagte ich leise, meine Stimme war jetzt weicher, aber nicht weniger eindringlich. „Sag mir die Wahrheit, Victoria."

Sie starrte mich an, ihre Lippen zitterten und ich spürte, wie sich die Spannung zwischen uns weiter aufbaute, bis sie fast unerträglich war. Ich wusste, dass ich zu weit ging, dass ich sie zurücklassen sollte. Doch alles an ihr zog mich weiter in diesen Abgrund und ich konnte nicht zurück.

****

Victoria

Mein Rücken prallte gegen die kalte, raue Wand der Gasse und für einen Moment raubte mir der Schock den Atem. Damians Hände waren fest auf meinen Schultern, sein Körper zu nah, seine Stimme zu rau. Die Worte, die er sprach, prallten gegen meine Ohren, doch mein Kopf war ein einziges Chaos.

Hass schoss durch mich wie eine Flamme, heiß und unkontrolliert. Hass auf ihn, weil er mich wieder und wieder in diese Situation brachte. Hass auf mich, weil ich zugelassen hatte, dass es überhaupt so weit kam. Meine Finger ballten sich zu Fäusten und ich wollte ihn wegstoßen, wollte schreien, doch meine Worte blieben mir im Hals stecken.

„Lüg mich nicht an", hatte er gesagt, sein Blick bohrte sich in meinen und ich spürte, wie Wut in mir aufstieg, heiß und wild.

„Du bist ein verdammter Wahnsinniger!" fauchte ich schließlich, meine Stimme zitterte vor aufgestauter Emotion. „Du denkst, du kannst einfach immer wieder auftauchen, mich packen, mich kontrollieren! Was zum Teufel stimmt nicht mit dir?"

Doch er ließ mich nicht los. Sein Griff war fest, nicht schmerzhaft, aber unnachgiebig. Seine Nähe war überwältigend und in seiner Stimme lag etwas, das mich erstarren ließ. Es war keine Wut mehr, es war Verzweiflung, gemischt mit einer Dunkelheit, die mir plötzlich Angst machte.

„Ich versuche nicht, dich zu kontrollieren", sagte er leise, seine Stirn kam näher, fast berührte sie meine. „Ich will nur die Wahrheit, Victoria. Ich will, dass du mir sagst, dass du mich genauso willst, wie ich dich."

Seine Worte trafen mich, doch statt einer Antwort fühlte ich, wie plötzlich eine kalte Welle durch mich lief. Es war Angst, klar und direkt, etwas, das ich nicht erwartet hatte. Sein Blick war zu intensiv, sein Griff zu fest und ich spürte, wie mein Atem schneller ging, nicht nur vor Wut, sondern vor etwas Tieferem.

„Lass mich los, Damian", sagte ich leise, doch meine Stimme klang nicht wie meine eigene. „Du machst mir Angst."

Er erstarrte, seine Hände lösten sich leicht von meinen Schultern, doch er blieb dicht an mir, sein Blick wanderte über mein Gesicht, als ob er nach einem Zeichen suchte.

„Angst?" murmelte er und für einen Moment schien er genauso überrascht wie ich.

„Das wollte ich nicht… Victoria—"

Ich nutzte den Moment, schob ihn mit all meiner Kraft von mir weg und trat einen Schritt zur Seite. Mein Herz raste, meine Hände zitterten, doch ich zwang mich, ihm ins Gesicht zu sehen, auch wenn mein Körper am liebsten weggelaufen wäre.

„Das ist krank, Damian", sagte ich, meine Stimme war fester jetzt.

„Wir beide sind ein verdammtes Desaster und wenn du das nicht begreifst, wird es uns beide zerstören."

Er schwieg, sein Blick blieb auf mir und ich spürte, wie die Wut in mir wieder aufstieg, diesmal gemischt mit einer Bitterkeit, die ich nicht mehr unterdrücken konnte. „Bleib weg von mir", sagte ich schließlich und drehte mich um, ging so schnell wie möglich aus der Gasse, ohne mich umzusehen. Doch in mir tobte ein Sturm, und ich wusste, dass dies noch lange nicht vorbei war.

****

Mein Kopf dröhnte und mein Körper fühlte sich schwer an, als ich endlich die Tür hinter mir schloss. Das Haus war still, die einzige Geräuschkulisse war das leise Summen des Kühlschranks in der Küche. Doch die Stille brachte keine Ruhe. Stattdessen ließ sie die Gedanken, die ich so verzweifelt zu verdrängen versuchte, noch lauter werden.
Ich konnte nicht still sitzen. Nicht jetzt.

Ohne groß nachzudenken, ging ich in die Küche und öffnete die Schränke. Meine Hände griffen nach Zutaten, die mir vertraut waren, nach Schüsseln, Messern, Rührlöffeln. Kochen und Backen waren meine Flucht, meine Art, die Kontrolle zurückzugewinnen, wenn die Welt um mich herum aus den Fugen geriet. Ich zog ein Rezept aus meinem Gedächtnis hervor, eines, das ich in- und auswendig kannte – ein einfacher Apfelkuchen, süß und warm, etwas, das ich in diesem Moment dringend brauchte. Das Schälen der Äpfel, das Wiegen des Mehls und der Zuckerstreusel, all das hatte eine beruhigende Wirkung. Jeder Schritt war ein kleiner Sieg gegen das Chaos in meinem Kopf.

Die Zeit schien sich zu dehnen, während ich mich in der Arbeit verlor. Der Duft von Butter und Zimt erfüllte bald die Küche und ich spürte, wie sich meine Schultern allmählich entspannten. Die Hitze des Ofens war eine willkommene Abwechslung zu der Kälte, die ich draußen gespürt hatte, sowohl in der Gasse als auch in mir selbst.

Doch selbst das Backen konnte nicht verhindern, dass Damians Worte in meinem Kopf widerhallten.
„Sag mir die Wahrheit, Victoria."
Ich biss mir auf die Lippe, während ich den Teig in die Form drückte, meine Finger fest um den Rand der Schüssel geklammert. Die Wahrheit? Die Wahrheit war ein Chaos. Ich wollte ihn nicht, konnte ihn nicht wollen. Doch gleichzeitig zog er mich in einer Weise an, die ich nicht erklären konnte – und das machte mir Angst.

Als der Kuchen im Ofen war, begann ich, ein weiteres Rezept vorzubereiten – Kekse, diesmal mit dunkler Schokolade und einem Hauch von Salz. Ich arbeitete schneller, als könnte ich damit die Gedanken aus meinem Kopf verdrängen. Doch je mehr ich versuchte, mich abzulenken, desto mehr drängten sie sich auf.
„Bleib weg von mir."
Die Worte, die ich ihm gesagt hatte, hallten in meinem Kopf wider und ich fragte mich, ob ich sie wirklich meinte. Oder ob ich sie nur gesagt hatte, weil ich wusste, dass ich sonst die Kontrolle über mich selbst verlieren würde.

Der Ofen piepste und ich zog den Kuchen heraus, seine goldene Kruste war perfekt. Ich stellte ihn auf den Tisch, ließ den süßen Duft den Raum füllen und lehnte mich gegen die Arbeitsplatte.

Ich hatte versucht, die Kontrolle zurückzugewinnen. Doch die Wahrheit war, dass sie mir längst entglitten war. Und ich wusste nicht, ob ich sie jemals wiederfinden würde.

Ich hörte die Haustür ins Schloss fallen und ein vertrauter Schauer lief über meinen Rücken, als Marcus' Schritte durch den Flur hallten. Noch bevor er die Küche betrat, hatte ich mich gerade aufgerichtet, meine Hände auf die Arbeitsplatte gestützt, als könnte ich die Ruhe in mir selbst erzwingen.

„Hey", sagte er knapp, sein Ton war gestresst, fast mechanisch. Er trat in den Raum, sah mich kurz an und drückte mir einen flüchtigen Kuss auf die Stirn. Es war nicht herzlich, nicht liebevoll – es war eine Routine, ein Zeichen, das nichts bedeutete.

„Ich geh duschen", fügte er hinzu, während er bereits auf dem Weg zur Treppe war.

„Mach dich fertig, wir sind zum Abendessen mit Kollegen beim Italiener."

Ich sah ihm nach, hörte das Knarren der Stufen, das Öffnen und Schließen der Badezimmertür und fühlte, wie sich die Spannung in meiner Brust wieder zusammenzog. Die Arbeit hatte ihn gestresst, das war offensichtlich und ich wusste, dass ich heute Abend meine Rolle als perfekte Ehefrau umso besser spielen musste.

Ich schob den Apfelkuchen zur Seite, ließ den Duft, der noch immer die Küche erfüllte, hinter mir und ging nach oben. Der Gedanke an das Abendessen war nicht erträglich, aber auch das war Routine. Ein weiteres Stück der Fassade, das ich jeden Tag aufrecht erhalten musste.

Im Schlafzimmer zog ich den Kleiderschrank auf und suchte nach etwas, das angemessen war – schick, aber nicht aufdringlich, stilvoll, aber nicht auffällig. Ich entschied mich für ein schwarzes Etuikleid, schlicht und elegant, mit einem Hauch von Schmuck. Es war perfekt für die Art von Eindruck, den Marcus von mir erwartete. Ich hörte, wie das Wasser in der Dusche verstummte und wusste, dass ich nicht mehr viel Zeit hatte. Ich zog das Kleid an, band mein Haar zu einem glatten Knoten und trat dann ins Badezimmer, wo Marcus gerade ein Handtuch um seine Hüften wickelte.

„Bist du bereit?" fragte er, sein Ton war neutral, aber sein Blick wanderte über mich, prüfend. „Wir sollten nicht zu spät kommen. Es ist wichtig, dass wir einen guten Eindruck machen."
„Ich bin fast fertig", sagte ich leise, hielt meinen Blick auf die Spiegelung vor mir gerichtet, um seinem direkten Blick auszuweichen.
Er nickte knapp, trat an mir vorbei und verschwand im Schlafzimmer, um sich anzuziehen. Die Schwere seiner

Worte – „einen guten Eindruck machen" – lastete
schwer auf mir, während ich die letzten Details meines
Aussehens überprüfte.

Ich wusste, dass dieser Abend nichts mit mir zu tun
hatte. Es ging darum, wie wir als Paar wahrgenommen
wurden, um die Fassade, die Marcus so sorgfältig
pflegte. Und ich wusste, dass ich keinen Fehler machen
durfte. Nicht heute Abend, nicht mit seinen Kollegen.
Doch tief in mir fragte ich mich, wie lange ich noch so
tun konnte, als wäre diese Fassade mein echtes Leben.

Kapitel 18: Gefährliches Spiel

Victoria

Das Restaurant war warm und lebendig, erfüllt von
Stimmen, dem Klirren von Besteck und dem Duft von
frischen Kräutern und gebackener Pasta. Es war eine
perfekte Bühne für Marcus und seine Kollegen, um ihre

Machtspiele zu inszenieren – und für mich, um meine Rolle als perfekte Ehefrau zu spielen.

Ich lächelte an den richtigen Stellen, nickte aufmerksam, wenn ich angesprochen wurde und ließ mir nichts anmerken. Die Vorspeise kam, eine Auswahl aus Bruschetta, Caprese und Antipasti und ich griff nach meinem Weinglas, um einen Schluck zu nehmen.

Doch dann erstarrte ich.

Die Tür des Restaurants öffnete sich, und mein Blick wanderte unwillkürlich in diese Richtung. Und da war er. Damian.

Er trat ein, selbstbewusst, wie immer. Doch diesmal war er nicht allein. An seiner Seite war eine zierliche Blondine, perfekt geschminkt und gekleidet, mit einem Lächeln, das zu sagen schien, dass sie genau wusste, welche Wirkung sie hatte. Sie hakte sich bei ihm unter, während er mit dem Kellner sprach, als wären sie schon seit Jahren ein Paar.

Mein Magen zog sich zusammen und ich spürte, wie der Boden unter mir zu schwanken schien. Ich versuchte, meinen Blick abzuwenden, doch es war unmöglich. Damian sah aus, als hätte er sich perfekt in dieses Szenario eingefügt – charmant, entspannt, völlig in Kontrolle.

„Victoria?" Marcus' Stimme riss mich aus meinem tranceähnlichen Zustand und ich wandte mich schnell zu ihm um, ein Lächeln auf meinen Lippen, das sich falsch anfühlte.

„Ja?" fragte ich, meine Stimme war ruhig, aber ich konnte die leichte Spannung darin nicht verbergen.
„Ich habe dich etwas gefragt", sagte er, sein Ton war freundlich, doch seine Augen musterten mich aufmerksam. „Du warst für einen Moment abwesend."
„Entschuldige", sagte ich schnell und griff nach meinem Weinglas.
„Was hast du gesagt?" Er wiederholte die Frage, doch ich konnte mich kaum darauf konzentrieren. Mein Blick wanderte unwillkürlich wieder zu Damian, der jetzt mit der Blondine an einem Tisch am anderen Ende des Restaurants saß. Sein Blick traf meinen für einen flüchtigen Moment und mein Herz setzte aus.
Ich zwang mich, wegzusehen, konzentrierte mich auf das Gespräch am Tisch und tat, als wäre nichts passiert. Doch mein Kopf war ein einziges Chaos. Warum war er hier? Mit wem war er hier? War es Zufall oder wusste er, dass ich hier sein würde?

Ich lächelte, sprach die richtigen Worte, spielte das perfekte Spiel. Doch tief in mir tobte ein Sturm und ich wusste, dass es nur eine Frage der Zeit war, bis die Fassade bröckelte. Damian war hier, und allein seine Anwesenheit reichte aus, um alles durcheinanderzubringen.

Der Abend war noch lang, und ich hatte keine Ahnung, wie ich das durchstehen sollte, ohne die Kontrolle zu verlieren.

Damian

Ich hatte genau gewusst, was ich tat, als ich Clara anrief. Sie war eine alte Bekannte, jemand, mit dem ich hin und wieder Zeit verbrachte, ohne dass es jemals zu kompliziert wurde. Clara war unkompliziert, hübsch und wusste, worauf sie sich einließ. Und genau das brauchte ich heute Abend – jemand, der mir half, Victoria aus ihrer Reserve zu locken.

Das Restaurant war genau, wie ich es erwartet hatte – gehoben, aber nicht protzig, mit der Art von Publikum, das Marcus bevorzugte. Und da war sie, genau wie ich vermutet hatte: Victoria, die perfekte Ehefrau an der Seite ihres Mannes, lächelnd und aufmerksam, aber in ihren Augen war etwas anderes. Etwas, das ich nicht ignorieren konnte.

Ich setzte mich mit Clara an einen Tisch am anderen Ende des Restaurants, doch mein Blick wanderte immer wieder zu Victoria. Sie versuchte, mich zu ignorieren, doch ich wusste, dass sie mich gesehen hatte. Ihr Körper hatte sich leicht versteift und sie hatte diesen einen Moment zu lange gebraucht, um wieder in ihr perfektes Spiel zurückzufinden.
„Alles in Ordnung?" fragte Clara, ihre Stimme war weich, ihre Augen fixierten mich neugierig.
„Alles bestens", antwortete ich, ließ ein Lächeln auf

meinen Lippen spielen und strich ihr leicht über den Arm. Ihre Haut war warm und sie reagierte wie immer – ein leichtes, verführerisches Lächeln, das mir sagte, dass sie genau wusste, was ich von ihr wollte.

Ich spielte mit einer ihrer langen, blonden Haarsträhnen, ließ sie durch meine Finger gleiten, während ich mich zu ihr beugte. „Du bist wirklich umwerfend heute Abend", flüsterte ich ihr ins Ohr und sie lachte leise, ihr Lächeln wurde breiter.

Clara war perfekt für das, was ich vorhatte – selbstbewusst, charmant und sie wusste, wie man Aufmerksamkeit auf sich zog. Ich wusste, dass Victoria jeden meiner Schritte beobachten würde, auch wenn sie so tat, als würde sie es nicht tun. Und das war genau der Punkt. Ich streifte ihren Arm mit meinen Fingern, ließ sie leicht über ihre Haut gleiten, während ich leise mit ihr sprach. „Weißt du, dass ich dich heute Abend nicht aus den Augen lassen kann?" flüsterte ich und sie lachte erneut, ihre Hand legte sich auf meine.

Es war ein gefährliches Spiel und ich wusste, dass ich auf dünnem Eis tanzte. Doch ich wollte Victoria sehen, wie sie wirklich war – ohne die perfekte Fassade, ohne die Maske, die sie immer trug. Ich wollte sie aus der Reserve locken, wollte sie dazu bringen, zu reagieren. Mein Blick wanderte erneut zu ihr und für einen Moment trafen sich unsere Augen. Es war nur ein flüchtiger Moment, aber er reichte aus, um die Spannung zwischen uns zu entfachen. Sie sah schnell weg, wandte sich zurück an ihren Tisch, aber ich wusste, dass ich sie hatte. Ich würde nicht locker lassen. Nicht, bis sie mir zeigte, was sie wirklich fühlte. Und wenn das bedeutete, das Spiel auf die Spitze zu treiben, dann war ich bereit.

Claras Lachen war leise und angenehm, als ich ihr einen leichten Kuss auf die Wange drückte. „Ich bin gleich zurück", sagte ich mit einem charmanten Lächeln, während ich aufstand und mich Richtung Toilette bewegte. Sie nickte, zufrieden, und griff nach ihrem Weinglas. Ich wusste, dass Victoria mich beobachtete. Es war keine Frage. Ich konnte ihre Augen auf meinem Rücken spüren, während ich durch das Restaurant ging und ich wusste, dass sie nicht widerstehen konnte. Sie würde kommen. Und genau das wollte ich.

Kaum hatte ich die Tür zur Toilette hinter mir geschlossen, öffnete sie sich wieder.
Victoria trat ein, ihr Gesicht war angespannt, ihre Augen voller Wut und etwas, das ich nicht ganz deuten konnte – Schmerz, vielleicht, oder Zorn über sich selbst.
„Was zur Hölle soll das, Damian?" zischte sie, ihre Stimme war leise, aber scharf genug, um mir eine Gänsehaut über den Rücken zu jagen. „Warum bist du hier?"
Ich lehnte mich lässig gegen das Waschbecken, verschränkte die Arme vor der Brust und sah sie an.
„Was meinst du, Victoria? Ich bin einfach nur zum Essen hier. Ist das ein Verbrechen?"
„Hör auf mit dem Mist!" Ihre Stimme war jetzt lauter, doch sie hielt sich zurück, um keine Aufmerksamkeit zu erregen.

„Du bist hier, weil du wusstest, dass ich hier bin. Du spielst ein verdammtes Spiel, Damian, und ich will wissen, warum."

Ich lächelte, langsam, herausfordernd. „Vielleicht, weil ich sehen wollte, wie gut du deine Rolle spielst. Die perfekte Ehefrau, die alles im Griff hat."

Sie zuckte zusammen, als hätten meine Worte sie getroffen, doch sie erholte sich schnell. Ihre Hände ballten sich zu Fäusten und sie trat einen Schritt näher, ihre Augen waren dunkel vor Wut.

„Du hast kein Recht, hier zu sein", sagte sie, ihre Stimme war jetzt leiser, aber voller Schärfe. „Kein Recht, in mein Leben einzudringen, kein Recht, mich zu beobachten und ganz sicher kein Recht, mich mit... ihr zu provozieren."

Ich sah sie an und für einen Moment war alles, was ich spürte, das Chaos zwischen uns.

Die Spannung, die Hitze, die unausgesprochenen Worte, die uns beide verschlangen.

Sie war so nah und ich konnte sehen, wie ihre Hände zitterten, wie sehr sie sich bemühte, die Kontrolle zu behalten.

„Du bist wütend, Victoria", sagte ich schließlich, meine Stimme war leise, fast ein Flüstern. „Aber nicht auf mich. Nicht wirklich."

Sie blinzelte, überrascht von meinen Worten, doch sie sagte nichts. Ich trat einen Schritt näher, ließ meine Hände locker an den Seiten hängen, während ich sie ansah.

„Du bist wütend, weil du dich nicht entscheiden kannst,

was du willst. Und du weißt, dass ich recht habe."

„Du bist ein verdammter Idiot", sagte sie schließlich, ihre Stimme war brüchig und sie wandte den Blick ab. Doch sie bewegte sich nicht, blieb stehen, als wüsste sie selbst nicht, ob sie gehen oder bleiben wollte.

Ich beugte mich vor, mein Atem war jetzt nah an ihrem Ohr.

„Sag mir, dass du mich nicht willst, Victoria. Sag es, und ich gehe. Für immer."

Sie hob den Kopf, ihre Augen trafen meine und ich wusste, dass ich die Antwort bereits kannte, noch bevor sie überhaupt etwas sagte. Doch der Moment hielt an, die Spannung wuchs und ich wusste, dass alles, was als Nächstes passierte, die Welt zwischen uns verändern würde.

Die Wut in ihren Augen, das Zittern in ihrer Haltung – es war wie Benzin, das auf ein längst entfesseltes Feuer geschüttet wurde. Ich konnte mich nicht zurückhalten. Nicht mehr. Alles, was zwischen uns stand, war eine dünne Linie, die längst zu brennen begonnen hatte.

Ich griff nach ihrer Hüfte und drängte sie gegen die Tür. Mein Herz schlug wie wild und ich hörte ihren überraschten Atemzug, als ihr Rücken gegen das Holz prallte. Meine Hand glitt zum Schloss und mit einem schnellen Dreh schloss ich die Tür ab. Die Welt außerhalb dieses kleinen Raumes existierte nicht mehr.

„Damian!" Ihre Stimme war scharf, aber sie hatte nicht die Stärke, die sie sonst hatte. Ihre Hände fanden meinen Oberarm, als wollte sie mich wegschieben, doch ihr Griff war schwach.

„Halt die Klappe", murmelte ich, bevor ich meinen Mund auf ihren presste. Es war kein sanfter Kuss, kein Zögern. Es war roh, intensiv, alles, was ich zurückgehalten hatte, brach in diesem Moment hervor. Und sie erwiderte ihn, ihre Hände rutschten von meinen Armen zu meiner Brust und ich konnte spüren, wie ihr Körper sich gegen mich presste.

„Gott, Victoria", flüsterte ich, meine Lippen noch immer dicht an ihren.

„Ich würde dich gerade so gerne ficken."

Ich sah, wie ihre Augen weit wurden, wie ein Hauch von Protest über ihre Lippen kam, doch ich ließ ihr keine Chance, etwas zu sagen. Meine Hand fand ihren Nacken, zog sie näher, während meine andere Hand fest an ihrer Hüfte lag.

„Sag mir, dass du es nicht willst", forderte ich, meine Stimme war rau und schwer von Verlangen. „Sag es, Victoria und ich höre auf."

Doch sie sagte es nicht. Ihre Augen suchten meinen Blick und alles, was ich darin sehen konnte, war ein Chaos aus Wut, Verlangen und der gleichen Verwirrung, die auch in mir tobte.

Meine Hand glitt von ihrer Hüfte zu ihrem Oberschenkel, zog sie leicht hoch, während ich meinen Körper noch näher an ihren drängte. Die Hitze zwischen uns war überwältigend, alles, was außerhalb dieses Raumes war, verschwand.

„Damian…" flüsterte sie, doch es war kein Protest. Es war ein Flehen, eine Bitte, die ich nicht ignorieren konnte.

„Sag mir, dass du es nicht willst", wiederholte ich, mein Atem war schwer, mein Herz raste. „Bitte." Doch ihre Lippen fanden meine und in diesem Moment wusste ich, dass wir beide verloren waren.

****

Victoria

Die Tür hinter mir war kühl und fest, ein scharfer Kontrast zu der brennenden Hitze, die zwischen Damian und mir tobte. Sein Kuss war wild, fordernd und ich konnte nicht anders, als ihm nachzugeben. Mein Körper reagierte auf ihn, bevor mein Kopf es verarbeiten konnte und ich wusste, dass ich die Kontrolle längst verloren hatte.
Ich hasste ihn in diesem Moment – für die Art, wie er mich zum Wanken brachte, wie er Verlangen in mir auslöste, das ich nicht ignorieren konnte. Doch genauso sehr hasste ich mich selbst, weil ich nicht aufhören wollte. Weil ich ihn genauso sehr wollte, wie er mich.

Sein Körper war dicht an meinem, sein Atem schwer und heiß an meinem Hals. Seine Hände hielten mich fest, als ob er mich niemals loslassen wollte und ich spürte jede Bewegung, jede Spannung in ihm. Mein Herz raste, mein Atem ging stoßweise und mein Kopf war leer, bis auf das Chaos, das er in mir entfacht hatte.

Dann spürte ich ihn. Hart, fordernd, gegen meinen Körper gedrückt und ein Feuer durchzog mich, ließ mich schaudern und keuchen. Mein Verstand schrie, dass ich aufhören sollte, dass dies falsch war, aber mein Körper war ein Verräter. Meine Hand wanderte wie von selbst, suchte den Ursprung dieser Hitze, bis ich ihn fand. Meine Finger glitten über seinen harten Schwanz und ich konnte spüren, wie er darauf reagierte. Ein tiefes, raues Knurren entkam seiner Kehle und seine Hüften bewegten sich leicht gegen meine Hand, als brauchte er die Berührung, genauso sehr wie ich ihn brauchte.

„Vic", murmelte er, seine Stimme war brüchig, fast flehend. „Gott, was machst du mit mir?"

Ich konnte nicht antworten. Meine Gedanken waren ein Wirrwarr, meine Lippen fanden erneut seine und ich verlor mich in dem Moment, in der Hitze, in ihm. Jede Bewegung, jede Berührung war ein weiterer Schritt in den Abgrund, doch ich konnte nicht mehr zurück.

Ich wollte ihn. Mehr, als ich jemals zugeben könnte.

Mein Körper fühlte sich an, als würde er von einer fremden Kraft gesteuert, eine, die ich nicht aufhalten konnte, selbst wenn ich es gewollt hätte. Die Spannung zwischen uns war unerträglich, das Verlangen in mir brannte wie ein Feuer, das alles verschlang, was sich ihm in den Weg stellte.

Damian war überwältigend – seine Nähe, seine Stärke, die Art, wie er mich ansah, als wäre ich das Einzige, was in diesem Moment zählte. Mein Atem war schwer, mein Herz raste und ich wusste, dass es kein Zurück mehr gab.

Langsam ließ ich mich vor ihm auf die Knie sinken, meine Hände glitten über seine Hüften, während ich den Blick hob und seine Augen suchte. Sie waren dunkel, voller Verlangen und einer unausgesprochenen Dringlichkeit, die mir den Atem raubte. Sein Brustkorb hob und senkte sich schnell und ich konnte das leise Knurren hören, das aus seiner Kehle kam, als ich ihn berührte.

„Victoria…", murmelte er, seine Stimme war rau, fast ein Flüstern, das meinen Namen wie eine unausgesprochene Bitte trug.

Ich ließ meine Hände tiefer gleiten, spürte die Spannung in seinem Körper, die rohe Kraft, die er zurückhielt, als hätte er Angst, mich zu zerbrechen. Doch das Feuer in mir wollte mehr, wollte alles. Meine Finger glitten an den Bund seiner Hose, öffneten sie langsam, fast bedächtig, als würde jede Bewegung eine weitere Grenze überschreiten.

Sein harter Schwanz lag schwer in meiner Hand, heiß und fordernd und ich spürte, wie seine Hüften leicht zuckten, als ich ihn berührte. Ich hob den Blick zu ihm, sah das Zögern, das Verlangen, die Dunkelheit, die uns beide verschlang.

„Victoria…", sagte er erneut, seine Stimme war brüchig, fast flehend.

Doch ich konnte nicht aufhören, konnte mich nicht zurückhalten. Dies war der Moment, in dem alles andere verblasste – die Schuld, die Angst, die Zweifel. Es gab nur uns, nur diesen Augenblick, der alles verändern würde. Und in diesem Moment wollte ich nichts anderes als ihn.

****

Damian

Die Welt hörte auf zu existieren, als Victoria vor mir auf die Knie sank. Alles, was ich sehen konnte, war sie – ihre Augen, die zu mir aufblickten, voller Verlangen und Unsicherheit, eine Mischung, die mich völlig aus der Fassung brachte. Mein Körper war angespannt, jede Faser von mir verlangte nach ihr, doch ich hielt mich zurück, hielt den Moment fest, so lange ich konnte.

Ihre Hände glitten über meine Hüften, ihre Berührung war heiß, weich und ich musste die Luft scharf einziehen, als sie den Bund meiner Hose öffnete. Sie bewegte sich langsam, bedächtig, als ob jede Bewegung mit Absicht geschah und ich konnte nicht verhindern, dass ein leises Knurren aus meiner Kehle kam.
Als ihre Finger über mich glitten, hart und voller Verlangen, schloss ich die Augen, ließ mich in der Empfindung verlieren.
„Verdammt, Victoria", murmelte ich, meine Stimme war rau, brüchig und meine Hände griffen nach der Tür vor mir, um mich zu stützen.

Doch nichts hätte mich auf das vorbereiten können, was als Nächstes geschah. Ihre Lippen berührten mich, warm und weich und ich verlor jede Spur von Kontrolle. Ein raues Keuchen entkam mir, mein Kopf fiel leicht zurück, während ich versuchte, die Flut von Empfindungen zu verarbeiten, die sie in mir auslöste. „Gott, was machst du mit mir?" flüsterte ich, mein Atem war schwer, jeder Muskel in meinem Körper war angespannt, als sie langsam begann, sich zu bewegen. Ihre Lippen umschlossen meinen Schwanz, ihre Zunge strich über ihn und ich spürte, wie jede Grenze, die ich mir selbst auferlegt hatte, endgültig zerbrach.

Meine Hand fand ihren Nacken, hielt sie sanft, doch ich wollte nicht zu fest sein. Sie war so zart, so stark zugleich und ich wusste, dass ich ihr völlig ausgeliefert war.

Jeder Atemzug, jede Bewegung von ihr ließ mich weiter in den Wahnsinn treiben.

„Vic", murmelte ich, mein Blick suchte den ihren, doch sie war völlig in ihrem Tun versunken und das machte mich nur noch mehr verrückt. Sie hatte mich vollständig in ihrer Macht und ich wusste, dass ich für sie alles riskieren würde, wenn sie es von mir verlangte.

In diesem Moment gab es keine Schuld, keine Pläne, keine Zweifel. Es gab nur uns, nur diese unaufhaltsame Verbindung, die uns beide verschlang, bis nichts anderes mehr übrig blieb.

Ich stand kurz davor, mich völlig zu verlieren. Ihr Mund, ihre Berührung – alles an ihr trieb mich weiter an den

Rand, bis ich das Gefühl hatte, nicht mehr atmen zu können. Doch kurz bevor ich den letzten Schritt machte, brach etwas in mir durch – ein Instinkt, ein Verlangen, das noch stärker war. Mit einem rauen Knurren griff ich nach ihr, meine Hände fanden ihren Nacken und ich zog sie grob auf die Beine. Sie keuchte überrascht, ihre Augen weiteten sich, doch sie sagte nichts. Ihre Lippen waren leicht geschwollen, ihre Wangen glühten und sie sah mich mit einer Mischung aus Verlangen und Zorn an, die mich völlig in den Bann zog.

„Nicht so, Victoria", murmelte ich, meine Stimme war heiser, fast ein Knurren. „Ich will dich sehen. Will dich spüren."

Bevor sie etwas sagen konnte, hob ich sie hoch, ihre Beine fanden automatisch meinen Rücken, während ich sie zum Waschbecken trug. Das kalte Porzellan war ein scharfer Kontrast zur Hitze ihrer Haut und ich setzte sie ab, ihre Beine noch immer um meine Hüften geschlungen.
Meine Hände glitten zu ihrem Gesicht, hielten es fest, während ich sie erneut küsste. Es war kein sanfter Kuss, kein Zögern – es war wild, roh, alles, was ich in diesem Moment fühlte, floss in diese Berührung. Sie erwiderte ihn, ihre Finger gruben sich in mein Haar und ich spürte, wie sie sich mir hingab, genauso verloren wie ich.
„Du machst mich wahnsinnig", murmelte ich gegen ihre Lippen, meine Stimme war dunkel, und ich konnte spüren, wie mein Körper vor Verlangen bebte. Meine

Hände glitten über ihre Seiten, fanden den Saum ihres Kleides und zogen es mit einem schnellen Ruck nach oben.

Ihre Augen suchten meine, ihre Atmung war schwer und ich konnte die gleiche unausgesprochene Frage darin sehen, die auch in mir tobte. Doch es gab keine Antwort, keine Worte, die ausdrücken konnten, was zwischen uns geschah. Es war ein Chaos, ein Feuer, das uns beide verschlang und ich wusste, dass es keinen Punkt mehr gab, an dem wir umkehren konnten. „Sag mir, dass du mich willst, Victoria", flüsterte ich, meine Stirn lehnte sich gegen ihre.
„Sag es, oder ich höre auf."
Doch sie sagte es nicht. Stattdessen zog sie mich näher und das war alles, was ich wissen musste.

Ihre Nähe, ihr Atem, die Art, wie sie mich ansah – alles an ihr zog mich tiefer in einen Abgrund, aus dem ich nicht mehr zurückkommen konnte. Sie sagte nichts, doch die Art, wie sie mich hielt, wie sie mich näher zog, war die einzige Antwort, die ich brauchte.
Mit einem schnellen, fast verzweifelten Ruck zog ich sie näher, ihre Beine um meine Hüften geschlungen und ich versank in ihr. Der Moment war überwältigend – heiß, intensiv und jede Faser meines Körpers fühlte sich an, als würde sie brennen.
Sie war eng, warm und der Klang ihres leisen Keuchens ließ mich den letzten Rest von Kontrolle verlieren.
„Verdammt, Victoria", murmelte ich, meine Stirn lehnte sich gegen ihre, während ich sie festhielt, als könnte ich

sie nie wieder loslassen. Meine Bewegungen waren langsam, tief und ich konnte spüren, wie sie sich mir völlig hingab, wie ihr Körper sich meinen anpasste. Ihre Hände glitten über meinen Rücken, ihre Nägel gruben sich leicht durch mein Hemd in meine Haut und ich spürte, wie sie bebte, wie sie sich klammerte, als ob auch sie sich in diesem Moment verloren hatte. Ihre Hitze, ihre Bewegungen – alles an ihr zog mich tiefer, bis es nichts anderes mehr gab außer uns.

„Du machst mich wahnsinnig", flüsterte ich, mein Atem war schwer, meine Stimme rau, während ich sie ansah. Ihre Lippen waren leicht geöffnet, ihre Wangen glühten und in ihren Augen war das gleiche Chaos, das auch in mir tobte.

„Damian", murmelte sie und der Klang ihres Namens auf ihren Lippen ließ mich tiefer in sie versinken. Es war ein Feuer, ein Sturm, der uns beide verschlang, und ich wusste, dass es kein Zurück mehr gab. Nicht nach diesem Moment. Nicht nach ihr.

Ich bewegte mich tiefer, härter und jeder ihrer Atemzüge, jedes leise Stöhnen trieb mich weiter an. Alles in mir wollte sie – nicht nur ihren Körper, sondern alles, was sie war, alles, was sie versuchte zu verbergen.

Die Welt außerhalb dieses Raumes existierte nicht mehr. Es gab nur sie, nur diesen Moment, in dem alles andere verblasste. Und ich wusste, dass ich in ihr verloren war – in ihrem Körper, in ihrer Seele, in allem, was sie mir niemals geben wollte, aber trotzdem gab.

„Vic", flüsterte ich, mein Blick hielt ihren fest, während ich mich tiefer in sie bewegte.

„Gott, was machst du mit mir?"

Jeder Moment mit ihr, jede Berührung, jeder Atemzug war wie ein Feuer, das mich von innen heraus verzehrte. Ihre Hitze, ihre Bewegungen – alles an ihr trieb mich in eine Dunkelheit, die ich niemals verlassen wollte. Mein Körper bewegte sich härter, intensiver, angetrieben von einem Verlangen, das ich nicht kontrollieren konnte.

Ihre leisen Keuchgeräusche, die Art, wie sie sich unter meinen Bewegungen wand, war alles, was ich wollte. Es war keine Zurückhaltung mehr in mir, keine Kontrolle – nur völlige Hingabe.

„Gott, Vic", murmelte ich, meine Stimme war rau, mein Atem stoßweise. Meine Hände fanden ihre Hüften, hielten sie fester, während ich mich tiefer in sie bewegte.

„Damian", keuchte sie, ihr Kopf fiel leicht zurück und ich konnte sehen, wie ihre Lippen bebten, wie ihre Augen sich schlossen, während sie sich mir hingab.

Ihr Körper bewegte sich gegen meinen, fordernd und ich konnte nicht genug von ihr bekommen.

Ich lehnte mich vor, meine Lippen fanden ihren Hals und ich spürte, wie sie unter meiner Berührung zitterte.

Meine Zähne streiften ihre Haut, während ich tiefer ging, härter wurde und ich fühlte, wie sich die Spannung in ihr aufbaute, wie sie genauso verloren in diesem Moment war wie ich.

„Sag meinen Namen", flüsterte ich gegen ihren Hals, meine Stimme war ein raues Knurren, voller Verlangen.

„Sag ihn, Victoria."

„Damian", keuchte sie, ihr Atem war schwer und ihr Körper spannte sich unter meinen Berührungen an. Es war alles, was ich hören wollte, alles, was ich brauchte, um mich noch weiter in ihr zu verlieren. Meine Bewegungen wurden intensiver, härter und ich spürte, wie sie sich völlig auflöste, wie jede Grenze zwischen uns verschwand. Ihre Hände hielten mich fest, ihre Nägel kratzten über meinen Nacken und ich wusste, dass dieser Moment uns beide für immer verändern würde.

Es war Hingabe, Verlangen, ein Chaos, das uns verschlang. Und ich wollte, dass es niemals endete.

****

Victoria

Mein ganzer Körper bebte vor Erregung, jede Faser von mir fühlte sich lebendig, pulsierend, wie ein Instrument, das Damian perfekt zu spielen wusste. Sein Griff an meinen Hüften, die Intensität in seinen Augen, die Art, wie er mich ansah – es war, als existierte die Welt um uns nicht mehr. Nur wir.

Doch irgendwo in diesem Chaos, zwischen dem Verlangen und der völligen Hingabe, drängte sich die Realität in meinen Kopf. Ein leises Flüstern, das immer lauter wurde, bis ich es nicht mehr ignorieren konnte.

„Damian", flüsterte ich, meine Stimme war brüchig und ich wusste, dass er die Spannung in mir spürte. Er hielt inne, seine Bewegungen wurden langsamer und sein Blick suchte meinen, voller Fragen, die ich nicht beantworten konnte.

Ich hob meine Hände, legte sie sanft an sein Gesicht, zog ihn zu mir herunter und unsere Lippen trafen sich in einem letzten, verzweifelten Kuss. Es war voller Gefühl, voller Wut, Verwirrung und einer Intensität, die ich nicht in Worte fassen konnte.

Doch ich wusste, dass ich gehen musste. Widerwillig löste ich mich von ihm, schob ihn leicht zurück, obwohl mein Körper schrie, ihn nicht loszulassen.

„Ich muss zurück", murmelte ich, meine Stimme war leise, fast ein Hauch. Ich sah ihn an, suchte nach einem Zeichen, dass er verstand, dass er mich loslassen würde, auch wenn ich wusste, dass es uns beide quälen würde.

„Vic…" Seine Stimme war rau, sein Blick hielt meinen fest, als wollte er mich noch einmal zurückziehen wollte. Doch ich schüttelte leicht den Kopf, legte eine Hand auf seine Brust und trat einen Schritt zurück.

Ich richtete mein Kleid, mein Körper zitterte noch immer von der Intensität dessen, was gerade passiert war, während ich versuchte, die Fassade wieder aufzubauen, die so gründlich eingerissen worden war.

„Das war ein Fehler", sagte ich, obwohl die Worte wie Gift auf meiner Zunge lagen.

„Ich kann das nicht. Wir können das nicht."

Damian sagte nichts, sein Blick sprach für sich, dunkel

und voller Emotionen, die ich nicht einzuordnen wagte. Doch er hielt mich nicht auf, als ich mich abwandte, die Tür entriegelte und das Restaurant wieder betrat.

Mit jedem Schritt zurück zum Tisch wusste ich, dass ich etwas unwiederbringlich verändert hatte – in mir, in Damian und in allem, was zwischen uns lag. Und ich wusste, dass es niemals wirklich vorbei sein würde.

Marcus' Blick war wie ein Dolch, der mich durchbohrte, kaum dass ich wieder an den Tisch zurückkehrte. Sein Gesicht war angespannt, seine Kiefermuskeln arbeiteten und seine Augen funkelten vor Wut. Der Druck in meiner Brust wuchs, doch ich zwang mich, ruhig zu bleiben, die Maske der perfekten Ehefrau wieder aufzusetzen.

„Wo warst du so lange?" fragte er leise, doch sein Ton war scharf, fast ein Zischen. Ehe ich antworten konnte, griff er nach meiner Hand unter dem Tisch und drückte sie fest. Zu fest.

Ich biss die Zähne zusammen, um ein Keuchen zu unterdrücken und zwang mich, ruhig zu bleiben.

„Ich musste auf die Toilette", sagte ich schließlich, meine Stimme war sanft, obwohl mein Handgelenk vor Schmerz pochte. „Es tut mir leid, wenn es länger gedauert hat."

„Toilette", wiederholte er, sein Blick ließ keinen Zweifel daran, dass er mir nicht glaubte. Doch er sagte nichts weiter, ließ meine Hand nach einem Moment los, als hätte er erkannt, dass wir in der Öffentlichkeit waren. Seine Haltung blieb angespannt, doch er richtete seine

Aufmerksamkeit zurück auf seine Kollegen, während ich mich zwang, normal zu wirken.

Nur wenige Minuten später sah ich Damian und mein Herz setzte aus.
Er trat wieder an seinen Tisch, locker, entspannt, mit diesem selbstsicheren Lächeln, das nichts von dem verriet, was gerade zwischen uns passiert war. Er setzte sich, beugte sich zu seiner Begleiterin und flüsterte ihr etwas ins Ohr, was sie zum Lachen brachte. Mein Magen zog sich zusammen, doch ich zwang mich, den Blick abzuwenden.

„Victoria", sagte einer von Marcus' Kollegen und ich drehte mich zu ihm, lächelte höflich. „Was halten Sie von der neuen Strategie, die Marcus uns vorgeschlagen hat?"
Ich hatte keine Ahnung, worüber sie gesprochen hatten, doch ich nickte leicht, griff nach meinem Weinglas und versuchte, meine Fassung zu bewahren.
„Es klingt nach einer klugen Entscheidung", sagte ich, obwohl die Worte sich hohl anfühlten. „Marcus ist immer gut darin, die richtigen Wege zu finden."
Er lächelte zufrieden, doch ich konnte spüren, wie Marcus' Blick mich streifte, als suchte er nach einem Zeichen, dass etwas nicht stimmte.
Mein Blick wanderte unwillkürlich wieder zu Damian. Er saß lässig zurückgelehnt, seine Hand ruhte auf dem Tisch, während seine Begleiterin sich leicht zu ihm neigte, mit einem Lächeln, das zu sagen schien, dass

sie vollkommen von ihm eingenommen war. Doch dann trafen sich unsere Blicke.

Nur für einen Moment.

Seine Augen waren dunkel, intensiv und ich fühlte, wie die Luft aus meinen Lungen wich. Es war, als würde dieser eine Blick alles sagen, was unausgesprochen zwischen uns lag. Ich wandte schnell den Blick ab, doch ich konnte die Spannung in meinem Körper nicht abschütteln.
Marcus' Hand legte sich erneut auf meinen Oberschenkel, fest, fordernd und ich wusste, dass er etwas bemerkt hatte. Doch er sagte nichts. Noch nicht. Und ich konnte nur hoffen, dass der Abend bald enden würde, bevor alles auseinanderbrach.

Das Abendessen zog sich quälend in die Länge, doch schließlich war es vorbei. Die Kollegen verabschiedeten sich, schüttelten Hände und lächelten höflich, während Marcus seinen Arm fest um meine Taille legte. Es war keine liebevolle Geste, sondern ein Besitzanspruch, der klarstellte, dass ich zu ihm gehörte – in den Augen der anderen, zumindest. Ich spielte die perfekte Rolle bis zum Ende, lächelte, bedankte mich für die Einladung und wünschte allen einen guten Abend. Doch unter der Oberfläche brodelte die Spannung und ich wusste, dass es nur eine Frage der Zeit war, bis Marcus' wahre Stimmung zum Vorschein kam.

Kaum hatten wir das Restaurant verlassen und saßen im Auto, fiel die Fassade.

Die Tür war noch nicht richtig geschlossen, als Marcus den Motor startete und mich mit einem wütenden Blick bedachte. Seine Kiefermuskeln waren angespannt, seine Finger um das Lenkrad so fest, dass die Knöchel weiß hervortraten.

„Du warst nicht bei der Sache", fauchte er, seine Stimme war leise, aber voller Schärfe. „Was, zur Hölle, war das heute Abend?"

Ich öffnete den Mund, wollte etwas sagen, doch er ließ mir keine Chance.

„Ich habe es gesehen, Victoria", fuhr er fort, sein Blick war kalt, während er aus der Parklücke fuhr. „Dein Abwesenheit, dein verdammtes Herumirren. Du hast uns beide lächerlich gemacht."

„Marcus, ich—"

„Halt die Klappe!" schnitt er mir scharf das Wort ab und ich zuckte zusammen. Die Wut in seiner Stimme ließ mein Herz schneller schlagen und ich presste die Hände in meinen Schoß, um das Zittern zu verbergen.

„Du bist da, um mich zu unterstützen, Victoria", sagte er, seine Stimme war jetzt ruhiger, aber nicht weniger bedrohlich.

„Nicht, um herumzutreiben, nicht, um dich wie eine verlorene Seele zu benehmen."

Die Worte schnitten tief, doch ich hielt den Blick stur nach vorne gerichtet, während die Straßenlichter an uns vorbeizogen. Mein Herz pochte laut in meiner Brust, doch ich zwang mich, ruhig zu bleiben.

„Ich habe nur versucht, alles richtig zu machen", sagte ich schließlich leise, meine Stimme war kaum mehr als ein Flüstern. „Es tut mir leid, wenn ich dich enttäuscht habe."

„Enttäuscht?" Er lachte bitter, ein kaltes, hartes Geräusch.

„Enttäuscht ist eine Untertreibung, Victoria. Du bist ein verdammtes Risiko geworden."

Die Worte hingen schwer im Auto, und ich fühlte, wie meine Kehle sich zuschnürte. Doch ich sagte nichts mehr, hielt mich an der glatten Oberfläche meiner eigenen Fassade fest, während die Dunkelheit um uns immer dichter wurde.

Ich wusste, dass dies nicht das Ende der Konfrontation war. Doch ich wusste auch, dass ich nicht die Kraft hatte, mich jetzt zu verteidigen. Nicht nach allem, was passiert war.

Kapitel 19: Sturm

Victoria

Kaum hatten wir das Haus betreten, explodierte Marcus' Wut. Die Fassade, die er auf der Fahrt noch mühsam aufrechterhalten hatte, fiel vollständig und ich spürte, wie die Luft im Raum schwer wurde. Er warf die Schlüssel auf den Tisch, der Klang hallte durch die Stille, bevor er sich zu mir umdrehte.

„Was zur Hölle denkst du dir eigentlich?" Seine Stimme war laut, voller Schärfe und ich zuckte unwillkürlich zusammen.

„Du warst heute Abend eine verdammte Katastrophe, Victoria!"

„Ich habe mein Bestes getan", sagte ich, meine Stimme war leise, aber ich konnte die Unsicherheit darin hören.

„Es tut mir leid, wenn—"

„Wenn?" Er lachte bitter und trat einen Schritt näher, sein Blick war schneidend.

„Es tut dir leid, *wenn* du mich enttäuscht hast? Victoria, du hast mich nicht nur enttäuscht. Du hast alles, wofür ich arbeite, gefährdet!"

Ich hob die Hände, versuchte, ihn zu beruhigen, doch er ließ mir keine Chance.

„Ich hoffe, du machst deinen Job morgen richtig!" rief er, seine Stimme wurde noch lauter, und ich spürte, wie mein Herz schneller schlug.

„Mit dir steht und fällt alles. Ich verlange, dass du alles gibst – und mit *alles* meine ich auch genau das!"

Seine Worte schnitten wie Messer und ich wusste, was er wirklich meinte. Dieser Einsatz war mehr als nur ein Undercover-Job. Es war ein Machtspiel und Marcus setzte alles auf mich, um die Kontrolle zu behalten. Doch die Art, wie er es sagte, ließ keinen Zweifel daran, dass er mich nicht als Mensch sah – nur als Werkzeug.

„Es geht um viel, Victoria!" fuhr er fort, seine Stimme

hallte durch den Raum.

„Und ich erwarte, dass du es nicht vermasselst. Verstanden?"

Ich presste die Lippen zusammen, meine Hände ballten sich zu Fäusten an meinen Seiten. Der Zorn in mir wuchs, doch ich wusste, dass ich nichts sagen konnte, was ihn nicht noch mehr provozieren würde.

„Verstanden?" wiederholte er, seine Stimme war jetzt leiser, aber nicht weniger bedrohlich.

„Ja", sagte ich schließlich, meine Stimme war kaum mehr als ein Flüstern.

„Ich habe verstanden."

Er nickte, sein Blick blieb noch einen Moment auf mir haften, bevor er sich umdrehte und die Treppe hinaufging. Die Luft in der Küche blieb schwer und ich fühlte, wie meine Schultern sich unter dem Gewicht seiner Worte nach unten zogen.

Alleine ließ ich mich gegen die Arbeitsplatte sinken, meine Hände suchten Halt, während ich versuchte, meinen Atem zu beruhigen. Die Realität, in der ich lebte, war erdrückend und ich wusste nicht, wie lange ich noch weitermachen konnte, ohne daran zu zerbrechen.

Das Haus war still, doch die Worte, die Marcus geschrien hatte, hallten noch immer in meinem Kopf wider. Ich fühlte mich wie ein Gefangener, der keine Luft mehr bekam und die Wände um mich herum schienen immer näher zu rücken. Jede Sekunde, die verstrich, machte das Gewicht auf meinen Schultern schwerer, bis ich es nicht mehr aushalten konnte.

Ohne nachzudenken, schnappte ich mir meine Schlüssel und verließ das Haus. Mein Herz pochte laut in meiner Brust und ich wusste, dass ich auf einem schmalen Grat wanderte – zwischen Flucht und Konfrontation, zwischen Vernunft und Wahnsinn. Doch es war mir egal.

Eine Stunde später saß ich im Auto, die Straßenlichter zogen an mir vorbei, während ich auf Autopilot fuhr. Ich wusste genau, wohin ich wollte, auch wenn ich es mir nicht eingestehen wollte. Damian.

Sein Name war wie ein ständiges Echo in meinem Kopf und jede Erinnerung an ihn, jede Berührung, jeder Blick zog mich weiter in seine Richtung. Ich wusste, dass es falsch war, dass ich mich von ihm fernhalten sollte. Doch in diesem Moment brauchte ich jemanden, der nicht Marcus war. Jemanden, der mich nicht erstickte.

Ich parkte vor dem Apartmentkomplex, der in der Dunkelheit ruhig und verlassen wirkte. Für einen Moment blieb ich sitzen, meine Hände fest um das Lenkrad geklammert, während ich tief durchatmete. Was, wenn er nicht da war? Oder schlimmer – was, wenn er da war, aber mich nicht sehen wollte? Doch ich konnte nicht zurück. Nicht jetzt.

Mit zitternden Händen öffnete ich die Autotür und ging langsam auf das Gebäude zu. Mein Herz hämmerte in meiner Brust, und ich fühlte, wie die kalte Nachtluft meine Haut streifte, als ich die Treppen hinaufstieg. Jeder Schritt fühlte sich schwerer an, und als ich vor seiner Tür stand, war mein ganzer Körper angespannt.

Ich hob die Hand, zögerte, bevor ich schließlich anklopfte. Die Sekunden, die verstrichen, fühlten sich wie eine Ewigkeit an und ich begann, an meiner Entscheidung zu zweifeln. Doch dann hörte ich Schritte und die Tür öffnete sich.

Da war er.

Damian stand vor mir, sein Blick überrascht, doch in seinen Augen lag etwas, das ich nicht deuten konnte – eine Mischung aus Erleichterung und Besorgnis.
„Vic?" Seine Stimme war leise, fast ein Flüstern und ich konnte nicht anders, als zu spüren, wie der Druck in meiner Brust nachließ.
„Kann ich reinkommen?" fragte ich, meine Stimme war brüchig und ich hasste, wie verletzlich ich klang. Doch er zögerte nicht. Er zog mich in seine Arme, hielt mich einfach nur fest. In der Stille seines Apartments fühlte ich, wie ein Teil von mir endlich zur Ruhe kam. Doch ich wusste, dass dies nur der Anfang war – der Anfang von etwas, das alles verändern würde.

****

Damian

Die Nacht war ruhig gewesen, fast zu ruhig. Ich hatte mir einen Whisky eingeschenkt, saß auf der Couch und starrte ins Leere, während die Gedanken in meinem Kopf rasten. Sie war überall – Victoria. Alles an ihr hatte sich in mein Gedächtnis eingebrannt und ich konnte sie nicht verdrängen, egal, wie sehr ich es versuchte.

Das Klopfen an der Tür riss mich aus meinen Gedanken. Mein Körper spannte sich an, ein Reflex, den ich nie ganz losgeworden war. Ich stellte das Glas ab und ging zur Tür, unsicher, wer um diese Uhrzeit kommen könnte. Doch als ich die Tür öffnete, war ich völlig unvorbereitet.

Victoria.

„Vic?" murmelte ich, meine Stimme war rau, überrascht. Sie stand vor mir, ihre Arme um sich geschlungen, ihr Gesicht war blass und ihre Augen sahen mich an, als würde sie gleich zusammenbrechen. Alles in mir zog sich zusammen – Sorge, Verlangen und etwas, das ich nicht benennen konnte.
Bevor ich überhaupt nachdenken konnte, griff ich nach ihr, zog sie in meine Arme. Sie sagte nichts, leistete keinen Widerstand und ich spürte, wie sie sich an mich klammerte, als ob ich der einzige Anker in einer stürmischen See wäre.
„Was ist passiert?" fragte ich, meine Stimme war leise, doch die Sorge darin konnte ich nicht verbergen. Meine Hände ruhten an ihrem Rücken, hielten sie fest, während ich ihren Kopf an meine Schulter zog.

Sie zitterte leicht und ich spürte, wie meine Besorgnis wuchs. Victoria war stark, stur – doch jetzt war sie zerbrechlich, verletzlich und ich wusste, dass

irgendetwas sie in diesen Zustand gebracht hatte.
„Damian…" Ihre Stimme war brüchig, kaum mehr als ein
Flüstern. „Ich wusste nicht, wohin ich sonst gehen
sollte." Diese Worte trafen mich wie ein Schlag. Sie
hatte niemanden. Niemanden, außer mir. Und obwohl
ich wusste, dass es falsch war, dass ich sie nur noch
tiefer in dieses Chaos zog, konnte ich sie nicht
zurückweisen. Nicht jetzt.
„Du bist hier richtig", sagte ich schließlich, meine
Stimme war fester jetzt. „Ich bin hier."
Ich hielt sie weiter in meinen Armen, während die Stille
zwischen uns schwer und doch beruhigend war. Es gab
keine Worte, die das erklären konnten, was zwischen
uns geschah. Doch in diesem Moment war es genug,
einfach nur da zu sein – für sie, für uns beide.

Ich hielt sie einen Moment länger in meinen Armen, als
nötig war, als ich es vielleicht sollte. Doch ich konnte
nicht anders – die Art, wie sie sich an mich klammerte,
ihre Wärme gegen meine Haut, all das hielt mich fest.
Schließlich atmete ich tief ein und ließ sie langsam los,
obwohl es mir schwerfiel.
„Komm", sagte ich leise, nahm ihre Hand und führte sie
zum Sofa. Sie setzte sich zögernd und ich bemerkte,
wie sie sich ein wenig zurückzog, die Arme um ihren
Körper geschlungen, als wollte sie sich selbst schützen.
Ich ließ sie kurz allein, ging zur Bar und griff nach der
Whiskyflasche, die ich vorhin noch selbst benutzt hatte.
Ich goss ihr ein Glas ein und ging zurück zu ihr.
„Mehr hab ich nicht, sorry", sagte ich, während ich ihr
das Glas reichte. Mein Ton war ruhig, fast

entschuldigend, doch sie schüttelte nur leicht den Kopf.
„Das reicht", murmelte sie, ihre Finger schlossen sich
um das Glas und sie nahm einen kleinen Schluck. Ich
setzte mich neben sie, ließ etwas Abstand zwischen
uns, auch wenn alles in mir schrie, sie wieder in meine
Arme zu ziehen.
Ich beobachtete sie aus dem Augenwinkel, sah, wie ihre
Hände leicht zitterten, wie sie versuchte, sich zu
sammeln. Es war schwer, sie so zu sehen – so
verletzlich, so weit weg von der starken, starrsinnigen
Frau, die ich kannte.

„Vic", begann ich schließlich, meine Stimme war leise,
doch sie sah mich nicht an.
„Was ist passiert? Warum bist du hier?"
Sie schwieg einen Moment, ihre Augen waren auf das
Glas in ihren Händen gerichtet.
Es vergingen ein paar Sekunden, bevor sie endlich
antwortete.
„Ich… musste einfach raus", sagte sie, ihre Stimme war
brüchig, und sie nahm einen weiteren Schluck Whisky.
„Ich konnte nicht mehr atmen. Nicht dort."
„Dort?" fragte ich, obwohl ich wusste, was sie meinte.
„Bei Marcus", murmelte sie und ihre Stimme klang wie
ein Flüstern, das für niemanden bestimmt war. „Er…
er…" Sie hielt inne, schüttelte den Kopf, als könne sie
die Worte nicht aussprechen.

Ich fühlte, wie sich meine Hände zu Fäusten ballten, doch ich zwang mich, ruhig zu bleiben. „Hat er dir etwas getan?" fragte ich, meine Stimme war jetzt dunkler, schärfer.

„Victoria, sag es mir."

Sie sah mich endlich an, ihre Augen waren schwer von unausgesprochenen Gefühlen und ich wusste, dass sie nicht bereit war, alles zu sagen. Noch nicht.

„Ich bin nur hier, weil ich nirgendwo anders hin konnte", sagte sie schließlich.

„Bitte, frag nicht."

Ich wollte mehr wissen, wollte sie zwingen, mir alles zu erzählen. Doch ich sah die Erschöpfung in ihrem Gesicht und ich wusste, dass sie gerade nicht mehr geben konnte.

„Okay", sagte ich schließlich, lehnte mich zurück und nahm einen Schluck aus meinem eigenen Glas. „Bleib, solange du willst."

Sie sagte nichts, doch ich sah, wie ihre Schultern sich ein wenig entspannten. Und für einen Moment fühlte es sich an, als könnten wir beide einfach nur existieren – ohne Druck, ohne Erwartungen.

****

Victoria

Der Whisky brannte in meiner Kehle, aber es war eine willkommene Ablenkung von der Schwere in meinem Inneren. Damian saß neben mir, seine Präsenz war stark, beruhigend, ohne dass er ein einziges Wort sagen musste. Es war, als konnte allein seine Nähe den Sturm in mir für einen Moment besänftigen.

Langsam begann ich, mich zu entspannen. Die Anspannung in meinen Schultern ließ nach, meine Atmung wurde ruhiger und ich spürte, wie der Druck in meiner Brust sich etwas löste. Ich rückte ein wenig näher, ließ meinen Kopf vorsichtig gegen seine Schulter sinken und er bewegte sich nicht, ließ mich einfach da sein.

Wir saßen so eine Weile, ohne zu sprechen, die Stille zwischen uns war nicht unangenehm. Sie fühlte sich fast sicher an, wie eine kurze Flucht vor allem, was uns sonst umgab. Doch ich wusste, dass ich nicht lange bleiben konnte, dass dieser Moment nur eine Illusion war.

„Morgen muss ich wieder in den Club", sagte ich schließlich, meine Stimme war leise, fast ein Flüstern. Die Worte hingen schwer in der Luft und ich spürte, wie sich Damian leicht anspannte.

„Marcus will, dass ich weitermache", fuhr ich fort, ohne ihn anzusehen.

„Er erwartet, dass ich alles gebe, dass ich... dass ich das tue, was nötig ist."

Ich schloss die Augen, versuchte, die Gedanken zu verdrängen, die mit diesen Worten kamen. Doch die Vorstellung, zurückzugehen, wieder in diese Rolle zu schlüpfen, ließ meine Kehle eng werden.

Damian sagte nichts, doch ich spürte, wie seine Hand

leicht meinen Arm streifte, eine kurze, beruhigende
Geste, die mich gleichzeitig tröstete und aus dem
Gleichgewicht brachte.

„Es ist nur ein Job, richtig?" sagte ich, mehr zu mir
selbst als zu ihm. „Nur ein verdammter Job."

Ich erwartete keine Antwort und er gab keine. Doch ich
spürte, wie sich etwas in der Atmosphäre zwischen uns
veränderte – eine unausgesprochene Spannung, die
uns beide erfasste. Und in diesem Moment war ich
dankbar, dass er nichts sagte, dass er mich einfach nur
in der Stille ließ.

Denn ich wusste, dass morgen alles wieder von vorne
beginnen würde.

****

Damian

Ihre Worte ließen meine Gedanken explodieren, doch
ich zwang mich, ruhig zu bleiben. Sie saß so nah bei
mir, lehnte sich an mich und alles in mir schrie, sie zu
beschützen, sie festzuhalten und sie von all dem
fernzuhalten, was sie in diese Hölle zog. Doch ich
wusste, dass sie nicht hier war, um von mir gerettet zu
werden. Noch nicht.

„Dieser David ist gefährlich, Vic", sagte ich schließlich,

meine Stimme war ruhig, doch die Schärfe ließ sich nicht vollständig verbergen.

Sie hob leicht den Kopf, sah mich an, ihre Augen voller Müdigkeit und etwas anderem – etwas, das ich nicht ganz greifen konnte. „Ich weiß", sagte sie leise, ihre Stimme klang wie ein Flüstern, das fast in der Stille verloren ging.

„Weißt du das wirklich?" fragte ich, meine Hand glitt leicht über ihren Arm, eine Geste, die so viel mehr ausdrückte, als ich wollte.

„Er ist nicht nur irgendein Spieler in diesem Club. Er ist ein verdammtes Problem. Und wenn du ihm zu nah kommst, wird er dich zerstören."

„Ich habe alles unter Kontrolle", sagte sie, doch die Unsicherheit in ihrer Stimme war unüberhörbar. „Das ist mein Job, Damian."

„Dein Job", wiederholte ich leise, fast bitter. Meine Hände ballten sich zu Fäusten, doch ich zwang mich, sie zu entspannen. „Marcus schickt dich in diese Situation, als wärst du eine Schachfigur. Aber dieser Einsatz ist mehr als nur ein verdammtes Spiel."

Sie richtete sich leicht auf, ihr Blick wurde schärfer. „Ich weiß, worauf ich mich eingelassen habe", sagte sie, ihre Stimme war fester jetzt. „Ich brauche keinen Babysitter, Damian."

„Vielleicht nicht", sagte ich und ich spürte, wie meine Wut sich hinter meinen Worten verbarg. „Aber das ändert nichts daran, dass ich mir Sorgen mache. David ist gefährlich. Und wenn du so tust, als wäre er nur ein weiterer Job, bist du blind für das, was wirklich passiert."

Ich lehnte mich zurück, versuchte, die Kontrolle über meine Gedanken zurückzugewinnen, doch ihre Nähe machte es fast unmöglich.

„Warum bist du wirklich hier, Vic?" fragte ich schließlich, meine Stimme war leiser, aber nicht weniger intensiv.

„Willst du einfach nur reden oder willst du, dass ich dir helfe?"

Sie sah mich an und für einen Moment schien sie nach einer Antwort zu suchen, die sie nicht finden konnte.

Doch das Schweigen zwischen uns sprach lauter als jede Antwort. Und in diesem Moment wusste ich, dass ich sie niemals ganz loslassen konnte – egal, wie sehr ich es vielleicht sollte.

****

Ich richtete mich auf, schob mich von Damian weg, obwohl mein Körper nach seiner Nähe verlangte. Sein Blick war durchdringend, voller Emotionen, die ich nicht einordnen konnte, und ich wusste, dass er mir nicht glauben würde – egal, was ich sagte.

„Ich bin ein Cop", begann ich, meine Stimme war fest, auch wenn mein Inneres zitterte.

„Und ich bin ein verdammt guter Cop. Du brauchst dir keine Sorgen machen, Damian. Ich werde die ganze

Zeit beobachtet."

„Ach ja?" Seine Stimme war ruhig, fast bedrohlich und ich spürte, wie mein Magen sich zusammenzog. „So wie beim letzten Mal? Als zwei Männer dich in eine Gasse zogen und niemand auch nur in der Nähe war?"

Ich schluckte schwer, sein Vorwurf traf mich härter, als ich zugeben wollte.

„Das war ein Fehler", sagte ich leise, mein Blick wich dem seinen aus. „Das wird nicht wieder passieren."

„Ein Fehler?" wiederholte er, seine Stimme wurde härter und er lehnte sich nach vorne, seine Augen bohrten sich in meine.

„Vic, du bist allein da draußen. Marcus schickt dich in diesen Club, als wärst du unantastbar, aber du weißt genau, dass das nicht stimmt."

„Ich habe es unter Kontrolle", sagte ich schärfer, meine Stimme hob sich, obwohl ich wusste, dass ich ihn nicht überzeugen konnte.

„Das ist mein Job, Damian. Und ich weiß, wie ich ihn machen muss."

„Du bist stur, weißt du das?" sagte er, seine Stimme war jetzt ruhiger, aber nicht weniger eindringlich. „Du tust so, als wärst du unzerstörbar, aber ich sehe es in deinen Augen. Du hast Angst."

Ich öffnete den Mund, wollte protestieren, wollte ihm widersprechen, doch die Worte blieben mir im Hals stecken. Sein Blick war zu intensiv, zu durchdringend und ich wusste, dass er Recht hatte.

„Du verstehst nicht—" begann ich, doch er schnitt mir das Wort ab.

„Ich verstehe mehr, als du denkst, Victoria", seine

Stimme war leise, aber voller Nachdruck. „Ich habe gesehen, wie das endet. Leute wie David... sie hören nicht auf, bis sie dich haben. Und wenn du denkst, dass Marcus dich beschützt, bist du naiver, als ich dachte." Seine Worte waren wie ein Schlag und ich fühlte, wie meine Kehle sich zu schnürte. Doch ich konnte nicht zulassen, dass er mich so sah – schwach, unsicher. Ich richtete mich auf, straffte die Schultern und zwang mich, ihn anzusehen.

„Ich weiß, was ich tue", sagte ich, meine Stimme war fester jetzt. „Und ich brauche dich nicht, um mir zu sagen, wie ich meinen Job mache."
Er sah mich an, sein Blick war dunkel, voller Emotionen, die ich nicht einordnen konnte.
Für einen Moment war es, als würde er etwas sagen wollen, doch er hielt sich zurück.
Die Stille zwischen uns war schwer, fast erdrückend und ich spürte, wie mein Herz schneller schlug. Ich wusste, dass dies noch lange nicht vorbei war. Doch ich war nicht bereit, mich ihm vollständig zu öffnen. Nicht jetzt. Nicht, solange mein eigenes Leben ein Chaos war, das ich kaum bewältigen konnte.

Ich spürte die Spannung in Damian, sah, wie seine Kiefer mahlten und wusste, dass er seine Wut kaum zügeln konnte. Seine Augen waren dunkel, intensiv und jede Bewegung seines Körpers verriet, wie sehr er mit sich kämpfte. Doch ich konnte nicht bleiben. Ich durfte nicht.
„Ich muss gehen", sagte ich, meine Stimme war fester,

als ich mich fühlte. Ich drehte mich zur Tür, doch kaum hatte ich den ersten Schritt gemacht, spürte ich, wie seine Hand nach meinem Arm griff.

„Vic", sagte er, seine Stimme war rau, fast ein Knurren. Bevor ich reagieren konnte, drehte er mich herum und drängte mich gegen die Wand. Die Bewegung war schnell, fast verzweifelt und sein Körper war so nah, dass ich seinen Atem auf meiner Haut spüren konnte. „Sag, dass du gehen willst", forderte er, seine Stimme war leise, aber voller Dringlichkeit. Seine Hände lagen an meinen Seiten, hielten mich fest, aber nicht schmerzhaft. Seine Augen bohrten sich in meine, suchten nach einer Antwort, die ich nicht geben konnte. „Damian, lass mich—"

„Sag es!" unterbrach er mich und seine Stirn senkte sich gegen meine. Sein Atem war heiß, schwer und ich fühlte, wie die Nähe zwischen uns die Luft um uns verdichtete.

Ich öffnete den Mund, wollte etwas sagen, doch bevor ich auch nur ein Wort herausbringen konnte, schloss er die Distanz zwischen uns. Seine Lippen fanden meine, hart, wild und ich spürte, wie ein Schauer durch meinen Körper lief. Es war kein sanfter Kuss, sondern ein Sturm, ein Chaos, das uns beide verschlang.

Für einen Moment ließ ich mich von ihm mitreißen, spürte seine Hände, die mich fester hielten, seine Lippen, die fordernd über meine glitten. Doch dann zog ich mich zurück, atemlos, mein Kopf lehnte sich gegen die Wand, während ich versuchte, meine Gedanken zu ordnen.

„Damian", flüsterte ich, meine Stimme war brüchig. „Ich muss."

Sein Blick wurde noch intensiver, seine Hände blieben an meinen Seiten, als könnte er mich nicht loslassen.

„Warum, Victoria?" fragte er, seine Stimme war jetzt leiser, fast flehend. „Warum kannst du nicht einfach bleiben?"

Ich schüttelte den Kopf, fühlte, wie meine Augen sich mit Tränen füllten, die ich nicht zulassen wollte.

„Weil ich es nicht kann", sagte ich, meine Stimme brach. „Weil ich nicht weiß, wie."

Seine Hände lösten sich langsam und ich spürte, wie die Spannung in seinem Körper nachließ. Doch sein Blick blieb auf mir, dunkel und voller Emotionen, die ich nicht ertragen konnte.

Ich wandte mich ab, zog die Tür auf und trat hinaus in die kalte Nacht. Jeder Schritt weg von ihm fühlte sich schwerer an, doch ich wusste, dass es nicht anders ging. Ich musste gehen – nicht nur von ihm, sondern auch von allem, was er in mir auslöste.

Kapitel 20: Abgrund

Victoria

Der Abend kam schneller, als ich es erwartet hatte und die Nervosität, die ich den ganzen Tag über zu ignorieren versucht hatte, ließ sich jetzt nicht mehr verdrängen. Ich stand vor dem Spiegel, zog das eng anliegende Kleid glatt, das Marcus mir besorgt hatte – viel zu knapp, viel zu aufreizend, aber genau das war der Punkt. Ich musste die Rolle spielen, die von mir erwartet wurde. Das Ziel war klar: David Kingston um den Finger wickeln, ihn dazu bringen, sich zu öffnen, Informationen herauszugeben. Es ging nicht nur darum, was er tat, sondern auch darum, *wo* er es tat. Wenn wir den Ursprung seiner Geschäfte herausfinden konnten, hatten wir eine Chance, das gesamte Netzwerk zu zerschlagen.

Marcus trat ins Schlafzimmer, sein Blick musterte mich von Kopf bis Fuß.
„Perfekt", sagte er knapp, sein Ton war geschäftsmäßig, als würde er eine Figur auf einem Schachbrett bewerten. „Du weißt, was zu tun ist."
„Ja", antwortete ich, meine Stimme war ruhig, aber ich konnte die Kälte in meinen Worten nicht ganz verbergen. Er trat näher, legte eine Hand auf meine Hüfte, zog mich leicht zu sich heran. „Vergiss nicht, Victoria", murmelte er, seine Stimme war jetzt leiser, aber nicht weniger eindringlich. „Alles hängt von dir ab. Ich erwarte, dass du alles tust, was nötig ist."
Ich nickte, löste mich aus seinem Griff und griff nach meiner Tasche. „Ich weiß."

Die Fahrt zum Club war still, abgesehen von dem dumpfen Rauschen des Motors. Marcus sprach nicht und ich war froh darüber. Meine Gedanken rasten, doch ich zwang mich, sie zu fokussieren. Dies war ein Job, eine Rolle und ich war gut darin, Rollen zu spielen. Ich musste nur durch den Abend kommen, ohne die Kontrolle zu verlieren.

Als wir ankamen, stieg ich aus dem Wagen und zog die Schultern zurück. Die Musik des Clubs war bereits von draußen zu hören, ein schwerer Bass, der durch die Straßen vibrierte. Marcus blieb im Wagen, wie abgesprochen, doch ich konnte seinen Blick auf mir spüren, als ich die Treppe zum Eingang hinaufging.

Drinnen war es heiß, laut, das Licht flackerte in grellen Farben. Ich ließ meinen Blick durch den Raum wandern, suchte nach ihm, und da war er – David. Er saß in einer Nische, umgeben von ein paar seiner Männer, doch sein Blick fiel sofort auf mich, als ich den Raum betrat. Ich zwang ein Lächeln auf meine Lippen, ließ meine Hüften leicht schwingen, als ich mich dem Tisch näherte. Seine Augen folgten jeder meiner Bewegungen und ich spürte, wie die Anspannung in meinem Körper wuchs.

„David", sagte ich, meine Stimme war leise, fast ein Flüstern, als ich ihn erreichte. „Hast du noch Platz für mich?"

Sein Lächeln war langsam, gefährlich und er deutete auf den Platz neben sich. „Für dich? Immer."

Ich setzte mich, seine Hand fand sofort meinen Oberschenkel, eine Geste, die gleichzeitig

Besitzanspruch und Einladung war. Ich musste mich zwingen, ruhig zu bleiben, meine Rolle zu spielen.

„Ich hoffe, du bist heute in Spiellaune", sagte ich, meine Stimme war leicht, flirtend, während ich ihn ansah.
„Das hängt davon ab", antwortete er, seine Augen waren dunkel, forschend.
„Bist du das auch?"
Dies war mein Moment. Ich musste ihn dazu bringen, sich zu öffnen, ohne dass er auch nur ahnte, dass er beobachtet wurde.
Mein Herz hämmerte, während ich das Glas in meiner Hand drehte, ein aufgesetztes Lächeln auf den Lippen. Jeder Zug, jedes Wort war kalkuliert, ein Mittel zum Zweck. David beobachtete mich mit einem Blick, der mich gleichzeitig durchdrang und abstoßend war, doch ich zwang mich, die Rolle zu spielen. Mein Körper bewegte sich leichter, flirtender, als hätte es mir nichts ausgemacht, dass seine Augen wie ein Jäger auf mir ruhten.
„Du hast einen gefährlichen Charme, David", sagte ich, meine Stimme war leicht, kokett, obwohl ich innerlich kämpfte, den Ekel zu unterdrücken. Seine Hand lag schwer auf meinem Oberschenkel, glitt leicht auf und a, und ich musste alles in mir zusammennehmen, um nicht zurückzuzucken.

Aus den Augenwinkeln sah ich Carter. Er war wie verabredet im Club, hielt sich unauffällig an der Bar, sein Blick war fest auf mich gerichtet. Seine Anwesenheit war beruhigend und doch beängstigend – er konnte nichts tun, wenn die Situation eskalierte. Das war mein Risiko allein.

„Wo waren wir beim letzten Mal stehen geblieben?" fragte David plötzlich, seine Stimme war dunkel, während er sich zu mir beugte. Bevor ich reagieren konnte, zog er mich an sich, seine Hand drückte gegen meinen Rücken und seine Zunge glitt fordernd zwischen meine Lippen. Der Geschmack von Alkohol und etwas Bitterem ließ mich würgen, doch ich hielt still, spielte die Rolle weiter. Meine Hände fanden seinen Nacken, hielten ihn leicht und ich tat, als würde ich den Moment genießen, während mein Magen sich umdrehte.

„Das ist kein Ort für eine Lady wie dich", murmelte er, seine Lippen waren dicht an meinem Ohr, seine Hand glitt tiefer auf meinen Oberschenkel. Bevor ich reagieren konnte, zog er mich auf die Beine, sein Griff fest, und führte mich Richtung Hinterzimmer.

Ich warf einen kurzen Blick in Carters Richtung, sah, wie er sich anspannte, doch er tat nichts. Ich war allein mit David und ich wusste, dass dies der kritische Punkt des Abends war. Wenn ich zu viel zuließ, konnte ich alles verlieren. Wenn ich zu wenig zeigte, würde er misstrauisch werden.

Das Hinterzimmer war klein, stickig, die Musik des Clubs war nur noch ein dumpfes Rauschen. David ließ mich nicht los, zog mich näher, seine Hände wurden fordernder und ich spürte, wie mein Atem schneller ging. Doch bevor es weitergehen konnte, ließ er mich los und deutete auf die Tür am anderen Ende.

„Komm mit", sagte er, seine Stimme war ruhig, fast

beiläufig, doch ich konnte die Spannung in seinem Blick sehen.

Ich folgte ihm, meine Schritte waren sicher, obwohl meine Beine sich wie Blei anfühlten. Draußen wartete ein schwarzes Auto und ohne zu zögern, öffnete er die Tür und deutete mir, einzusteigen.

Mein Herz raste, doch ich setzte mich in das Auto, David folgte dicht hinter mir und ließ die Tür zuschlagen. Der Raum war eng, seine Nähe war erdrückend und ich wusste, dass ich keinen Fehler machen durfte.
„Jetzt können wir in Ruhe reden", sagte er, seine Stimme war leise, fast ein Flüstern. „Oder auch nicht."
Sein Lächeln war gefährlich und ich spürte, wie die Spannung in meinem Körper zunahm. Dies war der Moment, den ich vorbereitet hatte – doch ich wusste, dass der Abend noch lange nicht vorbei war.

Der Innenraum des Autos war dunkel und das einzige Licht kam von den vorbeiziehenden Straßenlaternen, die kurzzeitig Davids Gesicht erhellten. Sein Blick war gefährlich, seine Augen glitten gierig über meinen Körper und ich spürte, wie sich meine Kehle zuschnürte. Die Tür war geschlossen, das Auto setzte sich in Bewegung, und mit jedem Meter wuchs die Spannung.
„Du bist wirklich außergewöhnlich", murmelte er, seine Stimme war leise, fast schmeichelnd, doch in seinem Ton lag eine Härte, die mich beunruhigte.
Seine Hand glitt langsam über meinen Oberschenkel,

weiter nach oben, bis sie meinen Bauch erreichte. Meine Muskeln zogen sich unwillkürlich zusammen, doch ich zwang mich, ruhig zu bleiben. Mein Atem war kontrolliert, obwohl mein Herz raste.

„David…", begann ich, meine Stimme war ruhig, obwohl ich innerlich schrie.

„Du hast wirklich ein Talent, Frauen aus der Fassung zu bringen."

Er grinste, ein gefährliches Lächeln, während seine andere Hand meinen Hals fand. Seine Finger strichen leicht über meine Haut, bevor er sich vorbeugte und seine Lippen gegen meinen Hals presste. Sein Atem war heiß und ich musste all meine Selbstbeherrschung aufbringen, um nicht zurück zu zucken.

„Das gefällt dir, nicht wahr?" flüsterte er, seine Zunge strich über meine Haut und seine Zähne knabberten leicht an meinem Ohrläppchen.

Ich zwang ein Lächeln auf meine Lippen, lehnte mich leicht zurück, als spielte ich das Spiel mit, doch in meinem Inneren tobte ein Sturm. Jeder Zentimeter meines Körpers wollte fliehen, doch ich musste ihn in Sicherheit wiegen.

Das Auto beschleunigte, die Bewegung ließ mich leicht gegen David drücken, und er lachte leise, als würde er die Situation vollends genießen. Seine Hand wanderte weiter, glitt über meine Taille, meine Hüfte und ich spürte, wie meine Fingernägel sich in die Polsterung des Sitzes gruben.

„Du bist wirklich etwas Besonderes", sagte er, seine Stimme war rau, während er mich wieder ansah. „So etwas wie dich finde ich nicht jeden Tag."

„Ich könnte dasselbe über dich sagen", erwiderte ich, meine Stimme war weich, doch meine Gedanken rasten. Ich musste den richtigen Moment abwarten, musste herausfinden, wohin wir fuhren und was er vorhatte.

Die Dunkelheit draußen war erdrückend, und ich fühlte, wie die Kontrolle über die Situation mir immer mehr entglitt. Doch ich wusste, dass ich einen Weg finden musste, sie zurückzugewinnen – bevor es zu spät war.

Das Auto hielt abrupt an und ich spürte, wie mein Körper leicht nach vorne ruckte, bevor Davids Griff mich zurückhielt. Seine Hand lag fest an meiner Hüfte, seine Augen musterten mich mit einem Lächeln, das nichts Gutes verhieß.

Ich warf einen schnellen Blick aus dem Fenster. Wir waren vor einem großen, unscheinbaren Bürokomplex angekommen. Das Gebäude war dunkel, bis auf ein paar schwach erleuchtete Fenster in den oberen Stockwerken. Es wirkte verlassen und genau das ließ meine Alarmglocken schrillen.

„Hier wird es interessanter", sagte David, seine Stimme war ruhig, doch ich konnte die unterschwellige Spannung darin hören. Er ließ seine Hand langsam von meiner Hüfte gleiten, öffnete die Tür und trat aus dem Auto.

„Komm", forderte er und hielt mir die Hand hin.

Ich zwang mich, ruhig zu bleiben, setzte ein verführerisches Lächeln auf und nahm seine Hand, während ich aus dem Auto stieg. Die kühle Nachtluft schlug mir entgegen und ich konnte das leise Summen der Neonlichter am Eingang des Gebäudes hören. Meine Gedanken rasten, doch ich hielt die Rolle aufrecht.

David führte mich zur Tür, die mit einem Piepsen entriegelt wurde, als er eine Karte vor das Lesegerät hielt. Das Gebäude war innen genauso unscheinbar wie außen – leere Flure, schlichte Wände, der Geruch von Desinfektionsmittel in der Luft. Doch die Stille war erdrückend, und ich konnte das leichte Echo unserer Schritte hören, als wir durch den Korridor gingen.
„Was ist das für ein Ort?" fragte ich, meine Stimme war flirtend, neugierig, auch wenn mein Inneres sich anspannte.
„Ein kleiner Rückzugsort", antwortete er beiläufig, seine Hand blieb an meinem unteren Rücken, als wollte er mich führen – oder kontrollieren.

Er hielt vor einem Aufzug, drückte auf den Knopf und die Türen öffneten sich lautlos.
„Die besten Dinge passieren nicht in Clubs oder Bars, Vanessa", sagte er, während er mich in den Aufzug führte. „Manchmal muss man sich zurückziehen, um wirklich die Kontrolle zu haben." Seine Worte ließen mir einen Schauer über den Rücken laufen, doch ich hielt mein Lächeln aufrecht, auch wenn mein Herz laut in meiner Brust schlug.
Der Aufzug setzte sich in Bewegung und ich wusste, dass ich bereit sein musste. Was auch immer David vorhatte, dies war der Moment, auf den ich mich

vorbereitet hatte – der Moment, in dem alles auf dem Spiel stand.

Der Aufzug hielt und die Türen öffneten sich zu einem riesigen, luxuriösen Büro. Es war überwältigend – eine Mischung aus modernem Design und verschwenderischem Reichtum. Dunkle Holzmöbel, eine Glasfront, die die nächtliche Skyline zeigte und eine Bar, die in einer Ecke des Raumes funkelte. Es war klar, dass dies mehr war als nur ein „Rückzugsort".
David ließ meine Hand los und ging direkt zur Bar. Er nahm sich die Zeit, eine Flasche Whisky auszuwählen, seine Bewegungen waren ruhig, selbstbewusst, als wüsste er genau, dass er die Kontrolle hatte.
„Mach es dir bequem", sagte er, ohne sich umzudrehen, während er zwei Gläser einschenkte. „Du wirst es hier mögen."
Ich zwang mich, zu lächeln, trat langsam in den Raum und ließ meinen Blick umherschweifen, während ich nach einem Ausweg suchte. Meine Hände zitterten leicht, doch ich hielt sie ruhig, spielte die Rolle weiter.
„Ich könnte mich an diesen Ort gewöhnen", sagte ich, aber in meinem Kopf raste ein Plan.
„Ich will mich nur kurz frisch machen", fügte ich hinzu, bevor er mir ein Glas reichen konnte. „Wo ist das Badezimmer?"
Er hob eine Augenbraue, sah mich an, als würde er überlegte, doch dann deutete er auf eine Tür am anderen Ende des Büros. „Gleich dort."

Ich nickte, schenkte ihm ein weiteres Lächeln und machte mich auf den Weg. Sobald ich die Tür hinter mir schloss, ließ ich die Maske fallen. Mein Atem ging schwer und ich stützte mich gegen das Waschbecken, während mein Herz wild schlug. Der Spiegel zeigte mein Gesicht, blass, die Augen voller Anspannung. Ich musste hier raus – und zwar schnell.

Ich griff nach meinem Handy, entsperrte es mit zitternden Fingern und öffnete die Nachricht an Marcus. Ich schrieb die Adresse des Gebäudes und fügte hinzu: *Hol mich hier raus. Bitte.*

Mein Daumen schwebte über dem „Senden"-Button und ich zögerte einen Moment. Marcus würde wütend sein – auf mich, auf die Situation, auf alles. Doch ich hatte keine andere Wahl. David war gefährlich und ich wusste, dass ich ohne Hilfe nicht hier rauskommen würde.

Ich drückte auf „Senden", steckte das Handy zurück in meine Tasche und holte tief Luft. Ich spritzte mir kaltes Wasser ins Gesicht, wischte meine Hände an einem Handtuch ab und zwang mich, die Maske wieder aufzusetzen.

„Alles in Ordnung?", hörte ich Davids Stimme durch die Tür und mein Herz setzte einen Schlag aus.

„Ich komme sofort!" rief ich, setzte ein Lächeln auf und öffnete die Tür.

Er stand da, sein Glas in der Hand und sah mich mit einem Blick an, der nichts Gutes verhieß. „Ich dachte schon, du wärst weggelaufen."

„Warum sollte ich das tun?" fragte ich, meine Stimme war ruhig, doch mein Inneres bebte. „Es gibt keinen Grund, diesen schönen Abend zu ruinieren."
David lächelte, doch es erreichte seine Augen nicht.
„Gut", sagte er. „Denn wir fangen gerade erst an."

David zog mich mit einer Kraft, die keine Widersprüche zuließ, zur Couch. Sein Griff war fest, fast grob und bevor ich mich wehren konnte, drückte er mich auf das weiche Leder. Mein Herz raste, doch ich zwang mich, ruhig zu bleiben, selbst als seine Hände fordernd über meinen Körper glitten.
„Weißt du, Vanessa", begann er, seine Stimme war leise, fast schmeichelnd, doch in seinen Worten lag eine Kälte, die mir das Blut in den Adern gefrieren ließ.
„Mit dir werde ich verdammt viel Geld verdienen."
Seine Finger glitten an meine Taille, wanderten höher und ich fühlte, wie sich mein Körper versteifte. Ich wollte mich bewegen, wollte ihn wegstoßen, doch ich musste die Rolle weiterspielen, musste auf den richtigen Moment warten.
„Eigentlich schade", fuhr er fort, sein Lächeln war langsam, grausam.
„Du könntest auch meine ganz persönliche Hure sein."
Seine Worte trafen mich wie ein Schlag und ich fühlte, wie sich meine Kehle zuschnürte. Meine Hände krallten sich in die Polster der Couch und ich musste all meine Selbstbeherrschung aufbringen, um nicht zuzuschlagen.
Sein Gesicht war dicht an meinem, sein Atem war heiß auf meiner Haut und ich wusste, dass dies der Punkt war, an dem alles eskalieren konnte.

„David", sagte ich leise, meine Stimme war ruhig, fast verführerisch, obwohl mein Inneres vor Ekel bebte. „Du weißt doch, dass ich loyal bin. Loyal zu dir."
Er lachte, ein kaltes, hartes Geräusch und seine Hand glitt über meinen Oberschenkel. „Loyalität ist gut, Vanessa. Aber Loyalität bringt kein Geld. Das hier…" Seine Hand glitt höher und ich fühlte, wie mein Atem schneller wurde. „Das hier bringt alles."

Ich musste etwas tun, musste die Kontrolle zurückgewinnen, bevor er zu weit ging.
„Ich bin mehr wert als das, David", sagte ich, meine Stimme war fester jetzt.
„Wenn du willst, dass ich für dich arbeite, dann lass mich zeigen, was ich kann. Ich kann dir viel mehr geben, als du dir vorstellen kannst."
Er hielt inne, sein Blick war scharf, forschend und für einen Moment schien er nachzudenken. Ich nutzte den Augenblick, zwang mich, ruhig zu bleiben, auch wenn mein ganzer Körper schrie, ihn wegzustoßen.
„Du bist interessant, V", sagte er schließlich und seine Hände lösten sich langsam von mir. „Ich glaube, ich werde dir eine Chance geben."
Mein Herz hämmerte, doch ich zwang mich, zu lächeln, auch wenn ich wusste, dass dies noch lange nicht vorbei war. Marcus musste bald hier sein – sonst würde ich vielleicht keine zweite Chance bekommen.

Dann wurden seine Hände wieder grober, fordernder und ich fühlte, wie die Spannung in meinem Körper unerträglich wurde. David zog mich näher zu sich, sein Griff war hart und ich musste all meine Selbstbeherrschung aufbringen. Mein Atem wurde flacher, mein Herz hämmerte in meiner Brust, doch ich zwang mich, ruhig zu bleiben. Ich durfte jetzt keine Fehler machen.

Doch dann kam es.

„Heller wäre sicherlich stolz auf dich, *Victoria!*" sagte er plötzlich, seine Stimme war ein kalter, höhnischer Ton, der mir das Blut in den Adern gefrieren ließ.

Ich erstarrte. Mein Name... sein Name war wie ein Dolch, der mich direkt ins Herz traf. Heller. Mein Kollege, mein Freund, der gestorben war – bei dem Einsatz, bei dem ich besser hätte sterben sollen. Woher wusste er das? Wie konnte er das wissen? Mein Atem stockte und ich fühlte, wie die Kontrolle über die Situation mir endgültig entglitt.
David grinste, sein Blick war triumphierend.
„Oh, ich weiß alles, Victoria", sagte er, seine Stimme war ruhig, aber bedrohlich.
„Du bist kein dummes Mädchen, aber du bist auch nicht so clever, wie du denkst."
Ich versuchte, mich zu bewegen, doch er hielt mich fest, sein Griff war wie ein Schraubstock. „Glaubst du wirklich, ich wüsste nicht, wer du bist?" fragte er, sein Gesicht war jetzt dicht an meinem und sein Atem war heiß auf meiner Haut. „Eine kleine Undercover-Cop-Hure, die glaubt, mich austricksen zu

können. Wie niedlich."

„David", begann ich, doch meine Stimme war schwach und ich wusste, dass ich keine Kontrolle mehr hatte. „Ich—"

„Halt die Klappe", schnitt er mir scharf das Wort ab, seine Augen funkelten vor Wut und Amüsement zugleich.

„Ich habe dich spielen lassen, weil es Spaß gemacht hat, zu sehen, wie du dich windest. Aber jetzt, Victoria… jetzt bist du in meiner Welt."

Mein Herz raste, mein Körper war angespannt und ich wusste, dass ich auf Zeit spielen musste. Marcus musste bald hier sein – er musste es einfach. Doch David ließ mir keinen Raum, keine Chance, die Kontrolle zurückzugewinnen.

„Du bist mutig, das gebe ich dir", sagte er, während seine Hand sich wieder auf meinen Oberschenkel legte, härter jetzt. „Aber Mut wird dich nicht retten, Victoria. Nicht hier. Nicht vor mir."

Die Dunkelheit in seinen Worten ließ mir die Kehle zuschnüren, doch ich zwang mich, ruhig zu bleiben. Ich musste stark bleiben, musste überleben – bis Hilfe kam.

David packte meinen Hals mit einer Kraft, die mir den Atem raubte. Seine Finger drückten fest gegen meine Kehle und ich fühlte, wie meine Beine nachgaben, während er mich auf die Beine zog. Sein Gesicht war nur Zentimeter von meinem entfernt und seine Augen funkelten vor dunkler Wut.

„Ihr dachtet wirklich, ihr könntet mich kriegen?" zischte

er, seine Stimme war ein gefährliches Flüstern, das mir das Blut in den Adern gefrieren ließ. Bevor ich mich wehren konnte, schleuderte er mich mit einer brutalen Bewegung zu Boden.

Ich prallte hart auf den Teppich, der Stoß jagte Schmerz durch meinen Rücken, doch ich biss die Zähne zusammen, zwang mich, ruhig zu bleiben. Panik würde jetzt nichts bringen. Ich musste denken, musste handeln – aber er war schneller.

Er zog eine Waffe, eine glänzende Pistole, die er auf mich richtete, während er sich über mich beugte. Sein Lächeln war gefährlich, seine Haltung entspannt.

„Ihr dachtet wirklich, ihr bekommt mich? Auf diese Weise?" sagte er, seine Stimme war lauter jetzt, schneidend vor Verachtung.

„Eine hübsche kleine Polizistin, die glaubt, sie kann mich täuschen. Was für ein verdammter Witz."

Ich spürte, wie die Kälte des Laufes meinen Blick fesselte, doch ich zwang mich, aufzusehen, in seine Augen zu sehen. Mein Herz raste, mein Atem ging stoßweise, doch ich wusste, dass ich ihn ablenken musste – irgendwie, bis Marcus oder Carter hier auftauchten.

„Du bist paranoid, David", brachte ich hervor, meine Stimme war heiser von dem Griff an meinem Hals.

„Ich bin keine Bedrohung für dich. Ich wollte dir helfen."

Was besseres fiel mir nicht ein.

„Helfen?" Er lachte, ein kaltes, hartes Geräusch, während er die Waffe auf mein Gesicht richtete.

„Victoria, du bist die Bedrohung. Von Anfang an. Und

jetzt? Jetzt bist du erledigt."

Sein Finger wanderte zum Abzug und ich wusste, dass dies der Moment war, in dem alles entschieden wurde. Meine Hände glitten langsam zum Boden, suchten nach etwas – einem Griff, einem Gegenstand, irgendetwas, das ich gegen ihn einsetzen konnte.

Doch bevor ich handeln konnte, hörte ich es. Ein leises, aber deutliches Geräusch – Schritte, die sich näherten. David bemerkte es auch, und sein Kopf schnellte zur Seite, sein Körper war für einen Moment abgelenkt.

Das war meine Chance. Ich wusste, dass ich nur einen Moment hatte, um zu handeln – und ich musste ihn nutzen.

Der Moment seiner Ablenkung war alles, was ich brauchte. Mit einer Kraft, die ich nicht wusste, dass ich sie noch hatte, sprang ich auf die Füße. Meine Hand schnellte nach vorne, traf Davids Handgelenk mit voller Wucht und die Waffe flog aus seinem Griff. Sie landete mit einem lauten Klirren auf dem Boden und rutschte einige Meter weg.

„Verdammt!" zischte er, doch ich ließ ihm keine Zeit, sich zu erholen. Meine Schulter traf seinen Brustkorb und er taumelte zurück, während ich verzweifelt versuchte, Abstand zwischen uns zu schaffen.

In diesem Moment hörte ich es: Das laute Krachen von Türen, schwere Stiefel, die über den Boden donnerten, und die vertrauten Rufe meiner Kollegen. Carter war der

Erste, der durch die Tür neben dem Aufzug stürmte, gefolgt von einem halben Dutzend schwer bewaffneter Beamter. Ihre Waffen waren auf David gerichtet, der nun in der Defensive war.

„Hände hoch, Kingston!" rief Carter, seine Stimme war fest, befehlend. „Keine Bewegung!"

David sah sich um, seine Augen suchten nach einem Ausweg, doch es gab keinen. Seine Hände hoben sich langsam, ein schiefes Grinsen auf seinem Gesicht, als würde er das Ganze immer noch als Spiel betrachten.

„Ihr seid schneller, als ich gedacht habe", sagte er, seine Stimme war ruhig, fast belustigt. „Aber das hier ist noch nicht vorbei."

„Oh doch, das ist es", erwiderte Carter, während er langsam näher trat, seine Waffe fest auf David gerichtet. Zwei weitere Beamte stürmten vor, überwältigten ihn und legten ihm Handschellen an, während ich keuchend an der Wand lehnte.

Mein Herz raste und ich spürte, wie die Anspannung in meinen Schultern nachließ, als David endlich aus dem Raum geführt wurde. Sein Grinsen war verschwunden, doch sein Blick bohrte sich in meinen, voller unausgesprochener Drohungen.

„Victoria, alles in Ordnung?" Carter war bei mir, seine Augen waren voller Besorgnis, während er mich musterte. Ich nickte, obwohl ich noch immer zitterte.

„Ja", sagte ich, meine Stimme war leise, brüchig. „Danke, dass ihr rechtzeitig gekommen seid."

Er nickte, seine Hand legte sich beruhigend auf meine Schulter. „Das war verdammt knapp, Vic", sagte er.

266

„Aber jetzt bringen wir dich erst mal raus."

Ich ließ mich von ihm aus dem Büro führen, die kühle Nachtluft schlug mir entgegen und ich fühlte, wie die Realität des Moments mich langsam einholte.

Der Einsatz war vorbei – doch ich wusste, dass die Kämpfe, die vor mir lagen, noch lange nicht beendet waren.

Die Lichter der Einsatzfahrzeuge flackerten in der Dunkelheit und die Geräusche von knackenden Funkgeräten und angeregten Stimmen schufen ein surreal vertrautes Chaos.

Doch es war Marcus, der meine Aufmerksamkeit sofort auf sich zog. Er lehnte mit verschränkten Armen an einem Streifenwagen, sein Gesicht war eine perfekt gespielte Maske aus Besorgnis und Stolz. Kaum hatte er mich entdeckt, kam er auf mich zu, sein Schritt entschlossen, seine Haltung beschützend.

„Vicky!" rief er, seine Stimme war warm, fast sanft, als er mich erreichte. Seine Hände griffen nach meinen Schultern, zogen mich zu ihm und ich spürte, wie mein Körper automatisch mitspielte. Seine Umarmung war fest, aber nicht tröstend – sie war eine Geste der Kontrolle, nicht des Trostes.

„Ich bin so stolz auf dich", sagte er, seine Stimme war leise, nur für mich bestimmt. Er löste sich ein wenig, seine Hände blieben jedoch an meinen Armen, als er mir in die Augen sah. „Du hast einen verdammt guten Job gemacht."

Ich zwang ein Lächeln auf meine Lippen, obwohl mein Magen sich zusammenzog.

„Danke", murmelte ich und ich wusste, dass das Wort

hohl klang, selbst für ihn.

„Ich bring dich nach Hause", fuhr er fort, sein Ton wurde leiser, dunkler und sein Griff an meinen Armen verstärkte sich leicht.

„Dann prügel ich alles aus dem Mistkerl raus. Niemand fasst ungestraft meine Frau an. Auch wenn es nur ein Spiel war." Seine Worte ließen einen Schauer über meinen Rücken laufen. Seine Besorgnis war eine Fassade, eine Inszenierung, die nur dazu diente, seine Rolle zu festigen. Doch ich wusste, dass er innerlich brodelte – nicht nur wegen David, sondern wegen mir, wegen allem, was ich tat, was ich war.

„Ich bin okay", sagte ich schließlich, meine Stimme war ruhig, doch ich konnte die Spannung in mir nicht ganz verbergen. „Es ist vorbei."

„Nein, Victoria", sagte er, sein Lächeln war schmal, seine Augen dunkel. „Es ist noch lange nicht vorbei." Er legte einen Arm um meine Schultern, führte mich zu seinem Auto und ich fühlte, wie der Druck in meiner Brust wieder zunahm. Der Einsatz war vorbei, doch die Kämpfe, die vor mir lagen, waren gerade erst begonnen.

Im Auto war es still, abgesehen vom leisen Summen des Motors und dem gelegentlichen Knacken der Heizung. Marcus' Arm lag locker auf dem Lenkrad, seine Augen fixierten die Straße vor uns, doch ich konnte die Spannung in seiner Haltung spüren. Er war ruhig, zu ruhig und das ließ meine Nerven noch mehr vibrieren.

„Marcus", begann ich leise, meine Stimme war brüchig und ich spürte, wie mein Herz in meiner Brust hämmerte. „Er hat von Heller gesprochen."

Seine Augen zuckten kurz zu mir, bevor er wieder nach vorne blickte.

„Von Heller?" wiederholte er, seine Stimme war ruhig, doch ich konnte die Kälte darin hören.

„Ja." Meine Finger gruben sich in die Polsterung meines Sitzes, während ich tief durchatmete.

„Er wusste von Anfang an, wer ich bin. Das war kein Zufall, Marcus. Er wusste, dass ich ein Cop bin. Und er wusste von Heller."

Er schwieg und ich spürte, wie die Stille zwischen uns schwer wurde, wie ein Gewicht, das auf meinen Schultern lastete.

„Bitte", fuhr ich fort, meine Stimme wurde dringender. „Bitte finde heraus, ob er es war. Ob er derjenige war, der geschossen hat."

„Warum?" fragte Marcus schließlich, seine Stimme war leise, doch sie hatte einen scharfen Unterton. „Warum ist das jetzt wichtig, Victoria?"

„Weil ich es wissen muss", sagte ich, meine Hände zitterten, während ich sie auf meinen Schoß legte.

„Marcus. Er wusste von Heller, er wusste, dass wir dort waren. Das war kein Zufall. Ich muss wissen, ob er—"

„Ob er Heller getötet hat", unterbrach Marcus mich, seine Stimme war kalt und sein Blick blieb stur auf die Straße gerichtet. „Und was dann, Victoria? Was machst du, wenn er es war?"

Ich schluckte schwer, spürte, wie die Emotionen in mir aufstiegen, doch ich zwang mich, ruhig zu bleiben. „Ich will nur die Wahrheit. Ich brauche sie, Marcus. Bitte."

Er warf mir einen Seitenblick zu, sein Gesicht war eine Maske aus Härte und etwas, das ich nicht deuten konnte. Für einen Moment sagte er nichts und ich dachte schon, er würde mich ignorieren. Doch dann nickte er knapp.

„Ich werde sehen, was ich tun kann", sagte er schließlich, seine Stimme war flach, emotionslos. „Aber das bedeutet nicht, dass es dir gefallen wird, Victoria."

Ich nickte, ließ meinen Blick auf die vorbeiziehende Dunkelheit draußen gleiten. Es war nicht das, was ich hören wollte, doch es war besser als nichts. David hatte mehr gewusst, als er hätte wissen sollen und die Wahrheit war näher, als ich dachte. Doch sie könnte mich genauso zerstören, wie sie mich retten konnte.

Kapitel 21: Wahnsinn

Damian

Ich hatte alles versucht, ruhig zu bleiben, das Chaos in meinem Kopf unter Kontrolle zu halten. Doch es war unmöglich. Meine Gedanken drehten sich nur um sie – Victoria. Ihre Stimme, ihre Berührung, die Art, wie sie mich ansah, all das war zu einem unausweichlichen Teil von mir geworden. Und jetzt? Jetzt wusste ich nicht, ob sie noch am Leben war.

Am Abend zuvor war ich im Club gewesen. Ich wusste, dass David einen Plan hatte. Ich kannte ihn viel zu gut und seine Art, mit Menschen zu spielen, war mir vertraut – eine Taktik, die immer in Gewalt endete. Doch als ich dort ankam, war Victoria schon weg. Niemand konnte mir sagen, wohin sie gegangen war und das Wissen, dass sie mit ihm alleine war, fraß mich von innen auf.

Die Stunden danach waren ein Alptraum. Ich konnte nichts tun, außer zu warten, zu hoffen, dass sie nicht in einem seiner verdammten Spiele unterging. Doch dann hörte ich von dem Bürokomplex. Von dem Einsatz. Als ich dort ankam, war der Ort ein einziges Chaos – Polizeiwagen, Blaulichter und eine Ambulance, die am Straßenrand parkte.
Mein Herz raste, während ich versuchte, durch die Menschenmenge zu dringen, doch die Uniformierten hielten mich zurück. Überall waren Cops, ihre Stimmen waren laut, ihre Bewegungen hektisch, doch niemand gab mir eine klare Antwort.

„Was ist passiert?" rief ich einem Beamten zu, doch er ignorierte mich, schob mich zur Seite, als wäre ich ein Nichts. Meine Hände ballten sich zu Fäusten und ich musste all meine Selbstbeherrschung aufbringen, um nicht auszurasten.
„War Victoria hier?" fragte ich, doch meine Worte gingen im Lärm unter. Niemand sah mich an, niemand gab mir

eine Antwort. Der Anblick der Ambulance ließ mir das Blut in den Adern gefrieren. Wer war verletzt? Wer war drinnen? War es Victoria?

Ich zog mich schließlich zurück, unfähig, den Ort länger zu ertragen. Meine Gedanken überschlugen sich, während ich ziellos durch die Straßen wanderte. Die Vorstellung, dass sie verletzt war – oder schlimmer – ließ mich innerlich zerbrechen. Die Wut in mir war unkontrollierbar, ein Sturm, der sich immer weiter aufbaute.

David Kingston. Sein Name war wie Gift in meinem Kopf. Ich kannte ihn, kannte seine verdammten Spielchen und ich wusste, dass er niemals aufgegeben hätte. Er hatte einen Plan und Victoria war nur ein weiterer Teil davon. Doch was mich am meisten quälte, war die Tatsache, dass ich nicht da war, um sie zu beschützen. Ich musste sie finden. Ich musste wissen, ob sie in Ordnung war. Und wenn sie es nicht war… würde David dafür bezahlen. Mit allem, was ich hatte.

Die Nacht war lang und kalt gewesen. Ich hatte keinen Schlaf gefunden, keine Ruhe, nur das unaufhörliche Kreisen meiner Gedanken, die mich fast in den Wahnsinn trieben. Ich wusste, dass ich sie finden musste, sie sehen musste. Nur so konnte ich sicher sein, dass sie noch da war, noch lebte.

Irgendwann hatte ich mich in den Park in der Nähe ihres

Hauses geschlichen, ein Ort, den ich kannte, weil ich sie dort schon oft gesehen hatte. Es war still, nur das leise Rascheln der Blätter und das entfernte Summen der Stadt waren zu hören. Ich setzte mich auf eine der Bänke, die Kapuze tief ins Gesicht gezogen, und wartete.

Die Stunden zogen sich wie eine Ewigkeit hin, doch ich blieb. Der Gedanke, dass sie möglicherweise nicht zurückkam, dass etwas passiert sein könnte, nagte an mir. Doch dann, gerade als die ersten Sonnenstrahlen den Park berührten, sah ich sie.

Victoria.

Sie joggte, wie immer, ihre Bewegungen waren fließend, ihre Atmung ruhig und ihr Blick war nach vorne gerichtet, als ignorierte sie die Welt um sich herum. Mein Herz setzte einen Schlag aus, bevor es sich überschlug. Sie war da. Sie war lebendig.
Ich beobachtete sie aus der Ferne, wie sie an mir vorbeilief, ohne mich zu bemerken. Ihr Haar war locker zurückgebunden, ihre Haut glühte leicht vor Anstrengung und ich konnte sehen, dass sie in Gedanken war. Doch es war nicht die gleiche Victoria, die ich kannte. Da war etwas anderes – etwas Dunkleres in ihrer Haltung, ein Schatten, der über ihr lag.
Ich wollte aufstehen, wollte zu ihr gehen, doch ich zögerte. Was sollte ich sagen? Wie sollte ich erklären,

warum ich hier war? Und vor allem, wie konnte ich ihr
helfen, wenn sie mich vielleicht gar nicht wollte?

Ich blieb sitzen, ließ sie weiterlaufen, während meine
Gedanken sich überschlugen. Es war ein seltsamer
Trost, sie zu sehen, auch wenn ich wusste, dass der
Kampf für sie noch lange nicht vorbei war – und für mich
auch nicht.
Victoria war stark, aber ich wusste, dass sie die Last, die
sie trug, nicht allein bewältigen konnte. Und egal, was
es kostete, ich würde nicht zulassen, dass sie daran
zerbrach.

Ich konnte nicht länger nur zusehen. Ich musste
sicherstellen, dass es ihr wirklich gut ging. Der
Gedanke, dass sie mich erneut fortschicken könnte,
dass sie mich nicht sehen wollte, schmerzte mehr, als
ich zugeben wollte. Doch ich ignorierte es, stand auf
und folgte ihr, mein Herz hämmerte in meiner Brust, als
ich sie schließlich einholte.
„Vic!" rief ich und sie drehte sich überrascht zu mir um,
ihre Augen weiteten sich leicht. Für einen Moment
wirkte sie, als wolle sie weglaufen, doch sie blieb
stehen.
„Damian?" fragte sie, ihre Stimme war angespannt und
ihre Augen musterten mich skeptisch. „Was machst du
hier?"
„Ich wollte sicherstellen, dass es dir gut geht", sagte ich
ehrlich, mein Blick hielt ihren fest. „Nach gestern
Nacht—"
„Gestern Nacht?" unterbrach sie mich, ihre Stirn legte

sich in Falten. „Woher weißt du von gestern Nacht?"
Ich biss mir auf die Zunge. Verdammter Mist. Mein Kopf
arbeitete fieberhaft, doch ich sah die Verwirrung in ihren
Augen und wusste, dass ich nicht mehr zurück konnte.
„Ich... habe davon gehört", sagte ich ausweichend, doch
sie sah mich scharf an.
„Von wem?" Ihre Stimme wurde kälter und sie
verschränkte die Arme vor der Brust.
Ich spürte, wie die Spannung zwischen uns wuchs, doch
bevor ich mich zurückhalten konnte, rutschte es mir
heraus.
„Ich war dort, Victoria. Ich war am Büro."

Ihre Augen weiteten sich und ich sah, wie sie einen
Schritt zurücktrat.
„Du... warst dort?" Ihre Stimme war kaum mehr als ein
Flüstern, doch ich konnte die Wut und die Verwirrung
darin hören.
„Warum? Wie?"
„Ich wollte wissen, was mit dir passiert ist", sagte ich,
meine Stimme war härter, als ich wollte. „Ich konnte
nicht einfach rumsitzen und nichts tun."
„Das ergibt keinen Sinn", fauchte sie, ihre Augen blitzten
vor Zorn.
„Warum warst du überhaupt in der Nähe?"
Ich zögerte, meine Gedanken rasten, doch ich wusste,
dass ich nicht alles erklären konnte. Nicht jetzt. „Das tut
nichts zur Sache, Victoria."
„Doch, das tut es!" schrie sie, ihre Stimme war laut und
ich sah, wie ihr Körper vor Anspannung zitterte.
„Was verheimlichst du vor mir, Damian?"

Die Worte kamen, bevor ich sie aufhalten konnte. „Vielleicht weiß ich mehr über Kingston und seinen Boss, als dir lieb ist."

Die Stille, die folgte, war wie ein Schlag in den Magen. Ihr Blick wurde hart und ich konnte sehen, wie sich die Puzzleteile in ihrem Kopf zusammensetzten. Doch bevor sie etwas sagen konnte, schüttelte ich den Kopf, trat einen Schritt zurück.

„Das ist nicht der richtige Moment für diese Diskussion", sagte ich leise, meine Stimme war rau.

„Nein", sagte sie, ihre Stimme war eisig. „Sag es mir, Damian. Wer bist du wirklich?"

Ich schloss die Augen, biss die Zähne zusammen und alles in mir schrie, die Wahrheit zu sagen. Doch ich konnte es nicht. Nicht hier, nicht jetzt. Stattdessen sagte ich etwas, das ich sofort bereute.

„Verschwinde, Victoria", sagte ich, meine Stimme war kalt und ich sah, wie sie zusammenzuckte. „Bevor dir was passiert."

Ihre Augen weiteten sich und ich konnte den Schmerz darin sehen, bevor sie sich abwandte. „Du bist ein verdammter Feigling, Damian", sagte sie leise, ihre Stimme zitterte.

„Bleib weg von mir."

Ich sah ihr nach, wie sie wegging, ihre Schritte waren fest, doch ihre Schultern verrieten die Wut und die Enttäuschung, die sie mit sich trug. Ich hatte sie fortgestoßen, doch es war besser so – oder zumindest redete ich mir das ein. Denn die Wahrheit würde alles zerstören, was zwischen uns war.

Mein Apartment war still, doch die Stille brachte keine Ruhe. Sie war schwer, erstickend und die Worte, die ich Victoria gesagt hatte, hallten immer noch in meinem Kopf wider. Ich hatte sie weggestoßen, hatte sie verletzt – und doch war es besser so. Das redete ich mir zumindest ein. Doch die Realität war, dass ich sie nicht loslassen konnte, egal, wie sehr ich es versuchte.

Ein Klopfen an der Tür riss mich aus meinen Gedanken. Es war fest, bestimmt und ich wusste sofort, dass es nicht gut war. Ich griff nach meiner Waffe, die immer griffbereit lag, bevor ich zur Tür ging. Als ich sie öffnete, sah ich zwei Männer, die ich nur zu gut kannte.

Sie trugen Anzüge, alles an ihnen schrie nach dem Geschäft, dem sie dienten. Meine Hände ballten sich zu Fäusten, doch ich ließ sie eintreten. Sie sprachen nicht sofort, sondern sahen sich um, als wollte sie sicherstellen, dass wir allein waren. Einer von ihnen, ein großer Mann mit einer Narbe über der Wange, drehte sich schließlich zu mir um.
„Kingston hat versagt", sagte er, seine Stimme war ruhig, aber voller Schärfe.
„Und das bedeutet, dass du jetzt endlich liefern musst."
Mein Herz setzte einen Schlag aus, doch ich zwang mich, ruhig zu bleiben.

„Ich bin an allem dran", sagte ich, meine Stimme war fest. „Aber es ist kompliziert."

Der zweite Mann, kleiner, aber mit einem Blick, der keine Widerworte duldete, trat einen Schritt vor. „Kompliziert zählt nicht mehr, Wolfe", sagte er leise. „Die Cops kommen uns zu nahe. Sie wissen zu viel. Durch Kingstons Festnahme ist alles gefährdet." „Und was soll ich tun?" fragte ich, obwohl ich die Antwort bereits kannte. Der Mann mit der Narbe lächelte kalt. „Du weißt genau, was du tun sollst. Der Auftrag hat sich nicht geändert. Sie muss weg." „Victoria", sagte ich, obwohl ich ihren Namen nicht aussprechen wollte. Es fühlte sich falsch an, ihn in diesem Kontext zu verwenden. „Sie ist… schwierig." „Schwierig interessiert uns nicht", sagte der Kleine, seine Augen bohrten sich in meine. „Du hast sie im Blick gehabt. Du kennst sie besser als jeder andere. Und jetzt ist sie ein noch größeres Risiko." Ich spürte, wie sich mein Magen zusammenzog. Die Worte hallten in meinem Kopf wider und alles in mir schrie, dagegen anzukämpfen. Doch ich wusste, dass sie es ernst meinten. Mein Boss hatte nie gezögert, ein Problem zu beseitigen – und Victoria war genau das. „Das ist wichtiger denn je, Damian", sagte der Mann mit der Narbe. „Wenn du nicht handelst, wird jemand anderes es tun. Und das wird hässlich." Ich nickte langsam, meine Gedanken rasten, während die beiden Männer mich weiterhin musterten. Sie wollten eine Zusicherung, wollten wissen, dass ich gehorchen würde. Doch tief in mir wusste ich, dass dies der Punkt war, an dem ich eine Entscheidung treffen musste – eine, die alles veränderte.

„Ich mache es", sagte ich schließlich, meine Stimme war ruhig, obwohl mein Inneres tobte. „Aber es wird Zeit brauchen."

Die Männer nickten, zufrieden und gingen zur Tür. Der Kleine drehte sich noch einmal um, bevor er ging.

„Zeit ist ein Luxus, Wolfe. Nutze sie weise."

Die Tür schloss sich und die Stille kehrte zurück. Doch diesmal war sie noch schwerer, noch erstickender. Ich ließ mich auf die Couch fallen, mein Kopf in den Händen. Victoria musste sterben. Das war der Auftrag. Doch wie konnte ich sie töten, wenn sie alles war, was ich hatte?

Kapitel 22: Die Suche nach Antworten

Damian hatte mich mit seinen Worten zerschmettert. Sein Blick, seine Kälte – es war, als hätte er mich in Stücke gerissen und mich dann ignoriert. Doch es

machte keinen Sinn. Er war nicht so. Oder war er es doch? Meine Gedanken drehten sich in endlosen Kreisen um ihn, um seine Andeutungen, um die Dunkelheit in seiner Stimme, als er von David und dessen Boss gesprochen hatte.
Ich konnte nicht mehr stillsitzen. Mein Kopf war ein Chaos, mein Herz ein unaufhörliches Trommeln, und ich wusste, dass ich Antworten brauchte. Er musste mir die Wahrheit sagen. Ich musste wissen, was hinter seinen Worten steckte.

Die Fahrt zu seinem Apartment war wie ein Nebel. Ich konnte mich kaum an die Straßen erinnern, an die Lichter oder die Menschen, die ich passierte. Alles, was zählte, war Damian. Als ich vor dem Gebäude hielt, stieg ich aus, ohne zu zögern, meine Schritte waren fest, entschlossen, obwohl mein Inneres bebte.
Ich erreichte seine Tür, hob die Hand und hämmerte dagegen, so laut, dass es im gesamten Flur widerhallte. Mein Atem war schwer, und ich spürte, wie die Wut in mir wuchs, je länger er brauchte, um zu reagieren.

„Damian!" rief ich, meine Stimme war schärfer, als ich es geplant hatte. „Mach die verdammte Tür auf!"

Für einen Moment blieb es still und ich dachte schon, dass er nicht da war. Doch dann hörte ich Schritte, leise, zögernd und die Tür öffnete sich einen Spalt. Damian stand da, sein Gesicht war eine Maske, doch ich konnte die Dunkelheit in seinen Augen sehen.
„Victoria", sagte er leise, seine Stimme war rau, als wäre

er gerade erst aufgewacht.

„Was machst du hier?"

„Was ich hier mache?" fauchte ich, drängte mich an ihm vorbei und trat in sein Apartment, ohne auf eine Einladung zu warten.

„Ich will wissen, was zur Hölle los ist, Damian. Deine Worte, deine Andeutungen – was verheimlichst du vor mir?"

Er schloss die Tür hinter mir, langsam, und ich spürte, wie die Spannung im Raum wuchs. „Du solltest nicht hier sein", sagte er schließlich, seine Stimme war ruhig, doch ich konnte die Härte darin hören.

„Nein, Damian", sagte ich, meine Stimme war fest, meine Augen fixierten ihn.

„Ich sollte genau hier sein. Du weißt etwas. Du hast etwas gesagt, das nicht einfach ignoriert werden kann. Also sag es mir. Jetzt."

Sein Kiefer mahlte, seine Hände ballten sich zu Fäusten, und ich konnte sehen, wie er mit sich kämpfte. Doch ich ließ ihm keinen Raum zum Ausweichen.

„Wer bist du wirklich, Damian?" fragte ich, meine Stimme war jetzt leiser, doch sie zitterte vor Emotionen.

„Und warum weißt du so viel über David und seinen verdammten Boss?"

Die Stille, die folgte, war fast unerträglich. Doch ich wusste, dass dies der Moment war, in dem alles ans Licht kommen musste – oder wir beide würden daran zerbrechen.

Damian sah mich an, doch er sagte nichts. Seine Augen waren dunkel und ich konnte die Abwehrhaltung in seinem ganzen Körper spüren. Seine Schultern waren angespannt, seine Hände blieben an den Seiten und der Raum zwischen uns fühlte sich wie eine unüberwindbare Barriere an.

„Damian, hör auf", sagte ich, meine Stimme war leiser jetzt, doch sie zitterte vor Anspannung.

„Ich weiß, dass du etwas verheimlichst. Du bist kein Mann, der sich einfach zufällig in diesen Dingen wiederfindet. Also sag es mir. Sag mir die Wahrheit."

Er schüttelte den Kopf, seine Lippen verzogen sich zu einem schmalen Strich.

„Ich habe keine Wahrheit, die ich dir erzählen könnte, Victoria", sagte er schließlich, seine Stimme war ruhig, fast zu ruhig.

„Ich kenne Leute, die mal über David gesprochen haben. Mehr nicht."

Ich blinzelte, seine Worte prallten wie kaltes Wasser auf mich.

„Du… kennst Leute?" wiederholte ich, mein Ton war skeptisch und ich konnte spüren, wie die Wut in mir wuchs.

„Das ist alles, was du hast? Du hast was von Leuten gehört? Damian, du warst am verdammten Büro. Du hast gewusst, dass ich dort bin. Wie passt das zusammen?"

„Es passt nicht", sagte er, sein Ton wurde schärfer und ich sah, wie seine Augen sich kurz schlossen, als versuchte er, sich zu beherrschen.

„Ich habe es gehört, Victoria. Ich wusste, dass etwas passieren würde, also bin ich hingegangen. Das ist alles."

„Bullshit", zischte ich, meine Hände ballten sich zu Fäusten.

„Du bist nicht der Typ, der sich in Gefahr begibt, weil er *etwas gehört* hat. Was ist der wahre Grund, Damian? Warum warst du wirklich dort?"

Seine Augen blitzten und ich spürte, wie die Spannung im Raum noch dichter wurde. „Vielleicht solltest du gehen, bevor du etwas hörst, das du nicht wissen willst", sagte er, seine Stimme war jetzt kalt, fast bedrohlich.

„Warum?" fragte ich, trat einen Schritt näher, mein Blick hielt seinen fest.

„Weil du Angst hast, dass ich herausfinde, wer du wirklich bist? Oder weil du selbst nicht weißt, was du mit dir anfangen sollst?"

Er sagte nichts, doch ich konnte die Wut in ihm sehen, die Verzweiflung, die er zu verbergen versuchte. Seine Mauer war undurchdringlich, doch ich wusste, dass sie irgendwann bröckeln würde. Ich musste nur den richtigen Moment abwarten.

„Ich gehe nicht", sagte ich schließlich, meine Stimme war leiser, aber entschlossen. „Nicht, bis du mir die Wahrheit sagst."

****

Damian

Ihre Worte schnitten tief, tiefer, als ich zugeben wollte. Victoria stand vor mir, ihre Augen funkelten vor Zorn und Entschlossenheit und ich spürte, wie meine Selbstbeherrschung Stück für Stück zerbrach. Sie wollte die Wahrheit? Die Wahrheit war hässlich, dunkel, etwas, das sie niemals wissen sollte.

„Hör auf, Victoria", sagte ich, meine Stimme war schärfer, als ich wollte. Doch sie wich keinen Zentimeter zurück.

„Warum? Kannst du es nicht ertragen, dass ich dich durchschaut habe?" fauchte sie und ich fühlte, wie mein ganzer Körper sich anspannte.

„Ich sagte, hör auf!" rief ich, meine Stimme wurde lauter und ich sah, wie sie einen Schritt zurückwich, doch ihre Haltung blieb trotzig.

Die Wut in mir kochte über. Bevor ich es verhindern konnte, griff ich nach ihren Armen, zog sie näher zu mir und drückte sie mit einer schnellen Bewegung gegen die Wand. Die Wucht ließ ein dumpfes Geräusch durch den Raum hallen und ich sah, wie sie vor Überraschung und Schmerz keuchte.

„Du verstehst nicht, worauf du dich einlässt", zischte ich, meine Hände hielten ihre Arme fest, während ich sie ansah. Mein Atem war schwer, meine Gedanken ein Wirrwarr aus Wut, Angst und etwas, das ich nicht benennen konnte.

„Dann erklär es mir!" schrie sie, ihr Blick war voller

Feuer, trotz der Situation, in der sie sich befand. „Sag mir, warum du dich so verhältst, Damian! Warum du mich wegstoßen willst, wenn du—"

„Verschwinde!" unterbrach ich sie, meine Stimme war fast ein Knurren.

„Geh, bevor du etwas hörst, das du nicht hören willst. Geh, bevor ich etwas tue, das ich bereue."

„Warum?" fragte sie, ihre Stimme war jetzt leiser, aber nicht weniger eindringlich.

„Warum kannst du mir nicht einfach vertrauen?"

Ich schloss die Augen, meine Hände lösten sich langsam von ihren Armen und ich trat einen Schritt zurück.

„Weil ich nicht der bin, für den du mich hältst", murmelte ich, meine Stimme war kaum mehr als ein Flüstern.

„Und weil du mich hasst, wenn du die Wahrheit kennst."

Die Worte hingen schwer in der Luft und ich sah, wie sich ihr Gesichtsausdruck veränderte – von Wut zu etwas, das wie Verwirrung und Schmerz aussah. Doch ich konnte sie nicht weiter ansehen. Ich drehte mich um, wandte mich von ihr ab, bevor sie die Fragen stellen konnte, die ich nicht beantworten wollte.

„Verschwinde, Victoria", sagte ich erneut, meine Stimme war jetzt ruhiger, aber nicht weniger eindringlich.

„Es ist besser so. Für uns beide."

****

Victoria

„Nein! Ich gehe nicht!" Meine Stimme hallte durch den Raum, fest, entschlossen. Damian konnte mich anschreien, mich fortschicken, mich von sich stoßen – doch ich würde nicht weichen. Nicht, bevor ich wusste, was in ihm vorging.

Sein Rücken war mir zugewandt, seine Schultern angespannt und für einen Moment dachte ich, er würde mich ignorieren. Doch dann drehte er sich plötzlich um und alles an ihm hatte sich verändert. Sein Blick war wild, seine Augen dunkel, und die Wut, die von ihm ausging, war fast greifbar.
„Warum kannst du nicht einfach gehen?" schrie er, seine Stimme war laut, schneidend und ich zuckte unwillkürlich zusammen.
„Warum kannst du nicht einfach tun, was ich dir sage, Victoria?"

Bevor ich reagieren konnte, war er bei mir, seine Hände griffen nach meinen Armen, hielten mich fest, fast schmerzhaft und sein Gesicht war dicht an meinem.
„Du verstehst es nicht! Du verstehst nichts!" schrie er und ich sah die Verzweiflung in seinen Augen, die unter der Wut brodelte.
„Dann erklär es mir!" rief ich, meine Stimme war lauter jetzt, trotz des Schmerzes, der durch meinen Körper schoss.

„Erklär mir, was dich so zerstört, Damian! Was dich dazu bringt, mich wegzustoßen!"

Er schüttelte den Kopf, als würde er gegen etwas Unsichtbares ankämpfen, seine Finger gruben sich fester in meine Haut und ich konnte sehen, wie er in einem Tunnel aus Emotionen gefangen war.
„Ich kann es nicht! Verdammt, Victoria, ich kann es nicht!"
„Warum nicht?" flüsterte ich und meine Stimme zitterte jetzt, doch ich ließ ihn nicht los, suchte seinen Blick, auch wenn er versuchte, ihn abzuwenden.
„Warum kannst du es nicht? Was hält dich zurück?"
„Weil du mich hassen wirst!" schrie er und ich sah, wie seine Augen sich für einen Moment schlossen.
„Weil ich ein Monster bin, Victoria! Und du wirst mich verfluchen, wenn du es weißt!"

Seine Worte schnitten tief, doch ich hielt seinen Blick, auch als er die Tränen in meinen Augen sah.
„Ich werde dich nicht hassen, Damian", sagte ich, meine Stimme war leise, doch sie zitterte vor Emotionen.
„Aber ich kann dir nicht helfen, wenn du mich nicht lässt."
Für einen Moment blieb er still, seine Hände lockerten ihren Griff und ich sah, wie die Wut in seinen Augen durch etwas anderes ersetzt wurde – etwas, das wie Verzweiflung aussah. Doch ich wusste, dass der Kampf noch lange nicht vorbei war.
„Victoria…", begann er, doch seine Stimme brach ab und er ließ mich plötzlich los, trat zurück, als ob er

Abstand brauchte.

„Ich gehe nicht", sagte ich erneut, meine Stimme war
fester jetzt. „Nicht, bis du mir die Wahrheit sagst,
Damian. Nicht, bis du mich endlich in dein Leben lässt."

****

Damian

Ihre Worte waren wie ein leises Summen, etwas, das ich
hören konnte, aber nicht wirklich erreichte. Mein Kopf
war ein einziges Chaos, ein Sturm aus Wut,
Verzweiflung und etwas Dunklem, das ich nicht
kontrollieren konnte. Ich konnte nicht denken, konnte
nicht klar sehen, alles in mir war auf sie fixiert – auf
Victoria.

Sie blieb stehen, stur, entschlossen und ihre Worte
schienen mich zu verfolgen, selbst als ich versuchte, sie
zu ignorieren. *„Ich gehe nicht. Nicht, bis du mir die
Wahrheit sagst."*
Der Klang ihrer Stimme bohrte sich in mein Inneres und
ich fühlte, wie meine Kontrolle endgültig zerbrach.

Bevor ich es realisierte, stürmte ich auf sie zu, mein
Körper handelte schneller, als mein Kopf es verarbeiten
konnte. Meine Hand fand ihren Nacken, zog sie mit
einer Dringlichkeit zu mir, die ich nicht mehr
unterdrücken konnte. Meine Lippen fanden ihre, wild,
roh und ich spürte, wie sie unter der Intensität nachgab.

„Tu mir das nicht an, Vic", murmelte ich gegen ihre Lippen, meine Stimme war rau, brüchig. „Tu mir das verdammt noch mal nicht an."

Der Kuss war nicht sanft, nicht zärtlich. Es war ein Kampf, ein verzweifelter Versuch, etwas zu halten, das mir durch die Finger zu gleiten schien. Meine Hände hielten sie fest, als könnte ich sie so vor der Wahrheit schützen – vor mir schützen. Doch es war nicht genug. „Ich kann das nicht, Vic", flüsterte ich, meine Stirn lehnte sich gegen ihre, während mein Atem schwer ging. „Ich kann dir nicht das geben, was du willst. Ich kann dir nicht die Wahrheit sagen."
„Warum nicht?" fragte sie, ihre Stimme war leise, doch ich konnte die Tränen darin hören. „Warum kannst du nicht ehrlich zu mir sein, Damian? Was hast du so sehr zu verlieren?"
„Dich", sagte ich, ohne nachzudenken und das Wort hing schwer zwischen uns. Es war die Wahrheit, die ich niemals aussprechen wollte, doch jetzt war sie draußen, unauslöschlich.

Ich zog sie noch näher, meine Hände zitterten leicht, während ich sie ansah.
„Du weißt nicht, was ich bin, Vic", flüsterte ich. „Du weißt nicht, was ich getan habe und wenn du es herausfindest, wirst du mich hassen. Du wirst mich verlassen, und ich…" Meine Stimme brach ab und ich schloss die Augen, versuchte, die Bilder aus meinem Kopf zu verbannen.
Doch sie blieb, ließ sich nicht abschütteln und ihre Nähe

brachte mich um den Verstand. „Bitte", sagte ich, meine Stimme war kaum mehr als ein Flüstern. „Tu mir das nicht an."

Ich hatte nicht erwartet, dass sie mich zurück küsste. Ihre Hände glitten über meinen Rücken, zogen mich näher, als wollte sie mir zeigen, dass all die Dämonen in meinem Kopf keine Macht hatten. Ihr Kuss war weich, voller Gefühl und es war, als wollte sie meine Angst fort wischen, sie mit jeder Berührung widerlegen.
Doch ich konnte mich nicht entspannen. Die Wut, die Verzweiflung, das Verlangen – all das kochte in mir, unkontrollierbar und ich spürte, wie meine Bewegungen härter wurden. Meine Hände fanden ihren Rücken, pressten sie gegen mich, als könnte ich sie mit roher Kraft daran hindern, jemals zu gehen.

„Vic", murmelte ich gegen ihre Lippen, doch meine Stimme war brüchig, rau. Meine Finger gruben sich fester in ihre Hüften und ich spürte, wie mein Körper vor Anspannung zitterte. Sie keuchte leicht, doch sie wich nicht zurück, ließ mich weiterziehen, tiefer in den Sog, der uns beide verschlang.
Ich schob sie rückwärts, bis ihr Rücken gegen die Wand prallte und mein Körper folgte, hielt sie dort fest. Der Kuss wurde wilder, rauer und ich spürte, wie mein Griff grob wurde, meine Hände über ihren Körper wanderten, fordernd, ungeduldig.

„Du verstehst nicht, was du tust", sagte ich zwischen den Küssen, meine Stimme war ein tiefes Knurren. „Du weißt nicht, was du riskierst, Vic."

Doch sie antwortete nicht. Ihre Hände fanden meinen Nacken, zogen mich tiefer in den Kuss, als könnte sie mich mit ihrer Berührung beruhigen. Aber es funktionierte nicht.

Alles in mir war aufgewühlt, ein Sturm, der nicht zur Ruhe kommen wollte.

„Sag mir, dass ich aufhören soll", flüsterte ich gegen ihre Haut, meine Lippen wanderten zu ihrem Hals und ich spürte, wie sie zitterte. Doch sie sagte nichts und ich wusste, dass ich nicht aufhören konnte. Nicht, wenn sie mich so ansah, als wäre ich der einzige Halt in ihrem Chaos. Meine Hände wurden fordernder, rauer, doch sie wich noch immer nicht zurück, hielt mich fest, als wollte sie genau das von mir. Und in diesem Moment wusste ich, dass ich verloren war – in ihr, in uns, in all dem, was ich nie haben durfte, aber nicht loslassen konnte.

Mein Atem ging schwer und jede Faser meines Körpers schrie nach ihr. Sie war alles, was ich in diesem Moment wollte, alles, was ich jemals gebraucht hatte, auch wenn ich wusste, dass es falsch war. Meine Hände zitterten vor Verlangen, als sie über ihren Körper glitten, grob, wild und ich fühlte, wie sie sich mir hingab, ohne einen Moment zu zögern.

Ich griff nach ihrem Kleid, riss den Stoff mit einem schnellen, entschlossenen Ruck, bis es in Fetzen auf den Boden fiel. Ihre Haut schimmerte im schwachen

Licht des Raumes, und mein Blick blieb auf ihr haften, wie ein Mann, der am Rande des Wahnsinns balanciert. Sie keuchte leise, doch ihre Augen hielten meinen Blick und ich sah keine Spur von Angst darin – nur Verlangen, das mein eigenes widerspiegelte.

Ich hob sie hoch, ihre Beine schlangen sich automatisch um meine Hüften und ich trug sie ins Schlafzimmer, ohne ein Wort zu sagen.

Der Weg dorthin war verschwommen, eine Mischung aus Hitze und Dringlichkeit, und alles um uns herum verblasste. Ich wusste nur noch, dass ich sie spüren wollte, sie besitzen wollte, wie nichts anderes auf der Welt.

Ich erreichte das Bett, ließ sie darauf nieder, ohne den Kontakt zu verlieren und folgte ihr, mein Körper über ihrem, während meine Hände weiter über ihre Haut glitten, fordernd, unnachgiebig.

„Victoria", murmelte ich, mein Atem war schwer und ich wusste, dass ich nicht zurück konnte. „Sag mir, dass du mich willst."

Doch sie antwortete nicht mit Worten. Ihre Hände fanden meinen Rücken, zogen mich näher und ich spürte, wie ihre Lippen wieder meine fanden, wild und ohne Zurückhaltung.

Es gab keine Vorsicht mehr, keine Zweifel. Nur uns, in diesem Moment, in einem Chaos, das alles andere auslöschte. Und obwohl ich wusste, dass dies alles nur komplizierter machen würde, konnte ich nicht aufhören. Nicht jetzt, nicht mit ihr unter mir, bereit, sich mir ganz hinzugeben.

Victoria

Mein Atem ging stoßweise, jeder Muskel in meinem Körper bebte vor Verlangen. Damian war überall – seine Hände, seine Lippen, die Art, wie er mich ansah, als wollte er mich verschlingen. Es war roh, intensiv und alles an ihm zog mich tiefer in einen Sog, dem ich nicht entkommen konnte – und auch nicht wollte.

„Damian", keuchte ich, meine Hände krallten sich in seinen Rücken, zogen ihn noch näher. Mein Körper wölbte sich ihm entgegen, jede Faser von mir forderte mehr.

„Fick mich endlich, Damian."

Sein Blick wurde noch dunkler und ich spürte, wie sich seine Muskeln unter meinen Händen anspannten. Für einen Moment hielt er inne, als wollte er mich herausfordern, als wollte er sicherstellen, dass ich wusste, worauf ich mich einließ. Doch ich konnte das Feuer in seinen Augen sehen, das Verlangen, das ihn genauso ergriff wie mich.

„Sag es nochmal", murmelte er, seine Stimme war tief, rau und seine Finger gruben sich in meine Hüften.

„Fick mich", wiederholte ich, meine Stimme war fordernd, voller Dringlichkeit.

„Ich will dich, Damian."

Das war alles, was er brauchte.

Seine Bewegungen wurden fordernder, wilder, als er mich zu sich zog und ich spürte, wie meine Welt um mich herum verschwamm. Es war kein sanfter Akt, keine Zurückhaltung. Es war pure Leidenschaft, ein Sturm, der uns beide verschlang, bis nichts mehr übrig blieb außer uns. Ich klammerte mich an ihn, mein Körper reagierte auf jeden seiner Berührungen, jede seiner Bewegungen und ich konnte das Gewicht seiner Emotionen spüren – seine Wut, seine Verzweiflung und die unaufhörliche Sehnsucht, die uns beide gefangen hielt.

„Victoria", murmelte er, sein Atem war heiß an meinem Ohr und ich spürte, wie seine Stimme durch meinen ganzen Körper vibrierte. „Du machst mich verdammt nochmal verrückt. Ich kann nicht aufhören."
„Dann hör nicht auf", flüsterte ich und in diesem Moment gab es nichts mehr außer ihm. Damian war alles, was ich wollte, alles, was ich brauchte, auch wenn ich wusste, dass es mich letztlich zerstören könnte.

Damian packte meine Arme, zog sie über meinen Kopf und hielt sie fest. Seine Bewegungen waren bestimmt, seine Kraft unübersehbar, doch es war nicht bedrohlich – es war ein Feuer, das ich in ihm entfacht hatte und ich spürte, wie mein Körper darauf reagierte.
„Bleib so", murmelte er, seine Stimme war tief, fast ein Knurren, das durch meinen ganzen Körper ging. Seine Augen waren dunkel, voller Verlangen und ich konnte spüren, wie seine Hände mich erforschten, Besitz von mir ergriffen.

Eine seiner Hände hielt meine Handgelenke fest, während die andere langsam über meinen Körper glitt, meinen Bauch entlang, bis sie zwischen meine Beine wanderte. Meine Atmung wurde schneller, mein Körper spannte sich unter seiner Berührung an und ich fühlte, wie sich die Hitze in mir aufbaute.

„Damian", keuchte ich, mein Kopf fiel leicht zurück und ich konnte nicht verhindern, wie sich mein Körper ihm entgegenbog. Seine Finger glitten über mich, erkundeten mich mit einer Mischung aus Sanftheit und Wildheit, die mich den Verstand verlieren ließ.

„Du bist so verdammt perfekt", murmelte er, seine Stimme war rau und ich spürte, wie seine Finger mich massierten, mich provozierten, bis ich nicht mehr klar denken konnte.

„Und du bist nur meine, Vic."

Seine Worte ließen einen Schauer durch meinen Körper laufen und ich wusste, dass ich ihm in diesem Moment völlig ausgeliefert war – und dass ich es wollte. Meine Hände versuchten sich zu bewegen, doch sein Griff war fest, und es war, als kontrollierte er jede meiner Bewegungen.

„Sag mir, was du willst", forderte er, sein Blick hielt meinen fest und ich konnte die Spannung in seinem ganzen Körper spüren. „Sag es, Victoria."

„Ich will dich", brachte ich hervor, meine Stimme war leise, doch sie zitterte vor Verlangen. „Ich will dich, Damian."

Er lächelte, ein dunkles, gefährliches Lächeln, bevor er mich tiefer in den Strudel aus Verlangen und Emotionen zog, der uns beide verschlang. In diesem Moment gab es keine Zurückhaltung mehr, nur uns und die völlige Hingabe an das Chaos, das wir zusammen geschaffen hatten.

****

Damian

Ihre Haut war heiß unter meinen Lippen, jeder Kuss ein Feuer, das mich mehr und mehr in den Wahnsinn trieb. Sie bewegte ihre Arme, versuchte sich mir zu entziehen, aber es war nicht die Flucht eines Menschen, der sich wehren wollte – es war Verlangen, das nach Kontrolle suchte.

Ich hielt inne, sah sie an, während mein Griff an ihren Handgelenken fester wurde.

„Ich hab gesagt, bleib so", knurrte ich leise, meine Stimme war tief, fast ein Warnen und ich sah, wie sie sich mir wieder hingab. Meine Hand glitt von ihrem Handgelenk zu ihrem Hals, hielt sie sanft, doch mit einem Nachdruck, der keine Widerworte duldete.

„Gut", murmelte ich, während mein Blick über ihren Körper glitt, der sich unter mir wand. „Jetzt bleib so."

Ich ließ meine Lippen weiter über ihren Körper wandern, von ihrem Hals über ihre Brust, über die weiche, empfindliche Haut ihres Bauches, bis ich schließlich tiefer ging. Jeder Atemzug von ihr, jeder leise Laut, den sie von sich gab, trieb mich weiter an.

Meine Zunge glitt über sie, sanft zuerst, bevor ich die Intensität steigerte. Ihr Körper spannte sich unter mir an und ich spürte, wie ihre Hände wieder zuckten, sich reflexartig bewegen wollten. Doch ich hielt sie fest, drückte sie gegen die Matratze, während ich sie weiter mit meiner Zunge beglückte.

„Damian", keuchte sie, ihre Stimme war schwer von Verlangen und ich konnte fühlen, wie sie sich immer mehr verlor. Ihre Oberschenkel drückten sich gegen mich, fordernd, doch ich hielt sie fest, ließ sie nicht entkommen.

Ich zog mich einen Moment zurück, ließ meinen Blick zu ihrem Gesicht wandern, das von Leidenschaft gezeichnet war. „Du wirst mich nicht vergessen, Victoria", murmelte ich, meine Stimme war ein tiefes, raues Flüstern. „Nicht nach dieser Nacht."

Bevor sie antworten konnte, senkte ich meinen Kopf wieder und mein Griff blieb fest an ihrem Körper, während ich ihr all das gab, was sich in mir aufgestaut hatte – die Wut, das Verlangen und die unkontrollierbare Sehnsucht nach ihr.

Ihr Körper spannte sich unter mir an, ihre Atmung wurde unregelmäßig und ich konnte fühlen, wie sie sich dem Höhepunkt näherte. Jeder Muskel in ihr schien sich zu verkrampfen, doch genau in dem Moment, in dem sie kurz davor war, hielt ich inne. Mein Kopf hob sich, meine Augen suchten ihren Blick und ich konnte die Verwirrung und das Verlangen in ihrem Gesicht sehen.

„Damian", keuchte sie, ihr Ton war ein Gemisch aus Frustration und Sehnsucht und ihre Hände griffen reflexartig nach mir. Doch ich hielt sie fest, ließ sie nicht das letzte bisschen Kontrolle gewinnen.

„Fleh mich an", sagte ich leise, meine Stimme war tief, fast ein Knurren. Mein Blick hielt ihren fest und ich sah, wie ihre Augen sich weiteten.

„Sag mir, wie sehr du es willst, Vic."

„Was?" flüsterte sie, ihre Stimme war schwer von Leidenschaft, doch ich konnte die Überraschung darin hören.

„Sag es", wiederholte ich, meine Hand glitt über ihren Körper, doch ich hielt inne, gerade genug, um sie zu reizen.

„Sag mir, dass du mich willst. Fleh mich an, Vic."

Ich sah, wie sie mit sich rang, wie die Worte auf ihren Lippen schwebten, doch sie sie zurückhalten wollte. Doch ich war geduldig. Meine Finger strichen leicht über ihre Haut, nur ein Hauch von Berührung, genug, um sie zu reizen, ohne ihr das zu geben, was sie wirklich wollte.

„Damian, bitte", flüsterte sie schließlich, ihre Stimme war kaum hörbar und ich spürte, wie ein triumphierendes Lächeln über mein Gesicht glitt.

„Das reicht nicht", murmelte ich, senkte meinen Kopf, ließ meine Lippen leicht über ihren Bauch gleiten, bevor ich wieder aufsah. „Sag mir, wie sehr du es willst."

„Ich will dich", sagte sie schließlich, ihre Stimme war zittrig, voller Emotionen.

„Bitte, Damian. Ich will dich."

Das war alles, was ich brauchte.

Ich ließ mich wieder zu ihr sinken, meine Hände und meine Lippen fanden ihren Weg zurück und ich gab ihr, was sie verlangte – mit einer Intensität, die uns beide in einen Sturm aus Verlangen und völliger Hingabe riss. In diesem Moment existierte nichts anderes außer uns und ich wusste, dass ich niemals genug von ihr bekommen würde.

Ich konnte nicht aufhören. Ihr Körper, ihre Reaktionen, die Art, wie sie unter meinen Berührungen zitterte – es war wie ein Rausch, der mich völlig überwältigte. Ich ließ ihr kaum Zeit zum Atmen, meine Bewegungen waren unnachgiebig, voller Verlangen, das ich nicht mehr kontrollieren konnte.
Meine Lippen wanderten ihren Körper hinauf, jeder Kuss wurde fordernder, wilder, bis ich schließlich an ihrem Hals anhielt. Meine Hand glitt dorthin, legte sich um ihre Kehle und ich spürte ihren Puls gegen meine Finger.
„Du bist so unglaublich perfekt", murmelte ich, meine Stimme war rau, fast brüchig. „Ich will dich. Ich brauch dich."

Bevor sie antworten konnte, fanden meine Lippen wieder ihre, ein wilder Kuss, der mehr forderte, als sie vielleicht geben konnte. Meine Zähne knabberten an ihrer Unterlippe, leicht zuerst, dann härter, bis sie leise auf keuchte. Jeder Laut von ihr trieb mich weiter an, ließ meine Selbstbeherrschung immer mehr bröckeln.
Meine Hände wanderten über ihren Körper, fordernd,

grob und ich spürte, wie sie sich mir erneut entgegenbog, als spiegelte sie meine Intensität. Doch ich wollte mehr. Ich wollte, dass sie sich völlig verlor, dass sie mich ebenso brauchte, wie ich sie brauchte.

„Du bist mein, Victoria", flüsterte ich zwischen den Küssen, mein Atem heiß gegen ihre Haut. „Ganz und gar mein."

Meine Bewegungen wurden härter, mein Griff fester und ich spürte, wie mein Körper sich spannte, während ich sie tiefer in dieses Chaos zog.

„Sag es", forderte ich, meine Stimme war ein tiefes Knurren, während meine Lippen erneut ihren Hals fanden, heiße Küsse, unterbrochen von sanften Bissen. „Sag, dass du mir gehörst."

Ihre Antwort war ein Flüstern, ein Keuchen, doch es war genug, um den Sturm in mir weiter anzufachen. Ich wusste, dass dies mehr war als nur Verlangen – es war eine Besessenheit, ein Hunger, den ich nicht stillen konnte. Und in diesem Moment war sie alles, was ich jemals haben wollte.

Es war, als hätten wir beide jede Hemmung, jeden Zweifel verloren. Die Nacht gehörte nur uns, wild, unkontrolliert und ich ließ jede Grenze fallen, die ich je gezogen hatte. Victoria war unter mir, über mir, gegen mich und ich gab ihr alles, was ich hatte. Es war nicht nur Verlangen – es war eine Art Besitz, eine Art Wahnsinn, der uns beide verschlang.

Im Schlafzimmer begann es, unsere Körper verschlungen, der Raum erfüllt von ihrem Keuchen, meinem Atem und der Hitze, die sich in der Luft staute. Doch es endete nicht dort.

Ich hob sie hoch, drückte sie gegen die Wand, ihre Beine schlangen sich um meine Hüften, und meine Hände erkundeten ihren Körper, während ich sie nahm, immer wieder, ohne einen Moment innezuhalten. Ihre Nägel kratzten über meinen Rücken, hinterließen Spuren, doch es war mir egal – nein, es war mehr als das, ich wollte, dass sie mich markierte, mich zu ihrem machte, so wie ich sie zu meiner machte.

Die Kommode war das nächste. Ich legte sie darauf, die Kühle des Holzes ein Kontrast zu der Hitze unserer Körper und ich ließ sie nicht aus den Augen, während ich sie erneut mit immer härter werdenden Stößen nahm. Ihre Hände klammerten sich an die Ränder und ich spürte, wie sie mir alles gab, was sie hatte.

Doch ich war noch nicht fertig.

In der Küche hob ich sie erneut hoch, setzte sie auf die Arbeitsplatte und meine Lippen fanden ihren Hals, ihre Brust, während ich sie erneut spürte. Ihr Keuchen, ihre Schreie, die Art, wie sie meinen Namen flüsterte – es war ein Echo, das mich immer tiefer in sie zog. Ich konnte nicht genug von ihr bekommen. Jede Berührung, jeder Laut trieb mich weiter an, bis die Nacht uns völlig verschlang. Es war ein Rausch, ein Sturm, der nicht enden wollte und ich wusste, dass ich niemals genug von ihr haben würde.

Die Stunden vergingen, doch wir hielten nicht inne. Unsere Körper fanden immer wieder zueinande, und die Welt um uns herum verschwand völlig. Es waren nur wir, das Chaos, das wir zusammen geschaffen hatten und die völlige Hingabe, die uns beide verschlang.

Kapitel 23: Die Morgenruhe

Victoria

Der Morgen brach langsam an und das warme Licht der Sonne fiel durch die Vorhänge. Ich lag wach, während Damian noch schlief. Sein Atem war tief und ruhig, sein

Gesicht entspannt, fast friedlich und es war ein Kontrast zu der Wildheit, die er in der Nacht gezeigt hatte.

Mein Blick glitt über seinen Körper, über die Kratzer, die ich hinterlassen hatte und die tiefen, alten Narben, die sich über seine Haut zogen. Ich konnte nicht anders, als meine Finger vorsichtig darüber gleiten zu lassen, als könnte ich durch die Berührung die Geschichten dahinter erfahren. Doch ich wollte ihn nicht wecken, nicht jetzt, wo er zum ersten Mal wirklich losgelassen hatte.

Ich stand leise auf, zog mir sein Shirt über und ging in die Küche. Die Nacht lag mir noch schwer in den Gliedern, mein Körper war müde, aber mein Geist war wach, rastlos. Damian war ein Rätsel, das ich nicht entschlüsseln konnte und die Narben auf seiner Haut waren nur ein weiteres Puzzleteil.
Ich schaltete die Kaffeemaschine ein, genoss die Stille des Morgens und den Duft von frischem Kaffee, der sich langsam ausbreitete. Meine Gedanken kreisten um ihn, um uns und um die Frage, was das alles bedeutete. Damian war mehr als ein Mann mit einer dunklen Vergangenheit – er war ein Teil von mir geworden, egal, wie sehr ich versuchte, es zu leugnen.

Während ich auf den Kaffee wartete, ließ ich meinen Blick durch die Küche schweifen. Die Erinnerungen an die letzte Nacht ließen mich leicht lächeln, doch sie erinnerten mich auch daran, wie intensiv alles gewesen war. Damian war ein Mann, der alles gab, der sich nicht zurückhielt – und das machte ihn so gefährlich und so unwiderstehlich zugleich.

Der Kaffee war fertig und ich goss uns beiden eine Tasse ein. Für einen Moment lehnte ich mich gegen die Arbeitsplatte, hielt die heiße Tasse in meinen Händen und fragte mich, wie der nächste Schritt aussehen sollte. Damian war ein Sturm und ich war mittendrin. Doch jetzt, in dieser stillen Morgenruhe, fühlte es sich an, als wäre alles möglich.
Ich nahm einen Schluck aus meiner Tasse, genoss die Ruhe des Morgens, doch meine Gedanken waren unruhig, gefangen in den Ereignissen der Nacht und den vielen Fragen, die Damian in mir hinterlassen hatte.

Dann hörte ich Schritte hinter mir.

Ich drehte mich langsam um und da stand er. Damian. Nackt, sein Körper war eine Mischung aus Kraft und Wunden, frisch und alt, ein Zeugnis eines Lebens, das ich noch nicht verstand. Mein Blick wanderte unwillkürlich nach unten und ich spürte, wie meine Wangen heiß wurden. Es war unmöglich, wegzusehen.

Er bemerkte meinen Blick und ich sah, wie sich ein leichtes, selbstzufriedenes Lächeln auf seinen Lippen zeigte.
„Morgen", murmelte er, seine Stimme war tief und rau vom Schlaf, während er näher trat.

Ich schluckte schwer, versuchte, den Blick zu heben, doch es gelang mir nicht.

„Morgen", brachte ich schließlich hervor, meine Stimme klang heiser, fast unsicher.

„Gefällt dir, was du siehst?" fragte er, sein Ton war neckend, doch in seinen Augen lag etwas Dunkleres, Intimeres.

„Damian", begann ich, doch meine Stimme brach und ich musste mich räuspern.

Ich zwang mich, den Blick zu heben und traf seine Augen, die mich mit einer Mischung aus Amüsement und Verlangen ansahen.

„Du hast gestern Nacht nicht genug bekommen?" fragte er, trat näher, bis er direkt vor mir stand und ich konnte die Wärme seines Körpers spüren.

„Ich... wollte nur Kaffee machen", sagte ich, versuchte, meine Fassung wiederzugewinnen, doch mein Körper verriet mich, meine Hände zitterten leicht und ich spürte, wie mein Herz schneller schlug.

Damian lehnte sich über mich, seine Hand fand meinen Kiefer, hob mein Gesicht zu seinem. „Kaffee klingt gut", murmelte er, bevor er mich sanft küsste, doch ich spürte, wie die Leidenschaft von gestern Nacht noch immer in ihm loderte.

„Aber ich glaube, ich habe etwas anderes im Sinn." Und mit diesen Worten ließ er mich nicht mehr aus seiner Nähe, zog mich wieder in das Chaos, das er so mühelos heraufbeschwor.

Sein Kuss war weich, aber ich konnte die Hitze spüren, die darunter loderte, als würde er sich nur mühsam zurückhalten. Sein Körper war dicht an meinem und die Wärme seiner Haut ließ mich alles andere vergessen –

den Kaffee, den Morgen, alles außer ihm.

Meine Hand glitt fast wie von selbst hinunter, über die harten Konturen seines Bauches, bis sie seinen Schwanz fand. Damian spannte sich unter meiner Berührung an und ich fühlte, wie er in meiner Hand härter wurde, sein Atem schwerer.

„Victoria", murmelte er gegen meine Lippen, seine Stimme war rau, voller Verlangen. Seine Hände fanden meine Hüften, zogen mich näher zu sich und ich konnte die Spannung in seinem Körper spüren, wie ein Seil, das kurz davor war zu reißen.

Meine Finger umschlossen ihn fester, glitten langsam über seine Länge und ich hörte, wie er leise knurrte, seine Stirn gegen meine lehnte, während ich weiter machte.

„Du treibst mich in den Wahnsinn", murmelte er, seine Stimme war tief, fast ein Flüstern.

Ich lächelte leicht, genoss die Kontrolle, die ich in diesem Moment über ihn hatte, auch wenn mein eigenes Verlangen mich zu überwältigen drohte.

„Ist das so?" fragte ich leise, meine Stimme war neckend, doch ich konnte das Zittern darin nicht ganz verbergen.

Seine Antwort war keine Worte, sondern die Art, wie seine Hände fordernder wurden, wie er mich fester gegen sich drückte, als wollte er jede Barriere zwischen uns niederreißen.

„Hör auf, so zu tun, als ob du die Kontrolle hättest", murmelte er und sein Blick war dunkel, intensiv.

„Du weißt genau, wer hier wirklich die Zügel in der Hand hat."

Seine Worte lösten eine Welle von Hitze in mir aus und ich wusste, dass dies der Beginn eines weiteren Moments war, in dem wir uns beide in einander verloren – roh, wild und ohne jeden Gedanken an die Konsequenzen.

Damian war unaufhaltsam. Seine Hände fanden meine Hüften und bevor ich überhaupt richtig realisierte, was geschah, hob er mich mit einer Leichtigkeit auf die Arbeitsplatte. Die kalte Oberfläche war ein scharfer Kontrast zur Hitze seines Körpers, doch ich hatte keine Zeit, das zu verarbeiten.

Ohne Vorwarnung drang er in mich ein, hart, fordernd und ein lautes Keuchen entkam meinen Lippen. Meine Hände fanden seine Schultern, klammerten sich an ihn, während er sich tief in mir bewegte, und mein Körper reagierte sofort auf ihn – ein Sturm aus Verlangen und völliger Hingabe.

„Damian", keuchte ich, meine Stimme war kaum mehr als ein Flüstern, doch er schien alles an mir zu hören, jede Reaktion auf seine Bewegungen. Sein Griff an meinen Hüften war fest, fast besitzergreifend und ich konnte die rohe Kraft spüren, die er in jedem Stoß freisetzte.

„Du treibst mich verdammt nochmal in den Wahnsinn", murmelte er, seine Stimme war dunkel, rau, während sein Atem schwer an meinem Hals entlangstrich.

Seine Lippen fanden meine Haut, hinterließen heiße

Küsse, Bisse, die mich noch tiefer in den Moment zogen. Ich wölbte meinen Körper ihm entgegen, fühlte, wie die Arbeitsplatte sich unter uns leicht bewegte und ich konnte nicht anders, als mich völlig ihm hinzugeben. Es gab keine Vorsicht, keine Zurückhaltung – nur uns.. Meine Nägel gruben sich in seine Haut, hinterließen Spuren, die er nicht zu beachten schien, während sein Tempo härter, fordernder wurde.

„Sag meinen Namen", forderte er, sein Blick hielt meinen fest und ich konnte die Intensität in seinen Augen sehen, die mich fast überwältigte.

„Damian", flüsterte ich und meine Stimme brach, während ich spürte, wie er mich tiefer in einen Strudel aus Verlangen und völliger Hingabe zog. Es war ein Moment, der alles um uns herum ausblendete – keine Fragen, keine Sorgen, nur die wilde Verbindung, die uns beide zusammenhielt.

****

Damian

Mein Atem ging schwer und mein Körper fühlte sich wie gelähmt an, doch es war eine angenehme Erschöpfung. Victoria lag auf mir, ihre Haut warm gegen meine und ich konnte nicht anders, als sie immer wieder zu küssen – sanfte, langsame Küsse, die all die Wildheit der

letzten Stunden in eine zarte Intimität verwandelten.
Ihre Finger glitten über meine Brust, streiften die tiefen,
alten Narben, die sich über meine Haut zogen. Sie war
sanft, fast ehrfürchtig und ich spürte, wie ein Knoten in
meiner Brust sich langsam löste, während sie mich so
berührte.

„Die Narben", begann sie leise, ihre Stimme war
zögernd, als wäre sie nicht sicher, ob sie fragen durfte.
„Woher kommen sie, Damian?"
Ich zögerte, schloss die Augen und atmete tief durch. Es
war eine Frage, die ich nicht beantworten wollte, doch
jetzt, in diesem Moment, fühlte es sich an, als schuldete
ich ihr die Wahrheit.
„Die Army", sagte ich schließlich, meine Stimme war
rau. „Ich war Soldat. Lange genug, um zu sehen, was
Krieg mit Menschen macht – und mit mir."

Ich spürte, wie sie inne hielt, ihre Finger ruhten auf einer
besonders langen Narbe, die sich über meine Rippen
zog.
„Das war kein leichter Weg", sagte sie leise und ich
konnte die Sanftheit in ihrer Stimme hören, die mir
gleichzeitig Trost und Schmerz bereitete.
„Es war die Hölle", gab ich zu, mein Blick war auf die
Decke gerichtet, doch meine Gedanken waren weit
entfernt, in einer Welt, die ich am liebsten vergessen
würde.
„Jede dieser Narben... ist ein Teil davon. Ein Teil von

dem, was ich verloren habe – und was ich nie wieder zurückbekomme."

Ihre Hand glitt über mein Gesicht, zog meinen Blick zurück zu ihr, und ich sah das Mitgefühl in ihren Augen. Es war nicht bemitleidend, sondern verstehend und es brachte eine Wärme mit sich, die ich nicht erwartet hatte.
„Du bist immer noch hier", sagte sie leise, ihre Stimme war fest, und sie lächelte leicht.
„Das zählt, Damian. Egal, was passiert ist, du bist immer noch hier."
Ihre Worte trafen mich tief und ich zog sie noch näher an mich, meine Lippen fanden ihre Stirn, während ich die Stille zwischen uns genoss. Es war kein Heilmittel für die Wunden, die ich trug, doch es war genug, um den Moment leichter zu machen – und für einen Augenblick fühlte es sich an, als könnte ich endlich durchatmen.

Kapitel 24: Die Rückkehr zur Realität

Ich hatte mich lange nicht mehr so gefühlt – sicher, geborgen und doch frei. Neben Damian zu liegen, seine Wärme zu spüren, wie er mich sanft hielt, war ein

Moment, den ich nicht loslassen wollte. Seine Nähe war wie ein Schutzschild gegen die Dunkelheit, die mich umgab und ich wollte nichts anderes, als in diesem Augenblick zu verweilen.

Doch die Realität riss mich abrupt daraus. Irgendwo im Wohnzimmer vibrierte mein Handy, das Geräusch war leise, aber unüberhörbar in der Stille. Ich seufzte, zog mich langsam aus Damians Armen und setzte mich auf. „Dein Handy?" murmelte er, seine Stimme war noch rau vom Schlaf, während er sich aufrichtete und mich ansah.

„Ja", antwortete ich leise, mein Blick suchte den Raum ab, bis ich das leuchtende Display auf dem Couchtisch entdeckte. Als ich es aufhob, sah ich die verpassten Anrufe und die Nachrichten. Der Name, der immer wieder auf dem Bildschirm erschien, ließ mir das Blut in den Adern gefrieren.

Marcus.

Er hatte bereits mehrfach angerufen. Nachrichten hinterlassen.
Wo bist du? Ruf mich zurück. Das wird Konsequenzen haben.
Mein Herz schlug schneller und ich spürte, wie die vertraute Anspannung in mir zurückkehrte. Der Kontrast zwischen der Wärme, die Damian mir gab und der Kälte, die Marcus in mein Leben brachte, war überwältigend.
„Wer ist es?" fragte Damian, sein Ton war ruhig, doch

ich konnte die Schärfe darin hören.

Ich zögerte, hielt das Handy fest, als könnte ich es damit zum Schweigen bringen.

„Marcus", sagte ich schließlich, meine Stimme war leise, und ich sah, wie Damians Gesicht sich verhärtete.

„Was will er?" fragte er und seine Haltung veränderte sich – er war wachsam jetzt, wie ein Raubtier, das eine Bedrohung witterte.

„Er wird wütend sein, dass ich nicht zu Hause bin", gestand ich, meine Finger glitten nervös über den Bildschirm, ohne eine Nachricht zu öffnen.

„Er hasst es, wenn ich… nicht erreichbar bin."

Damian stand langsam auf, trat näher zu mir und ich spürte die Stärke in seiner Präsenz, die mich gleichzeitig beruhigte und beunruhigte.

„Willst du zurück zu ihm?" fragte er, sein Ton war kühl und ich wusste, dass er die Antwort kannte.

„Ich habe keine Wahl", murmelte ich, mein Blick wich seinem aus und ich spürte, wie die Wände, die ich in der letzten Nacht niedergerissen hatte, sich wieder aufbauten.

„Jeder hat eine Wahl, Vic", sagte Damian, seine Stimme war leise, doch sie trug ein Gewicht, das ich nicht ignorieren konnte.

Ich wusste, dass er recht hatte, doch die Vorstellung, was Marcus tun würde, wenn ich nicht zurückkehrte, ließ mir keine Ruhe. Ich war gefangen, zwischen dem Mann, der mich kontrollierte und dem, der mich befreite.

„Gib mir Zeit, bitte", sagte ich leise, meine Stimme war kaum mehr als ein Flüstern, doch ich wusste, dass Damian jedes Wort hörte. Sein Blick war fest auf mich gerichtet, durchdringend, als versuchte er, all das zu verstehen, was ich selbst nicht in Worte fassen konnte. Er sagte nichts, beobachtete nur, wie ich mich langsam anzog. Ich griff nach meiner Kleidung, die über den Boden verteilt war, hielt jedoch bei dem zerrissenen Kleid inne. Über die Jahre in meinem Job hatte ich mir angewöhnt, immer Ersatzkleidung mit mir rumschleppen - man wusste ja nie. Und an diesem Morgen war es meine Rettung.

Jeder Handgriff fühlte sich schwer an, wie eine Entscheidung, die ich bereuen würde, doch ich wusste, dass ich gehen musste.
„Ich muss zur Arbeit", erklärte ich, meine Hände zitterten leicht, während ich die Knöpfe meiner Bluse schloss. „Aber ich komme später wieder."
Damian trat näher, seine Hand fand meinen Arm, hielt mich zurück, bevor ich mich abwenden konnte.
„Versprich es", sagte er, seine Stimme war ruhig, doch ich konnte die Intensität darin spüren. „Versprich mir, dass du zurückkommst, Vic."
Ich hob meinen Blick, sah in seine dunklen Augen und für einen Moment fühlte es sich an, als würde die Zeit still stehen.
„Ich komme zurück", sagte ich leise, meine Stimme war fester jetzt und ich meinte es. Trotz allem, was mich draußen erwartete, wollte ich hierher zurückkehren. Zu ihm.

Er zog mich sanft näher, seine Hand fand meinen Nacken und sein Kuss war voller Emotionen – wild, verlangend, doch auch zärtlich, als wollte er mich daran erinnern, was wir hatten, was ich nicht vergessen durfte. „Pass auf dich auf", murmelte er gegen meine Lippen, bevor er mich langsam losließ.

Ich nickte, wandte mich zur Tür, doch mein Herz blieb bei ihm, als ich das Apartment verließ. Der Weg zum Department war wie ein Nebel, meine Gedanken waren bei Damian, bei dem, was zwischen uns passiert war und bei dem, was noch vor uns lag.

Kaum hatte ich das Department betreten, spürte ich die Schwere des Tages auf mir lasten. Der Duft von Kaffee und Papier, das leise Summen der Telefone – all das war vertraut, doch heute schien alles intensiver, bedrückender. Als ich die Tür zu meinem Büro öffnete, wusste ich sofort, warum.

Marcus.

Er stand mitten im Raum, sein Rücken war mir zugewandt, doch ich konnte die Spannung in seiner Haltung sehen, wie ein Raubtier, das auf der Lauer liegt. Als ich eintrat, drehte er sich langsam um und sein Blick war dunkel, gefährlich. Die Wut in seinen Augen war unmissverständlich.

„Wo warst du?" fragte er, seine Stimme war leise, doch

sie trug einen scharfen Unterton, der mich innehalten ließ.

„Ich... hatte was für die Arbeit zu erledigen", log ich, meine Stimme war ruhig, doch mein Herz schlug schneller.

„Ich musste etwas klären."

„Arbeit?" wiederholte er und ich sah, wie sich seine Kiefermuskeln anspannten. Er trat näher, baute sich vor mir auf, seine Präsenz war erdrückend.

„Denkst du, ich bin ein verdammter Idiot, Victoria? Ich habe versucht, dich die ganze Nacht zu erreichen."

Ich trat einen Schritt zurück, versuchte, Raum zwischen uns zu schaffen, doch er folgte, ließ mir keine Fluchtmöglichkeit.

„Marcus, ich—"

„Halt die Klappe!" unterbrach er mich, seine Stimme war jetzt lauter und ich spürte, wie die Luft im Raum kälter wurde.

„Du warst nicht zu Hause. Du hast nicht geantwortet. Und jetzt kommst du hier rein, als ob nichts passiert wäre?"

Seine Worte trafen mich wie Schläge, doch ich zwang mich, ruhig zu bleiben.

„Ich bin hier, um zu arbeiten", sagte ich schließlich. „Das ist, was zählt."

„Arbeiten?" Er lachte, doch es war ein kaltes, gefährliches Geräusch.

„Du meinst, die Spielchen, die du mit diesen verdammten Einsätzen treibst? Glaubst du wirklich, ich merke nicht, dass du dich immer mehr von mir entfernst?"

Ich öffnete den Mund, wollte etwas sagen, doch seine Hand schlug auf den Schreibtisch neben mir, und ich zuckte zusammen.

„Das hier", sagte er, seine Stimme war jetzt leiser, doch sie trug eine bedrohliche Schärfe. „Das wird Konsequenzen haben, Victoria. Und ich hoffe für dich, dass du bereit bist, die Rechnung zu bezahlen."

Ich hielt seinem Blick stand, auch wenn mein Inneres zitterte.

„Du kannst mich nicht kontrollieren, Marcus", sagte ich, meine Worte waren leise, doch sie trugen ein Gewicht, das mich selbst überraschte.

Sein Blick wurde noch dunkler und für einen Moment dachte ich, er würde explodieren.

Doch stattdessen trat er zurück, sein Lächeln war kalt, berechnend.

„Wir werden sehen", murmelte er, bevor er sich abwandte und das Büro verließ, die Tür hinter sich zu knallte.

Ich ließ mich in meinen Stuhl sinken, mein Atem war schwer und ich wusste, dass dies nur der Anfang war. Marcus würde nicht aufhören, bis er bekam, was er wollte – und das war nie etwas Gutes.

Die Stunden zogen sich dahin und ich vergrub mich in meine Arbeit, versuchte, die Anspannung des Morgens abzuschütteln. Berichte, Einsätze, Protokolle – alles war ein willkommenes Mittel, um meine Gedanken zu ordnen, um Marcus und Damian aus meinem Kopf zu verbannen. Doch das funktionierte nur bis zu einem gewissen Punkt.

Immer wieder vibrierte mein Handy auf dem Schreibtisch. Nachrichten von Damian. Seine Worte waren wild, fordernd, und sie ließen eine Hitze in mir aufsteigen, die ich kaum unterdrücken konnte.

Es war, als könnte ich seine Stimme hören, das dunkle, raue Flüstern in meinem Ohr.

„Du fehlst mir. Ich kann nicht aufhören, an letzte Nacht zu denken."
„Ich will dich wieder spüren. Jede verdammte Sekunde."
„Warte nicht zu lange, Vic. Ich bin nicht geduldig."

Ich biss mir auf die Unterlippe, die Nachrichten brannten sich in mein Gedächtnis, während ich sie las. Meine Finger schwebten über der Tastatur, bevor ich knapp antwortete.

„Geduld ist eine Tugend, Damian. Aber ich vermisse dich auch."

Die Reaktion kam schneller, als ich erwartet hatte. Ein Bild. Nichts Explizites, aber sein Oberkörper, schimmernd im schwachen Licht und ich konnte nicht verhindern, dass mein Herz schneller schlug.

Doch der Feierabend holte mich zurück in die Realität. Ich war müde, aber der Gedanke, zu Damian zurückzukehren, gab mir eine seltsame Art von Energie.

Ich packte meine Sachen und machte mich auf den Weg zu meinem Auto, doch als ich es erreichte, blieb ich abrupt stehen.

Marcus stand da.

Er lehnte mit verschränkten Armen an der Fahrertür, sein Gesicht war eine Maske aus falscher Ruhe, doch ich konnte die Wut in seinen Augen sehen. Mein Herz setzte einen Schlag aus und die vertraute Anspannung kehrte zurück, legte sich schwer auf meine Schultern. „Wir fahren nach Hause", sagte er, seine Stimme war ruhig, aber sie ließ keinen Raum für Widerspruch. „Jetzt."

Ich öffnete den Mund, wollte etwas sagen, doch sein Blick ließ mich innehalten. Dies war nicht der Moment, um ihn herauszufordern – nicht hier, nicht jetzt.

Ich nickte langsam, setzte mich in den Wagen, während er auf der Fahrerseite Platz nahm.

Die Fahrt war still, die Spannung zwischen uns war fast greifbar. Marcus spielte eine Rolle, genau wie ich – doch ich wusste, dass hinter dieser Ruhe etwas Dunkles lauerte. Und ich wusste genau, was auf mich zukommen würde. Doch ich konnte nichts tun. Außer abwarten.

Die Tür fiel mit einem Knall ins Schloss, ich wusste, dass es eskalieren würde. Marcus war bereits aufgebracht, seine Schritte hallten laut durch den Flur, als er in das Wohnzimmer stürmte. Seine Wut war wie ein Sturm, unkontrollierbar und beängstigend, doch ich zwang mich, ruhig zu bleiben.

„Du wagst es, mich anzulügen?" brüllte er, seine Stimme war laut, durchdringend. Ich konnte sehen, wie seine Wut in seinen Augen brodelte. Er kam auf mich zu und ich wich unwillkürlich einen Schritt zurück, bis ich gegen die Wand stieß.

Bevor ich mich wehren konnte, packte er meine Arme, seine Finger gruben sich schmerzhaft in meine Haut und er schüttelte mich grob.

„Denkst du, ich merke es nicht? Denkst du, ich bin blind?"

„Ich weiß nicht, wovon du sprichst", brachte ich hervor, meine Stimme war ruhig, doch ich spürte, wie mein Körper vor Angst zitterte.

„Marcus, ich habe nichts getan."

„Lüg mich nicht an!" schrie er, sein Gesicht war nur Zentimeter von meinem entfernt und ich konnte seinen heißen Atem auf meiner Haut spüren.

„Ich sehe, wie du dich benimmst. Ich sehe, wie du dich von mir entfernst. Und dann verschwindest du einfach? Ohne eine Erklärung?"

„Ich war mit einem Fall beschäftigt", sagte ich, meine Stimme war jetzt fester, doch ich wusste, dass er nicht zuhören würde.

„Ich habe nichts getan, Marcus."

Seine Augen funkelten vor Zorn und er ließ meine Arme los, nur um mich grob an den Schultern zu packen.

„Glaubst du, ich bin dumm?" fragte er, seine Stimme war jetzt leiser, doch sie war noch gefährlicher.

„Glaubst du, ich merke nicht, dass du mich belügst?"

„Ich lüge nicht", sagte ich, mein Blick hielt seinen stand, auch wenn mein Herz raste. „Marcus, bitte… ich weiß nicht, wovon du sprichst."

Seine Hände wurden fester, und ich spürte, wie sich meine Kehle zuschnürte.
Doch ich ließ ihn nicht sehen, wie sehr er mich einschüchterte.
„Du spielst ein gefährliches Spiel, Victoria", sagte er leise, sein Ton war eisig.
„Und ich werde nicht zulassen, dass du gewinnst."
Er ließ mich schließlich los, trat einen Schritt zurück und ich spürte, wie die Luft wieder in meine Lungen strömte.
Doch die Bedrohung blieb, schwer und drückend und ich wusste, dass dies nur der Anfang war.

Dann..seine Worte trafen mich wie ein Schlag ins Gesicht.
„Wer hat dich gefickt?" brüllte Marcus und ich spürte, wie mein Körper erstarrte. Sein Gesicht war verzerrt vor Wut und seine Stimme hallte in meinen Ohren, begleitet von der eisigen Schärfe seiner Anschuldigung.
„Du stinkst wie eine Nutte!" Er trat auf mich zu und ich wich zurück, doch die Wand hinter mir ließ keinen Raum für Flucht.
Bevor ich reagieren konnte, griff er nach meiner Bluse, riss sie mit einem brutalen Ruck auf und die Knöpfe flogen klirrend zu Boden. Seine Augen wanderten über die sichtbaren blauen Flecken auf meiner Haut – die Spuren von Damians Leidenschaft. Sein Finger deutete darauf, als wäre es der Beweis für all seine schlimmsten

Vermutungen.

„Erklärung?" verlangte er, seine Stimme war kalt, kontrolliert, doch ich konnte die brodelnde Wut darunter spüren.

Mein Atem ging schneller und ich versuchte, ruhig zu bleiben, doch mein Herz schlug wie wild.

„Marcus… das war vom Einsatz", sagte ich, meine Stimme war leise, doch sie zitterte leicht. „Es war rau, du weißt, wie das ist."

„Lüg mich nicht an!" schrie er und ich zuckte unwillkürlich zusammen, als er erneut auf mich zutrat.

„Das hier", er deutete auf die Flecken, „ist nicht vom verdammten Einsatz! Das ist von einem Mann!"

„Ich sage die Wahrheit", erwiderte ich.

„Du kannst mich nicht so behandeln, Marcus. Ich bin nicht dein Eigentum."

Sein Gesicht wurde noch dunkler und ich sah, wie seine Hände sich ballten.

„Du bist genau das, Victoria", zischte er, seine Stimme war gefährlich leise.

„Du bist mein. Und niemand, verdammt noch mal niemand, nimmt, was mir gehört."

Sein Atem ging schwer und ich wusste, dass ich auf dünnem Eis stand. Doch ich ließ ihn nicht sehen, wie sehr mich seine Worte trafen.

„Wenn du das glaubst, dann bist du dümmer, als ich

dachte", sagte ich schließlich und meine Worte waren wie ein Stich, den ich nicht zurücknehmen konnte.

Marcus' Augen funkelten vor Wut.

„Du wagst es, so mit mir zu sprechen?" zischte er, seine Stimme war voller Zorn. Bevor ich reagieren konnte, hob er die Hand und schlug zu.

Der Aufprall ließ meinen Kopf zur Seite schnappen und ich spürte, wie ein brennender Schmerz über meine Wange zog. Mein Atem stockte, doch ich zwang mich, nicht zu schreien, nicht zu weinen. Ich würde ihm nicht die Genugtuung geben.

„Du glaubst, du kannst mit mir spielen?" brüllte er und sein Griff an meinem Arm war wie ein Schraubstock, als er mich zu Boden zog. Der harte Aufprall auf das Holz ließ mir den Atem stocken, doch ich versuchte, mich zu wehren, meine Hände fanden seinen Arm, doch seine Kraft war überwältigend.

„Marcus, hör auf!" rief ich, doch er ignorierte mich, seine Wut hatte die Kontrolle übernommen. Er drückte mich auf den Boden, sein Gewicht hielt mich fest und ich spürte, wie meine Panik wuchs.

„Du denkst, du kannst mich hintergehen?" zischte er, seine Hände waren grob, packten meine Schultern, meinen Hals und ich konnte den Wahnsinn in seinen Augen sehen.

„Ich bin der Einzige, der dich ficken darf, Victoria. Der Einzige!"

„Lass mich los!" schrie ich, meine Stimme war rau, voller Angst und Wut zugleich. Ich trat nach ihm, meine Beine suchten verzweifelt nach einem Weg, ihn von mir wegzustoßen, doch er war zu stark, zu schwer.

Sein Griff wurde fester, und ich fühlte, wie mir die Luft wegblieb.

„Du wirst nie wieder einen anderen Mann in deine Nähe lassen", zischte er, sein Gesicht war nur Zentimeter von meinem entfernt. „Nie wieder."

In diesem Moment wusste ich, dass ich etwas tun musste – irgendetwas, um mich zu befreien. Er hätte mich sonst umgebracht. Mit all der Kraft, die ich aufbringen konnte, schlug ich nach ihm, traf seine Seite und er fluchte laut, ließ für einen Moment seinen Griff lockern.

Es war nicht viel, doch es war genug. Ich nutzte den Moment, rollte mich zur Seite und versuchte, mich aufzurichten, doch ich wusste, dass ich nicht weit kommen würde. Marcus war außer Kontrolle.

Ich hatte mich kaum aufgerichtet, da war Marcus wieder über mir. Sein Gesicht war verzerrt vor Wut, und ich konnte die Dunkelheit in seinen Augen sehen – eine Wut, die jede Spur von Vernunft verdrängt hatte. Bevor ich etwas tun konnte, holte er aus.

Seine Faust traf meine Seite, ein dumpfer Schmerz explodierte in meinen Rippen und ich keuchte laut auf, als mir die Luft wegblieb. Doch er hielt nicht inne. Seine Schläge kamen immer wieder, hart, brutal und mein Körper wurde von Schmerz und Verzweiflung übermannt.

„Du denkst, du kannst mich so behandeln?" schrie er, während seine Faust erneut heruntersauste, diesmal mein Gesicht traf. Der Schmerz war schneidend und ich fühlte, wie eine heiße Flüssigkeit aus meiner Lippe sickerte – Blut.

Mein Kopf schlug gegen den Boden und alles schien für einen Moment zu verschwimmen.

„Du bist meine Frau, Victoria!" brüllte er, und seine Stimme war durchdringend, erschreckend. „Nur meine!"

Ich hob meine Hände, versuchte, mich zu schützen, doch seine Kraft war überwältigend. Meine Arme zitterten, mein Körper war schwach und ich wusste, dass ich keine Chance hatte, ihm zu entkommen. Tränen stiegen in meine Augen, doch ich biss die Zähne zusammen, weigerte mich, ihm meine Angst zu zeigen.

„Marcus, hör auf!" schrie ich, meine Stimme war gebrochen, doch sie erreichte ihn nicht. Er war ein Mann, der von seiner eigenen Wut verschlungen wurde und nichts, was ich sagte, würde ihn aufhalten.

Ich wusste nicht, wie lange es dauerte, doch irgendwann ließ Marcus endlich von mir ab. Mein Körper war schwach, jeder Atemzug schmerzte und meine Haut brannte an den Stellen, die seine Schläge getroffen hatten. Er stand über mir, seine Brust hob und senkte sich schwer und sein Blick war noch immer voller Wut, doch es schien, als hätte er die Kontrolle wiedergefunden.

„Ich... ich brauche frische Luft", murmelte er, seine Stimme war leise, fast mechanisch.

Ohne ein weiteres Wort wandte er sich ab, griff nach seinen Schlüsseln und verschwand aus dem Haus. Die

Tür fiel mit einem lauten Knall hinter ihm zu und die plötzliche Stille war fast unerträglich. Es war, als hätte der Raum jede Energie, jede Luft verloren.

Ich blieb auf dem Boden liegen, unfähig, mich zu bewegen. Mein Körper zitterte, Schmerzen durchzogen jeden Muskel und meine Gedanken waren ein einziges Chaos. Die Tränen, die ich während der Auseinandersetzung zurückgehalten hatte, fanden jetzt ihren Weg. Sie liefen heiß über meine Wangen und ich schluchzte leise, unfähig, die Flut von Gefühlen zurückzuhalten.

Verzweiflung überrollte mich, mischte sich mit Angst und Scham. Wie war es so weit gekommen? Wie hatte ich mich in eine Situation manövriert, in der ich nichts mehr kontrollieren konnte? Ich fühlte mich klein, zerbrechlich, als würde ich jeden Moment in tausend Stücke zerbrechen.

Doch tief in mir wusste ich, dass ich nicht so bleiben konnte. Ich durfte nicht aufgeben, durfte nicht zulassen, dass Marcus die Macht über mich behielt. Meine Finger griffen nach der Kante des Sofas und ich zog mich langsam hoch, jeder Bewegungsversuch brachte neue Wellen des Schmerzes mit sich.

Ich blickte in den Spiegel an der Wand und das Bild, das mir entgegen starrte, war fast fremd. Meine Lippe war aufgeplatzt, eine Schwellung zeichnete sich an meiner Wange ab und meine Augen waren rot und verweint. Doch hinter all dem sah ich etwas anderes – eine Entschlossenheit, die ich nicht ignorieren konnte. Ich durfte nicht länger in Angst leben. Irgendwie, irgendwann würde ich einen Weg finden, mich aus diesem Albtraum zu befreien. Aber zuerst musste ich mich sammeln, atmen, überlegen, was als Nächstes zu tun war.

Kapitel 25: Wut

Damian

Ich saß auf dem Sofa, die Hände auf meinen Knien verschränkt und starrte ins Leere. Das Essen, das ich zubereitet hatte, stand unberührt auf dem Tisch, die Kerzen, die ich angezündet hatte, brannten still vor sich hin. Alles in mir schrie nach Geduld, doch die Sorge fraß mich auf.

Ich hatte ihr geschrieben – mehrfach. Jede Nachricht war unbeantwortet geblieben und mit jeder Minute, die verstrich, wuchs die Unruhe in mir.

Was, wenn sie nicht kommt? Was, wenn etwas passiert ist? Der Gedanke, dass sie zu Marcus zurückgegangen sein könnte, machte mich krank.

Ich stand auf, begann, durch das Wohnzimmer zu gehen, hin und her, während meine Gedanken sich überschlugen. Ich wollte nicht an das Schlimmste denken, doch es war unmöglich, es nicht zu tun. Victoria war zu stark, zu stolz, um mir einfach aus dem Weg zu gehen. Also musste etwas anderes dahinterstecken. Mein Blick fiel auf mein Handy, das still auf dem Couchtisch lag. Keine Antwort. Kein Zeichen von ihr. Die Dunkelheit der Nacht draußen machte die Stille im Raum noch schwerer.

Vielleicht hat sie es sich anders überlegt, dachte ich, doch der Gedanke fühlte sich falsch an. Das war nicht Victoria. Sie war nicht jemand, der sich ohne ein Wort zurückzog. Und das machte alles nur noch schlimmer. Ich holte tief Luft, versuchte, die Wut und die Sorge in mir zu kontrollieren, doch es war unmöglich. Wenn sie nicht kam, würde ich sie suchen. Das wusste ich. Ich konnte nicht einfach hier sitzen und warten, während die Ungewissheit mich auffraß.

Ich warf einen Blick auf die Uhr. Die Zeit zog sich endlos und die Stille im Raum wurde erdrückend. Ich wusste, dass ich mich nicht mehr lange beherrschen konnte. Victoria war alles, was in meinem Kopf war und die Vorstellung, dass sie irgendwo war, verletzt oder schlimmer, brachte mich um den Verstand.
Ich griff nach meinem Handy, tippte noch eine letzte Nachricht:
„Victoria, bitte sag mir, dass es dir gut geht. Ich mache mir Sorgen. Antworte mir."
Dann legte ich es wieder hin und hoffte, dass es endlich ein Lebenszeichen von ihr geben würde.

Das leise Klopfen an der Tür ließ mich innehalten. Es war kaum zu hören, zögerlich, als würde derjenige auf der anderen Seite nicht sicher sein, ob er überhaupt hereinkommen wollte. Mein Herz setzte einen Schlag aus und ich stand wie angewurzelt da, unfähig, mich zu bewegen. *Victoria?*

Ich eilte zur Tür, riss sie auf und was ich sah, ließ mir das Blut in den Adern gefrieren.
Victoria stand dort. Ihre Bluse aufgerissen, ihr Gesicht gezeichnet von Schwellungen und blauen Flecken. Ihre Lippe war aufgeplatzt, eine Spur getrockneten Blutes zog sich über ihr Kinn. Ihre Augen waren müde, voller Schmerz und sie zitterte leicht, als hätte sie jede Kraft aufgebracht, um überhaupt hierherzukommen.

„Vic", brachte ich schließlich hervor, meine Stimme war kaum mehr als ein Flüstern. Meine Hände griffen nach ihr, hielten sie vorsichtig, als könnte sie jeden Moment zerbrechen. „Was... was ist passiert? Wer hat dir das angetan?"

Sie sah mich an und ich konnte die Tränen sehen, die sich in ihren Augen sammelten. Doch sie sagte nichts, ihre Lippen zitterten, aber es war, als würden die Worte in ihrer Kehle feststecken.

„Komm rein", sagte ich, zog sie sanft ins Apartment und schloss die Tür hinter ihr. Sie stand unsicher da, ihre Arme schlangen sich um ihren Körper und sie wirkte, als könnte sie jeden Moment zusammenbrechen.

„Setz dich", sagte ich, führte sie zum Sofa und sie ließ sich widerstandslos nieder. Ich kniete mich vor sie, nahm ihre Hände in meine und sah sie an.

„Vic, bitte. Sag mir, was passiert ist."

Sie zögerte, sah an mir vorbei, als schämte sie sich, doch schließlich hob sie ihren Blick. „Marcus", sagte sie leise, ihre Stimme war brüchig und ich spürte, wie die Wut in mir aufstieg.

Ich ließ ihre Hände los, stand auf und meine Fäuste ballten sich, während ich versuchte, die aufkommende Wut zu kontrollieren.

„Dieser Bastard...", murmelte ich, meine Stimme war ein tiefes Knurren.

„Ich bringe ihn um."

„Damian, nein", sagte sie schnell, ihre Stimme war jetzt stärker, doch ich konnte die Angst darin hören.

„Bitte, lass es. Ich wollte einfach nur hier her kommen.

Zu dir."

Ich spürte, wie die Wut wie Lava durch meine Adern floss, heiß und unaufhaltsam. Meine Hände ballten sich zu Fäusten und es brauchte all meine Kraft, um nicht loszustürmen und Marcus sofort zur Rechenschaft zu ziehen. Doch ich zwang mich, ruhig zu bleiben – zumindest äußerlich. Für Victoria.
Sie saß auf dem Sofa, ihre Arme noch immer um sich geschlungen. Sie sah mich mit einer Mischung aus Angst und Unsicherheit an. Es war nicht die Angst vor mir – es war die Angst vor dem, was ich tun könnte. Das hielt mich zurück. Doch in meinem Inneren war ich bereits dabei, einen Plan zu schmieden.

Marcus wird dafür bezahlen. Der Gedanke war klar, kalt und er beruhigte die Wut in mir nicht – er lenkte sie. Ich konnte nicht zulassen, dass er ungestraft davon kam. Die Flecken auf Victorias Haut, die Schwellungen in ihrem Gesicht – sie waren wie ein Messer in meiner Brust, ein ständiger Beweis für seine Gewalt. Und ich würde ihn dazu bringen, dafür zu leiden.
„Damian", sagte sie leise, ihre Stimme war zögernd, fast flehend.
„Bitte, lass es. Ich… ich wollte nicht, dass du das siehst."
„Du wolltest nicht, dass ich sehe, was dieser Bastard dir angetan hat?" fragte ich, meine Stimme war ruhig, doch sie zitterte leicht vor unterdrückter Wut.
„Victoria, das hier… das hier ist nicht okay. Es wird nicht passieren, dass ich einfach zusehe."

Sie schüttelte den Kopf, Tränen schimmerten in ihren Augen.

„Es ist kompliziert", murmelte sie. „Er hat... er hat Macht, Damian. Mehr, als du dir vorstellen kannst."

„Macht?" Ich lachte, doch es war ein kaltes, bitteres Geräusch.

„Er hat vielleicht Macht, Vic, aber er ist nicht unantastbar. Niemand ist das."

In meinem Kopf nahm der Plan Gestalt an. Ich würde nicht blind handeln, nicht unüberlegt. Marcus war gefährlich, ja, aber ich war es auch. Ich kannte Männer wie ihn – sie glaubten, dass sie unbesiegbar waren, bis jemand kam und ihnen zeigte, wie falsch sie lagen.

„Du bist hier sicher", sagte ich schließlich, meine Stimme war jetzt ruhiger, doch die Wut brodelte noch immer unter der Oberfläche. „Er wird dir nichts mehr antun, das verspreche ich dir."

„Damian...", begann sie, doch ich schüttelte den Kopf, kniete mich vor sie und nahm ihre Hände in meine.

„Ich werde alles tun, um dich zu schützen", sagte ich leise. „Aber das hier... das wird nicht ungestraft bleiben."

Sie sah mich an, und ich konnte sehen, dass sie hin- und hergerissen war. Doch ich wusste, dass ich das Richtige tun musste – für sie und für uns. Marcus würde dafür bezahlen und ich würde sicherstellen, dass er nie wieder eine Hand an sie legt.

Ich zwang mich, die Wut beiseite zu schieben. Jetzt war nicht der Moment, um Pläne zu schmieden oder Rache zu suchen. Jetzt war sie wichtig. Victoria saß immer noch zitternd auf dem Sofa und ich konnte sehen, wie ihr Körper gegen die Schmerzen und die Erschöpfung ankämpfte. Meine Kehle schnürte sich bei dem Anblick zu, aber ich ließ mir nichts anmerken.

Ich ging zur Kommode, zog eine weiche Decke heraus und legte sie vorsichtig um ihre Schultern. Ihre Haut fühlte sich kalt an unter meinen Fingern und ich zog die Decke etwas fester, als wollte ich sie vor allem schützen, was sie verletzen könnte.

„Bleib sitzen", sagte ich leise, meine Stimme war sanft, ungewohnt, sogar für mich.

„Ich hole etwas."

Sie nickte leicht, ohne ein Wort zu sagen und ich ging ins Badezimmer. Meine Bewegungen waren mechanisch, als ich die Sachen zusammensuchte – Desinfektionsmittel, Wattepads, ein weiches Handtuch. Doch innerlich war ich ein Chaos. Sie war zerbrechlich, verletzt und das Wissen, dass Marcus das getan hatte, brachte mich fast um den Verstand.

Als ich zurückkam, saß sie immer noch da, ihre Arme fest um die Decke geschlungen, als wäre sie der einzige Halt, den sie hatte. Ich kniete mich vor sie, stellte die Sachen ab und unsere Blicke trafen sich. Ihre Augen waren voller Unsicherheit und ich spürte, wie mein Herz sich zusammenzog.

„Das könnte ein bisschen brennen", sagte ich, meine Stimme war ruhig, fast flüsternd.

„Aber ich werde vorsichtig sein."

Sie nickte erneut, und ich begann, vorsichtig zu

arbeiten. Meine Finger berührten ihre Haut nur sanft, während ich die Wunden reinigte. Jeder Kratzer, jede Schwellung war ein stummer Zeuge von Marcus' Gewalt und ich musste mich zwingen, nicht wieder in Wut auszubrechen.

„Du bist so stark", murmelte ich, fast zu mir selbst, während ich weiterarbeitete. „Stärker, als du denkst."

Sie sah mich an und ich konnte die Tränen sehen, die sich in ihren Augen sammelten, doch sie sagte nichts. Stattdessen legte sie ihre Hand leicht auf meine, eine kleine Geste, aber sie fühlte sich an wie eine Bitte, sie nicht aufzugeben.
Ich legte das letzte Wattepad beiseite, beugte mich vor und küsste ihre Stirn, sanft und ohne Dringlichkeit.
„Ich bin hier", sagte ich leise. „Und ich werde nicht zulassen, dass dir nochmal etwas passiert."
Für einen Moment war alles still, nur der leise Klang ihres Atems füllte den Raum. Es war ein Moment, der sich wie ein Versprechen anfühlte – ein Versprechen, das ich mit allem, was ich hatte, halten würde.

****

Victoria

Mein Körper schmerzte bei jeder Bewegung, als würde jede Berührung von Marcus noch auf meiner Haut brennen. Die blauen Flecken, die Wunden – sie waren nicht nur äußerlich. Die Angst, die Scham, die Wut – all das wühlte in mir, machte es schwer zu atmen. Doch hier, in Damians Nähe, fühlte ich etwas anderes. Etwas, das ich schon lange nicht mehr gefühlt hatte: Sicherheit. Er war so anders, als ich ihn bisher kannte. Kein grober, wilder Mann, sondern sanft, liebevoll, fast vorsichtig. Seine Berührungen, die normalerweise von Dominanz und Kraft geprägt waren, waren heute weich, beruhigend. Und obwohl ich mich nach der Hölle, die ich bei Marcus durchgemacht hatte, verloren fühlte, gab mir seine Nähe ein Gefühl von Halt.

„Tut das weh?" fragte er leise, seine Stimme war kaum mehr als ein Flüstern, während er die Decke um mich legte und sicherstellte, dass sie mich vollständig bedeckte.

„Es… es geht", antwortete ich, meine Stimme war brüchig und ich konnte die Tränen kaum zurückhalten. Die Schmerzen waren da, aber sie waren erträglicher, weil ich wusste, dass ich hier bei ihm sicher war.

Er kniete immer noch vor mir, sein Gesicht voller Sorge, seine Augen fixierten jede meiner Bewegungen.

„Du musst mir sagen, wenn es zu viel wird", sagte er und ich konnte sehen, wie schwer es ihm fiel, ruhig zu bleiben. Ich wusste, dass die Wut in ihm kochte, dass er am liebsten losziehen würde, um Marcus zur Rechenschaft zu ziehen.

„Damian…" Meine Stimme zitterte und ich wusste nicht, wie ich fortfahren sollte. Seine Augen richteten sich sofort auf mich und ich spürte, wie eine Welle von Ruhe über mich schwappte.

„Ich bin hier", sagte er leise, seine Hand fand meinen Arm und seine Berührung war beruhigend, sanft. „Du bist sicher, Vic. Er wird dir nie wieder wehtun."
Die Tränen kamen jetzt, heiß und unaufhaltsam und ich ließ sie laufen, ohne sie zurückzuhalten.
„Ich weiß nicht, was ich tun soll", flüsterte ich, mein Blick fiel auf den Boden, während meine Hände die Decke fester umklammerten.
„Du musst nichts alleine tun", sagte er und seine Stimme war fest, voller Entschlossenheit. „Ich bin hier, Vic. Und ich lasse dich nicht allein. Nicht jetzt, niemals."

Seine Worte durchbrachen die Dunkelheit in meinem Kopf und zum ersten Mal seit Langem fühlte ich, dass ich nicht allein war. Trotz der Schmerzen, der Angst, die immer noch an mir nagten, war hier ein Mann, der mich nicht fallen lassen würde. Und in diesem Moment fühlte ich mich sicher.

****

Damian

Victoria war irgendwann eingeschlafen, ihre erschöpfte Gestalt in der Decke eingewickelt. Ihr Atem war ruhig, doch die Spuren der Gewalt waren noch immer deutlich sichtbar auf ihrer Haut. Ich saß eine Weile neben ihr, beobachtete sie und die Wut in mir wuchs mit jeder Sekunde.
Ich stand schließlich auf, zog meine Jacke über und griff

nach meinen Schlüsseln. Es war Zeit. Marcus musste für das bezahlen, was er getan hatte und ich würde sicherstellen, dass er nie wieder eine Hand an sie legt.

Die Straßen waren still, die Dunkelheit der Nacht verschluckte alles. Mein Kopf war klar, fokussiert und ich fühlte keine Spur von Zweifel. Ich wusste, wo ich ihn finden würde. Sein Haus war sein Rückzugsort, sein Reich, das er mit seiner verdammten Kontrolle füllte. Doch heute würde er die Kontrolle verlieren.

Ich parkte ein paar Straßen entfernt, zog die Kapuze über meinen Kopf und machte mich leise auf den Weg zu seinem Haus. Die Wut in mir war wie eine Flamme, die heller brannte, je näher ich kam. Jede Erinnerung an Victorias verletztes Gesicht, an ihre gebrochene Stimme, war wie Öl, das das Feuer anfachte.

Sein Haus war dunkel, doch ich wusste, dass er bald da war. Marcus war ein Mann, der sich in seinem eigenen Territorium sicher fühlte – arrogant, selbstgefällig. Das machte ihn berechenbar. Ich kletterte über den Zaun, bewegte mich lautlos durch den Garten, bis ich eine Hintertür erreichte. Das Schloss war kein Hindernis für mich. Binnen Sekunden war ich drinnen und die Stille des Hauses umhüllte mich wie ein Schleier.
Ich setzte mich in seinen Sessel im Wohnzimmer, ließ meine Hände über die Lehnen gleiten, während ich auf ihn wartete. Der Gedanke an seine Reaktion, wenn er mich hier vorfindet, ließ ein kaltes Lächeln auf meinem Gesicht erscheinen.

Das leise Knarren der Tür verriet mir, dass er nach Hause gekommen war. Seine Schritte hallten durch den Flur und ich blieb ruhig sitzen, meine Hände verschränkt, meine Augen auf die Tür gerichtet. Die Zeit für Worte war vorbei. Marcus hatte eine Grenze überschritten und ich würde ihm zeigen, was es bedeutete, sich mit jemandem wie mir anzulegen.

Die Tür öffnete sich und da stand er: Marcus. Sein Blick fiel sofort auf mich, wie ich entspannt in seinem Sessel saß und für einen Moment schien er überrascht. Doch das hielt nicht lange an. Seine Augen verengten sich und ein kaltes, abfälliges Lächeln spielte um seine Lippen.

„Du bist also der Typ, der meine Frau fickt", sagte er, seine Stimme war ruhig, doch sie trug einen scharfen, bedrohlichen Unterton. Er trat langsam näher, sein Blick musterte mich von Kopf bis Fuß, als wollte er meine Schwachstellen ausloten.
Ich blieb sitzen, meine Hände ruhten locker auf den Armlehnen des Sessels und ich ließ mich nicht von seinem Blick einschüchtern.
„Das bin ich wohl", antwortete ich ruhig, meine Stimme war fest, doch ich konnte die Wut in mir spüren, die bereit war, jeden Moment auszubrechen.
„Und ich bin auch der Typ, der dafür sorgt, dass du sie nie wieder anfasst."
Marcus lachte leise, ein dunkles, kaltes Geräusch, während er seine Jacke ablegte und sie achtlos auf die Couch warf. „Große Worte für jemanden, der in meinem

Haus sitzt", sagte er, während seine Hand in die Innentasche seines Sakkos griff. Als er sie wieder herauszog, hielt er eine Waffe.

„Und was jetzt?" fragte er, hob die Waffe leicht, doch sein Finger blieb noch außerhalb des Abzugs.

„Glaubst du, du kannst einfach hier rein marschieren und mir drohen? Ich denke, du bist dir nicht bewusst, mit wem du dich anlegst."

Ich stand langsam auf, bewegte mich mit einer Ruhe, die ihn offensichtlich irritierte. Mein Blick blieb fest auf seinem, während ich mich vor ihm aufbaute.

„Ich weiß genau, mit wem ich es zu tun habe", sagte ich, meine Stimme war ruhig, doch sie trug eine schneidende Schärfe.

„Ein Mann, der glaubt, dass Gewalt Kontrolle ist. Aber was du mit Victoria gemacht hast, macht dich nicht stark, Marcus. Es macht dich schwach."

Seine Miene wurde noch härter und die Waffe hob sich ein wenig mehr, als wollte er sich damit mehr Macht verschaffen.

„Du weißt nichts über mich", zischte er, seine Stimme war kalt.

„Und du wirst nichts mehr über irgendjemanden erfahren, wenn du dich nicht sofort verpisst."

Ich lächelte leicht, ein kaltes, gefährliches Lächeln und trat einen Schritt näher, ignorierte die Waffe, die jetzt direkt auf mich gerichtet war.

„Du bist ein Feigling, Marcus", sagte ich leise, doch meine Worte waren wie ein Messer. „Und ich werde dir

zeigen, was echte Stärke ist."
Die Spannung im Raum war greifbar und ich konnte
sehen, wie seine Hand leicht zitterte. Marcus hatte die
Kontrolle, die er so sehr schätzte, bereits verloren – und
er wusste es. Doch das hier war noch lange nicht
vorbei.

Er bewegte sich schnell, die Waffe in seiner Hand war
sicher, seine Haltung stabil – kein Wunder, schließlich
war er ein Cop. Doch ich hatte das schon oft gesehen,
wusste, wie Männer wie er dachten. Sie verließen sich
auf ihre Macht, ihre Ausbildung und unterschätzten
immer diejenigen, die in den Schatten lebten. Mich.
Ich wartete, bis er den ersten Schritt machte, wich
seinem Schlag aus und packte sein Handgelenk, drehte
es mit einer präzisen Bewegung, bis die Waffe aus
seiner Hand fiel. Sie landete mit einem dumpfen Knall
auf dem Boden und ich trat sie mit meinem Fuß zur
Seite, außer Reichweite.

„Du bist gut", sagte ich leise, während ich ihn mit einer
schnellen Bewegung zurückstieß. Er taumelte, fing sich
schnell, doch ich war bereits über ihm. Meine Faust traf
sein Gesicht, ein harter, kontrollierter Schlag, der ihn auf
die Knie zwang.

„Hast du sie hier geschlagen?" fragte ich, meine Stimme
war ruhig, doch sie trug einen scharfen, bedrohlichen
Unterton. Ich packte ihn am Kragen, zog ihn hoch und
schlug erneut zu, härter diesmal.
„Hat sie hier gelegen, Marcus? Hat sie hier gelegen, als

du sie gewürgt hast?"

Er keuchte, sein Kopf fiel zurück und ich stieß ihn mit voller Kraft auf den Boden. Sein Körper prallte gegen den Holzboden und ich sah, wie er kurz nach Luft schnappte, doch ich ließ ihm keine Zeit, sich zu sammeln.

Ich trat näher, meine Stimme war ein leises Knurren.

„Hat es dich geil gemacht, sie so zu sehen? Hast du dich stark gefühlt, Marcus?"

Er spuckte Blut aus, sein Blick war voller Wut, doch ich konnte die Angst darin sehen.

„Du hast keine Ahnung, wovon du redest", zischte er, doch seine Stimme war schwach, brüchig.

Ich kniete mich über ihn, packte ihn am Hemd und zog ihn näher zu mir.

„Ich weiß genau, wovon ich rede", sagte ich, meine Worte waren wie ein Messer, das sich in ihn bohrte.

„Und ich werde sicherstellen, dass du nie wieder die Gelegenheit hast, ihr etwas anzutun."

Er versuchte, sich zu wehren, doch ich drückte ihn mit voller Kraft gegen den Boden, meine Hände fest an seinem Kragen. Sein Gesicht wurde rot, und ich sah, wie die Panik in seinen Augen wuchs.

„Du bist ein Feigling, Marcus", sagte ich leise. „Und ich werde dich für jeden Schmerz zahlen lassen, den du ihr zugefügt hast."

Es fiel mir schwer, aufzuhören. Mein Herz hämmerte in meiner Brust, mein Atem war schwer und die Wut in mir schrie danach, Marcus hier und jetzt zu töten. Doch ich hatte andere Pläne. Es wäre zu einfach gewesen, ihn hier liegen zu lassen, besiegt und verletzt.

Er sollte spüren, was es bedeutet, seine Macht zu verlieren – was es bedeutet, von jemandem wie mir bestraft zu werden.

Ich griff nach seinem Kragen, zog ihn hoch, während er schwach nach Luft schnappte. Sein Körper war schwer, doch ich war stärker. Ich schleifte ihn zur Tür, durch den Vorgarten, bis wir bei seinem Auto ankamen. Er versuchte sich zu wehren, doch es war sinnlos. Mit einem festen Griff öffnete ich die Beifahrertür und drückte ihn hinein.

„Bleib sitzen", zischte ich, meine Stimme war gefährlich ruhig, während ich die Tür zuschlug und auf die Fahrerseite ging. Marcus keuchte, hielt sich an der Tür fest, doch er sagte nichts. Sein Gesicht war blutverschmiert und ich konnte sehen, wie die Angst langsam über die Wut in seinen Augen triumphierte.

Ich startete den Wagen und fuhr los, das Lenkrad fest umklammert. Meine Gedanken rasten, während ich den Weg zu meinem Apartment zurücklegte.

Victoria. Sie schlief wahrscheinlich noch, ahnungslos, dass ich gerade dabei war, den Mann, der sie zerstören wollte, zu ihr zu bringen.

Die Fahrt war still, abgesehen von Marcus' unregelmäßigem Atem.

„Was... was hast du vor?" murmelte er schließlich, seine Stimme war schwach, doch ich hörte die Panik darin.

„Das wirst du schon noch sehen", sagte ich kalt, ohne ihn anzusehen. „Aber ich verspreche dir, Marcus, du wirst es nicht vergessen."

Ich hielt vor meinem Apartment, stieg aus und öffnete die Beifahrertür. Marcus versuchte, sich zu wehren, doch ich packte ihn fester, zog ihn aus dem Auto und schleifte ihn durch den Flur. Mein Griff an seinem Kragen war unnachgiebig und ich spürte, wie sich meine Entschlossenheit noch verhärtete.

Ich öffnete die Tür zu meinem Apartment, die Dunkelheit des Raumes schluckte uns beide. Victoria schlief immer noch auf dem Sofa, in die Decke gehüllt, ihr Atem war ruhig. Der Kontrast zwischen ihrer Ruhe und Marcus' keuchendem, schwachen Zustand war fast grotesk.

„Willkommen", sagte ich leise, meine Stimme war voller kalter Kontrolle. Ich stieß Marcus zu Boden, direkt vor dem Sofa, wo Victoria schlief und trat einen Schritt zurück.

„Du solltest dir das ansehen, Marcus", murmelte ich, meine Stimme war ein gefährliches Flüstern.

„Das ist die Frau, die du zerstören wolltest. Aber jetzt liegt es an mir, dir zu zeigen, was wahre Stärke ist."

Victoria schlief tief, ihre Atmung ruhig, ein sanfter Rhythmus, der mich fast davon abhielt, sie aufzuwecken. Doch das hier war nötig. Marcus lag auf dem Boden, sein Atem ging schwer. Er wusste, dass er in der Falle saß, dass es keinen Ausweg gab.

Ich verschränkte die Arme, lehnte mich gegen die Wand und wartete. Es dauerte nicht lange.

Vic regte sich unter der Decke, murmelte etwas Unverständliches und öffnete langsam die Augen. Der Schlaf war noch in ihrem Blick, doch das änderte sich in dem Moment, als ihre Augen auf Marcus trafen. Ein ersticktes Keuchen entkam ihren Lippen und ich sah, wie ihre ganze Haltung sich veränderte – von Ruhe zu purer Panik. Sie setzte sich hastig auf, die Decke fiel von ihren Schultern und ihr Blick huschte zwischen mir und Marcus hin und her.

„Damian… was… was macht er hier?" flüsterte sie, ihre Stimme zitterte und ich konnte die Angst darin spüren.

Ich trat näher, meine Stimme war ruhig, doch sie trug eine Schärfe, die ich nicht verbergen konnte.

„Er ist hier, weil er dir etwas zu sagen hat."

Marcus keuchte, drehte seinen Kopf langsam zu mir, doch ich griff nach seinem Kragen und zog ihn nach oben, bis er auf die Knie gezwungen war.

„Sag es", zischte ich, meine Stimme war leise, aber sie ließ keinen Raum für Widerspruch. „Sag ihr, was du getan hast und entschuldige dich."

Er zögerte, sein Blick war voller Widerstand, doch ich verstärkte meinen Griff und ich sah, wie er vor Schmerz zusammenzuckte.

„Los, Marcus", murmelte ich, meine Stimme war ein gefährliches Flüstern. „Oder ich werde dafür sorgen, dass du es bereust."

„Victoria", begann er schließlich, seine Stimme war heiser, schwach, doch sie trug eine Spur von Reue, auch wenn sie wahrscheinlich erzwungen war.

„Es tut mir leid. Für alles. Für… für das, was ich dir angetan habe."

Victoria starrte ihn an, ihre Augen waren weit vor Angst und Verwirrung und ich sah, wie ihre Hände sich um die Decke klammerten.
„Was… was soll das?" fragte sie, ihre Stimme zitterte, doch ich konnte den Hauch von Wut darin hören.
„Das ist die Wahrheit, Vic", sagte ich leise, ließ Marcus los und er fiel keuchend zu Boden. „Er wollte dich brechen. Aber jetzt weiß er, dass er es nicht kann. Und ich wollte, dass du siehst, dass er schwach ist. Dass er nicht mehr die Macht über dich hat, die er denkt, die er hat."

Victoria sah mich an, ihre Augen waren voller Fragen, doch ich konnte sehen, dass sie versuchte, all das zu verarbeiten. Marcus lag am Boden, ein Schatten des Mannes, der sie terrorisiert hatte und ich wusste, dass dies erst der Anfang war. Doch es war ein Anfang, den ich für sie geschaffen hatte – und den ich für uns beide zu Ende bringen würde.

****

Victoria

Ich saß auf dem Sofa, die Decke fest um mich geschlungen, mein Herz schlug so laut, dass ich kaum denken konnte. Marcus lag noch vor mir auf dem

Boden, geschlagen, gedemütigt, doch das änderte nichts an der Angst, die in mir brodelte. Damian hatte ihn gebracht, ihn gezwungen, sich zu entschuldigen – aber was würde jetzt passieren?

Damian packte Marcus grob am Arm und zog ihn hoch. „Du hast hier nichts mehr zu suchen", sagte er, seine Stimme war kalt, hart.

„Verschwinde, bevor ich vergesse, dass du noch atmest."

Marcus wankte, Blut sickerte aus seiner aufgeplatzten Lippe und sein Blick war ein Mix aus Hass und Furcht. „Das war ein Fehler", murmelte er, seine Stimme war schwach, doch ich konnte die Drohung darin spüren.

„Ihr werdet das beide bereuen."

Damian blieb ruhig, doch ich sah, wie sich seine Kiefermuskeln anspannten.

„Wir werden sehen", sagte er leise, bevor er ihn zur Tür zog. Ich hörte, wie die Tür ins Schloss fiel und plötzlich war es still.

Ich saß immer noch da, mein Atem ging unregelmäßig und ich fühlte mich, als würde ich jeden Moment in tausend Teile zerbrechen. Damian kehrte zurück, seine Bewegungen waren ruhig, kontrolliert, doch ich konnte die Wut in ihm spüren, die noch immer wie ein Feuer loderte.

„Er ist weg", sagte er, seine Stimme war ruhig, fast sanft.

„Er wird dir nichts mehr tun."

Ich sah ihn an, meine Gedanken rasten.

„Damian… was hast du getan?" Meine Stimme war

leise, zitternd und ich konnte die Tränen fühlen, die in meinen Augen brannten.

„Er ist ein Cop. Du weißt, wozu er fähig ist. Was, wenn er uns beide zerstört? Was, wenn—"

„Er wird nichts tun", unterbrach er mich, trat näher und setzte sich neben mich.

„Ich habe ihm gezeigt, dass er nicht unantastbar ist. Und er weiß jetzt, dass ich alles tun werde, um dich zu beschützen."

Ich schüttelte den Kopf, die Tränen liefen jetzt heiß über meine Wangen.

„Das verstehst du nicht", flüsterte ich.

„Er hat Verbindungen, Damian. Er wird nicht einfach verschwinden. Und ich… ich habe Angst."

Seine Hand legte sich sanft auf meine Schulter, zog mich näher zu ihm.

„Ich verstehe deine Angst, Vic", sagte er leise. „Aber ich verspreche dir, ich lasse nicht zu, dass er dir jemals wieder wehtut. Er kann versuchen, was er will, aber ich werde immer einen Schritt vor ihm sein."

Ich wollte ihm glauben. Ich wollte die Sicherheit spüren, die er mir zu geben versuchte. Doch in meinem Inneren war die Angst ein ständiges Flüstern, das mich daran erinnerte, dass Marcus nicht so leicht aufgab. Und ich wusste, dass dies noch lange nicht vorbei war.

Kapitel 26: Die Tage der Ruhe

Victoria

Die Tage vergingen wie in einem seltsamen Nebel. Ich hatte mich krankgemeldet, eine Entscheidung, die ich noch nie zuvor getroffen hatte, aber ich wusste, dass ich nicht bereit war, in das Department zurückzukehren. Marcus war noch da draußen und obwohl Damian alles in seiner Macht Stehende tat, um mir Sicherheit zu geben, war die Angst immer da – ein leises Flüstern, das mich nicht losließ.

Damian hatte darauf bestanden, dass ich bei ihm blieb. Seine Wohnung, die zuvor wie ein Rückzugsort gewirkt hatte, fühlte sich nun wie ein Schutzschild an. Er war immer in meiner Nähe, seine Präsenz war beruhigend, auch wenn ich wusste, dass er immer wachsam war, immer auf das nächste Zeichen von Gefahr achtete.

Unsere Tage waren still, fast friedlich. Wir sprachen viel – über alles und nichts. Er zeigte mir Seiten von sich, die ich vorher nicht gesehen hatte und ich fühlte, wie sich etwas in mir entspannte, obwohl die Welt außerhalb dieser Wände noch immer drohte, alles zu zerstören. Manchmal kochte er für mich, einfache Gerichte, doch sie schmeckten besser, als ich erwartet hatte. An anderen Abenden saßen wir einfach auf dem Sofa, eingewickelt in eine Decke, während ein Film leise im Hintergrund lief. Seine Nähe war wie ein Anker, etwas, das mich davon abhielt, in meine eigene Angst zu versinken.

Doch die Nächte waren schwerer. Albträume verfolgten mich, Bilder von Marcus, seine Hände, seine Stimme. Ich wachte oft auf, keuchend, mein Herz raste und Damian war immer da. Er zog mich in seine Arme, hielt mich fest, bis ich mich beruhigte.
„Du bist sicher", flüsterte er jedes Mal und obwohl es schwer war, daran zu glauben, fühlte ich mich in diesen Momenten, als könnte das tatsächlich stimmen.

Es war nicht einfach, aber ich wusste, dass ich diese Zeit brauchte. Ich musste heilen, mental und körperlich.

Und Damian war da, unterstützte mich auf eine Weise, die ich nie erwartet hätte. Doch tief in mir wusste ich, dass dies nur eine Pause war. Marcus würde nicht einfach verschwinden. Und ich wusste, dass der Tag kommen würde, an dem ich mich ihm wieder stellen musste.

****

Damian

Die Tage mit Victoria in meiner Wohnung waren anders als alles, was ich je erlebt hatte. Ihre Zerbrechlichkeit, die Art, wie sie sich manchmal in sich selbst zurückzog, machte mich auf eine Weise an, die ich nicht erklären konnte. Es war nicht ihre Schwäche, die mich erregte – es war ihre Stärke, die darunter lag, die Art, wie sie trotz allem, was sie durchgemacht hatte, weiterkämpfte. Aber es machte mich auch schwach. Schwach, weil ich wusste, dass ich nicht der Mann war, den sie brauchte. Schwach, weil ich spürte, wie sehr ich mich zu ihr hingezogen fühlte, auch wenn ich wusste, dass ich sie verletzen könnte – nicht mit Absicht, aber durch die Dunkelheit, die ich mit mir trug.

Ich beobachtete sie oft, wenn sie schlief, wenn sie sprach, wenn sie einfach nur still da saß und aus dem Fenster schaute. Ihre Wunden waren noch immer sichtbar, aber es waren die unsichtbaren Narben, die sie trug, die mich am meisten trafen. Sie hatte mehr durchgemacht, als irgendein Mensch ertragen sollte und ich wollte sie schützen – doch gleichzeitig wusste ich, dass ich die Kontrolle über mich selbst manchmal kaum halten konnte.

Abende waren am schwersten. Sie lehnte sich oft gegen mich, suchte meine Nähe und ich spürte, wie mein Körper auf sie reagierte. Ihre Haut war weich, ihr Duft füllte meine Sinne und es fiel mir schwer, die Grenze zwischen Schutz und Verlangen nicht zu überschreiten. „Damian", flüsterte sie eines Abends, als sie sich in die Decke gewickelt an mich schmiegte. Ihre Stimme war leise und ich spürte, wie meine Brust sich zusammenzog.
„Danke, dass du hier bist."
Ich konnte nichts sagen, konnte nur nicken, weil ich wusste, dass meine Worte nicht reichen würden. Mein Verlangen nach ihr war ein Feuer, das ich kaum löschen konnte, doch ich wusste, dass ich vorsichtig sein musste. Ich wollte sie nicht brechen – niemals.

Es gab Momente, in denen ich mich fast nicht zurückhalten konnte. Wenn sie mich ansah, mit diesen Augen, die sowohl Stärke als auch Verletzlichkeit zeigten. Wenn sie mich berührte, leicht, fast flüchtig, aber genug, um mein Blut zum Kochen zu bringen. Doch ich zwang mich, still zu bleiben, meine Hände zu kontrollieren. Sie hatte genug durchgemacht und ich würde sie nicht zu einem weiteren Opfer meiner

Dunkelheit machen. Aber es wurde immer schwerer und ich wusste, dass der Moment kommen würde, in dem ich entweder alles zu verlieren riskierte – oder endlich die Kontrolle über mich selbst bewies.

Ich saß auf der Couch, ein Whiskyglas in der Hand, doch der Alkohol tat nichts, um die Hitze in mir zu dämpfen. Victoria war im Badezimmer und der Klang des fließenden Wassers erfüllte die Stille. Ich versuchte, meine Gedanken zu ordnen, mich zu fokussieren, doch jeder Moment mit ihr machte das unmöglich.
Dann hörte ich, wie die Tür des Badezimmers sich öffnete. Ich hob den Blick – und jede Kontrolle, die ich so mühsam aufrechterhalten hatte, brach in diesem Moment zusammen.

Sie stand dort, nur in ein Handtuch gewickelt, ihr Haar war noch feucht und kleine Wassertropfen liefen über ihre Schultern, ihre Haut. Sie sah mich an und ihre Augen waren ruhig, fast neugierig, doch sie hatte keine Ahnung, was sie mit diesem Anblick in mir auslöste.
„Damian?" Ihre Stimme war leise, fast zögernd und ich wusste, dass ich antworten sollte, dass ich etwas sagen sollte, doch die Worte blieben mir im Hals stecken.

Ich stand auf, das Glas in meiner Hand zitterte leicht und ich stellte es auf den Tisch, bevor ich einen Schritt auf sie zumachte. Mein Blick wanderte über ihren Körper, über die zarte Haut, die nur von diesem einen

Stück Stoff bedeckt war und ich fühlte, wie die Wut, die Leidenschaft, die Sehnsucht in mir explodierten.

„Du solltest nicht so vor mir stehen", murmelte ich, meine Stimme war rau, fast ein Knurren, als ich näher trat.

„Warum nicht?" fragte sie, ihre Augen hielten meinen Blick und ich sah die Verwirrung darin. Doch sie wich nicht zurück und das brachte mich endgültig um den Verstand.

Ich griff nach ihrer Taille, zog sie mit einer schnellen Bewegung zu mir und das Handtuch verrutschte leicht.

„Weil ich nicht gut darin bin, mich zurückzuhalten, Victoria", murmelte ich, meine Lippen waren dicht an ihrem Ohr und ich konnte spüren, wie ihr Atem schneller wurde.

„Damian", flüsterte sie, doch ihre Stimme war ein Keuchen und ich wusste, dass sie genauso verloren war wie ich. Meine Hände glitten über ihre Haut, zogen das Handtuch weg und es fiel lautlos zu Boden. Sie stand jetzt nackt vor mir und meine Augen suchten jede Linie, jede Kurve ihres Körpers.

„Sag mir, ich soll aufhören", murmelte ich, doch ich wusste, dass ich es nicht könnte, selbst wenn sie es wollte. Meine Lippen fanden ihre, wild, fordernd und ich spürte, wie sie sich mir hingab, ihre Arme fanden meinen Nacken und ihr Körper schmiegte sich an meinen.

Der Moment war ein Sturm, ein Feuer, das uns beide verschlang, und ich wusste, dass ich jetzt endgültig die Kontrolle verloren hatte. Aber in diesem Moment war es mir egal – alles, was zählte, war sie, Victoria und die Art, wie sie mich fühlen ließ.

Ich wollte sanft sein. Ich wollte sie berühren, als wäre sie etwas Zerbrechliches, etwas Kostbares, das ich nicht zerstören durfte. Doch das Feuer in mir war zu stark. Es brannte, fraß jede Spur von Zurückhaltung und ich konnte mich nicht mehr zurückhalten. Nicht mit ihr. Nicht in diesem Moment.

Meine Hände glitten über ihren Körper, zuerst langsam, als könnte ich mich an meiner eigenen Beherrschung festklammern. Doch das hielt nicht lange. Die Sehnsucht, die rohe Leidenschaft, die sie in mir auslöste, war wie ein Sturm und ich verlor mich darin. Meine Finger wurden fester, meine Berührungen fordernder und ich hörte, wie sie leise keuchte.
„Du machst mich wahnsinnig, Victoria", murmelte ich, meine Stimme war rau, fast ein Knurren, als ich sie an mich zog, ihre nackte Haut gegen meine fühlte.
„Ich kann nicht sanft sein. Nicht mit dir."
Sie sah mich an, ihre Augen waren weit und ich wusste, dass sie die Dunkelheit in mir sah. Doch sie wich nicht zurück. Stattdessen legte sie ihre Hände an meinen Nacken, zog mich näher und ich spürte, wie ihr Atem auf meinen Lippen brannte.
„Dann sei es nicht", flüsterte sie, ihre Stimme war leise, doch ihre Worte trafen mich wie ein Schlag. Sie hatte mir die Erlaubnis gegeben, mich ganz in sie zu verlieren und ich wusste, dass es kein Zurück mehr gab.

Ich hob sie hoch, ihre Beine schlangen sich um meine Hüften und ich trug sie zum Bett. Doch ich ließ sie nicht sanft nieder – ich ließ sie fallen, mein Blick hielt ihren, während ich mich über sie beugte. Meine Hände fanden ihre Hüften, zogen sie fester zu mir und ich spürte, wie mein Griff fester wurde, grober.

„Ich will dich spüren", murmelte ich, meine Stimme war tief, fast bedrohlich, doch sie sah mich nur an, ohne Furcht. „Jeden verdammten Teil von dir."

Meine Lippen fanden ihren Hals, ihre Schultern und ich ließ keine Zurückhaltung mehr zu. Ich wollte sie besitzen, wollte, dass sie wusste, dass sie mir gehörte, ganz und gar. Meine Stärke, meine Macht – alles war in diesem Moment für sie. Und obwohl ich wusste, dass ich sie nicht brechen wollte, konnte ich nicht anders, als mich in diesem Sturm aus Leidenschaft und Dunkelheit zu verlieren.

Alles, was ich fühlte, war das Verlangen. Es war überwältigend, ein brennender Sturm, der jede Spur von Kontrolle auslöschte. Victoria war unter mir und ich konnte die Spannung in ihrem Körper spüren, die Art, wie sie auf jede meiner Bewegungen reagierte. Es war, als würde sie mich genauso wollen, wie ich sie wollte – mit all meiner Dunkelheit, meiner Wildheit.

Meine Hände glitten über ihre Haut, hart, fordernd. Ihre Arme hielt ich mit einer Hand über ihren Kopf fest, als wollte ich sicherstellen, dass sie nicht entkam – doch sie wehrte sich nicht. Ihr Blick war auf meinen gerichtet, ihre

Augen waren weit und ich sah, wie ihr Atem schneller ging.

„Du gehörst mir", murmelte ich, meine Stimme war tief, fast ein Knurren, während ich nach etwas auf dem Nachttisch griff. Es war ein Gürtel der dort lag und ich sah, wie ihre Augen darauf fielen. Sie sagte nichts, doch ihre Brust hob und senkte sich schneller, als ich ihre Handgelenke zusammen band.

Ich zog den Gürtel fest, gerade so, dass sie keine Bewegungsspielraum hatte, doch nicht so, dass es ihr weh tat. Noch nicht. Meine Hände fanden ihren Hals, hielten ihn leicht, während ich mich über sie beugte.

„Sag mir, dass du mir vertraust", forderte ich, mein Blick hielt ihren fest.

„Ich... ich vertraue dir", flüsterte sie, ihre Stimme zitterte leicht, doch ich konnte die Wahrheit in ihren Worten hören.

Mein Griff wurde fester, gerade genug, um sie zu spüren, um sie zu kontrollieren. Meine Lippen fanden ihren Hals, ihre Schultern und ich ließ die Wildheit in mir freien Lauf. Meine Bewegungen waren hart, unnachgiebig und ich konnte ihre Reaktionen spüren – wie sie sich mir hingab, wie sie sich in diesem Moment verlor, genauso wie ich.

„Du bist perfekt", murmelte ich zwischen den Küssen, meine Stimme war heiser, voller Verlangen.

„Und du bist mein."

Meine Hände wanderten über ihren Körper, erkundeten jede Linie, jeden Zentimeter ihrer Haut, während mein Griff an ihrem Hals sanft blieb, doch immer präsent. Es

war ein Spiel aus Macht und Kontrolle und in diesem Moment war sie ganz und gar mein.
Alles andere war egal. Es gab nur uns, in diesem wilden Chaos, das uns beide verschlang.

Das Feuer in mir brannte unaufhaltsam, jede Bewegung war von Verlangen und roher Leidenschaft getrieben. Victoria keuchte unter mir, ihre Hände immer noch gefesselt, ihr Körper war weich, warm und ich spürte, wie sie sich mir ganz hingab. Doch es war nicht genug. Ich wollte mehr – brauchte mehr.

Mit einem schnellen, bestimmten Ruck drehte ich sie um, sodass sie nun auf dem Bauch lag. Sie keuchte leise, überrascht von der Bewegung, doch sie sagte nichts. Ich beugte mich über sie, meine Hände fanden ihre Hüften, zogen sie näher zu mir.

„Du gehörst mir, Victoria", murmelte ich, meine Stimme war tief, fast ein Knurren, während meine Finger fordernd über ihren Rücken glitten. „Ganz und gar."
Ich sah, wie sie ihren Kopf leicht drehte, mich über die Schulter ansah und ich konnte das Verlangen in ihren Augen sehen – gemischt mit einer Spur von Unsicherheit. Doch sie widersprach nicht, bewegte sich nicht weg und ich wusste, dass sie mir in diesem Moment vertraute.

Meine Hände wurden fester, zogen sie noch näher und ich spürte, wie mein Atem schwerer wurde. Meine Lippen fanden ihren Nacken, hinterließen heiße Küsse, während meine Hände ihre Hüften festhielten, fast grob. Es gab keine Zurückhaltung mehr, keine Vorsicht – nur uns, roh, wild, unaufhaltsam.

„Du machst mich wahnsinnig", murmelte ich, meine Stimme war ein tiefes Flüstern, während ich mich in ihr verlor. Meine Bewegungen waren hart, unnachgiebig und ich spürte, wie sie sich unter mir wand, sich meinem Rhythmus anpasste.

Ihre keuchenden Atemzüge füllten den Raum, vermischten sich mit meinen, und alles um uns herum verschwamm.

Alles in mir war ein Wirbelsturm aus Verlangen, Macht und der Dunkelheit, die ich so oft in mir unterdrückt hatte. Doch mit Victoria konnte ich mich nicht zurückhalten. Sie war der einzige Mensch, bei dem ich all das entfesseln konnte, was ich tief in mir trug. Und sie ließ mich.

Ich griff nach ihrem Haar, zog es fest und ich hörte, wie sie scharf einatmete, fast schon vor Schmerz aufschrie. Der Klang ließ mein Herz schneller schlagen und ein dunkles Lächeln breitete sich auf meinem Gesicht aus. Sie wand sich unter mir, doch ich hielt sie fest, zog ihren Kopf leicht nach hinten, sodass ihr Hals sich mir präsentierte.

„Sag mir, dass du mich willst", knurrte ich, meine Stimme war tief, rau vor Verlangen.

„Sag es, Vic."

„Ich will dich", keuchte sie, ihre Stimme zitterte.

Meine Hand glitt von ihren Haaren zu ihrem Hals, umfasste ihn fest, aber gerade so, dass ich ihre Reaktionen beobachten konnte. Ihre Atmung wurde schneller, ihre Haut war heiß unter meinen Fingern und ich spürte, wie sie sich meinem Griff hingab. Es war ein Spiel aus Kontrolle und Vertrauen und ich war vollkommen in diesem Moment gefangen.

„Du bist so verdammt schön, wenn du dich mir hingibst", murmelte ich, meine Lippen fanden ihren Nacken, während ich meine Finger leicht um ihren Hals fester zog.

„Ich will dich so, wie du bist. Ganz. Ohne Grenzen."

Sie keuchte wieder, ihr Körper spannte sich an und ich spürte, wie sie sich mir erneut öffnete, sich meinem Rhythmus anpasste. Es war eine Mischung aus Schmerz und Lust, und ich konnte sehen, wie sehr sie sich in diesem Moment verlor, genauso wie ich.

Mein Verlangen war wie ein Sturm, wild und unaufhaltsam und ich spürte, wie die Dunkelheit in mir immer mehr die Kontrolle übernahm. Victoria war unter mir, vor mir, ein Teil dieses Chaos, das wir zusammen geschaffen hatten. Ich hatte sie fest, meine Hände hielten sie an den Hüften, während ich sie hart nahm, meine Bewegungen von reiner Leidenschaft und Macht getrieben.

Ihre Haut war heiß unter meinen Händen und ich konnte spüren, wie sie zitterte, sich mir hingab, auch wenn ihre Atemzüge schneller und ihre Bewegungen unkontrollierter wurden. Meine Hände glitten von ihren

Hüften zu ihren Brüsten, umfassten sie fordernd, während ich meinen Rhythmus beschleunigte.

„Du bist unglaublich", knurrte ich, meine Stimme war rau, fast animalisch und ich spürte, wie mein Griff an ihrem Hals fester wurde, als ich sie näher zu mir zog. „Du machst mich verrückt, Vic. Ich kann nicht aufhören."

Ihr Kopf fiel leicht zurück und ich hörte ein leises Keuchen, ein Laut, der irgendwo zwischen Lust und Überwältigung lag. Meine Finger um ihren Hals wurden fester und ich spürte, wie die Kontrolle über mich selbst fast völlig schwand. Alles in mir schrie danach, sie ganz und gar zu besitzen, sie zu spüren, wie sie mir in diesem Moment völlig gehörte.

„Sag, dass du mir vertraust", murmelte ich, mein Atem war heiß an ihrem Ohr und meine Hand hielt ihren Hals mit einer Mischung aus Macht und Vorsicht.

„Ich… vertraue dir", keuchte sie, ihre Stimme war brüchig.

Doch ich wusste, dass ich am Rande stand, dass ich mich fast völlig verlor. Meine Bewegungen wurden härter, unkontrollierter und ich spürte, wie die Intensität in mir immer mehr wuchs. Meine Hände wanderten über ihren Körper, erforschten sie.

„Verdammt, Vic", flüsterte ich, meine Stimme war kaum mehr als ein Knurren, während ich meinen Griff um ihren Hals leicht lockerte, genug, um ihre Reaktionen zu beobachten.

„Du machst mich schwach und stark zugleich."

Der Rausch hatte mich vollkommen ergriffen. Meine
Bewegungen waren kontrolliert und doch wild, eine
Mischung aus Leidenschaft und der unaufhaltbaren
Dunkelheit, die mich durchzog. Ich drehte sie mit einem
schnellen Ruck um, sodass ich ihr Gesicht sehen
konnte. Ihre Augen waren weit, ihre Lippen leicht
geöffnet und ihr Atem ging schwer. Sie sah aus wie pure
Hingabe und das trieb mich noch mehr an.
Ich hob sie hoch, ihre Beine schlangen sich instinktiv um
meine Hüften und ich spürte, wie sie sich mir entgegen
bog. Mit einem festen Griff hielt ich sie an ihren Hüften,
ihr Rücken prallte sanft gegen die kalte Wand und ein
leises Keuchen entwich ihren Lippen.
„Du gehörst mir", murmelte ich, meine Stimme war tief,
fast ein Knurren, während ich sie ansah.
„Jeder verdammte Teil von dir."

Ihre Hände fanden meinen Nacken, ihre Nägel gruben
sich leicht in meine Haut und ich fühlte, wie sie sich an
mich klammerte. Meine Bewegungen wurden härter,
unnachgiebig, und ich spürte, wie die Wand leicht bebte
unter unserer Leidenschaft. Ihre Wärme, ihre Lauten –
alles daran ließ mich die Kontrolle verlieren, doch ich
wollte noch mehr.
Meine Lippen fanden ihren Hals, ihre Schulter,
hinterließen heiße Küsse, die von meinen Bissen
unterbrochen wurden. Ihre Haut schmeckte nach Salz
und Verlangen, ich konnte nicht genug bekommen.
Meine Hände wanderten über ihren Körper, fordernd,
fest.
„Sag es", verlangte ich, mein Blick hielt ihren und ich

sah, wie ihre Augen vor Leidenschaft glänzten. „Sag mir, dass du mir gehörst."

„Ich gehöre dir", keuchte sie, ihre Stimme war leise, doch die Worte trafen mich tief, wie ein Feuer, das mich noch mehr verschlang.

Ich drückte sie noch fester gegen die Wand, meine Bewegungen wurden intensiver, härter und ich spürte, wie der Moment uns beide vollständig einnahm. Es gab keinen Halt, keine Grenzen – nur uns, in diesem Sturm aus roher Leidenschaft, der alles andere bedeutungslos machte.

****

Victoria

Mein Körper war erschöpft, jede Faser fühlte sich brennend an, doch es war eine angenehme Art von Schmerz. Meine Beine zitterten, kaum in der Lage, mich zu tragen, während ich gegen Damian lehnte. Mein Atem war schwer und ich spürte, wie mein Kreislauf rebellierte, doch nichts davon zählte wirklich. Was gerade passiert war, war roh, wild – und unglaublich intensiv.

Ich spürte die Spuren, die Damian auf meinem Körper hinterlassen hatte. Seine Finger, seine Hände, die mich gehalten, gedrückt, geführt hatten – sie hatten ihre Zeichen hinterlassen und ich wusste, dass ich sie morgen sehen würde. Doch diese Spuren fühlten sich nicht an wie die von Marcus.

Nein, sie waren anders. Sie überschatteten die blauen Flecken, die Marcus mir zugefügt hatte. Sie waren das Gegenteil – Zeichen von Leidenschaft, nicht von Gewalt.

Ich sah Damian an, sein Atem ging schwer, sein Blick war dunkel, intensiv, doch ich sah auch etwas anderes in seinen Augen. Etwas, das mich dazu brachte, meine Hand auszustrecken und leicht seine Wange zu berühren.

„Du bist… ein Wahnsinniger", flüsterte ich, meine Stimme war brüchig, doch ein schwaches Lächeln spielte um meine Lippen.

„Aber das war… unglaublich."

Er lächelte leicht, ein gefährliches, selbstzufriedenes Lächeln, während er seinen Kopf gegen meinen lehnte.

„Ich habe dir gesagt, dass du mir gehörst", murmelte er, seine Stimme war tief, rau vor Nachklang. „Und jetzt weißt du es."

Ich lehnte meinen Kopf gegen seine Brust, spürte, wie sein Herz noch immer schnell schlug. Mein Körper schrie nach Ruhe, nach Erholung, doch ich konnte mich nicht von ihm lösen. Die Art, wie er mich angesehen, berührt, beansprucht hatte – es war furchteinflößend und aufregend zugleich.

„Ich kann kaum stehen", gestand ich leise, ein schwaches Lächeln spielte um meine Lippen, während ich versuchte, mich auf meine zitternden Beine zu konzentrieren.

Er hob mich mit einer Leichtigkeit, die mich fast beschämte und trug mich zum Bett.

„Dann musst du dich nicht darum kümmern", murmelte er, bevor er mich vorsichtig ablegte und sich neben mich legte.

Ich spürte die Nachwehen der Intensität, die uns beide erfasst hatte, doch ich fühlte mich sicher. Seine Hände hatten Spuren auf mir hinterlassen, doch sie fühlten sich an wie eine Art Schutzschild. Die Dunkelheit von Marcus und all das, was er mir angetan hatte, schien von Damian überschrieben zu sein – durch etwas, das zwar ebenso intensiv war, aber von einer ganz anderen Energie getragen wurde.

Die Erschöpfung übermannte mich, doch ich wusste, dass dies nicht das Ende war. Nicht mit Damian, nicht mit dem, was zwischen uns war. Doch in diesem Moment war ich bereit, mich einfach in der Sicherheit seiner Nähe zu verlieren.

Die Nähe zu Damian fühlte sich wie ein sicherer Hafen an. Sein Körper, seine Wärme – all das hatte eine beruhigende Wirkung, die mich in diesem Moment alles andere vergessen ließ. Ich küsste ihn, sanft und ließ meine Finger über seine Brust gleiten. Doch so sehr ich diesen Moment festhalten wollte, die Realität holte mich ein.

„Ich muss zur Arbeit", murmelte ich, meine Stimme war leise, fast bedauernd.

Er sah mich an, seine dunklen Augen voller Verlangen und ein kleines Lächeln umspielte seine Lippen.

„Schon?" fragte er, seine Stimme war tief, fast ein Knurren und ich wusste, dass er mich nicht so leicht gehen lassen wollte.

Ich zwang mich, mich von ihm zu lösen, sprang unter die Dusche, das warme Wasser half mir, die Nachwehen unserer intensiven Begegnung zu verdrängen. Mein Körper fühlte sich schwer, müde, aber erfüllt an und ich wusste, dass die Spuren seiner Berührungen mich den ganzen Tag begleiten würden.

Nach der Dusche zog ich mich an, schlüpfte in meine Kleidung und richtete mein Haar vor dem Spiegel. Ein Blick auf die Uhr ließ mich wissen, dass ich mich beeilen musste. Doch als ich ins Wohnzimmer zurückkam, stand Damian im Flur – nackt.

Sein Blick traf meinen und ich spürte, wie eine Hitzewelle durch meinen Körper jagte. Mein Blick wanderte unwillkürlich nach unten, zu seinem harten, pulsierenden Schwanz und ich musste schlucken.

„Damian…", begann ich, meine Stimme war unsicher, doch ich konnte die Hitze in meinem Tonfall nicht verbergen.

„Du kannst nicht einfach gehen", sagte er, sein Lächeln wurde breiter und er trat einen Schritt näher. „Nicht, ohne dich richtig zu verabschieden."

„Ich komme zu spät", sagte ich, doch meine Worte
waren kaum mehr als ein Flüstern, während ich spürte,
wie mein eigener Körper auf seine Präsenz reagierte.
„Ich… ich muss wirklich los."
„Dann solltest du dich beeilen", murmelte er, seine
Stimme war tief, rau, während er seine Hände auf meine
Hüften legte und mich näher zog.
„Aber ich glaube, du hast noch ein paar Minuten für
mich, oder?"

Ich wusste, dass ich mich wehren sollte, dass ich ihn
wegschieben und zur Arbeit gehen musste. Doch die
Art, wie er mich ansah, die Hitze, die in seinem Blick lag
– sie machten es unmöglich, ihn zu ignorieren.
Ich wollte widersprechen, wirklich. Aber in dem Moment,
als seine Hände meine Hüften umfassten und er mich
näher zu sich zog, spürte ich, wie mein Widerstand
bröckelte. Sein Blick war so intensiv, so voller
Verlangen, dass es unmöglich war, nicht nachzugeben.
„Damian", murmelte ich, doch bevor ich noch etwas
sagen konnte, ließ er seine Hände sanft, aber bestimmt
über meinen Körper gleiten. Sein Griff wurde fester und
ich spürte, wie meine Knie unter mir nachgaben, als er
mich vorsichtig nach unten führte.

Ich kniete vor ihm und mein Blick wanderte nach oben,
traf seine dunklen Augen, die voller Feuer waren. Seine
Hände fanden meinen Kiefer, hoben mein Gesicht zu
ihm und ich spürte, wie eine Welle von Wärme durch
mich hindurchlief.
„Du machst mich wahnsinnig, Vic", murmelte er, seine

Stimme war rau, fast ein Knurren, während er mich ansah.

„Ich will dich immer, jedes verdammte Mal."

Ich konnte nicht anders, als leicht zu lächeln, auch wenn mein Herz schneller schlug.

„Das ist eindeutig", murmelte ich, mein Blick wanderte tiefer und ich spürte, wie meine Wangen leicht heiß wurden.

Meine Hände glitten langsam über seine Hüften, zögernd und ich konnte hören, wie sein Atem schwerer wurde.

„Du bist unmöglich", flüsterte ich, doch es war keine Beschwerde. Es war eine Anerkennung dessen, was zwischen uns war – ein Feuer, das nicht zu löschen war. Seine Finger glitten durch mein Haar und ich wusste, dass ich mich ihm in diesem Moment vollkommen hingab. Der Druck seiner Hände war leicht, doch ich spürte die Macht, die dahinter lag. Und ich ließ es zu.

Ich ließ meinen Blick nicht von ihm ab, während ich mich ihm langsam hingab. Mein Atem war ruhig, doch ich spürte die Spannung in meinem Körper, die Mischung aus Kontrolle und Hingabe, die mich vollständig einnahm.

Meine Hände glitten erneut sanft über seine Hüften, bevor ich mich langsam vor lehnte. Meine Lippen berührten ihn zuerst nur leicht, fast zaghaft und ich konnte seinen leisen, scharfen Atemzug hören. Es war, als würde jede meiner Bewegungen eine Reaktion in

366

ihm auslösen und ich wollte jede einzelne spüren.
Ich ließ meine Zunge über seinen Schwanz gleiten,
genoss die Hitze, die Härte, die mich antrieb,
weiterzumachen. Sein leises Knurren, der Weg, wie
seine Finger sich in mein Haar gruben – alles daran
machte mir klar, wie sehr er diesen Moment brauchte.
Wie sehr wir ihn beide brauchten.
„Vic", murmelte er, sein Ton war rau, fast ein Flehen und
ich konnte die Anspannung in seiner Stimme hören.
Doch ich ließ mir Zeit, nahm ihn langsam auf, bis ich
spürte, wie sein Körper vor Verlangen bebte.

Meine Bewegungen wurden schneller, intensiver und ich
konnte hören, wie sein Atem unregelmäßig wurde, wie
seine leisen Geräusche sich zu einem tiefen, rohen Laut
steigerten. Seine Hände leiteten mich, doch ich wusste,
dass ich in diesem Moment die Kontrolle hatte – und ich
genoss es.
„Du bist…", begann er, doch seine Stimme brach ab, als
ich ihn tiefer spürte, meine Bewegungen fester wurden.
Ich wusste, dass er sich nicht mehr zurückhalten konnte
und ich genoss den Gedanken, dass ich diejenige war,
die ihn so weit brachte.
Sein Griff in meinem Haar wurde fester, doch es war
nicht schmerzhaft – es war ein Ausdruck seiner
Leidenschaft, seiner völligen Hingabe in diesem
Moment. Und ich ließ mich vollkommen darauf ein, bis
wir beide in diesem Feuer aus Verlangen und Intensität

****

Damian

Mein Verlangen nach Victoria war überwältigend, ein
Feuer, das sich nicht löschen ließ. Sie wusste genau,
was sie mit mir machte, wie sie mich an den Rand des
Kontrollverlusts trieb. Doch bevor die Hitze in mir ihren
Höhepunkt erreichte, hielt ich inne. Ich konnte nicht so
enden – nicht jetzt, nicht so.

Mit einem schnellen, groben Ruck zog ich sie hoch, ihre
Augen waren weit vor Überraschung und ich sah die
Mischung aus Lust und Verwunderung darin.
„Ich bin noch nicht fertig mit dir", murmelte ich, meine
Stimme war rau, fast ein Knurren.
Meine Hände fanden ihre Hüften und ich griff nach dem
Bund ihrer Hose, öffnete sie hastig, zog sie mit einem
einzigen, bestimmten Ruck nach unten. Die Hose fiel zu
Boden und ich ließ meinen Blick über ihren Körper
gleiten, ihre nackten Beine, die Anspannung in ihrer
Haltung – sie war perfekt und sie gehörte mir.

„Dreh dich um", forderte ich, meine Stimme war leise,
doch sie ließ keinen Raum für Diskussionen. Ihre Brust
hob und senkte sich schneller, doch sie tat, was ich
sagte und ich spürte, wie meine Kontrolle endgültig
schwand.
Meine Hände glitten über ihre Hüften, zogen sie näher
zu mir und ich drückte sie sanft, aber bestimmt gegen

die Wand. Ihr Atem war schwer, ihre Finger fanden die kalte Oberfläche vor ihr und ich konnte sehen, wie sie sich mir erneut hingab.

„Du machst mich verrückt, Vic", murmelte ich, meine Lippen fanden ihren Nacken, hinterließen heiße Küsse, während meine Hände ihre Hüften umfassten, sie fester zu mir zogen.
„Und ich werde dich immer wollen. Immer."
Ich spürte, wie sie leicht zitterte, wie ihr Körper auf jede meiner Berührungen reagierte und ich wusste, dass sie in diesem Moment genauso verloren war wie ich. Es gab keine Vorsicht mehr, keine Zurückhaltung.

Es war ein kurzes Vergnügen, doch die Intensität ließ es wie eine Ewigkeit wirken. Der Moment war roh, wild und voller Leidenschaft, die wir beide nicht zurückhalten konnten. Ich spürte, wie Victoria unter meinen Händen bebte, wie sie sich mir vollständig hingab und das trieb mich nur noch mehr an.
Unsere Atmung war schwer, der Raum schien noch immer von der Energie erfüllt, die zwischen uns geherrscht hatte. Ich lehnte mich leicht zurück, betrachtete sie, wie sie sich mit zitternden Beinen gegen die Wand lehnte und ein breites Grinsen zog sich über mein Gesicht.
„Das war… unglaublich", murmelte ich, meine Stimme war tief und ich ließ meine Finger sanft über ihre nackte Haut gleiten, als wollte ich jeden Moment in mich aufnehmen.

Ich beugte mich vor, meine Lippen fanden ihre und der Kuss war voller Nachklang, eine Mischung aus Zärtlichkeit und der intensiven Wildheit, die wir gerade geteilt hatten.

„Jetzt", sagte ich leise, mein Grinsen wurde noch breiter, „darfst du zur Arbeit."

Ihre Augen funkelten und ich konnte sehen, dass sie sowohl erschöpft als auch zufrieden war. Sie schüttelte leicht den Kopf, ein schwaches Lächeln spielte um ihre Lippen.

„Du bist unmöglich", murmelte sie, ihre Stimme war noch leicht rau vom Atemholen.

„Das sagst du jedes Mal", erwiderte ich, trat einen Schritt zurück und ließ sie sich sammeln. „Aber trotzdem gehst du nie wirklich."

Sie schüttelte erneut den Kopf, griff nach ihrer Kleidung und begann, sich anzuziehen, während ich sie beobachtete, mein Blick nie von ihr abwandte. Jede Bewegung, jeder Moment mit ihr war wie ein Feuer, das ich nicht löschen wollte. Doch ich wusste, dass sie gehen musste – zumindest für jetzt.

Kapitel 27: Gedanken, die nicht loslassen

Victoria

Die Fahrt zur Arbeit war ein seltsames Gemisch aus Realität und Fantasie. Die kühle Luft des Morgens wehte durch das geöffnete Fenster meines Autos, doch es half nicht, meinen Kopf klar zu bekommen. Meine Gedanken waren bei Damian – bei der Art, wie er mich angesehen, wie er mich gehalten und genommen hatte. Wild, roh, unkontrolliert. Es war fast unmöglich, diese Bilder aus meinem Kopf zu verdrängen.

Meine Finger klammerten sich fester um das Lenkrad und ich spürte, wie mein Körper erneut auf seine Erinnerung reagierte. Die Art, wie er mich gegen die Wand gedrückt hatte, seine Hände, die fest, fast grob, aber voller Leidenschaft waren. Der Klang seiner Stimme, rau, verlangend, als er mir sagte, dass ich ihm gehöre.
Mein Gesicht wurde heiß und ich biss mir auf die Unterlippe, versuchte, die Flut von Bildern zu stoppen, die durch meinen Kopf jagten. Doch es war sinnlos.
Mein Körper erinnerte sich an jedes Detail und ich konnte das vertraute, prickelnde Gefühl der Erregung spüren, das sich in mir ausbreitete.
„Verdammt, Damian", murmelte ich leise, als würde es helfen, die Macht, die er über mich hatte, zu mindern.
Doch der Gedanke an ihn – seine Berührungen, die Intensität, mit der er mich beansprucht hatte – ließ mein Herz schneller schlagen.
Ich spürte, wie meine Oberschenkel sich unwillkürlich

anspannten und ich schüttelte leicht den Kopf, als könnte ich mich damit aus diesem Zustand reißen. *Reiß dich zusammen, Victoria. Du hast einen Job zu erledigen.*
Doch es war leichter gesagt als getan, besonders, als ich an den letzten Moment dachte, an sein breites, selbstzufriedenes Grinsen, bevor er mich mit einem Kuss zur Arbeit geschickt hatte.

Die Fahrt fühlte sich endlos an und ich wusste, dass ich mich besser zusammenreißen musste, bevor ich das Department betrat. Doch Damian war wie ein Schatten in meinem Kopf, eine Erinnerung, die ich nicht loslassen wollte – selbst, wenn ich wusste, dass ich es sollte.

Ich hielt vor dem Department, mein Atem war wieder halbwegs unter Kontrolle, doch meine Gedanken kreisten noch immer um Damian. Der Weg hierher hatte nichts daran geändert und ich spürte, wie meine Haut bei der bloßen Erinnerung an seine Berührungen prickelte.
Ich wollte gerade aus dem Auto steigen, als mein Handy vibrierte. Ein Blick auf den Bildschirm ließ mein Herz schneller schlagen.
Eine Nachricht von Damian. Kurz, direkt – und doch reichte sie, um die Hitze in mir erneut auflodern zu lassen.

„Ich will dich. Warte ab, bis du zu Hause bist."

Die Worte waren wie ein elektrischer Schlag. Mein Magen zog sich zusammen und ich spürte, wie mein Körper erneut auf ihn reagierte. Wie konnte er das schaffen? Wie konnte er mich mit so wenigen Worten in diesen Zustand versetzen?

Ich biss mir auf die Unterlippe, versuchte, die Flut von Bildern und Gefühlen erneut zu verdrängen, die sein Text ausgelöst hatte. Doch es war unmöglich. Ich konnte seine Stimme in meinem Kopf hören, die rauen, verlangenden Worte, die er mir ins Ohr geflüstert hatte. Seine Hände, die mich festgehalten hatten. Der Ausdruck in seinen Augen, der nichts anderes versprach als absolute Hingabe – und Kontrolle.

„Reiß dich zusammen", murmelte ich leise zu mir selbst, doch meine Beine fühlten sich fast schwer an, als ich aus dem Auto stieg. Der Gedanke, dass er auf mich wartete, dass er bereits Pläne für uns schmiedete, machte es schwer, mich auf den Tag vor mir zu konzentrieren. Ich wusste, dass ich arbeiten musste, dass ich mich zusammenreißen musste, um Marcus, meinen Kollegen und allem anderen, was in meinem Leben passierte, zu begegnen. Doch Damian war in meinem Kopf, und der Gedanke an ihn würde mich den ganzen Tag verfolgen.
Und ich konnte es kaum erwarten, bis ich endlich wieder nach Hause kam.

Ich hatte es kaum geschafft, mich in meinem Büro

einzurichten, die Kaffeemaschine surrte noch im Hintergrund, als Carter plötzlich an der Tür klopfte. Er trat ohne zu warten ein, seine Stirn in Sorge gefurcht, während er mich musterte.

„Hey, Vic", begann er, seine Stimme war sanft, aber bestimmt.

„Ich wollte nach dir sehen. Du hast dich die letzten Tage krankgemeldet und... du siehst ehrlich gesagt immer noch ziemlich fertig aus."

Ich sah ihn an, versuchte ein schwaches Lächeln, aber ich wusste, dass es nicht überzeugend war.

„Danke, Carter. Mir geht's okay", sagte ich, doch meine Stimme klang weniger überzeugend, als ich es gehofft hatte.

Er setzte sich auf die Kante meines Schreibtisches, ließ seinen Blick nicht von mir ab.

„Ist das wegen Marcus?" fragte er plötzlich und ich spürte, wie mein Magen sich zusammenzog. Seine Stimme war vorsichtig, fast fragend, doch ich konnte die Besorgnis darin hören.

Ich zögerte. Es fühlte sich an, als würde die Zeit für einen Moment stillstehen, während ich überlegte, wie ich antworten sollte. Carter war ein guter Kollege, jemand, dem ich vertraute, aber es war ein anderes Gefühl, meine private Hölle mit jemandem zu teilen, der so tief in meinem beruflichen Alltag verankert war.

„Ich... habe Marcus verlassen", sagte ich schließlich, meine Stimme war leise, doch ich sah, wie Carter aufmerksam wurde.

„Es war eine schwere Entscheidung, aber es war die richtige."

Seine Augen weiteten sich leicht, doch er nickte, ließ mir den Raum, den ich brauchte. „Das... überrascht mich", gab er zu, seine Stimme war vorsichtig.
„Aber ehrlich gesagt, Vic, ich bin froh, dass du diesen Schritt gemacht hast."

Ich wusste, dass er mehr wissen wollte, dass die unausgesprochene Frage in der Luft hing. *Warum? Was ist passiert?* Doch ich konnte die Wahrheit nicht sagen – nicht jetzt. Nicht, dass Marcus gewalttätig geworden war. Nicht, dass er mich körperlich und seelisch verletzt hatte. Ich wollte nicht, dass jemand im Department die Wahrheit kannte, bevor ich selbst bereit war, sie zu teilen.

„Es war... kompliziert", fügte ich hinzu, meine Stimme war ruhig, aber ich konnte spüren, wie mein Herz schneller schlug.
„Aber ich will mich jetzt einfach auf die Arbeit konzentrieren."

Carter nickte langsam, musterte mich noch einmal und ich konnte sehen, dass er meine Worte nachdachte.
„Wenn du jemals reden willst, Vic... ich bin hier, okay? Es ist okay, stark zu sein, aber manchmal muss man auch loslassen."
Seine Worte trafen mich und ich lächelte schwach, obwohl ich spürte, wie die Emotionen in mir aufstiegen.
„Danke, Carter", sagte ich leise, und für einen Moment war die Luft zwischen uns leichter.
Doch ich wusste, dass dies nur der Anfang war. Die

Wahrheit über Marcus würde nicht für immer verborgen bleiben, und irgendwann würde ich entscheiden müssen, wie viel ich Carter – und dem Rest der Welt – anvertrauen wollte.

Der Nachmittag war ruhig gewesen, fast zu ruhig. Ich hatte mich in Berichte und Akten vertieft, versucht, die Gedanken an Damian und die Begegnung mit Carter zu verdrängen. Doch die Ruhe wurde jäh unterbrochen, als die Tür meines Büros aufging und Marcus eintrat.

Mein Magen zog sich zusammen, als ich ihn sah. Seine Wange war noch leicht geschwollen, die Spuren unserer letzten Konfrontation deutlich sichtbar, doch er trug die gleiche selbstbewusste Präsenz wie immer. Er trat näher, seine Augen fixierten mich und ich spürte, wie die Luft im Raum schwerer wurde.

„Victoria", begann er, seine Stimme war ruhig, fast einladend, doch ich kannte ihn gut genug, um die unterschwellige Strenge zu erkennen. „Ich brauche dich."

Ich hielt inne, mein Blick suchte seinen, doch ich sagte nichts. Er setzte sich auf den Stuhl vor meinem Schreibtisch, lehnte sich zurück und sein Lächeln war kalt, berechnend.

„Wir haben eine Spur", fuhr er fort, seine Augen funkelten und ich spürte, wie mein Körper sich anspannte.

„Eventuell den Auftraggeber von Kingston. Es ist ein großes Ding, Vic. Und ich brauche dich an meiner Seite, um das durchzuziehen."

„Marcus...", begann ich, meine Stimme war ruhig, doch ich wusste, dass ich ihn nicht so leicht überzeugen konnte.

„Ich bin nicht sicher, ob das eine gute Idee ist. Ich habe mich gerade erst..."

„Ich lasse kein Nein zu", unterbrach er mich und seine Stimme war jetzt schärfer.

Er beugte sich vor, seine Augen waren dunkel und ich konnte die Dominanz spüren, die er immer dann zeigte, wenn er etwas wollte.

„Du bist die Beste in deinem Job, Victoria. Und ich brauche dich. Ende der Diskussion."

Ich biss mir auf die Lippe, versuchte, meine Fassung zu bewahren.

„Marcus, ich... ich weiß nicht, ob ich dazu bereit bin."

„Du wirst es sein", sagte er, seine Stimme war wieder ruhig, doch sie trug einen scharfen Unterton.

„Das ist eine Chance, die wir nicht verpassen dürfen. Ich habe schon alles organisiert. Wir treffen uns in einer Stunde im Besprechungsraum."

Er stand auf und ich spürte, wie sein Schatten über den Raum fiel, als er näher trat. Seine Hand legte sich leicht auf meinen Schreibtisch, als wollte er seine Worte noch unterstreichen.

„Mach dich bereit, Vic. Ich zähle auf dich."

Dann drehte er sich um und ging, ließ die Tür hinter sich offen, als wollte er damit zeigen, dass er derjenige war, der die Kontrolle hatte. Ich saß still da, mein Herz schlug schneller und ich spürte, wie die Schwere der Situation auf mir lastete.

Marcus war zurück – und ich wusste, dass dies nur der Anfang von etwas viel Gefährlicherem war.

Die Besprechung war angespannt, die Luft im Raum schwer von Erwartung und unterschwelliger Spannung. Der Commissioner selbst leitete das Briefing und seine ernste Miene machte deutlich, wie wichtig dieser Einsatz war. Ich saß zwischen Carter und Marcus, meine Hände verschränkt, während ich versuchte, mich auf die Details zu konzentrieren und nicht auf den Mann neben mir.

„Die Informationen, die wir aus der Verhaftung von Kingston herausbekommen haben, sind entscheidend", begann der Commissioner und projizierte eine Karte auf den Bildschirm.

„Wir haben Grund zur Annahme, dass sein Auftraggeber, der Drahtzieher hinter dem gesamten Netzwerk, heute Abend an diesem Ort erscheinen wird." Er zeigte auf ein Gebäude, das wie ein unscheinbares Lagerhaus aussah, mitten in einem verlassenen Industriegebiet.

„Wenn wir Glück haben, können wir ihn nicht nur festnehmen, sondern auch den Mörder von Detective Heller identifizieren."

Bei diesen Worten setzte mein Herz für einen Moment aus. Hellers Name war wie ein Echo, das mich sofort zurück in die Vergangenheit katapultierte. Der Moment, als ich ihn verlor, die Schuld, die ich seitdem mit mir herum trug – es war alles noch so frisch, als wäre es gestern passiert. Doch das Wissen, dass wir heute vielleicht seinen Mörder fassen könnten, ließ meine Fassungslosigkeit in Entschlossenheit umschlagen.

Ich richtete mich auf, meine Augen fixierten die Karte. „Wie sicher sind wir, dass er heute dort sein wird?" fragte ich, meine Stimme war ruhig, aber ich konnte die Schärfe darin hören.

„So sicher, wie man in so einer Sache sein kann", erwiderte der Commissioner, sein Blick traf meinen. „Das ist unsere beste Chance, Victoria. Und ich brauche Ihr Bestes heute Abend."

Ich nickte, fühlte, wie die Energie in mir wuchs. Carter legte kurz eine Hand auf meinen Arm, ein stummer Ausdruck von Unterstützung, doch ich hatte nur Augen für die Mission vor mir.

Marcus sprach auf einmal, seine Stimme war ruhig, doch ich konnte den Hauch von Autorität darin spüren. „Wir müssen schnell und präzise sein. Keine Fehler. Niemand zieht vorzeitig und wir brauchen klare Kommunikation. Victoria wird die erste Kontaktperson sein. Sie ist unsere beste Undercover-Ermittlerin."

Ich wollte widersprechen, fühlte den Stich des Misstrauens, das ich noch immer Marcus gegenüber hatte. Doch die Aussicht, Hellers Mörder vor Gericht zu bringen, war zu stark. Ich nickte, obwohl ich spürte, wie sich eine kalte Schwere in meiner Brust ausbreitete.

„Gut", schloss der Commissioner, sein Blick wanderte über den Tisch. „Wir treffen uns in einer Stunde am Einsatzort. Das ist unsere Chance, Leute. Lassen wir sie nicht ungenutzt."

Als die Besprechung endete, blieb ich einen Moment länger sitzen, mein Blick auf die Karte gerichtet. Dies war meine Möglichkeit, etwas Gerechtigkeit für Heller zu finden – und ich würde nicht zulassen, dass irgendetwas oder irgendjemand das zunichte macht.

Die Besprechung hatte mein Innerstes aufgewühlt. Die Aussicht, endlich Hellers Mörder zu fassen, gab mir einen klaren Fokus, doch die Schwere der Mission lastete schwer auf mir. Meine Gedanken waren ein chaotisches Durcheinander aus Entschlossenheit, Angst und… Damian.
Ich wusste, dass er von dieser Mission nichts wissen durfte und das nagte an mir. Er hatte mich gewarnt, mich beschützt und nun ging ich wieder in einen Einsatz – und diesmal mit Marcus an meiner Seite. Es fühlte sich falsch an, nichts zu sagen, doch gleichzeitig wollte ich ihn nicht beunruhigen.

Bevor ich zu Marcus in den Wagen stieg, zog ich mein Handy hervor und tippte eine kurze Nachricht an Damian:

*„Ich bin bei einem Einsatz. Es könnte gefährlich werden,
aber ich habe alles unter Kontrolle. Ich wollte nur, dass
du Bescheid weißt."*

Ich hielt kurz inne, überlegte, ob ich noch etwas
hinzufügen sollte, doch das war genug. Ich wollte nicht,
dass er sich unnötig Sorgen machte oder sich in
irgendetwas einmischte, das ihn selbst in Gefahr
bringen könnte. Nach einem Moment des Zögerns
drückte ich auf „Senden".

Ich steckte das Handy zurück in meine Tasche und
atmete tief durch, bevor ich zu Marcus ging, der bereits
neben dem Wagen stand. Sein Gesicht war angespannt,
seine Haltung aufrecht und obwohl er sich äußerlich
ruhig gab, konnte ich die unterschwellige Spannung in
ihm spüren.
„Alles klar?" fragte er, sein Ton war neutral, fast
geschäftsmäßig, doch seine Augen musterten mich
aufmerksam.
„Ja", antwortete ich knapp, setzte mich auf den
Beifahrersitz und schnallte mich an. Die Fahrt würde
lang werden und die Zeit in diesem Auto mit Marcus
fühlte sich jetzt schon wie eine Prüfung an.

Während der Motor ansprang und wir losfuhren,
wanderte mein Blick aus dem Fenster, doch meine
Gedanken blieben bei Damian. Ich hoffte, dass er meine
Nachricht verstand – und dass er mir vertraute. Doch
ein Teil von mir konnte das nagende Gefühl nicht
abschütteln, dass ich ihn in irgendetwas hineinziehen

könnte, was größer war, als ich selbst kontrollieren konnte.

Die Spannung im Auto war greifbar, doch ich hielt mich zurück, starrte aus dem Fenster, während Marcus konzentriert die Straßen entlangfuhr. Der Gedanke an den Einsatz, an Hellers Mörder, war das Einzige, was mich davon abhielt, ihn anzuschreien oder ihn einfach aus dem Wagen zu werfen.

Doch dann spürte ich es – seine Hand, die sich leise auf mein Bein legte. Die Geste war so falsch, so fehl am Platz, dass mein Körper sich sofort anspannte. Ich drehte den Kopf, um ihn anzusehen und sein Gesichtsausdruck war ruhig, beinahe besänftigend. „Ich weiß, dass dieser Kerl nur ein Ausrutscher war", sagte er plötzlich, seine Stimme war ruhig, fast freundlich, als führten wir ein ganz normales Gespräch. „Aber er ist nicht gut für dich, Victoria. Du bist klüger als das."
Seine Worte waren wie ein Dolch, der sich langsam in meinen Rücken bohrte. Mein Atem wurde schwerer und ich spürte, wie die Wut in mir aufstieg. Es war, als wollte er die Macht, die er über mich verloren hatte, einfach zurücknehmen, als glaubte er noch immer, dass er mich kontrollieren konnte.
„Du hast mich verprügelt!" Die Worte kamen schneller, schärfer, als ich sie hätte kontrollieren können. Meine Stimme zitterte vor Wut und ich konnte spüren, wie die

unterdrückten Emotionen sich an die Oberfläche drängten.

Seine Hand zog sich zurück und er sah mich für einen Moment an, bevor er sich wieder auf die Straße konzentrierte. Sein Gesichtsausdruck war verschlossen, doch ich konnte die Spannung in seinem Kiefer sehen. „Das war ein Fehler", sagte er schließlich, seine Stimme war leise, doch sie trug keinen Hauch von Reue. „Ich habe die Kontrolle verloren, ja, aber du hast mich auch provoziert."
Meine Hände ballten sich zu Fäusten und ich drehte mich zu ihm um, die Wut in mir brannte. „Provoziert? Du willst mir ernsthaft die Schuld dafür geben?"
Meine Stimme war laut, doch ich konnte die Tränen spüren, die sich in meinen Augen sammelten. „Du hast mir blaue Flecken verpasst, Marcus. Du hast mich zu Boden geschlagen. Mich gewürgt! Und jetzt tust du so, als ob das einfach... normal ist?"

Er schwieg für einen Moment, die Stille im Auto war fast unerträglich. Schließlich holte er tief Luft, als wollte er seine Worte sorgfältig wählen.
„Ich habe Fehler gemacht", sagte er, seine Stimme war ruhig, doch sie trug einen eisigen Unterton.
„Aber ich bin immer noch dein Mann, Victoria. Und ich werde nicht zulassen, dass ein Typ wie er – wer auch immer er ist – zwischen uns kommt."
Ich schüttelte den Kopf, Tränen liefen jetzt über meine Wangen.
„Du bist nicht mehr mein Mann, Marcus", sagte ich

leise, meine Stimme war fest.

„Du hast mich verloren. Und das ist deine Schuld, nicht meine."

Er sagte nichts, doch die Kälte in seiner Haltung ließ mich wissen, dass dies noch nicht vorbei war. Nicht zwischen uns – und nicht mit ihm.

Kapitel 28: Back to business

Damian

Ich war unterwegs, als mein Handy vibrierte. Die Nummer, die auf dem Display erschien, ließ mein Magen zusammenziehen – mein Auftraggeber.

Ich hatte gehofft, dass ich nach dem Chaos der letzten Tage etwas Abstand gewinnen könnte, vor allem, weil Victoria meine Gedanken völlig in Anspruch nahm. Doch diese Welt ließ niemanden lange in Ruhe.

Ich drückte das Handy an mein Ohr und antwortete knapp: „Ja?"

Die Stimme am anderen Ende war ruhig, aber bestimmt.

„Wir haben ein Problem, Damian. Es gibt eine Lieferung, die heute Abend gesichert werden muss. Die üblichen Leute reichen nicht aus. Ich brauche dich dort."

„Ich habe dir gesagt, dass ich eine Pause brauche", erwiderte ich, meine Stimme war schärfer, als ich es beabsichtigt hatte.

„Eine Pause?" Der Mann lachte leise, kalt.

„Du weißt, wie das läuft. Du hast Verpflichtungen. Und diese Lieferung ist zu wichtig, um sie zu riskieren. Du bist der Einzige, dem ich dabei vertraue."

Ich biss die Zähne zusammen, meine Finger trommelten nervös auf das Lenkrad. Victoria war irgendwo da draußen, mitten in einem Einsatz und mein Instinkt schrie, dass ich in ihrer Nähe bleiben sollte. Doch ich wusste, dass mein Auftraggeber keine Diskussionen duldete. Wenn ich ablehnte, würde das Konsequenzen haben – für mich und möglicherweise für sie.

„Wo und wann?" fragte ich schließlich, meine Stimme war kühl.

„23 Uhr. Ich schicke dir die Koordinaten. Sei pünktlich."

Der Anruf endete, bevor ich noch etwas sagen konnte. Ich war wütend, frustriert und fühlte mich hin- und hergerissen. Victoria war alles, woran ich denken konnte und der Gedanke, sie in Gefahr zu wissen, während ich mich um diese verdammte Lieferung kümmerte, machte mich krank.

Ich schlug mit der Faust gegen das Lenkrad, der Schmerz half mir, einen klaren Kopf zu bekommen. Ich würde diesen Job erledigen, schnell und effizient und dann dafür sorgen, dass Victoria in Sicherheit war – egal, was es kostete.

Die Koordinaten führten mich zu einer alten Lagerhalle am Rande der Stadt, ein verlassener Ort, der mehr Geschichten zu erzählen hatte, als ich wissen wollte. Mein Wagen rollte langsam über das unebene Gelände und ich ließ meinen Blick über die düsteren Mauern schweifen. Der Ort kam mir bekannt vor, zu vertraut – und die Erkenntnis traf mich wie ein Schlag.

Das war der Ort, an dem ich Heller eliminiert hatte.

Mein Herz schlug schwer in meiner Brust, als die Erinnerungen zurückkamen. Es war ein Job wie viele andere gewesen – präzise, sauber, ohne Nachfragen. Doch jetzt wusste ich, dass dieser Auftrag mehr war als ein Name auf einer Liste. Er war der Grund, warum Victoria und ich überhaupt miteinander verbunden waren.
Meine Hände ballten sich um das Lenkrad und ich spürte, wie die Wut in mir aufstieg. Wut auf mich selbst, weil ich damals nicht hinterfragt hatte, wofür dieser Auftrag wirklich stand. Und Wut auf meinen Auftraggeber, der mich immer wieder an diesen Ort der Schuld zurückzog.

Ich parkte den Wagen, stieg aus und zog meinen Mantel enger um mich. Die Luft war kalt, und der Geruch von Feuchtigkeit und Verfall hing schwer in der Dunkelheit. Die wenigen Männer, die bereits vor Ort waren, nickten mir zu, als ich mich näherte.

„Sicherungsposition?" fragte ich, meine Stimme war knapp, professionell.

Einer der Männer deutete auf die Rückseite der Halle.

„Wir haben die Hauptzugänge abgedeckt. Du übernimmst die Südseite. Niemand kommt durch, klar?"

Ich nickte und bewegte mich in die angegebene Richtung, meine Augen scannten jeden Winkel des Geländes. Doch mein Kopf war nicht bei der Aufgabe. Er war bei Victoria.

Ich konnte nicht anders, als mich zu fragen, ob sie wusste oder ob sie ahnte, dass ich für Hellers Tod verantwortlich war. Und was sie tun würde, wenn sie es herausfand. Der Gedanke ließ mich nicht los, während ich meine Position einnahm und meine Umgebung absicherte.

Die Lagerhalle war ein Knotenpunkt für alles, was schiefgelaufen war – für mich, für sie, für uns. Und ich wusste, dass dies kein Zufall war. Es war nur eine Frage der Zeit, bis die Wahrheit ans Licht kam. Und wenn das passierte, würde nichts mehr so sein, wie es war.

****

Victoria

Die alten Mauern der Lagerhalle zeichneten sich in der Dunkelheit ab, ihre Präsenz war erdrückend. Marcus hielt den Wagen in einiger Entfernung an und ich spürte, wie mein Herzschlag schneller wurde. Ein Gefühl des Unwohlseins kroch in mir hoch, ein schneidendes Echo aus der Vergangenheit, das ich nicht ignorieren konnte.

„Warum gerade hier?" fragte ich, meine Stimme war leise, doch der Ärger darin war nicht zu überhören. Mein Blick war auf Marcus gerichtet, der wie immer ruhig und gefasst wirkte.
„Das ist der Treffpunkt", sagte er nur, ohne mir dabei in die Augen zu sehen.
„Ich brauche dich, Vicky. Konzentrier dich."

Doch das war leichter gesagt als getan. Die Lagerhalle vor mir war nicht irgendein Ort. Sie war ein Teil meiner Albträume, eine düstere Erinnerung an den Verlust, den ich nicht hinter mir lassen konnte. Hier hatte ich Heller verloren. Hier war alles schiefgelaufen.

„Du hast mich hierher gebracht", murmelte ich und ich konnte die Wut in meiner Stimme nicht unterdrücken.
„Du weißt, was dieser Ort für mich bedeutet. Und trotzdem—"
„Genau deswegen bist du hier", unterbrach Marcus, seine Stimme war scharf, fast herrisch. „Du willst Gerechtigkeit für Heller oder nicht? Das hier ist deine

Chance."
Seine Worte brannten wie ein Messer in meiner Brust.
Ja, ich wollte Gerechtigkeit. Aber das Gefühl, an diesem
Ort zu sein, machte es schwer, klar zu denken. Die
Wände der Lagerhalle schienen mich zu verspotten, ihre
stumme Präsenz erinnerte mich an alles, was ich
verloren hatte.

Ich atmete tief durch, versuchte, die aufsteigende Panik
zu unterdrücken.
„Du hättest mich warnen können", sagte ich leise, fast
mehr zu mir selbst.
„Du hättest mir die Wahl lassen können."
Marcus drehte sich zu mir um, sein Blick war kalt und
unnachgiebig.
„Es gibt keine Wahl, Victoriaa. Wenn du Hellers Mörder
schnappen willst, dann musst du das hier durchziehen."
Ich ballte die Hände zu Fäusten, mein Blick wanderte
zurück zur Lagerhalle. Die Angst und die Wut in mir
kämpften gegeneinander und ich wusste, dass ich mich
jetzt entscheiden musste. Weglaufen oder
weitermachen. Doch die Antwort war klar.

„Gut", sagte ich schließlich, meine Stimme war fest,
auch wenn ich innerlich zitterte.
„Dann lass uns das beenden." Doch tief in mir wusste
ich, dass dies nicht nur eine Mission war. Es war ein
Kampf mit der Vergangenheit – und ein Schritt in eine
Wahrheit, die mich endgültig zerstören könnte.

Die Stimmen über Funk waren klar und präzise, aber die Worte ließen meinen Magen zusammenziehen. *Die Zielperson ist eingetroffen.* Ein simpler Satz, doch die Bedeutung dahinter trug das Gewicht der gesamten Mission.

Marcus griff nach dem Funkgerät, seine Stimme war ruhig und bestimmt, während er die Befehle durchgab. „Alle Positionen halten. Victoria und ich werden uns zuerst nähern und die Lage sondieren."

Ich drehte mich zu ihm, mein Blick war scharf. „Das ist zu riskant, Marcus", sagte ich, meine Stimme war flüsternd, aber drängend.

„Wir sollten warten, bis alle bereit sind. Eine falsche Bewegung und wir verlieren alles."

„Wir verlieren die Gelegenheit, wenn wir nicht handeln", erwiderte er, seine Augen fixierten mich mit dieser unverhohlenen Dominanz, die ich so gut kannte.

„Vertrau mir, Vicky. Ich weiß, was ich tue."

Doch genau das war das Problem. Ich vertraute Marcus nicht mehr. Seine Entscheidungen waren oft von seinem Ego getrieben, von seinem Bedürfnis, immer die Kontrolle zu haben, selbst wenn es uns alle in Gefahr brachte. Und dennoch nickte ich widerwillig. Dies war nicht der Moment für Diskussionen.

Ich überprüfte meine Waffe, das vertraute Gewicht gab mir einen Hauch von Sicherheit, auch wenn mein Herz schneller schlug. Marcus gab ein kurzes Zeichen und wir verließen die Deckung des Wagens, bewegten uns leise und geduckt in Richtung der Lagerhalle.

Die Dunkelheit war unser Verbündeter, aber sie machte auch alles unberechenbar. Meine Augen scannten jede Bewegung, jede noch so kleine Veränderung in den Schatten, während wir uns näherten. Das Licht eines Autoscheinwerfers flackerte in der Ferne und ich konnte die Silhouetten der Männer sehen, die die Zielperson eskortierten.

„Das ist Wahnsinn", flüsterte ich, während wir uns hinter einem Container versteckten. „Wenn sie uns entdecken, war's das."

Marcus warf mir einen kurzen Blick, ein Hauch von Unbehagen in seinen Augen, doch er sagte nichts. Seine Hand hob sich zum Funkgerät.

„Alle Einheiten, wir sind in Position. Zielperson wird beobachtet. Bereit für Zugriff auf mein Kommando."

Ich spürte, wie die Spannung um uns herum wuchs, jede Sekunde schien sich zu dehnen. Mein Atem war flach, mein Finger lag bereit am Abzug und ich wusste, dass ein einziger Fehler alles ruinieren könnte. Doch tief in mir war ein noch größeres Unbehagen – das Gefühl, dass dies mehr war als nur eine Mission. Es war, als würde der Ort, die Situation, alles an diesem Moment, eine unausweichliche Wahrheit in sich tragen, die mich bald treffen würde.

****

Damian

Die Nacht war ruhig gewesen, bis auf das gelegentliche Knistern des Funkgeräts, das ich unwillig mit mir herum trug. Doch die Ruhe wurde jäh unterbrochen, als eine alarmierende Stimme durch den Kanal hallte:
„Die Cops sind hier. Bewegung an der Südseite. Positionen halten!"

Mein Herz schlug schneller und ich ballte die Hände zu Fäusten. Die Cops? Hier? Es war ein riskanter Ort für sie, aber sie wussten offensichtlich mehr, als uns lieb sein konnte.
Und dann kam der Gedanke, der mich noch mehr aus der Fassung brachte: *Victoria.*

Ich griff nach dem Funkgerät, meine Stimme war scharf, kontrolliert.
„Was ist los? Wer hat das bestätigt?"
„Bewegung an der Süd- und Westseite", kam die Antwort. „Zwei Personen nähern sich der Zielposition. Wahrscheinlich ein Vorstoß."
„Verdammt", murmelte ich, meine Kiefer mahlten. Die Vorstellung, dass Victoria einer von diesen beiden war, ließ mich fast die Kontrolle verlieren. Doch ich wusste, dass ich mich zusammenreißen musste.
„Was sind die Befehle?" fragte ich, meine Stimme war ruhig, doch ich spürte, wie die Wut in mir brodelte.

„Sicherstellen, dass die Lieferung nicht kompromittiert wird", kam die Antwort.

„Alle, die sich nähern, neutralisieren."

Das Wort „neutralisieren" schien in der Luft zu hängen, eine kalte, endgültige Drohung, die mich in Bewegung setzte. Ich konnte nicht zulassen, dass sie Victoria erreichten – oder noch schlimmer, dass sie verletzt wurde. Nicht hier. Nicht von den Männern, mit denen ich arbeitete.

Ich bewegte mich durch die Schatten, mein Blick suchte die Umgebung nach Anzeichen von Bewegung ab. Meine Waffe lag schwer in meiner Hand, doch ich wusste, dass ich sie nicht gegen sie einsetzen würde. *Wenn sie hier ist*, dachte ich, während mein Herz schwer schlug, *dann werde ich alles tun, um sie zu schützen – selbst wenn es mich alles kostet.*

Der erste Schuss zerriss die Stille der Nacht wie ein Donnerschlag. Ein zweiter folgte kurz darauf, dann noch einer. Über das Funkgerät hallten hektische Stimmen, wirres Gerede, das kaum zu verstehen war.

„Zielposition in Gefahr! Mehrere Cops! Feuer erwidern!"

„Verdammt, wer hat geschossen? Ich dachte, wir warten!"

„Südseite, wir brauchen Verstärkung!"

Mein Griff um die Waffe wurde fester und ich duckte mich hinter eine Metallkiste, die als notdürftige Deckung diente. Mein Atem ging schneller, doch ich zwang mich, klar zu denken. Der Rauch des Schießpulvers lag bereits schwer in der Luft, vermischte sich mit dem ekelhaften Gestank von altem Öl und Verfall.

Ich aktivierte mein Funkgerät, meine Stimme war scharf, bestimmend:

„Hört auf mit dem verdammten Chaos! Wir haben klare Befehle, keine Schüsse ohne Ziel!" Doch niemand schien zuzuhören. Die Situation war außer Kontrolle.

Ich schlich näher an die Südseite der Lagerhalle, wo die Schüsse lauter wurden. Die Stimmen über Funk waren ein wildes Durcheinander, ein Mix aus Befehlen, Panik und Flüchen. Ich hörte, wie ein Mann keuchte: *Ich hab einen erwischt! Aber die anderen... sie kommen näher!"* „Was zur Hölle macht ihr?" fauchte ich ins Funkgerät, aber die Antwort blieb aus. Es war, als würde jeder nur noch für sich selbst kämpfen.

Dann sah ich sie.

Durch das Flackern des Lichtes, das von einem zerbrochenen Fenster hereinbrach, erkannte ich die Bewegung. Zwei Gestalten, geduckt, schnell. Die Art und Weise, wie sie sich bewegten, war unverkennbar. *Cops.*

Mein Herz setzte einen Schlag aus, als mein Blick auf die kleinere Gestalt fiel. Victoria. Ihr Haar glänzte kurz im Licht und ich wusste sofort, dass sie es war. Meine Finger umklammerten die Waffe fester, aber nicht, um sie zu benutzen – nur um bereit zu sein, wenn ich eingreifen musste.

Ein weiterer Schuss krachte und ich sah, wie sie in Deckung sprang. Marcus war direkt hinter ihr, seine Haltung war angespannt, entschlossen. Die Wut in mir kochte über, als ich ihn sah – die Art, wie er sie wieder in Gefahr brachte, wie er sie in diese verdammte Situation gezwungen hatte.

Die Männer um mich herum bewegten sich hektisch, suchten Deckung, feuerten wahllos in die Dunkelheit. Es war nur eine Frage der Zeit, bis jemand sie direkt ins Visier nahm. Ich musste handeln. Jetzt.

„Verdammt, Victoria", murmelte ich, während ich mich aus der Deckung bewegte. „Du bringst mich noch um."

****

Victoria

Die Geräusche von Schüssen hallten ohrenbetäubend in meinen Ohren. Mein Herz schlug wie ein Trommelwirbel und jede Bewegung fühlte sich an, als würde ich durch Sirup waten. Der Gestank von Schießpulver und verrottetem Metall hing in der Luft und die Schreie und Befehle vermischten sich zu einem unentwirrbaren Chaos.

Ich duckte mich hinter einen Stapel alter Kisten, meine Waffe fest in den Händen, doch mein Kopf war überall, nur nicht hier. Heller. Sein Name hallte in meinem Kopf, seine Stimme, die mich bei jedem Einsatz beruhigt hatte. Ich konnte ihn fast spüren, als wäre er hier, als würde er mir zu sehen. Und dann die Erinnerung – sein Körper, reglos, blutend. *Hier. Genau hier.*

„Victoria!" Marcus' Stimme riss mich aus meinen Gedanken. Er war laut, aggressiv und ich sah, wie er sich mir näherte, seine Haltung angespannt, sein Blick vor Wut glühend. „Konzentrier dich verdammt nochmal! Wir haben keine Zeit für deine Träumereien!"
Ich wollte ihm etwas entgegnen, wollte ihm sagen, dass ich nicht träume, sondern dass dieser Ort mich zu ersticken drohte. Doch ein weiterer Schuss riss durch die Luft und ich duckte mich reflexartig tiefer. Der Klang war so nah, dass meine Ohren klingelten.
„Das ist eine Falle!" schrie ich schließlich, meine Stimme war hoch, fast panisch.
„Sie haben auf uns gewartet! Sie sind vorbereitet, Marcus!"
Er warf mir einen zornigen Blick zu, seine Lippen pressten sich zu einer schmalen Linie.
„Wir ziehen das durch!" fauchte er. „Das ist unsere einzige Chance, Vicky. Hör auf, dich wie ein verdammter Amateur zu verhalten!"
Seine Worte trafen mich wie ein Schlag, doch ich ließ sie nicht sacken. Ich biss die Zähne zusammen und versuchte, meinen Fokus zurückzuerlangen. Doch die Bewegungen um uns herum waren zu koordiniert, zu präzise. Sie wussten, wo wir sein würden. Es war keine Überraschung für sie – es war geplant.

Ein weiterer Schuss zischte an meinem Kopf vorbei und ich spürte, wie der Druck in meiner Brust wuchs. Die Angst, die Schuldgefühle, die Wut – alles verschmolz zu einem überwältigenden Gefühl, das mich fast lähmte. Aber ich wusste, dass ich weitermachen musste. Für Heller. Für mich.

Ich warf einen Blick auf Marcus, der weiter Befehle ins Funkgerät bellte, als hätte er alles unter Kontrolle. Doch ich sah die Anspannung in seinen Bewegungen, die Unsicherheit, die er nicht zeigen wollte. Und ich fragte mich, ob wir hier lebend rauskommen würden – oder ob dies der Moment war, an dem alles zu Ende ging.

Ein kurzer Moment der Klarheit durchbrach das Chaos. Mein Blick erfasste einen der Schützen, der aus seiner Deckung lugte, die Waffe fest im Anschlag. Meine Hände zitterten leicht, doch ich zwang mich, ruhig zu bleiben. Ein präziser Schuss – und er ging zu Boden. Sein Gewehr fiel klappernd auf den Beton und ich spürte einen kurzen Hauch von Triumph. Doch das Gefühl hielt nicht lange.

Ich richtete mich auf und suchte die Umgebung ab, während die Schüsse und Rufe um mich herum weitergingen. Mein Blick wanderte zu einem der dunklen Ecken der Lagerhalle. Etwas war dort. Eine Bewegung – klein, aber genug, um meine Aufmerksamkeit zu erregen.

Ich hob meine Waffe, richtete sie auf den Schatten, doch meine Finger zögerten am Abzug. Mein Instinkt sagte mir, dass hier etwas nicht stimmte, dass diese

Person nicht wie die anderen war. Der Umriss war vertraut und ein unangenehmes Gefühl breitete sich in meiner Brust aus.

„Wer ist da?" rief ich, meine Stimme war scharf, doch ich spürte das Zittern darin. Der Schatten regte sich, trat einen Schritt nach vorne und ich sah den leichten Glanz einer Waffe, die in der Dunkelheit funkelte.

Mein Herz raste und ich konnte den kalten Schweiß auf meiner Stirn spüren.

Was zur Hölle geht hier vor?

„Vic!" Marcus' Stimme hallte durch die Halle und ich riss den Blick von der Bewegung los, sah, wie er auf mich zu eilte.

„Was machst du da? Konzentrier dich!"

Doch ich konnte nicht. Mein Blick wanderte zurück zum Schatten und die Gestalt war verschwunden. Ein kalter Schauer lief über meinen Rücken und ich konnte das ungute Gefühl nicht abschütteln, dass dieser Moment noch Konsequenzen haben würde.

„Da war jemand", murmelte ich, doch Marcus fauchte mich nur an.

„Das ist hier voller Leute! Beweg dich und tu deinen verdammten Job, Victoria!"

Ich nickte mechanisch, doch meine Gedanken blieben bei dem, was ich gesehen hatte. Etwas stimmte hier nicht und ich wusste, dass ich es herausfinden musste – bevor es zu spät war.

****

Damian

Ich hatte mich in den Schatten gehalten, gerade so weit von Victoria entfernt, dass sie mich fast gesehen hätte. Mein Atem war flach, mein Körper angespannt, während ich mich an die Wand drückte und beobachtete, wie sie den Raum absuchte. Ihr Instinkt war beeindruckend und ich wusste, dass sie mich gespürt hatte, auch wenn sie mich nicht klar gesehen hatte.

Doch dann hallte eine Stimme durch den Funk und alles veränderte sich.

„Erledigt sie. Bloß nicht ihn. Er ist der Bruder vom Boss."

Die Worte drangen wie ein Schlag in meine Gedanken. Für einen Moment glaubte ich, mich verhört zu haben. Doch die Stimme wiederholte sich, klar und ohne Zweifel. Mein Herz setzte aus und meine Gedanken rasten.
Marcus? Der Bruder vom Boss? Der Mann, der Victoria hierher gebracht hatte, der sie in dieses Chaos gestoßen hatte, war mit dem Kopf dieses Netzwerks verbunden? Es fühlte sich an, als würde die Luft aus meinen Lungen gepresst. Die Wut in mir brodelte, wurde zu einem gefährlichen Feuer.

Ich beobachtete, wie Victoria ihre Waffe weiter auf die Schatten richtete, ihre Haltung angespannt, aber entschlossen. Sie wusste nichts. Nichts von der

Verbindung, nichts von dem Verrat, der direkt neben ihr stand.

Mein Griff um meine eigene Waffe wurde fester. Ich musste etwas tun, musste verhindern, dass sie das Ziel dieses Befehls wurde. Doch wenn ich eingriff, würde alles auffliegen – meine Verbindung zu diesem Ort, meine Rolle in diesem verdammten Spiel.

Ich aktivierte leise mein eigenes Funkgerät, meine Stimme war ein gefährliches Flüstern. „Wiederhole das", forderte ich, meine Zähne knirschten, während ich mich weiter in den Schatten zurückzog. Die Antwort kam schnell, ohne Zögern:

„Erledigt die Cops. Aber Marcus bleibt unangetastet. Boss' Befehl. Sein Bruder!"

Ich biss mir auf die Lippe, der metallische Geschmack von Blut füllte meinen Mund. Victoria war in der Schusslinie und Marcus war geschützt. Es war ein Spiel, das sie verlieren sollte, ein Plan, der sie zerstören würde. Und das konnte ich nicht zulassen.

Ich wusste, dass ich handeln musste. Doch wie weit war ich bereit zu gehen? Victoria war alles, was zählte und ich würde sie um jeden Preis beschützen – selbst wenn ich Marcus und das ganze verdammte Netzwerk mit in den Abgrund reißen musste.

****

Victoria

Die Schüsse fielen wie ein unaufhörlicher
Trommelwirbel und ich konnte nicht sagen, woher sie
kamen. Zwei Cops gingen vor meinen Augen zu Boden,
ihre Schutzwesten waren nutzlos gegen die Präzision
der Angreifer. Panik breitete sich aus und mein erster
Instinkt war klar: Rückzug. Es war eine Falle und wir
waren mitten drin.

Ich duckte mich hinter eine alte Metallkiste, mein Atem
war schwer, meine Hände zitterten um den Griff meiner
Waffe. *Wir müssen hier raus,* dachte ich, doch bevor ich
handeln konnte, spürte ich, wie Marcus mich grob am
Arm packte und nach vorne zog.
„Unsere Chance", zischte er, sein Gesicht war nah an
meinem und ich konnte den unnachgiebigen Glanz in
seinen Augen sehen.
„Das ist unser Moment, Vicky! Wenn wir jetzt
zurückweichen, verlieren wir alles."
„Bist du wahnsinnig?" fauchte ich zurück, mein Blick
huschte über das Chaos, das uns umgab. „Sie schießen
auf uns, Marcus! Sie sind vorbereitet, und wir sind in der
verdammten Schusslinie!"

Doch er ließ nicht locker, sein Griff wurde fester, fast
schmerzhaft und ich sah die kalte Entschlossenheit in
seinem Gesicht.

„Das ist der einzige Weg", knurrte er, während er sich halb vor mich schob, seine Waffe bereit. „Bleib bei mir, verdammt noch mal."

Ich wollte widersprechen, wollte ihm sagen, dass das hier falsch war, dass es Wahnsinn war, weiter vorzurücken, doch ein weiterer Schuss prallte nahe an meiner Deckung ab und ließ mich verstummen. Ich wusste, dass ich hier keine Wahl hatte. Entweder ich folgte ihm – oder ich wurde zurückgelassen.

„Verdammt, Marcus", murmelte ich, während ich mich bewegte, meiner Deckung entwichen und in die Richtung rannte, in die er mich zog. Meine Gedanken rasten, mein Herz hämmerte und ich spürte, wie die Angst in mir aufstieg. Doch es war nicht nur die Angst vor den Schüssen, sondern auch vor Marcus. Etwas an ihm fühlte sich falsch an – falsch auf eine Weise, die ich nicht in Worte fassen konnte.

Er führte mich weiter in die Halle, näher an die Schatten und ich spürte, wie sich die Luft um uns herum veränderte. Es war wie das Auge eines Sturms, still, aber voller unausgesprochener Bedrohung. Ich wusste, dass dies kein einfacher Einsatz war. Es war etwas Größeres, etwas Dunkleres – und ich war mittendrin.

Es ging alles so schnell. Die Schreie, die Schüsse, das Echo in der Lagerhalle – es war ein chaotischer Strudel, der mich fast überforderte. Ich versuchte, Schritt zu halten, meine Deckung zu finden, während Marcus mich immer weiter nach vorne drängte.

Doch dann passierte es.

Ein Schuss durchbrach die Luft, lauter und näher als die anderen. Ich spürte, wie Marcus mich grob zur Seite schubste und bevor ich realisierte, was geschah, durchzog ein stechender Schmerz meine Schulter. Mein Körper wurde zurückgerissen, als wäre ich von einer unsichtbaren Faust getroffen worden. Die Waffe fiel mir aus der Hand und ich landete hart auf dem kalten Betonboden.

Der Schmerz war überwältigend, brannte wie Feuer und für einen Moment konnte ich nicht atmen. Ich hörte Marcus' Stimme, doch die Worte waren undeutlich, gedämpft, als würden sie aus weiter Ferne kommen.

„Steh auf!" brüllte er schließlich, und ich blinzelte gegen die Tränen an, die in meine Augen stiegen. Er packte mich erneut, zog mich grob hoch, als wäre nichts passiert.

„Wir haben keine Zeit dafür, Victoria! Beweg dich!"

„Ich… ich bin angeschossen!" keuchte ich, meine Stimme zitterte vor Schmerz und Wut. Blut sickerte aus meiner Schulter, tränkte mein Shirt und ich spürte, wie meine Beine unter mir nachgaben.

Doch Marcus ließ nicht locker. Sein Griff war eisern und ich spürte, wie er mich weiterzog, als wäre mein Zustand völlig irrelevant.

„Das ist nichts, was dich umbringt!" knurrte er, sein Ton war kalt, fast verächtlich. „Wir sind fast da!"

Ich stolperte, versuchte, mich zu konzentrieren, doch die Schmerzen machten es schwer. Mein Kopf drehte sich und ich konnte das Blut fühlen, das weiter aus der

Wunde floss. Doch etwas anderes nagte an mir –
Marcus. Warum hatte er mich geschubst? Warum hatte
er mich genau in die Schusslinie gedrängt?

Mein Verstand ratterte und ich konnte die Zweifel nicht
länger ignorieren. War das wirklich nur ein Unfall
gewesen? Oder war es mehr? Und wenn ja… warum?
Ich biss die Zähne zusammen, zwang mich,
weiterzumachen, doch mein Blick war wachsam, scharf
auf Marcus gerichtet. Was immer hier vorging – ich
würde es herausfinden.

****

Damian

Mein Herz setzte aus, als ich sah, wie Victoria zu Boden
ging. Der Schuss hallte noch in meinen Ohren und die
Welt um mich herum schien für einen Moment
stillzustehen. Sie hielt sich an ihrer Schulter, Blut
sickerte durch ihre Finger und ich spürte, wie die Wut in
mir wie ein wildes Tier aufstieg.
Ich wollte zu ihr, wollte sie aufheben, sie aus diesem
verdammten Albtraum herausbringen, doch ich zwang
mich, stillzuhalten. Meine Hände zitterten um die Waffe
und mein Blick fixierte Marcus. Seine Bewegung war
eindeutig – er hatte sie geschubst. Absichtlich. Der
Gedanke ließ mein Blut kochen.

Ich hob die Waffe, visierte ihn an. Mein Finger zitterte am Abzug, der Gedanke, ihn einfach hier und jetzt zu erledigen, war verlockend. Er hatte sie in Gefahr gebracht, hatte zugelassen, dass sie verletzt wurde und jetzt zog er sie wie ein verdammtes Werkzeug mit sich. Doch bevor ich den Schuss abgeben konnte, hörte ich die Anweisung über Funk:

„Rückzug. Das Ziel ist erreicht. Lasst sie."

Marcus drehte sich um, sein Blick suchte die Männer, die sich langsam aus der Halle zurückzogen. Er griff nach Victoria, zog sie grob mit sich, während er sich in Richtung der Ausgänge bewegte. Sie stolperte, ihre Hand hielt immer noch ihre Schulter und ich sah den Schmerz in ihrem Gesicht.

Ich hätte schießen können. Ich hätte es beenden können. Doch ich wusste, dass ich damit alles zerstören würde. Der Einsatz war größer als ich, größer als Victoria und ein falscher Schritt würde uns beide in den Abgrund reißen. Also senkte ich die Waffe, meine Zähne knirschten vor Wut, während ich mich in den Schatten zurückzog.

Ich beobachtete, wie Marcus sie hinauszog, wie die restlichen Männer verschwanden und die Stille der Nacht kehrte zurück. Doch in mir tobte ein Sturm.

Das war's, dachte ich, während ich mich aus meiner Position zurückzog.

Das Spiel ist vorbei, Marcus. Du hast dich selbst zum Ziel gemacht.

Ich wusste, dass dies der Moment war, der alles

verändern würde. Marcus hatte seine Maske fallen lassen und ich war bereit, alles zu tun, um Victoria zu retten – und ihn zu zerstören.

Kapitel 29: Erwachen in der Realität

Victoria

Ich öffnete die Augen langsam, der grelle Schein der Krankenhausbeleuchtung stach in meine müden Augen. Mein Körper fühlte sich schwer an, meine Schulter brannte und mein Kopf war wie in Watte gepackt. Es dauerte einen Moment, bis ich realisierte, wo ich war. „Vicky?" Marcus' Stimme war das Erste, was ich hörte. Sie war weich, fast besorgt, aber ich wusste es besser. Er hielt meine Hand und ich spürte seinen festen Griff, fast schon zu fest, als wolle er sicherstellen, dass ich nicht entkomme.

„Du bist wach", sagte er, ein schwaches Lächeln umspielte seine Lippen.

„Ich dachte schon…" Er unterbrach, schüttelte leicht den Kopf, als wollte er den Gedanken nicht aussprechen. Auf der anderen Seite des Bettes stand Carter. Sein Blick war wachsam, voller Besorgnis und ich konnte sehen, dass er auf ein Zeichen wartete, um etwas zu sagen.

„Was… was ist passiert?" Meine Stimme war heiser, kaum mehr als ein Flüstern. Der Schmerz in meiner Schulter machte es schwer, klare Gedanken zu fassen.

„Du wurdest angeschossen", sagte Marcus und seine Stimme klang ruhig, fast routiniert.

„Es war nicht schön, aber die Ärzte haben alles unter Kontrolle. Du wirst wieder ganz gesund, Vicky."

Seine Worte waren beruhigend, doch ich konnte die Schwere in ihnen spüren. Es war nicht nur der Schuss, der mich verletzte – es war alles, was davor passiert war. Der Schubser, das Chaos, die Zweifel, die ich nicht mehr ignorieren konnte.

„Wie geht's dir wirklich?" fragte Carter plötzlich, sein Ton war sanfter, fast einfühlsam.

„Du hast einen ziemlichen Schock hinter dir."

Ich wandte den Blick von Marcus ab und sah Carter an. Seine Augen suchten nach Antworten, als würde er genau wissen, dass mehr vor sich ging, als wir offen sagten.

Doch ich konnte nicht sprechen, nicht jetzt. Die Wahrheit fühlte sich zu schwer an, um sie auszusprechen.

„Ich… ich weiß nicht", murmelte ich schließlich, meine Stimme war schwach und ich spürte, wie die Müdigkeit mich erneut überwältigte.

„Ruh dich aus", sagte Marcus und ich spürte, wie er meine Hand fester drückte.

„Wir klären alles, wenn du dich besser fühlst."

Doch ich wusste, dass dies nicht das Ende war. Es gab zu viele unbeantwortete Fragen, zu viele Schatten, die über uns lagen. Und tief in mir wusste ich, dass Marcus etwas verbarg – etwas, das alles verändern würde.

Kaum hatte sich die Tür hinter Marcus geschlossen, spürte ich, wie die Spannung in meinen Schultern nachließ. Sein Griff an meiner Hand war mehr wie eine Fessel gewesen und ich konnte jetzt endlich atmen. Carter blieb am Fußende des Bettes stehen, seine Arme verschränkt, sein Blick fest auf mich gerichtet.

„Okay, Vic", sagte er leise, aber bestimmt.

„Jetzt, wo er weg ist, erzähl mir, was wirklich passiert ist."

Ich zögerte, mein Blick glitt zur Tür, als könnte Marcus jeden Moment zurückkehren. Doch Carters ruhige, einfühlsame Haltung ließ mich wissen, dass ich ihm vertrauen konnte. Er hatte immer an meiner Seite gestanden und ich wusste, dass ich ihm jetzt die Wahrheit schulden würde.

„Es war eine Falle", begann ich, meine Stimme war schwach, aber ich zwang mich, weiterzusprechen. „Wir waren nicht vorbereitet. Sie wussten, dass wir kommen würden."

Carter nickte langsam, als hätte er etwas Ähnliches vermutet.

„Das habe ich mir gedacht", murmelte er. „Aber das erklärt nicht, warum du angeschossen wurdest. Was ist wirklich passiert?"

Ich atmete tief durch, spürte den Schmerz in meiner Schulter, aber es war nichts im Vergleich zu der Last, die auf meiner Brust lag.

„Marcus", sagte ich schließlich und ich sah, wie Carter die Stirn runzelte. „Er hat mich geschubst. Direkt in die Schusslinie."

„Was?" Seine Stimme war scharf, fast ein Zischen, doch er hielt sich zurück, um mich nicht noch mehr aufzuwühlen.

„Du meinst, er... absichtlich?"

Ich nickte langsam, Tränen stiegen in meine Augen, doch ich blinzelte sie weg.

„Ich weiß es nicht", murmelte ich. „Es fühlte sich... falsch an. Und als ich am Boden lag, hat er mich einfach gezwungen weiterzugehen. Als ob nichts passiert wäre."

Carter setzte sich auf den Stuhl neben meinem Bett, seine Miene war ernst, seine Augen suchten meinen Blick.

„Vic, das ist nicht normal. Du weißt das, oder?"

„Natürlich weiß ich das", entgegnete ich, meine Stimme wurde fester.

„Aber... er ist mein Vorgesetzter. Und bis vor Kurzem..."

Ich brach ab, mein Herz zog sich zusammen. Ich konnte die Worte nicht aussprechen, die Wahrheit war zu schwer. Doch Carter verstand.

„Er war dein Mann", beendete er den Satz für mich. „Aber das gibt ihm nicht das Recht, dich so zu behandeln. Was ist noch passiert, Vic, du kannst mir vertrauen."

Ich sah ihn an, Tränen liefen nun doch über meine Wangen.

„Er versteckt etwas, Carter. Etwas Großes. Und ich glaube, es hat mit Heller zu tun."

Carter lehnte sich zurück, sein Gesicht wurde härter. „Wenn das stimmt… dann müssen wir das herausfinden. Zusammen. Aber du musst vorsichtig sein, Vic. Sehr vorsichtig."

Ich nickte, spürte die Wärme seiner Worte, die wie ein Schutzschild um mich lagen. Doch tief in mir wusste ich, dass dies erst der Anfang war – und dass Marcus nicht zulassen würde, dass ich ihm zu nahe komme.

Die Tür öffnete sich und Marcus trat mit dem Arzt im Schlepptau zurück ins Zimmer. Sein Gesicht war wieder die perfekte Maske der Sorge und ich spürte, wie sich meine Kehle zuschnürte. Carter hatte sich zurückgezogen, stand nun mit verschränkten Armen in der Ecke des Zimmers, doch ich konnte seine wachsame Haltung spüren.

„Gute Neuigkeiten", begann der Arzt mit einem freundlichen Lächeln, das ich als reine Routine erkannte.

„Ihre Verletzung ist stabil und mit der richtigen Pflege wird sie gut verheilen. Keine ernsthaften Schäden."

Ich nickte leicht, meine Augen wanderten zu Marcus, dessen Blick fest auf mir lag.

„Ihr Mann hat angeboten, Sie nach Hause zu bringen", fügte der Arzt hinzu und ich spürte, wie mein Magen sich zusammenzog.

„Wenn Sie versprechen, sich zu schonen und sich strikt an die Ruhezeiten zu halten, sehe ich keinen Grund, warum Sie nicht gehen könnten."

„Ich werde dafür sorgen, dass sie nichts tut, was sie nicht sollte", sagte Marcus sofort, seine Stimme war fest, fast bestimmend. Er trat näher, legte wieder seine Hand auf meine, doch diesmal war sein Griff sanfter – oder besser gesagt, kontrollierter.

„Wir schaffen das, Vicky", murmelte er, seine Augen durchbohrten mich, als wollte er sicherstellen, dass ich nichts in Frage stellen würde.

„Ich werde mich um dich kümmern."

Ich wollte widersprechen, wollte sagen, dass ich hier bleiben sollte, doch der Blick des Arztes machte deutlich, dass es für ihn kein Problem war.

Er denkt, Marcus wäre der perfekte, besorgte Ehemann, dachte ich bitter. *Und ich bin nur die hilflose Ehefrau.*

„Okay", sagte ich schließlich leise, spürte, wie Carters Blick sich auf mich richtete. Ich drehte mich leicht zu ihm um, unsere Blicke trafen sich und ich sah die leise

Besorgnis in seinen Augen. Doch ich wusste, dass er nichts sagen konnte, nicht jetzt.

Der Arzt nickte zufrieden. „Ich gebe Ihnen die Entlassungspapiere und die Verschreibung mit. Halten Sie sich an die Anweisungen und Sie sollten in ein paar Wochen wieder vollständig genesen sein."

Marcus half mir vom Bett aufzustehen, seine Hand stützte mich fest, fast zu fest, während er mich zum Ausgang führte. Doch in mir brannte eine Frage: *Was wird passieren, wenn wir zu*

****

Damian

Ich ging im Apartment auf und ab, meine Gedanken rasten, während meine Hände sich zu Fäusten ballten. Die Ereignisse der letzten Nacht ließen mir keine Ruhe. Ich hatte gesehen, wie Victoria zu Boden gegangen war, hatte gesehen, wie Marcus sie rücksichtslos hinter sich hergezogen hatte. Und jetzt? Nichts. Keine Nachricht, keine Anrufe, keine Hinweise darauf, wie es ihr ging.

Mein Handy lag schwer in meiner Hand und ich wählte ihre Nummer erneut, obwohl ich wusste, dass ich dieselbe Antwort erhalten würde. Das Freizeichen. Und dann die Mailbox. Ihre Stimme, ruhig und professionell, hallte durch den Lautsprecher, als sie mich aufforderte, eine Nachricht zu hinterlassen.

„Vic, ruf mich an. Bitte. Ich weiß, dass du verletzt bist und ich weiß, dass du bei ihm bist." Meine Stimme zitterte vor Wut und Frustration.

„Ich... ich werde nicht zulassen, dass dir etwas passiert. Also ruf mich zurück. Jetzt."

Ich legte auf, bevor ich noch mehr sagen konnte, bevor die Worte, die in meinem Kopf kreisten, sich in etwas verwandelten, das ich bereuen würde.

Mein Atem ging schwer und ich schlug mit der Faust gegen die Wand. Die Dunkelheit, die ich immer so mühsam unter Kontrolle hielt, drohte mich zu übermannen. Ich dachte daran, zu ihrem Haus zu fahren, Marcus die Tür einzutreten und sie einfach herauszuholen. Doch ich wusste, dass das alles nur schlimmer machen würde – für sie und für mich.

Die Minuten zogen sich wie Stunden hin und ich konnte nichts tun außer warten. Doch die Stille war unerträglich und mein Verstand spielte mir Szenarien vor, die mich fast in den Wahnsinn trieben. Bilder von Marcus, wie er sie verletzte, wie er sie unter Druck setzte, wie er sie kontrollierte.

„Verdammt nochmal, Victoria", murmelte ich, meine Stimme war ein Knurren, während ich das Handy erneut in die Hand nahm. Doch bevor ich wählen konnte, legte ich es wieder weg. Ich musste ruhig bleiben. Ich musste einen Plan haben. Aber jeder Moment, den ich nichts

413

von ihr hörte, brachte mich näher an den Rand.

Ich wusste eines mit Sicherheit: Wenn Marcus ihr etwas angetan hatte, würde ich nicht zögern, ihn zu finden – und ihn auszulöschen.

****

Victoria

Das Haus war still, zu still. Marcus hatte mich vorsichtig hineingeführt, fast wie ein besorgter Partner, der sicherstellen wollte, dass es mir gut ging. Doch ich spürte die Schwere der unausgesprochenen Worte, die zwischen uns hingen, wie eine unsichtbare Wand. Meine Schulter pochte vor Schmerz, doch es war nichts im Vergleich zu dem, was in meinem Kopf vorging.

„Setz dich", sagte Marcus ruhig, seine Stimme war weich, aber ich konnte den kontrollierenden Unterton darin hören. Er brachte mir ein Glas Wasser, setzte sich auf die Kante des Sofas und musterte mich.

„Du musst dich ausruhen. Ich werde dafür sorgen, dass du alles hast, was du brauchst."

Ich nickte schwach, doch die Gedanken in meinem Kopf ließen mich nicht los. Die Bilder aus der Lagerhalle, sein Verhalten, der Schubs, der mich in die Schusslinie gebracht hatte. Es war alles zu viel, um es einfach zu ignorieren.

Die Ruhe hielt nicht lange. Ich drehte mich zu ihm um,

mein Blick war fest, entschlossen. „Marcus", begann ich, meine Stimme war leise, aber ich spürte, wie die Wut in mir aufstieg. „Warum hast du mich geschubst?"

Er erstarrte für einen Moment, als hätte er die Frage nicht erwartet. Doch dann verzog er sein Gesicht zu einem Lächeln, das so falsch wirkte, dass es mir den Magen umdrehte. „Was meinst du?" fragte er, seine Stimme war ruhig, fast beiläufig.

„Ich habe dich nicht geschubst, Vicky. Ich habe dich geschützt."

„Geschützt?" wiederholte ich, mein Tonfall wurde schärfer. „Du hast mich in die Schusslinie gebracht, Marcus. Ich bin angeschossen worden, weil du mich aus der Deckung gezogen hast!"

Seine Augen verengten sich und ich konnte sehen, wie seine Kiefermuskeln sich anspannten.

„Das ist nicht wahr", sagte er kalt. „Ich habe getan, was ich tun musste. Es war chaotisch, *Schatz*. Du weißt das. Ich hatte keine andere Wahl."

„Keine andere Wahl?" Meine Stimme zitterte vor Wut und ich spürte, wie die Tränen in meinen Augen brannten.

„Du hast mich benutzt, Marcus! Du hast mich in Gefahr gebracht und jetzt versuchst du es zu leugnen!"

Er stand auf, seine Haltung wurde dominanter und ich konnte sehen, wie seine Geduld langsam schwand. „Ich werde das nicht mit dir diskutieren, Victoria", sagte er, seine Stimme war kalt und schneidend.

„Ich habe getan, was notwendig war. Ende der Geschichte."

Doch für mich war es nicht das Ende. Es war der Anfang. Der Anfang von etwas, das ich nicht mehr unterdrücken konnte – die Wahrheit über Marcus, über alles, was er verborgen hielt. Und ich wusste, dass ich es herausfinden musste, egal, was es kostete.

Marcus' Stimme explodierte plötzlich in dem stillen Raum, seine Worte hallten wie ein Hammerschlag in meinem Kopf.

„Wir haben versagt, Vicky! Du hast versagt!" Seine Augen funkelten vor Wut und ich spürte, wie sich die Luft im Raum verdichtete. Er war außer sich und jede Bewegung seinerseits schien wie ein Vorwurf direkt gegen mich.

„Ich habe nicht versagt!" fauchte ich zurück, mein Atem ging schwer und ich fühlte, wie die Wut in mir aufstieg. „Das war eine Falle, Marcus und du weißt es!"

Er trat näher, seine Präsenz war überwältigend, seine Haltung aggressiv.

„Eine Falle, die du nicht erkannt hast! Du hättest es wissen müssen, Vicky! Du bist doch so verdammt schlau, oder? Aber nein, du hast uns alle in Gefahr gebracht!"

Seine Worte waren wie Peitschenhiebe und ich konnte spüren, wie die Tränen in meinen Augen brannten.

„Ich gehe", murmelte ich, meine Stimme war leise, doch entschlossen.

Ich drehte mich um, doch bevor ich auch nur einen

Schritt machen konnte, spürte ich seine Hand an meinem Arm. Er hielt mich fest, grob und ich wandte mich ihm mit einem scharfen Blick zu.

„Du gehst nirgendwohin", zischte er, seine Stimme war bedrohlich leise, fast ein Flüstern. „Du musst etwas wissen, Vic. Etwas, das alles verändert."

„Lass mich los", fauchte ich, doch sein Griff wurde fester und ich konnte die Dunkelheit in seinen Augen sehen.

„Ich weiß, wer Hellers Mörder ist", sagte er schließlich, seine Stimme war kalt und ich spürte, wie mein Herz für einen Moment aussetzte. Die Worte hingen in der Luft, schwer und voller Bedeutung. Ich starrte ihn an, unfähig zu sprechen, während er weitersprach.

„Es war Damian. Damian Wolfe", sagte er und meine Welt schien stillzustehen.

„Die Ermittlungen haben ergeben, dass er dazugehört, Vic. Er ist Teil dieses Netzwerks. Und du bist sein nächstes Ziel."

Mein Kopf drehte sich, die Worte trafen mich wie ein Schlag. Damian? Der Mann, der mich beschützt hatte, der mich aus den Schatten heraus verfolgt hatte – er war Hellers Mörder? Es konnte nicht sein. Es durfte nicht sein.

„Du lügst", flüsterte ich, doch meine Stimme zitterte. „Du versuchst, mich zu manipulieren, Marcus. Das machst du immer."

„Denk, was du willst", sagte er, sein Griff ließ endlich nach und ich wich einen Schritt zurück. „Aber wenn du dich auf ihn einlässt, wirst du nicht überleben. Er wird dich zerstören, Victoria. So wie er Heller zerstört hat."

Ich konnte nicht atmen, konnte nicht denken. Die Worte hallten in meinem Kopf und ich wusste, dass ich die Wahrheit finden musste. Doch tief in mir wusste ich auch, dass diese Wahrheit alles verändern würde – für immer.

Kapitel 30: Konfrontation

Victoria

Die Fahrt zu Damians Apartment fühlte sich wie eine Ewigkeit an. Meine Hände zitterten am Lenkrad, mein Kopf war ein Chaos aus Gedanken und Emotionen. Marcus' Worte hallten immer noch in meinem Kopf:
„Er hat Heller getötet. Er wird dich zerstören."
Es konnte nicht wahr sein. Ich wollte, dass es nicht wahr war. Aber der Zweifel nagte an mir, grub sich wie ein Stachel in meine Brust.

Als ich endlich vor seiner Tür stand, klopfte ich nicht –
ich hämmerte. Mein Herz pochte wild, ich konnte kaum
atmen, als ich seine Schritte näher kommen hörte. Die
Tür öffnete sich und da stand er – Damian, sein Gesicht
voller Sorge, seine Augen suchten sofort nach
Antworten.

„Vic?" sagte er, seine Stimme war leise, aber voller
Anspannung.
„Was ist los? Du… du bist verletzt." Sein Blick fiel auf
meine Bandage und er trat einen Schritt näher, doch ich
hob die Hand, um ihn aufzuhalten.
„Ist es wahr?" fragte ich, meine Stimme war fest, aber
ich konnte das Zittern darin nicht verbergen.
„Hast du Heller getötet?"
Sein Gesicht veränderte sich in einem Bruchteil einer
Sekunde. Die Sorge wich einem Ausdruck von
Überraschung, dann Schmerz und schließlich setzte er
eine harte Maske auf. „Wer hat dir das gesagt?" fragte
er, seine Stimme war kalt, distanziert.
„Marcus", antwortete ich, meine Augen ließen seinen
Blick nicht los.
„Er sagt, dass die Ermittlungen dich mit dem Mord in
Verbindung gebracht haben. Dass du Teil des
Netzwerks bist. Dass du mich zerstören wirst."
Seine Kiefer mahlten und ich konnte sehen, wie seine
Hände sich zu Fäusten ballten.
„Und du glaubst ihm?" fragte er, seine Stimme war ein
gefährliches Knurren.
„Ich weiß es nicht!" platzte ich heraus, meine Stimme
war laut, voller Verzweiflung.

„Ich weiß nicht, was ich glauben soll, Damian! Aber ich weiß, dass ich die Wahrheit von dir hören will. Jetzt."

Er atmete tief durch, seine Schultern sanken leicht und er sah mich an, als ob er gegen etwas in sich selbst ankämpfte.

„Ja", sagte er schließlich, seine Stimme war leise, aber jedes Wort traf mich wie ein Schlag. „Ich habe ihn getötet."

Mein Atem stockte und ich spürte, wie die Welt um mich herum zusammenbrach.

„Warum?" flüsterte ich, Tränen liefen über meine Wangen, doch ich wischte sie nicht weg. „Warum hast du das getan?"

„Es war ein Auftrag, Vic", sagte er, seine Stimme war rau, voller Wut, aber auch Schmerz. „Ich wusste nicht, wer er war. Es war nur ein verdammter Name auf einer Liste."

Ich konnte nicht sprechen, konnte ihn nur anstarren, während die Wahrheit sich in mein Herz brannte.

Damian trat einen Schritt näher, doch ich wich zurück und ich sah, wie es ihm weh tat.

„Ich habe dich nicht gesucht, um dich zu verletzen", sagte er, seine Stimme war voller Dringlichkeit.

„Ich wollte dich beschützen, Vic. Alles, was ich getan habe, seit ich dich gesehen habe, war, dich zu beschützen."

Doch in meinem Kopf tobte ein Sturm und ich wusste,

dass ich ihm nicht einfach vergeben konnte. Nicht jetzt. Nicht, solange ich nicht wusste, wie weit diese Wahrheit reichte.

****

Damian

Der Streit war wie ein tobender Sturm. Ihre Worte schnitten tief, jedes einzelne war wie ein Dolch, der sich in meine Brust bohrte. Doch ich wusste, dass ich es verdient hatte. Ich hatte sie belogen, ihr Dinge vorenthalten – Dinge, die sie hätte wissen müssen. Und jetzt brach alles zusammen.

„Du hast mich angelogen!" schrie sie, ihre Augen funkelten vor Wut und Tränen.

„Du hast Heller getötet und mir nie etwas gesagt! Du hast mich in dieses verdammte Netz gezogen, Damian! Wie soll ich dir jemals vertrauen?"

„Ich wollte dich beschützen!" brüllte ich zurück, meine Stimme überschlug sich, während ich einen Schritt auf sie zutrat.

„Du verstehst nicht, was da draußen vor sich geht, Vic! Ich habe alles getan, um dich aus der Schusslinie zu halten!"

„Schusslinie?" Sie lachte bitter und ich konnte die Verzweiflung in ihrem Blick sehen.

„Ich bin schon mitten drin, Damian! Und das wegen dir.

Du bist kein verdammter Held. Du bist ein verdammtes Monster!"

Ich spürte, wie die Wut in mir aufstieg, doch sie war gepaart mit Schmerz, mit Schuld. „Vielleicht bin ich das", murmelte ich, meine Stimme war leiser, aber nicht weniger intensiv. „Aber ich werde dir jetzt die Wahrheit sagen, Vic. Alles."
„Dann fang an", zischte sie, ihre Augen brannten sich in meine.

Ich holte tief Luft, mein Herz hämmerte in meiner Brust. „Marcus", begann ich, meine Worte kamen schwer über meine Lippen, „ist der Bruder meines Auftraggebers." Ihre Augen weiteten sich und für einen Moment war es, als würde die Zeit still stehen. „Was?" flüsterte sie, ihre Stimme war kaum hörbar.
„Er ist Teil des Netzwerks, Vic", fuhr ich fort, meine Stimme war rau.
„Er ist kein Cop. Er ist tief drin. Dein geliebter Marcus, dein beschissener Ehemann, ist genauso korrupt wie die Leute, die ich für ihn ausgeschaltet habe."

Sie starrte mich an, als hätte ich ihr gerade den Boden unter den Füßen weggezogen.
„Das ist nicht wahr", sagte sie leise, fast zu sich selbst. „Das kann nicht wahr sein."

„Es ist wahr", erwiderte ich, mein Tonfall war hart. „Und du weißt es tief in dir. Er hat dich nicht beschützt,

Vic. Er hat dich benutzt, genau wie alle anderen in seinem verdammten Spiel."

Die Stille zwischen uns war erdrückend. Sie zitterte leicht und ich konnte sehen, wie ihre Gedanken rasten, wie sie versuchte, all das zu verarbeiten. Doch ich wusste, dass dies erst der Anfang war. Die Wahrheit war draußen und es würde alles verändern – für sie, für mich, für uns beide.

Victoria starrte mich an, als wäre ich der fremdeste Mensch auf der Welt. Ihre Augen waren voller Schmerz und Misstrauen und ich wusste, dass meine nächsten Worte alles entscheiden würden – ob sie mir jemals wieder vertrauen könnte oder nicht. Ich atmete tief durch, sammelte mich, bevor ich die Wahrheit enthüllte. „Ich war in der Lagerhalle, Vic", begann ich, meine Stimme war rau und ich konnte spüren, wie meine Kehle sich zu schnürte.
„Ich habe gesehen, was passiert ist. Ich habe gesehen, wie Marcus dich geschubst hat."
Ihre Augen weiteten sich und sie trat einen Schritt zurück, als hätten meine Worte sie körperlich getroffen.
„Du... warst da?" flüsterte sie, ihre Stimme war kaum hörbar.
„Warum hast du nichts getan? Warum hast du nicht eingegriffen?"
„Weil ich nicht konnte!" rief ich, meine Stimme war voller Verzweiflung.
„Wenn ich eingegriffen hätte, hätte ich alles auffliegen lassen. Dein Leben stand auf dem Spiel!"

Sie schüttelte den Kopf, Tränen liefen über ihre Wangen, doch ich wusste, dass ich weitermachen musste.

„Und ich wusste bis gestern nicht, dass Marcus in all das verwickelt ist", sagte ich, meine Worte kamen schwer über meine Lippen.

„Ich wusste, dass er gefährlich ist, dass er dich kontrolliert, aber ich wusste nicht, dass er der verdammte Bruder meines Auftraggebers ist."

„Das soll ich dir glauben?" fragte sie, ihre Stimme war scharf, doch ich konnte den Schmerz darin hören.

„Du hast Heller getötet, Damian. Du hast mich belogen. Und jetzt soll ich dir vertrauen?"

„Ja", sagte ich fest, mein Blick ließ ihren nicht los.

„Denn ich bin der Einzige, der dir die Wahrheit sagt. Marcus hat dich angelogen, Vic.

Er hat dich in all das hineingezogen und er wird nicht zögern, dich zu opfern, wenn es ihm nutzt."

Sie sah mich an, ihr Atem war schwer und ich konnte sehen, wie die Zweifel in ihrem Kopf tobten.

„Ich weiß, dass ich Fehler gemacht habe", fuhr ich fort, meine Stimme wurde leiser, doch sie trug eine Dringlichkeit, die ich nicht verbergen konnte.

„Aber ich bin hier, Vic. Und ich werde alles tun, um dich zu schützen."

Die Stille zwischen uns war erdrückend, doch ich konnte sehen, dass sie kämpfte – mit sich selbst, mit mir, mit der Wahrheit, die ich ihr gerade enthüllt hatte.

****

Victoria

Seine Worte hallten in meinem Kopf wider, jede Silbe fühlte sich an wie ein Schlag gegen meine Brust. *„Ich bin der Einzige, der dir die Wahrheit sagt."* Doch die Wahrheit war zu schwer, zu groß, um sie zu ertragen. Damian hatte Heller getötet. Damian wusste von Marcus' Verstrickungen. Und trotzdem stand er hier und sagte, er wolle mich beschützen. Es war zu viel.

„Ich kann das nicht!" schrie ich, meine Stimme war voller Schmerz, Tränen liefen über mein Gesicht. „Lass mich in Ruhe, Damian! Ich hasse dich!"
Seine Augen weiteten sich und für einen Moment sah ich etwas in seinem Gesicht – Schmerz? Verzweiflung? Doch es war mir egal. Ich konnte es nicht mehr ertragen.
Alles, was ich wollte, war, wegzukommen, weg von ihm, weg von allem.
Ich drehte mich um, rannte zur Tür, ohne einen Blick zurückzuwerfen. Meine Gedanken rasten, während ich auf die Straße trat, die kalte Nachtluft schien mich kaum zu erreichen. Mein Körper war schwer, als würde ich tausend Kilo tragen, doch ich zwang mich weiterzugehen.

.

Das Department war das Einzige, was mir einfiel. Ein sicherer Ort, ein Ort, an dem ich Marcus und Damian entkommen konnte – zumindest für eine Weile.
Als ich das Gebäude betrat, fühlte ich, wie die vertraute Atmosphäre mich ein wenig beruhigte. Die Stimmen, das Summen der Computer, das Dröhnen des Kopierers – alles fühlte sich real an, normal. Doch in meinem Inneren war nichts normal. Nichts fühlte sich mehr richtig an.

Ich suchte einen leeren Raum, setzte mich an einen Schreibtisch, den Kopf in meine Hände gestützt. Die Tränen kamen wieder, leise und doch unaufhaltsam. Alles, was ich wusste, war zusammengebrochen und ich hatte keine Ahnung, wie ich die Wahrheit über Damian, Marcus und alles andere jemals verkraften sollte. Doch eines wusste ich sicher: Ich konnte niemandem vertrauen. Nicht Damian. Nicht Marcus. Nicht einmal mir selbst.

Das Summen meines Handys war wie ein endloser Tropfen, der auf einen Stein fiel. Immer wieder vibrierte es in meiner Tasche und ich wusste genau, wer es war. Damian. Schon als ich das Gebäude betreten hatte, hatte er mich angerufen. Doch ich hatte ihn jedes Mal weggedrückt. Ich konnte seine Stimme nicht ertragen – nicht nach dem, was er mir erzählt hatte.
Ich zog das Handy zögernd aus meiner Tasche, mein Finger schwebte über dem Bildschirm. Ein rotes Symbol blinkte oben in der Ecke – mehr als zehn unbeantwortete Anrufe.

Darunter unzählige Nachrichten. Mein Herz raste, als ich die Vorschau der ersten Nachricht las:

„Vic, bitte. Hör mir zu."

Ich scrollte weiter, jede Nachricht schien verzweifelter als die letzte:

„Ich weiß, dass du mich hasst, aber du bist nicht sicher."
„Marcus ist nicht, wer du denkst, dass er ist."
„Ich werde nicht zulassen, dass er dir wehtut. Ich schwöre es."
„Bitte, Vic. Schreib mir zurück. Sag mir, dass du okay bist."

Ich drückte das Handy fester in meine Hand, meine Gedanken tobten. Jede Nachricht von ihm fühlte sich wie eine Erinnerung an die Wahrheit an, die ich nicht ertragen konnte. Ich wollte ihn ignorieren, wollte diese Welt, die er mir aufgedrängt hatte, ausblenden. Doch die Worte blieben in meinem Kopf hängen:
„Du bist nicht sicher."
War das eine Warnung? Eine Drohung? Oder nur ein weiterer Versuch, mich zu kontrollieren? Ich wusste es nicht.

Das Handy vibrierte erneut und diesmal konnte ich nicht widerstehen. Mit zitternden Händen öffnete ich die neueste Nachricht:

„Ich werde dich nicht aufgeben, Vic. Ich weiß, dass du mich hasst, aber ich liebe dich. Und ich werde dich beschützen, auch wenn du das nicht willst."

Ich starrte auf die Worte, mein Herz fühlte sich schwer an. Damian war ein Killer.
Er hatte Heller getötet. Doch gleichzeitig wusste ich, dass er in irgendeiner verdrehten Weise die Wahrheit sagte. Er wollte mich beschützen – vielleicht auf die einzige Art, die er kannte.

Doch ich konnte nicht antworten. Nicht jetzt. Nicht, solange ich nicht wusste, wie ich mit all dem umgehen sollte. Ich legte das Handy zurück auf den Tisch, meine Hände vergruben sich wieder in meinen Haaren. Der Raum um mich herum fühlte sich enger an, stickiger. Alles war ein Chaos und ich hatte keine Ahnung, wie ich daraus entkommen sollte.

Kapitel 31: Wahrheit

Victoria

Die Nacht war ein verschwommener Schleier aus Angst, Wut und Erschöpfung gewesen. Ich hatte mich in den Stuhl am Schreibtisch sinken lassen, meine Augen waren schwer, mein Körper ausgelaugt. Irgendwann hatte der Schlaf mich überwältigt, trotz der drängenden

Gedanken und der unaufhörlichen Nachrichten auf meinem Handy.

„Detective Barnes." Eine tiefe Stimme riss mich aus dem Schlaf. Ich blinzelte und sah den Commissioner vor mir stehen, sein Gesicht ernst, seine Haltung fordernd.
„Ich nehme an, Sie haben eine Erklärung dafür, warum Sie die Nacht hier verbracht haben."
Ich richtete mich langsam auf, mein Nacken schmerzte von der unbequemen Position, in der ich geschlafen hatte.
„Commissioner Hawkins, ich…" Meine Stimme war heiser, meine Gedanken noch immer träge vom Schlaf. Doch dann erinnerte ich mich an die Ereignisse des letzten Abends und die Worte kamen von allein.

„Es geht um Marcus", begann ich, meine Stimme wurde fester, je mehr ich sprach.
„Er… Er ist nicht, wer er vorgibt zu sein. Er ist in etwas Großes verwickelt, Commissioner. Ich habe Beweise, dass er mit dem Netzwerk verbunden ist, gegen das wir ermitteln."
Die Augen des Commissioners weiteten sich leicht, doch er blieb ruhig.
„Das sind ernste Anschuldigungen, Detective. Haben Sie Beweise, um das zu stützen?"
„Noch nicht genug, aber…" Ich holte tief Luft, fühlte, wie die Worte aus mir herausströmten. „Er hat mich in Gefahr gebracht. Er hat gewusst, dass es eine Falle war. Und ich glaube, er wusste von Anfang an mehr, als er zugegeben hat."

Bevor Hawkins etwas sagen konnte, öffnete sich die Tür und Marcus trat ein. Sein Blick war angespannt, doch als er mich sah, wurde er sofort weich, besorgt – eine Fassade, die ich jetzt klarer denn je durchschaute.

„Victoria", sagte er, seine Stimme war ruhig, fast sanft. „Ich habe mir Sorgen gemacht. Warum bist du nicht nach Hause gekommen?"

Ich sah ihn an, meine Wut und mein Schmerz kochten in mir hoch.

„Weil ich nicht mehr weiß, wem ich vertrauen kann", erwiderte ich scharf.

Der Commissioner trat einen Schritt zurück, sein Blick wanderte zwischen uns hin und her. „Victoria hat gerade einige ernsthafte Anschuldigungen gemacht, Marcus", sagte er langsam, seine Stimme war kühl.

„Vielleicht möchten Sie dazu Stellung nehmen."

Marcus' Augen weiteten sich und für einen Moment sah ich etwas in seinem Blick – Panik, die er schnell hinter einer Maske aus Ruhe verbarg.

„Anschuldigungen?" fragte er, sein Ton war gespielt überrascht.

„Victoria, was soll das bedeuten?"

„Du weißt genau, was es bedeutet", sagte ich, meine Stimme zitterte, doch ich hielt seinen Blick. „Du hast mich in eine Falle geschickt. Du trägst Schuld daran, dass ich angeschossen wurde. Und ich glaube, du steckst tiefer in all dem drin, als ich mir je vorstellen konnte."

Die Spannung im Raum war greifbar und ich konnte spüren, wie der Commissioner abwartete, was Marcus sagen würde.

Die Worte sprudelten aus mir heraus, eine Mischung aus Wut, Schmerz und Entschlossenheit. Marcus stand vor mir, seine Haltung war steif, seine Augen suchten nach einer Ausrede, doch diesmal würde ich ihn nicht entkommen lassen.

„Du gehörst dazu!" schrie ich, meine Stimme bebte vor Zorn. „Dein Bruder hat in Auftrag gegeben, mich und Heller zu erledigen! Weil wir euch zu nah gekommen sind!"

Marcus hob die Hände, als wollte er mich beruhigen, doch ich trat einen Schritt vor, ließ meinen Blick nicht von ihm los.

„Wo ist der Stick, Marcus?" fragte ich, meine Stimme war scharf wie ein Messer.

„Der Stick, den wir gefunden haben? Der, der alles beweisen könnte?"

Sein Gesicht verhärtete sich und ich konnte sehen, wie die Kontrolle, die er so sorgfältig bewahrte, langsam bröckelte. „Vicky, hör auf damit", sagte er, seine Stimme war leise, fast flehend. „Ich habe nicht mal einen Bruder. Das weißt du. Du weißt nicht, was du sagst."

„Oh, ich weiß genau, was ich sage", fauchte ich zurück. „Ich habe genug Hinweise, Marcus. Und ich werde nicht aufhören, bis du zur Rechenschaft gezogen wirst – für alles."

Commissioner Hawkins trat vor, sein Gesicht war ernst, seine Augen fest auf Marcus gerichtet. „Ihr Frau hat sehr ernste Anschuldigungen vorgebracht", sagte er ruhig, doch seine Stimme trug eine Autorität, die keinen Widerspruch duldete.

„Marcus, Sie sind suspendiert und ich nehme Sie hiermit fest, bis wir diese Vorwürfe untersucht haben."

„Was?" Marcus' Stimme war laut, voller gespielter Überraschung. „Das ist lächerlich! Sie können das nicht tun!"

Doch der Commissioner ignorierte ihn, winkte zwei Kollegen heran, die Marcus' Hände auf den Rücken drehten und ihn abführten. Sein Blick traf meinen und für einen Moment sah ich die Wut und den Verrat in seinen Augen.

„Das ist noch nicht vorbei, Victoria", sagte er leise, bevor er aus dem Raum gebracht wurde.

Ich atmete tief durch, mein Körper zitterte vor Anspannung, während der Commissioner mich ansah. „Sie haben Mut bewiesen, Barnes", sagte er, seine Stimme war warm.

„Aber wir werden Beweise brauchen, um das zu untermauern."

„Ich weiß", sagte ich, meine Stimme war leise, aber entschlossen.

„Und ich werde sie finden."

Die Nacht im Department war still, abgesehen vom leisen Summen der Klimaanlage und dem gelegentlichen Geräusch von Schuhen auf dem Flur. Ich hatte einen Schlüssel zum Archivraum erhalten und wusste, dass ich hier die Wahrheit finden musste – verborgen in den Unterlagen, die Marcus nur für sich gesichert hatte.

Ich setzte mich an einen Tisch, vor mir lagen Aktenstapel, die ich Stück für Stück durchging. Die Namen, die mir begegneten, waren vertraut – Personen, die im Laufe der letzten Jahre in Fällen aufgetaucht waren, die wir nie ganz lösen konnten. Doch mit jedem weiteren Blatt wuchs das ungute Gefühl in meiner Brust. Marcus hatte Verbindungen, die ich nie für möglich gehalten hätte.

Dann stieß ich auf eine Liste mit Orten. Adressen, von denen einige eindeutig Verstecke des Netzwerks waren. Lagerhäuser, alte Fabriken, unauffällige Gebäude in abgelegenen Gegenden. Und da war es – ein Name, der mir sofort ins Auge sprang: *Damian Wolfe.*

Mein Herz setzte einen Schlag aus und ich zog die nächste Akte heran. Es war eine detaillierte Liste von Zielen – Menschen, die eliminiert werden sollten, Informationen, die beschafft werden mussten. Und da war sein Bild. Damian, mit demselben intensiven Blick, den ich so gut kannte, starrte mich von dem Foto an. Er war eindeutig Teil dieses Netzwerks, zumindest früher. Doch jetzt wusste ich, dass er mehr war als nur ein Auftragskiller.

Unter dem Bild fand ich eine Notiz, handschriftlich hinzugefügt. Es war Marcus' Schrift, daran bestand kein Zweifel.

„Loyal, aber unberechenbar. Hält sich nicht immer an die Befehle. Potenzielle Gefahr?"

Meine Hände zitterten, während ich die Akte weiter durchblätterte. Damian war nicht nur ein Werkzeug für das Netzwerk gewesen. Er war ein Faktor, den sie nicht kontrollieren konnten – und das machte ihn für Marcus zu einer Bedrohung.

Die letzten Seiten der Akte waren verschlossen und ich musste mit einem Messer vorsichtig das Siegel durchtrennen. Was ich fand, ließ mir das Blut in den Adern gefrieren. Es war ein detaillierter Plan, mich zu überwachen, mich zu manipulieren – und mich letztendlich zu eliminieren. Marcus hatte mich benutzt und Damian war ein zentraler Teil dieses Plans gewesen, ob er es wusste oder nicht.

Ich lehnte mich zurück, mein Atem ging schwer. Die Wahrheit war klar: Ich war nie sicher gewesen. Nicht bei Marcus, nicht bei Damian. Und jetzt war ich allein in diesem Netz aus Lügen und Verrat – und ich musste herausfinden, wem ich noch vertrauen konnte, bevor es zu spät war.

Mein Blick war noch immer auf Damians Bild fixiert, die Notiz darunter brannte sich in meinen Verstand ein. Die Luft im Raum war schwer, und mein Kopf pochte, als wollte mein Verstand sich wehren, alles zu begreifen.

Die Tür öffnete sich plötzlich und Carter trat ein, ein
Stapel weiterer Akten unter dem Arm. Er sah mich an,
seine Stirn in Sorgenfalten gelegt.

„Marcus schweigt bisher", sagte er, während er die
Akten auf den Tisch legte.

„Wir haben ihn stundenlang verhört, aber er ist gut
darin, den Mund zu halten."

„Das überrascht mich nicht", murmelte ich, meine
Stimme war rau von der Anspannung.

Carter musterte mich für einen Moment, dann fiel sein
Blick auf das Bild, das vor mir lag. Seine Augen weiteten
sich leicht, und er trat näher. „Ist das…" Er hielt inne,
sein Blick wanderte zwischen mir und dem Bild hin und
her. „Ist das der Kerl aus der Bar?"

Ich zuckte leicht zusammen. Der Kerl aus der Bar.
Natürlich erinnerte Carter sich an Damian – an die
seltsame Begegnung, die wir dort gehabt hatten, an die
Spannung, die zwischen uns gehangen hatte wie ein
unsichtbares Seil. Ich nickte langsam, unfähig, etwas zu
sagen.

„Vic", begann Carter, seine Stimme war leiser jetzt, fast
besorgt. „Was zum Teufel geht hier vor? Warum ist er in
den Akten von Marcus?"

Ich holte tief Luft, wusste, dass ich ihm etwas sagen
musste, aber wie viel? Wie konnte ich ihm erklären, was
Damian wirklich war – für mich, für das Netzwerk, für all
das?

„Er… Er gehört zu ihnen", sagte ich schließlich, meine
Stimme war kaum mehr als ein Flüstern. „Oder

zumindest hat er es früher getan. Damian war ein Auftragskiller für das Netzwerk. Und er…" Ich brach ab, die Worte schienen zu schwer, um sie auszusprechen. „Er hat Heller getötet, Carter."

Carter starrte mich an und ich konnte sehen, wie die Erkenntnis in ihm wuchs.

„Das ist der Typ, der Heller erledigt hat?" Seine Stimme war scharf, voller Unglauben.

„Und du wusstest das?"

„Ich habe es erst gestern erfahren", sagte ich schnell, meine Hände zitterten leicht.

„Er hat es mir gesagt, Carter. Es war ein Auftrag für ihn, nichts Persönliches."

Carter schüttelte den Kopf, seine Kiefer mahlten, während er auf das Bild starrte.

„Das ist verdammt viel, Vic. Und es klingt, als wärst du tiefer in diesem Mist drin, als ich gedacht habe."

Ich konnte nichts sagen, konnte nur nicken. Denn er hatte recht. Ich war tief drin und ich wusste, dass es kein Zurück mehr gab. Die Frage war nur, ob ich Damian vertrauen konnte – oder ob er letztendlich genauso gefährlich war wie Marcus.

Carter stand vor mir, seine Augen suchten nach Antworten, während mein Kopf ein Chaos aus Gedanken und Emotionen war. Ich konnte die Wut in seiner Haltung spüren, die Ungläubigkeit in seinem Blick. Doch das war nichts im Vergleich zu dem, was in mir tobte.

„Ich weiß nicht, was ich tun soll, Carter", flüsterte ich schließlich, meine Stimme war brüchig, und ich sah zu

Boden. „Ich… ich bin in etwas geraten, das ich nicht kontrollieren kann."

„Vic", sagte er langsam, fast vorsichtig. „Erzähl es mir. Alles."

Ich hob meinen Blick, Tränen brannten in meinen Augen. Ich wusste, dass dies der Moment war, in dem ich die Wahrheit aussprechen musste – auch wenn es bedeutete, dass er mich vielleicht verurteilen würde.

„Damian…", begann ich, meine Stimme zitterte. „Er ist mehr als nur ein Name in diesen Akten. Mehr als nur ein Auftragskiller." Ich schluckte schwer, die Worte blieben mir fast im Hals stecken. „Er und ich… wir sind uns nähergekommen. Viel näher, als wir sollten."

Carters Augen weiteten sich leicht und ich konnte sehen, wie die Erkenntnis ihn traf. „Nähe?" wiederholte er, seine Stimme war angespannt. „Wie nah, Vic?"

Ich senkte den Blick, schämte mich, doch die Worte mussten raus.

„Wir… wir waren so was wie ein Paar oder so. Er versteht mich, Carter. Er sieht mich. Aber gleichzeitig… ich weiß, dass er gefährlich ist."

„Verdammt, Vic!" Carter fuhr sich mit einer Hand durch die Haare, seine Stimme war voller Frustration.

„Du hast dich auf einen Kerl eingelassen, der Heller umgebracht hat? Der Teil dieses Netzwerks ist, gegen das wir kämpfen?"

„Ich wusste es nicht, als es begann!" platzte ich heraus, meine Stimme war verzweifelt.

„Ich wusste nicht, dass er in all das verwickelt ist. Und jetzt… jetzt weiß ich nicht, was ich tun soll. Er hat Heller getötet, ja. Aber er hat auch versucht, mich zu beschützen. Er hat mich immer beschützt."

Carter schwieg für einen Moment, sein Gesichtsausdruck war hart, doch ich konnte die Sorge in seinen Augen sehen.
„Vic", sagte er schließlich, seine Stimme war leise, aber bestimmt. „Du steckst ziemlich in der Scheiße. Und wenn du nicht bald einen klaren Kopf bekommst, wird das alles noch schlimmer."

Ich nickte langsam, spürte die Tränen, die jetzt unaufhaltsam über meine Wangen liefen. „Ich weiß, Carter. Aber ich weiß nicht, wie ich Damian loslassen soll. Und ich weiß nicht, wie ich ihm vertrauen kann."

Die Stille, die folgte, war schwer, fast unerträglich. Doch tief in mir wusste ich, dass Carter recht hatte. Ich musste einen Weg finden, die Kontrolle zurückzugewinnen – bevor alles außer Kontrolle geriet.

Kapitel 32: Die Suche

Damian

Victoria hatte mich ignoriert, komplett abgeschottet. Keine Antwort auf meine Anrufe, keine Reaktion auf meine Nachrichten. Es war, als hätte sie mich aus ihrem Leben gelöscht. Und das machte mich wahnsinnig. Ich war wütend – auf sie, auf Marcus, auf mich selbst. Auf die ganze verdammte Welt.

Die Nacht war eine einzige Tortur. Ich fuhr durch die Stadt, mein Kopf voller Gedanken, die ich nicht abschütteln konnte. Jedes Mal, wenn ich die Hoffnung hatte, einen Hinweis auf sie zu finden, verschwand er genauso schnell, wie er gekommen war. Die Straßen waren leer, still und sie schienen sich nur noch weiter zu dehnen, je länger ich unterwegs war.

Doch dann hielt ich vor dem einzigen Ort, an dem sie sein konnte. Es war riskant, dumm, und ich wusste, dass ich damit alles aufs Spiel setzte. Aber ich konnte nicht anders. Mein Wagen parkte vor dem Department und ich saß einen Moment da, atmete tief durch, während ich die Möglichkeiten abwog.
Ich stieg aus und trat in das Gebäude, mein Herz schlug wie ein Trommelwirbel. Der Geruch von Kaffee und Papier, das Summen der Computer – es wirkte so vertraut und doch war es das Letzte, was ich in diesem Moment sehen wollte.

Ein Beamter am Empfang sah mich an, seine Stirn runzelte sich leicht. „Kann ich Ihnen helfen?" fragte er und ich konnte den Hauch von Misstrauen in seiner Stimme hören.
„Ich suche Detective Barnes. Victoria Barnes", sagte ich und meine Stimme klang fester, als ich mich fühlte. „Sie ist hier, oder?"
Seine Augen musterten mich und ich wusste, dass er

sich fragte, wer ich war. Doch ich hatte keine Zeit für
Spielchen.

„Es ist wichtig", fügte ich hinzu, meine Stimme war
ruhiger jetzt, fast flehend.

Der Beamte zögerte, bevor er den Hörer eines Telefons
nahm.

„Ich werde nachfragen", sagte er kurz, während er eine
Nummer wählte. Ich hörte, wie er leise sprach und dann
sah er mich wieder an.

„Warten Sie hier."

Die Minuten, die folgten, fühlten sich wie Stunden an.
Mein Blick wanderte ständig, suchte nach einer
Bewegung, einem Zeichen von Victoria. Doch nichts.
Die Unruhe in mir wuchs und ich ballte die Hände zu
Fäusten, um die Kontrolle zu behalten.

Wenn sie hier war, würde ich nicht gehen, bevor ich mit
ihr gesprochen hatte. Es war riskant, aber ich musste
sie sehen – egal, was es kostete.

Ich hatte keine Ahnung, wie lange ich dort stand, die
Blicke der Beamten am Empfang auf mir spürend, als
warteten sie darauf, dass ich einen Fehler machte. Doch
dann bemerkte ich eine Bewegung aus dem
Augenwinkel. Der Kerl aus der Bar – Carter. Sein
Gesichtsausdruck war misstrauisch, fast feindselig, als
er auf mich zukam.

„Du bist mutig", sagte er, seine Stimme war leise, aber
schneidend, „oder einfach nur irre, hier aufzutauchen."

Ich hielt seinem Blick stand, spürte, wie mein Kiefer sich anspannte.

„Ich bin hier wegen Victoria", sagte ich ruhig. „Ich muss mit ihr sprechen."

Carter schnaubte und musterte mich von oben bis unten, als würde er versuchen, meine Beweggründe zu durchschauen.

„Ich habe keine Ahnung, was sie in dir sieht", murmelte er, bevor er den Kopf schüttelte. „Komm mit."

Er drehte sich um, ohne auf eine Antwort zu warten und ich folgte ihm durch das Department. Carter führte mich in ein Büro und ich spürte, wie mein Herz schneller schlug, als ich die Tür öffnete. Victoria saß dort, der Kopf in ihren Händen vergraben, umgeben von Akten. Sie sah müde aus, ausgelaugt und ich spürte einen Stich in meiner Brust bei ihrem Anblick.

„Dein Besuch", sagte Carter knapp, bevor er die Tür hinter mir schloss und uns allein ließ.

Victoria hob langsam den Kopf, ihre Augen trafen meine und für einen Moment herrschte eine lähmende Stille.

„Was machst du hier?" fragte sie schließlich, ihre Stimme war kalt, aber ich konnte den Hauch von Unsicherheit darin hören.

„Ich musste dich sehen", sagte ich, meine Stimme war leise. „Du hast mich ignoriert, Vic. Und ich weiß, dass du mir nicht mehr vertraust, aber ich konnte nicht einfach sitzen und nichts tun."

Sie lehnte sich zurück, musterte mich.

„Du hast mich angelogen, Damian", sagte sie, ihre

Stimme wurde härter. „Und jetzt tauchst du hier auf, als ob nichts wäre?"

„Ich weiß, dass ich Fehler gemacht habe. Verdammt viele, fuck..", erwiderte ich, trat einen Schritt näher.

„Aber ich bin hier, weil ich dir helfen will. Weil ich dich nicht verlieren will."

Ihr Blick blieb hart, doch ich konnte sehen, wie die Zweifel in ihren Augen aufflackerten.

„Das ist nicht der Ort dafür", sagte sie schließlich und ihre Stimme klang müde. „Nicht hier, Damian."

Ich nickte langsam, wusste, dass sie recht hatte, doch ich konnte nicht gehen, ohne ihr zu zeigen, dass ich es ernst meinte. „Ich werde nicht gehen, Vic", sagte ich, meine Stimme war fest. „Nicht, bis du weißt, dass ich auf deiner Seite bin – egal, was passiert."

Victoria saß still da. Die Distanz zwischen uns fühlte sich unerträglich an, wie eine unsichtbare Mauer, die mich von ihr fernhielt. Doch ich wusste, dass ich alles tun würde, um sie davon zu überzeugen, dass ich auf ihrer Seite war.

„Vic", begann ich leise, meine Stimme zitterte leicht, obwohl ich es nicht wollte.

„Ich weiß, dass ich alles ruiniert habe. Ich weiß, dass du mir nicht vertrauen kannst. Aber ich bin bereit, das zu ändern."

Sie sah mich an, ihre Augen glitzerten vor unausgesprochenen Gefühlen, doch sie sagte nichts.

Ich trat näher, vorsichtig, fast wie ein Tier, das wusste, dass es zurückgewiesen werden könnte. Meine Hände zuckten danach, sie zu berühren, doch ich hielt mich zurück.

„Soll ich mich stellen?" fragte ich schließlich, meine Stimme war kaum mehr als ein Flüstern. „Willst du das? Ich werde es tun, Vic. Für dich. Wenn das bedeutet, dass du mich nicht mehr hassen musst... wenn das bedeutet, dass du ein bisschen Frieden findest."

Ihr Blick wurde schärfer und ich konnte sehen, wie sie mit meinen Worten rang. Doch ich ließ nicht locker, meine Stimme wurde fester, drängender. „Nimm mich fest. Hier und jetzt. Ich werde nicht kämpfen. Ich werde nichts leugnen. Alles, was ich getan habe, werde ich dir und allen anderen erklären."

Die Stille zwischen uns war erdrückend, doch ich konnte die Spannung in der Luft spüren. Sie war zerrissen, hin- und hergerissen zwischen Wut, Schmerz und etwas, das ich nicht ganz greifen konnte.
„Warum?" fragte sie schließlich, ihre Stimme war leise, fast brüchig. „Warum würdest du das tun?"
Ich trat noch einen Schritt näher, meine Augen suchten die ihren.
„Weil ich dich liebe, Vic", sagte ich ehrlich, meine Stimme war rau vor Emotionen.
„Und weil ich nicht zulassen werde, dass Marcus oder irgendjemand anderes dich weiter verletzt. Wenn das bedeutet, dass ich für das, was ich getan habe, bezahlen muss, dann soll es so sein."

Ihr Atem stockte und ich sah, wie sie die Hand auf die Tischkante presste, als müsste sie sich daran festhalten. „Damian…" flüsterte sie und ich konnte sehen, wie ihre Fassade langsam bröckelte.

Doch ich wusste, dass die Entscheidung bei ihr lag.

Alles, was ich tun konnte, war warten – und hoffen, dass sie mich nicht endgültig verurteilte.

****

Victoria

Seine Worte hingen in der Luft, schwer und unausweichlich.

„Nimm mich fest. Hier und jetzt." Er hatte es wirklich gesagt und ich konnte sehen, dass er es ernst meinte. Damian war bereit, sich zu stellen, bereit, alles zu riskieren – für mich. Doch das machte es nicht einfacher.

Meine Gedanken tobten wie ein Sturm. Wut, Angst, Verzweiflung – alles mischte sich zu einem chaotischen Durcheinander, das mich fast lähmte. Wie konnte ich ihm vertrauen, nach allem, was er getan hatte? Wie konnte ich ihn lieben, wenn er derjenige war, der Heller getötet hatte? Und doch… wie konnte ich ihn hassen, wenn er der Einzige war, der mich jemals so gesehen hatte, wie ich wirklich war?

„Damian", flüsterte ich und meine Stimme zitterte vor
Emotionen. Ich konnte die Wärme seiner Nähe spüren,
doch er hielt Abstand, respektierte meine Unsicherheit.
„Ich weiß nicht, was ich tun soll. Ich weiß einfach nicht,
wie ich damit umgehen soll."
Er nickte langsam, seine Augen voller Schmerz, doch er
sagte nichts. Er ließ mir den Raum, die Zeit, die ich
brauchte, um die Worte zu finden.

„Du hast Heller getötet. Wolltest mich auch töten,", sagte
ich schließlich, meine Stimme wurde fester, als ich ihn
ansah. „Und jetzt stehst du hier und sagst, dass du mich
liebst. Wie soll ich das verstehen? Wie soll ich dir
glauben?"

Seine Augen trafen meine und ich sah, wie er mit seinen
eigenen Dämonen kämpfte.
„Ich weiß, dass es schwer ist", sagte er, seine Stimme
war leise, fast ein Flüstern.
„Aber ich kann dir nur die Wahrheit sagen, Vic. Und die
Wahrheit ist, dass ich dich liebe. Dass ich für dich alles
tun würde."

Ich spürte, wie meine Hände zitterten, meine Gedanken
hin- und hergerissen zwischen den Gefühlen, die ich für
ihn hatte und der Realität dessen, was er getan hatte.
„Ich habe Angst, Damian", gestand ich, meine Stimme
brach fast.
„Angst vor dir. Vor dem, was du bist. Vor dem, was das
alles bedeutet."
Er trat einen Schritt näher, sein Blick voller

Entschlossenheit.

„Ich bin hier, Vic. Und ich werde dir beweisen, dass du keine Angst vor mir haben musst."

Doch das war es nicht. Es war nicht nur die Angst vor ihm – es war die Angst vor mir selbst. Vor den Gefühlen, die ich für ihn hatte, obwohl ich sie nicht haben sollte. Vor der Tatsache, dass ich ihn vielleicht brauchte, obwohl er der Grund für so viel Schmerz war.
„Ich weiß nicht, ob ich das kann", sagte ich schließlich, meine Stimme war kaum hörbar.
„Ich weiß nicht, ob ich dir vergeben kann."
Damian schwieg, doch in seinen Augen sah ich, dass er mich verstand. Doch er würde nicht aufgeben. Und das machte alles noch schwerer.

„Ich werde mich stellen." Seine Worte waren wie ein Blitz, der die Dunkelheit durchbrach. Er sagte es mit einer Ruhe, die mich erschütterte, als hätte er die Konsequenzen seines Handelns endlich akzeptiert. Damian drehte sich um, bereit zu gehen, bereit, sich zu opfern – und ich wusste, dass er es wirklich tun würde.
„Damian, warte", rief ich, bevor ich überhaupt darüber nachgedacht hatte. Meine Stimme war fest, doch ich spürte das Zittern in meinem Inneren. Er hielt inne, sein Rücken war zu mir gewandt, doch ich konnte sehen, wie seine Schultern sich anspannten.
Langsam drehte er sich zu mir um, seine Augen trafen meine und ich konnte die Entschlossenheit darin sehen.

Doch da war auch etwas anderes – Schmerz, Reue und vielleicht eine Spur von Hoffnung.

Ich trat näher, mein Herz hämmerte in meiner Brust, während meine Gedanken noch immer wie ein Sturm tobten.
„Das ist nicht der Weg", sagte ich leise, doch meine Stimme war voller Dringlichkeit. „Sich zu stellen wird nichts ändern, Damian. Es wird Heller nicht zurückbringen. Es wird diese ganze verdammte Situation nicht besser machen."
Er sah mich an, sein Blick war scharf, doch ich konnte sehen, wie er mit sich selbst kämpfte. „Was willst du dann, Vic?" fragte er schließlich, seine Stimme war rau. „Sag mir, was ich tun soll. Sag mir, wie ich das wiedergutmachen kann."

Ich öffnete den Mund, doch die Worte blieben mir im Hals stecken. Was wollte ich wirklich? Eine Lösung? Eine Erklärung? Oder einfach nur, dass dieser Albtraum endete? Doch eines wusste ich sicher: Ich konnte ihn nicht einfach gehen lassen. Es war falsch. Das wusste ich. Ich warf damit meine ganzen Prinzipien über Bord! Als Cop hätte ich anders handeln müssen. Aber ich konnte einfach nicht.
„Bleib", flüsterte ich schließlich, meine Stimme war brüchig.
„Ich weiß nicht, wie wir das schaffen sollen, Damian. Aber wenn du gehst, dann ist alles verloren."

Er trat einen Schritt näher, seine Augen suchten meinen Blick.

„Ich will dich nicht verlieren, Vic", sagte er, seine Stimme war leise, doch sie trug das Gewicht seiner Emotionen. „Aber ich weiß, dass ich dir nichts als Schmerz gebracht habe."

„Und trotzdem bist du der Einzige, dem ich noch irgendetwas glauben kann", sagte ich, meine Stimme zitterte.

„Wir finden einen Weg. Aber nicht so. Nicht, indem du dich aufgibst."

Ich trat einen Schritt näher, bis ich so nah bei ihm war, dass ich die Wärme seines Körpers spüren konnte. Mein Herz schlug schnell, mein Atem war flach, doch ich zwang mich, nicht zurückzuweichen.

„Damian", flüsterte ich, meine Stimme war leise, aber voller Dringlichkeit. „Ich brauche dich."

Seine Augen weiteten sich leicht, als könnte er nicht glauben, was er hörte. Doch bevor er etwas sagen konnte, schlang ich meinen gesunden Arm um ihn, zog ihn näher an mich heran.

„Halt mich fest", sagte ich, meine Stimme brach fast. „Hilf mir, die anderen dran zu kriegen. Bitte."

Für einen Moment schien er zu zögern, als hätte er nicht gewusst, wie er reagieren sollte. Doch dann schlang er seine Arme um mich, hielt mich fest, als wollte er mich nie wieder loslassen. „Ich werde dir helfen", sagte er schließlich, seine Stimme war leise, aber bestimmt. „Ich werde alles tun, Vic. Alles."

Ich schloss die Augen, ließ mich für einen Moment in seiner Umarmung fallen. Es war, als würde all die Angst und der Schmerz für einen kurzen Moment verblassen, als könnte ich wieder atmen. Doch tief in mir wusste ich, dass dies nur der Anfang war. Die Gefahr war noch nicht vorbei – sie war näher denn je.

„Wir müssen Marcus und seinen Bruder stoppen", sagte ich schließlich, zog mich leicht zurück, um ihn anzusehen. „Das Netzwerk zerstören. Und wir müssen Beweise finden – echte Beweise, die sie hinter Gitter bringen."
Er nickte langsam, seine Augen waren dunkel, voller Entschlossenheit.
„Ich kenne Wege, Vic. Orte, die sie nutzen. Namen, die sie verstecken. Aber es wird gefährlich."
„Gefährlicher als das, was wir schon durchgemacht haben?" fragte ich mit einem bitteren Lächeln.
Er zog eine Augenbraue hoch. „Wahrscheinlich."
„Dann machen wir es zusammen", sagte ich, meine Stimme war fest. „Aber diesmal ohne Lügen, Damian. Keine Geheimnisse mehr. Versprich es mir."
„Ich verspreche es", sagte er, und ich konnte die Ehrlichkeit in seiner Stimme spüren. „Keine Geheimnisse mehr."

Damian

Ihre Worte hallten in meinem Kopf nach, wie ein Mantra, das sich in mein Herz brannte: *„Keine Geheimnisse* *mehr. Versprich es mir.“* Ich hatte es versprochen, mit allem, was ich hatte. Doch es war nicht nur ein Versprechen, es war ein Pakt – ein Band zwischen uns, das ich nie mehr brechen wollte.

Meine Hände fanden ihren Weg zu ihren Wangen, hielten sie sanft. Ihr Gesicht war von so viel Schmerz und Zweifel gezeichnet, doch ihre Augen sahen mich mit einer Hoffnung an, die mich fast überwältigte. „Vic“, flüsterte ich, meine Stimme war rau vor Emotionen. „Ich werde dich nie wieder enttäuschen. Ich werde nie wieder zulassen, dass du verletzt wirst.“ Sie sagte nichts, doch ihre Augen wurden weich und ich konnte sehen, wie die Mauern, die sie um sich herum errichtet hatte, langsam bröckelten. Ich beugte mich vor, meine Stirn berührte ihre und für einen Moment schien die Welt um uns stillzustehen.

Der Kuss, der folgte, war anders als alle zuvor. Er war nicht voller Gier oder Verlangen, nicht wild oder unkontrolliert. Er war liebevoll, zärtlich, fast vorsichtig. Es war ein Kuss, der alles sagte, was Worte nicht ausdrücken konnten – ein Versprechen, ein Neubeginn, eine Wahrheit, die zwischen uns lag. Sie lehnte sich in meine Berührung, ließ mich für diesen Moment alles für sie sein. Und ich wusste, dass ich alles tun würde, um dieses Vertrauen zu verdienen. Es war keine einfache Liebe, keine leichte Verbindung. Doch es war unsere und das machte sie umso wichtiger.

„Wir schaffen das", sagte ich leise, meine Stirn noch immer an ihrer. „Zusammen."

Sie nickte, ein schwaches Lächeln umspielte ihre Lippen. „Zusammen", wiederholte sie und in ihrer Stimme lag eine Entschlossenheit, die mich stärkte.

Der Moment mit Victoria fühlte sich wie ein neues Leben an, ein kurzer Frieden inmitten des Chaos. Doch dieser Frieden wurde jäh unterbrochen, als die Tür aufgerissen wurde und Carter hereinstürmte. Sein Blick war scharf, misstrauisch und seine Haltung war angespannt, als wäre er bereit, mich aus dem Zimmer zu ziehen.

„Was zur Hölle geht hier vor?" fragte er, seine Stimme war kalt, fast bedrohlich. „Drängst du sie in irgendwas, Wolfe?"

Ich trat einen Schritt zurück, meine Hände leicht erhoben, um zu zeigen, dass ich keine Bedrohung war. „Beruhig dich", sagte ich ruhig, doch mein Blick blieb wachsam. „Ich tue nichts, was sie nicht will."

„Carter, hör auf", sagte Victoria, ihre Stimme war fest, obwohl ich die Müdigkeit darin hören konnte. Sie stand zwischen uns, sah ihm direkt in die Augen.

„Damian hilft uns. Er wird unser Informant."

„Was?" Carters Augen verengten sich und er warf mir einen wütenden Blick zu. „Das ist gefährlich, Vic. Du weißt, was er getan hat."

„Ja, das weiß ich", sagte sie scharf, ihre Haltung war entschlossen.

„Aber er kennt das Netzwerk besser als wir alle. Und wenn wir Marcus und seinen Bruder stoppen wollen, brauchen wir jemanden, der uns von innen heraus helfen kann."

Carter schnaubte, verschränkte die Arme vor der Brust. „Du setzt alles aufs Spiel, Vic. Weißt du das? Wenn das schiefgeht, könnte es dich deine Karriere kosten – oder dein Leben."

„Deshalb gewährt du ihm Schutz", entgegnete sie, ihre Augen waren hart, ich konnte die Entschlossenheit in ihrem Gesicht sehen.

„Wenn Damian uns hilft, hörst du auf, ihn als Verdächtigen zu sehen. Er ist ein Informant und du wirst ihn wie jeden anderen Informanten behandeln."

„Das ist ein verdammt großer Gefallen, Vic", sagte Carter, sein Blick wanderte wieder zu mir. „Und ich bin nicht überzeugt, dass er das wert ist."

„Ich nehme das Risiko auf mich", sagte Victoria, ihre Stimme war ruhig, aber sie ließ keinen Raum für Diskussionen. „Wenn er scheitert, wenn er uns verrät, dann bin ich die Erste, die ihn zur Rechenschaft zieht."

Carter seufzte schwer, rieb sich über das Gesicht und schüttelte den Kopf.

„Das ist Wahnsinn, Vic. Aber wenn das dein Plan ist... ich werde es unterstützen. Aber nur, weil ich dir vertraue – nicht ihm."

Ich nickte langsam, respektierte seinen Standpunkt, auch wenn ich wusste, dass ich noch viel zu beweisen hatte.

„Das ist fair", sagte ich leise. „Aber ich verspreche dir, Carter – ich bin auf ihrer Seite. Und ich werde alles tun, um das zu zeigen."

Die Atmosphäre im Raum war schwer von Anspannung, doch als Victoria Carter bat, alles vorzubereiten – die Einbindung der Kollegen, das Verschwindenlassen sensibler Akten –, schien sie die Kontrolle über die Situation zu übernehmen. Ihre Stimme war fest, professionell und ich konnte nicht anders, als sie dabei zu beobachten.

Carter nickte widerwillig und verschwand aus dem Raum, ein Ausdruck von Sorge und Misstrauen noch immer in seinen Augen. Die Tür schloss sich hinter ihm und es wurde still. Victoria lehnte sich gegen den Tisch, ließ ihren Blick kurz nachdenklich über die Akten wandern, bevor sie mich ansah.

„Weißt du, dass du echt heiß bist in deiner Rolle als Cop?" sagte ich, ein kleines Grinsen zog sich über mein Gesicht, das ich nicht unterdrücken konnte. Die Worte kamen impulsiv, doch ich meinte sie ernst. Sie hob eine Augenbraue, ihre Lippen zuckten leicht.

„Das ist jetzt nicht der Moment, Damian", sagte sie trocken, doch ich konnte die leichte Röte in ihren Wangen sehen.

„Vielleicht nicht", gab ich zu, trat näher zu ihr, meine Stimme wurde leiser.

„Aber das ändert nichts daran, dass es wahr ist. Wenn ich dich da stehen sehe, wie du alles kontrollierst, wie du dich nicht einschüchtern lässt – ich kann nicht anders."

Sie schüttelte den Kopf, doch ich konnte sehen, wie meine Worte sie erreichten.

„Du bist unmöglich", murmelte sie, doch ihre Stimme

war weicher jetzt, weniger scharf.

„Vielleicht", sagte ich, trat noch einen Schritt näher, sodass ich direkt vor ihr stand. „Aber ich meine es ernst, Vic. Du bist beeindruckend. Und das ist nicht nur Gerede."

Sie sah mich an, ihre Augen suchten meinen Blick und ich konnte sehen, dass sie mit sich selbst kämpfte.
„Du solltest dich besser darauf konzentrieren, mir zu helfen, Damian", sagte sie schließlich, doch ihre Stimme klang weniger distanziert.
Ich lächelte leicht, trat zurück und hob die Hände.
„Wie du willst, Detective", sagte ich mit einem gespielten Unterton von Respekt. „Ich bin ganz dein Informant."
Ihr Lächeln war kaum wahrnehmbar, doch es war da.
Und obwohl die Gefahr, in der wir uns befanden, immer noch präsent war, fühlte sich dieser Moment wie ein kleiner Sieg an – ein Schritt näher an Vertrauen, an Hoffnung. Und das war alles, was ich brauchte.

Kapitel 32: Das Spiel mit dem Feuer

Damian

Victoria stand vor mir, in ihrer ganzen entschlossenen und kontrollierten Haltung, doch ich konnte die Spannung spüren, die zwischen uns lag – das ungesagte Verlangen, das in der Luft hing. Und obwohl die Situation gefährlich und riskant war, konnte ich nicht widerstehen, sie ein wenig aus der Fassung zu bringen.

Ohne dass sie es merkte, drehte ich den Schlüssel in der Tür um und schloss ab. Es war ein simpler Klick, den sie in ihrer Konzentration auf die Akten nicht wahrnahm. Ich trat näher, ganz leise, bis ich direkt hinter ihr stand. Ihre Haltung war entspannt, doch ich wusste, dass sie mich spürte, auch wenn sie es nicht zeigte. Ich lehnte mich nach vorne, stützte meine Arme rechts und links von ihr auf den Tisch, sodass ich sie beinahe einrahmte. Mein Atem streifte leicht ihr Ohr und ich sah, wie sie für einen Moment inne hielt.
„Du bist so verdammt beeindruckend, Vic", flüsterte ich leise, meine Stimme war rau, fast ein Hauch.
Bevor sie etwas sagen konnte, ließ ich meine Nase sanft an ihrem Ohr entlang gleiten, bis ich knapp an ihrem Hals war. Ich spürte, wie sie leicht zusammen zuckte, doch sie blieb still, ihre Hände ruhten flach auf dem Tisch, während sie versuchte, die Kontrolle zu behalten.

„Ich frage mich", hauchte ich, mein Atem traf ihre Haut, „wie du so konzentriert bleiben kannst, wenn ich dir so nah bin." Meine Lippen berührten kaum ihren Hals, doch ich spürte, wie sie leicht den Kopf zur Seite neigte, ob unbewusst oder absichtlich, wusste ich nicht.

Dann ließ ich meine Zunge vorsichtig über die empfindliche Haut an ihrem Hals gleiten, langsam, mit Bedacht. Ein leiser, kaum hörbarer Laut entwich ihren Lippen und ich konnte das Verlangen in mir kaum noch zügeln.

„Damian", sagte sie schließlich, ihre Stimme war scharf, doch sie zitterte leicht.

„Was glaubst du, was du hier tust?"

Ich zog mich nicht zurück, hielt meine Position, ließ meine Lippen an ihrem Hals verweilen. „Nur eine kleine Erinnerung, Vic", flüsterte ich, „dass ich hier bin. Für dich. Und dass ich dich niemals aufgeben werde."

Sie drehte sich abrupt zu mir um, ihre Augen blitzten vor Wut – oder war es etwas anderes? Doch ich hielt ihrem Blick stand, ein kleines Lächeln spielte auf meinen Lippen.

„Du bist unmöglich", sagte sie schließlich, ihre Stimme war leiser jetzt, fast ein Flüstern.

„Und trotzdem bin ich genau das, was du brauchst", erwiderte ich, meine Stimme war ruhig, aber voller Überzeugung.

Ihr Blick war unentschlossen, doch das Verlangen war da, unverkennbar. Ich hielt inne, meine Augen suchten ihre, während ich sanft, aber herausfordernd fragte: „Soll ich aufhören, Vic?"

Sie schüttelte den Kopf, ihr Atem war schwer und bevor ich mich bewegen konnte, übernahm sie die Kontrolle. Ihre Lippen trafen meine, fordernd, intensiv, und ich spürte, wie die Spannung zwischen uns explodierte.

Dieser Moment war anders – keine Zurückhaltung, keine Zweifel, nur reine Hingabe.

Mit einem geschickten Griff setzte sie sich auf den Schreibtisch, die Akten, die wir eben noch besprochen hatten, wurden achtlos beiseite geschoben. Mein Herz hämmerte in meiner Brust, als sie die Schlinge von ihrem verletzten Arm löste, ihre Bewegungen bestimmt, als hätte sie keine Zeit für Zweifel.

„Vic", murmelte ich, meine Stimme war heiser, doch sie ließ mich nicht ausreden. Ihre Beine spreizten sich, ihre Hände griffen nach meinem Shirt, zogen mich näher. Ich legte meine Hände auf ihre Oberschenkel, ließ sie auf und ab wandern, während ich mich ihr vollständig hingab.

„Ich brauche dich", flüsterte sie, ihre Stimme war leise, fast ein Hauchen, doch ihre Augen waren fest auf mich gerichtet. Sie zog mich weiter zu sich, ihre Knie drückten sich gegen meine Hüften und ich spürte die Wärme, die von ihr ausging.

Ich beugte mich vor, meine Lippen fanden ihren Hals, wanderten über ihre Haut, während meine Hände tiefer glitten, ihre Kurven erkundeten. Ihr Atem wurde schneller, ihre Finger gruben sich in meine Schultern und ich wusste, dass sie mich genauso wollte, wie ich sie wollte.

„Vic", sagte ich leise, meine Stimme zitterte leicht vor Verlangen, „du bist alles, was ich will."

Sie antwortete nicht, zog mich nur noch näher zu sich, und in diesem Moment gab es keine Vergangenheit, keine Zukunft – nur uns. Alles andere verblasste, während wir uns in einem Moment von völliger Hingabe verloren.

Ich war nah bei ihr, ihre Wärme und ihr Verlangen waren greifbar, doch ein Teil von mir hielt zurück. Ihre Verletzung, die Schlinge, die sie achtlos beiseite geworfen hatte – alles erinnerte mich daran, dass sie angeschlagen war. Der letzte, der ihr noch mehr Schmerz zufügen wollte, war ich.

„Vic, ich will nicht, dass dir etwas passiert", flüsterte ich gegen ihre Haut, meine Hände lagen sanft auf ihren Hüften, als wollte ich sie zurückhalten.
„Ich will vorsichtig sein."
Sie schüttelte den Kopf, ihre Augen glitzerten mit einer Mischung aus Wut und Verlangen. „Hör auf, Damian", sagte sie leise, aber bestimmt. „Ich weiß, was ich will. Ich weiß, was ich kann."

Bevor ich etwas erwidern konnte, wanderte ihre Hand hinunter, glitt zwischen uns, und ich spürte, wie sie den Bund meiner Hose erreichte. Mein Atem stockte und ich spürte, wie mein Verstand für einen Moment völlig aussetzte, als ihre Finger sich geschickt einen Weg suchten.
„Vic…" begann ich, doch meine Worte wurden von einem leisen Keuchen unterbrochen, als sie mich berührte, sanft, aber bestimmt. Ihre Augen ließen meinen Blick nicht los und ich sah das Feuer in ihnen, das mich fast völlig verzehrte.
„Ich will dich", sagte sie leise, ihre Stimme war ein

Flüstern, das mir direkt unter die Haut ging. „Und ich will, dass du mich willst, Damian. Hör auf, dich zurückzuhalten."

Ich schloss die Augen, ließ den Moment mich vollständig einnehmen. Die Zurückhaltung in mir kämpfte noch, doch sie war schwach im Vergleich zu dem Verlangen, das sie in mir entfachte. Meine Hände griffen fester nach ihren Hüften und ich zog sie noch näher zu mir, während ihre Berührung mich fast in den Wahnsinn trieb.

Ihre Berührung war wie ein Funke, der einen längst überfälligen Brand entfachte. Ich fühlte, wie mein Verlangen die Zurückhaltung, die ich mir auferlegt hatte, Stück für Stück zerriss. Mein Körper reagierte auf sie, mein Atem wurde schwerer und ich konnte nicht länger leugnen, wie sehr ich sie wollte.

Ich spürte, wie mein Schwanz härter wurde, drückte gegen den Stoff meiner Hose und ihr Blick verriet mir, dass sie es bemerkte. Sie hielt meinen Blick, herausfordernd, fast verspielt, während ihre Hand sich weiter bewegte, mich auf eine Art und Weise reizte, die mich fast den Verstand verlieren ließ.
„Vic", murmelte ich, meine Stimme war rau, voller Verlangen. „Du machst es mir schwer, mich zurückzuhalten."
Sie lächelte leicht, ein winziges, selbstbewusstes Lächeln, das alles in mir zum Kochen brachte. „Vielleicht

solltest du es einfach nicht tun", flüsterte sie, ihre Stimme war weich, aber voller Dringlichkeit.

Ich verlor die Kontrolle. Meine Hände griffen fester nach ihren Hüften, zogen sie noch näher an mich heran, während ich meine Lippen auf ihre presste. Der Kuss war hart, fordernd, voller Leidenschaft, die sich nicht länger zurückhalten ließ. Sie ließ mich nicht los, ihre Finger schoben den Bund meiner Hose tiefer, während sie sich mir noch mehr öffnete.
„Verdammt, Vic", murmelte ich zwischen den Küssen, mein Kopf drehte sich vor Verlangen. „Du bist alles, was ich will."

Ich spürte, wie meine Zurückhaltung endgültig zerbrach. Meine Hände glitten über ihren Körper, ihre Wärme zog mich in einen Strudel aus Verlangen, und ich wusste, dass es keinen Weg zurück gab. Sie war meine Schwäche, aber auch meine Stärke.
Das Verlangen in mir brannte so heiß, dass es alles andere ausblendete. Victoria war vor mir, ihre Augen voller Feuer und ich konnte nicht länger zurückhalten, was ich fühlte. Sie wollte mich genauso, wie ich sie wollte, und dieser Moment war unser – roh, unaufhaltsam, unvermeidlich.

Mit einem bestimmten Griff legte ich meine Hand an ihren Hals, spürte ihren schnellen Puls unter meinen Fingern. Ihre Augen weiteten sich leicht, doch es war keine Angst darin – nur Erwartung, Herausforderung. Sie war bereit, alles zu nehmen, was ich zu geben hatte.

Ich drückte sie nach unten, ihren Rücken fest gegen den Schreibtisch, die Akten und Papiere unter ihr zerknitterten und rutschten beiseite. Meine Hand blieb an ihrem Hals, hielt sie fest, ohne Aussicht auf Lockerung. Ich wollte sie spüren, wollte sie wissen lassen, dass sie in diesem Moment ganz mir gehörte. „Vic", murmelte ich, meine Stimme war rau und schwer vor Verlangen. „Ich hoffe, du weißt, worauf du dich eingelassen hast."

Sie antwortete nicht mit Worten, sondern mit einer Bewegung, die ihre Beine um meine Hüften schlang und mich näher zog. Ihr Blick war herausfordernd, fast trotzig.

„Zeig's mir", flüsterte sie, ihre Stimme war kaum mehr als ein Hauch, doch sie löste eine Flut von Gefühlen in mir aus.

Ich ließ meine andere Hand über ihren Körper gleiten, zog ihren Oberkörper leicht zu mir, bevor ich sie wieder zurückdrückte. Ihre Atmung wurde schneller und ich konnte die Hitze in ihrem Blick sehen, die jede Zurückhaltung in mir verbrannte.

Hart, kompromisslos, ohne Aussicht auf Lockerung. Das war es, was sie von mir wollte, was sie von mir verlangte. Und ich würde es ihr geben, ohne zurückzuschauen.

Ihr Körper war angespannt unter meinem Griff, ihre Atmung schwer, ich konnte sehen, wie sie sich völlig diesem Moment hingab. Ihr Blick war auf mich gerichtet, voller Verlangen und ich wusste, dass sie mich genauso wollte, wie ich sie.

Mit einem festen Griff an ihrem Hals hielt ich sie an Ort und Stelle, während ich hart in sie stieß. Ihre Lippen öffneten sich, ein leiser Laut entwich ihr und ich konnte die Mischung aus Schmerz und Lust in ihrem Ausdruck sehen. Es trieb mich an, ließ mich tiefer in diese rohe, unaufhaltsame Verbindung eintauchen.

Meine andere Hand wanderte über ihren Körper, hielt sie an der Hüfte, zog sie noch näher zu mir, während ich mich völlig in ihr verlor. Jeder Stoß war intensiv, kompromisslos und ich konnte spüren, wie ihre Beine sich fester um mich schlangen.

„Vic", murmelte ich, mein Atem war rau, mein Griff an ihrem Hals blieb fest, während ich sie ansah. „Sag mir, dass du das willst."

Ihre Augen blitzten auf und sie zog mich mit einer Bewegung näher zu sich, ihre Fingernägel gruben sich in meinen Rücken. „Ich will dich", keuchte sie, ihre Stimme war schwer vor Lust. „Alles."

Ich konnte nicht anders, als sie noch härter an mich zu ziehen, mein Griff verstärkte sich leicht, während sie den Kopf leicht in den Nacken legte, sich völlig diesem Moment hingab.

Der Moment war intensiv, alles um uns herum verblasste, bis nur noch sie und ich übrig waren. Ihre Bewegungen, ihr Körper, die Geräusche, die sie von sich gab – alles trieb mich an, ließ mich an den Rand des Kontrollverlusts kommen. Doch ich hielt mich zurück, wartete, bis ich sie mit mir in den Abgrund reißen konnte.

Ich griff nach ihr, zog sie mit einem festen Ruck von dem Schreibtisch hoch und hielt sie fest an mich gepresst. Ihre Beine umschlangen mich noch fester und ich sah in ihren Augen, dass sie genauso verloren war wie ich. Meine Lippen fanden ihre, wild, fordernd, sogar hungrig. Ich biss leicht in ihre Unterlippe, spürte, wie sie zitterte, doch es war nicht aus Angst – es war pure Hingabe.

„Komm für mich, Vic", flüsterte ich heiser, mein Atem traf ihre Haut, meine Stimme war voller Dringlichkeit. „Jetzt." Ihr Körper spannte sich unter meinen Berührungen, und ich konnte spüren, wie sie sich näher und näher an den Punkt der völligen Aufgabe begab. Sie schloss die Augen, warf den Kopf leicht zurück und ich hielt sie noch fester. Ihre Bewegungen wurden unregelmäßiger, intensiver, und dann spürte ich wie sie sich vollkommen fallen ließ, sich mir hingab, als wollte sie nichts anderes auf der Welt. Der Klang ihres Atems, ihrer Stimme, war alles, was ich brauchte, um mich selbst über die Kante zu treiben.

****

Victoria

463

Mein Körper fühlte sich schwer an, wie in Watte gehüllt, doch ich war völlig wach. Mein Atem ging stoßweise, mein Herz hämmerte in meiner Brust und die Nachwirkungen dieses intensiven Moments ließen mich zittern. Damian hielt mich fest, seine Arme waren wie ein Schutzschild um mich geschlungen, doch ich spürte, dass ich mich in seiner Nähe sicher fühlte – und das machte mir Angst.

Ich hob meinen Kopf leicht, sah in seine dunklen, durchdringenden Augen, die mich wie immer völlig einnahmen. Er schien selbst außer Atem, doch in seinem Blick lag eine Wärme, die ich nicht erwartet hatte – nicht nach allem, was passiert war.
„Ich…" begann ich, doch meine Stimme brach ab. Die Worte, die ich sagen wollte, blieben in meinem Hals stecken, während ich mit meinen Gefühlen rang.
„Ich brauche dich", flüsterte ich schließlich, meine Stimme war leise, aber die Bedeutung meiner Worte war unüberhörbar. „Aber es macht mir Angst, Damian."
Er sah mich an, seine Hände ruhten sanft auf meinen Hüften und ich konnte sehen, wie meine Worte ihn trafen. „Angst?" fragte er leise, fast vorsichtig. „Wovor, Vic?"
„Vor dir", gestand ich, meine Augen wanderten kurz weg, bevor ich den Mut fand, ihm wieder in die Augen zu sehen.
„Vor uns. Vor dem, was das alles bedeutet. Ich weiß nicht, ob ich stark genug bin, um das durchzustehen."

Er schwieg, sein Blick war intensiv, doch ich konnte sehen, dass er meine Worte verstand. „Ich weiß, dass ich dir viel abverlange", sagte er schließlich, seine Stimme war rau, aber ehrlich. „Aber ich werde alles tun, um dir zu zeigen, dass du mir vertrauen kannst. Dass wir das schaffen können."

Ich legte meinen Kopf gegen seine Brust, schloss die Augen für einen Moment und ließ seinen Herzschlag mich beruhigen. Die Angst war da, ja. Aber auch etwas anderes –

Damian beugte sich vor und küsste mich, seine Lippen waren sanft, fast tröstend. Doch bevor ich mich weiter in diesem Moment verlieren konnte, klopfte es plötzlich an der Tür. Die Realität holte uns beide mit einem Schlag zurück.

„Verdammt", murmelte ich, mein Herz schlug plötzlich wieder schneller, diesmal aus Panik. Wir waren hier, in einem Büro des Departments und die Situation war schon riskant genug. Damian zog sich hastig seine Hose und sein Shirt an, während mein Kleid richtete und ich mich darum bemühte, die zerknitterten Akten wieder halbwegs ordentlich auf den Tisch zu legen.

Er war schneller fertig, ging zur Tür und öffnete sie mit einer Ruhe, die ich ihm in diesem Moment fast beneidete. Als Carter eintrat, konnte ich sofort den skeptischen Ausdruck in seinem Gesicht sehen. Sein Blick wanderte zwischen Damian und mir hin und her, seine Augen verengten sich leicht.

„Wirklich?" fragte er trocken, seine Stimme war voller Spott. „Hier? Im verdammten Department? Ihr habt echt Nerven."

Ich öffnete den Mund, wollte etwas sagen, doch die Worte blieben mir im Hals stecken. Damian hingegen zuckte nur mit den Schultern, ein kleiner Hauch von einem Grinsen lag auf seinen Lippen.
„Manchmal kann man die Dinge nicht kontrollieren, Carter."
Carter verdrehte die Augen, doch er ließ das Thema fallen, zumindest für den Moment. „Marcus will mit dir reden, Vic", sagte er, und seine Stimme wurde ernster. „Er hat um ein Gespräch gebeten. Allein."

Mein Körper spannte sich an und ich fühlte, wie die Schwere seiner Worte auf mich herabdrückte.
„Was will er?" fragte ich, meine Stimme war schärfer, als ich es beabsichtigt hatte.
„Er hat nicht viel gesagt", antwortete Carter, sein Blick wurde weicher, fast besorgt.
„Aber er ist aufgebracht. Du solltest vorsichtig sein."

Ich nickte langsam, spürte, wie Damian sich angespannt neben mir hielt. Ich wusste, dass er nicht begeistert davon war, mich allein mit Marcus zu lassen und ehrlich gesagt, war ich es auch nicht. Doch ich wusste, dass ich das tun musste.
„Ich gehe", sagte ich schließlich, meine Stimme war fest. „Aber ich werde nicht lange bleiben." Carter nickte, doch sein Blick wanderte erneut zu Damian und ich konnte

die unausgesprochene Warnung in seinen Augen
sehen. Dies war noch lange nicht vorbei, und jeder
Schritt musste mit Bedacht gewählt werden.

****

Damian

Ich lief im Raum auf und ab, mein Herz pochte vor
Anspannung. Victoria ging allein zu Marcus – ein
Gedanke, der mich fast in den Wahnsinn trieb. Carter
lehnte lässig gegen die Wand, sein Blick war skeptisch,
aber irgendwie auch nachsichtig.
„Du bist jetzt unser Informant, also komm", sagte er
schließlich und stieß sich von der Wand ab. Seine
Stimme war nüchtern, aber ich konnte sehen, dass er
mich im Auge behielt, als wartete er darauf, dass ich
einen Fehler machte.
„Wohin?" fragte ich, meine Stimme war härter, als ich
beabsichtigt hatte, doch die Unruhe in mir ließ sich nicht
verbergen.
„Zum Verhörraum", antwortete er knapp, öffnete die Tür
und bedeutete mir, ihm zu folgen. „Da kannst du sehen,
wie Vic sich schlägt."

Ich folgte ihm, spürte die Spannung in meinen
Schultern, als wir durch die Flure des Departments
gingen. Jeder Schritt ließ die Nervosität in mir wachsen.
Was, wenn Marcus etwas gegen sie plante? Was, wenn

er sie weiter manipulierte oder schlimmer noch, ihr schadete?

Wir erreichten den Raum mit der verspiegelten Scheibe und Carter öffnete die Tür.

„Setz dich", sagte er, und ich spürte, wie sein Ton eine Mischung aus Genervtheit und Besorgnis annahm.

Ich ignorierte den Stuhl, trat stattdessen direkt an die Scheibe. Durch das Glas konnte ich Victoria sehen, wie sie allein am Tisch saß. Marcus wurde hereingeführt, immer noch mit dieser falschen Aura aus Kontrolle und Autorität. Mein Kiefer spannte sich, als ich ihn ansah, während er sich setzte.

„Entspann dich", sagte Carter hinter mir, doch ich hörte die Wachsamkeit in seiner Stimme. „Du kannst nichts tun, Damian. Sie kann sich verteidigen."

„Das hoffe ich", murmelte ich, meine Augen blieben fest auf die Szene vor mir gerichtet.

Marcus beugte sich leicht nach vorne, seine Hände lagen auf dem Tisch und ich konnte sehen, wie er leise sprach, seine Stimme gedämpft durch das Glas. Victoria hielt seinen Blick, ihre Haltung war angespannt, aber sie zeigte keine Angst. Doch ich kannte diesen Mann – und ich wusste, wie gefährlich er sein konnte.

„Wenn er ihr wehtut, Carter..." begann ich, meine Stimme war leise, aber voller Drohung.

„Er wird nichts tun", unterbrach Carter mich, seine Stimme war scharf.

„Wir haben ihn hier. Er ist in unserer Gewalt, nicht umgekehrt."

Doch das beruhigte mich nicht. Jeder Muskel in meinem Körper war angespannt und ich wusste, dass ich nur einen Funken brauchte, um alles um mich herum zu vergessen – wenn es bedeutete, Victoria zu schützen.

****

Victoria

Der Raum war kalt, doch es war Marcus' Grinsen, das mir wirklich einen Schauer über den Rücken jagte. Dieses falsche, selbstgefällige Lächeln, das ich zu gut kannte. Es war nicht das Grinsen eines Mannes, der in einer Zelle saß – es war das Grinsen eines Mannes, der glaubte, noch immer die Kontrolle zu haben.

Er ließ sich in den Stuhl sinken, seine Bewegungen waren gelassen, fast entspannt. Ich saß ihm gegenüber, meine Hände auf dem Tisch, die Finger ineinander verschränkt, um sie vom Zittern abzuhalten. Als er plötzlich seine Hand hob und meine Finger flüchtig berührte, zuckte ich zurück, als hätte er mich verbrannt. „Du wolltest reden", sagte ich scharf, meine Stimme war fest, doch mein Körper spannte sich an. „Dann rede." Marcus lehnte sich leicht vor, sein Grinsen wurde breiter und ich sah das Funkeln in seinen Augen – diese Art von Blick, die er immer hatte, wenn er glaubte, er hätte

469

mich in der Hand.

„Ich wollte meine Frau sehen", sagte er leise, beinahe sanft. Doch dann verzog sich sein Gesicht zu einem bitteren Lächeln. „Aber du riechst schon wieder wie eine billige Hure."

Seine Worte trafen mich wie ein Schlag, doch ich zwang mich, ruhig zu bleiben. Mein Kiefer spannte sich und ich ballte die Hände zu Fäusten, doch ich gab ihm nicht das Vergnügen, eine Reaktion von mir zu bekommen.

„Das ist alles, was du zu sagen hast?" fragte ich kühl, meine Stimme war eiskalt. „Dass du mich beleidigen willst?"

Marcus lachte leise, sein Blick war spöttisch. „Oh, Vicky", sagte er, seine Stimme war triefend vor Sarkasmus.

„Du hast dich verändert. Früher wärst du nach so einem Kommentar in Tränen ausgebrochen. Jetzt siehst du aus, als würdest du mir am liebsten den Hals umdrehen."

„Vielleicht, weil ich genau das tun möchte", sagte ich ruhig, mein Blick ließ seinen nicht los. „Aber stattdessen sitze ich hier und gebe dir die Möglichkeit, dich zu erklären. Nutze sie – oder schweig für immer."

Sein Grinsen verschwand nicht, doch ich konnte sehen, dass er meine Worte registrierte. Doch was immer er im Kopf hatte, er war noch nicht bereit, alles preiszugeben. Das war ein Spiel – und er genoss es, die Oberhand zu behalten. Aber ich würde nicht zulassen, dass er mich wieder kontrollierte. Nicht diesmal.

„Ihr tappt im Dunkeln, Victoria", begann er, lehnte sich zurück und verschränkte die Arme hinter dem Kopf.
„Ihr habt keine Ahnung, worum es wirklich geht. David? Nur ein verdammter Zwischenmann."
Mein Magen drehte sich bei seinem Namen, doch ich hielt meinen Blick fest auf Marcus gerichtet, wartete darauf, dass er weitersprach.
„Oh, und wie gerne hätte er dich gefickt", fuhr Marcus fort, sein Ton wurde noch schneidender. „David wollte dich ficken und dir währenddessen den Hals umdrehen. Das war der Plan, wusstest du das?"
Meine Hände ballten sich zu Fäusten unter dem Tisch, doch ich ließ mir nichts anmerken. Marcus beugte sich wieder vor, sein Blick wurde intensiver, fast genüsslich.
„Weißt du wie viel Spaß es macht, jemanden zu zerstören, der glaubt, er sei sicher", sagte er leise. „Das war der Plan, Victoria. Dich zu brechen. Dich zu benutzen. Und dann – dich loszuwerden."
„Aber irgendjemand hat den Plan ruiniert, nicht wahr?" fuhr ich fort, meine Stimme war scharf, fast kalt. „Carter hat meinen Hilferuf gesehen, bevor du eingreifen konntest."
Ein kurzes Flackern in seinen Augen verriet mir, dass ich recht hatte. Er grinste, doch es war gezwungen.
„Carter hatte Glück", sagte er schließlich. „Aber Glück hält nicht ewig, Victoria. Und weder er noch du werdet die Wahrheit hinter all dem herausfinden."
„Wir sind näher dran, als du denkst", entgegnete ich, meine Stimme war leise, aber bestimmt. „Und wenn du glaubst, dass ich mich von dir einschüchtern lasse, dann unterschätzt du mich."

Marcus schnaubte, sein Grinsen wurde breiter. „Du hast dich verändert", sagte er leise, fast bewundernd. „Aber glaub mir, Victoria, du bist immer noch die gleiche kleine Spielfigur wie immer."

Die Worte brannten sich in meinen Verstand, doch ich ließ sie nicht an mich heran. Marcus spielte ein Spiel und diesmal würde ich sicherstellen, dass ich diejenige war, die als Siegerin hervorging.

****

Damian

Durch die Scheibe konnte ich alles sehen, alles hören. Und jedes Wort, das aus Marcus' Mund kam, war wie ein Funke, der ein Pulverfass in mir entzündete. Sein hämisches Grinsen, die Verachtung in seinem Tonfall, die Art, wie er über Victoria sprach – als wäre sie ein Werkzeug, ein Spielzeug für seine kranken Pläne gewesen.

„David wollte dich ficken und dir währenddessen den Hals umdrehen." Seine Worte hallten in meinem Kopf nach und ich spürte, wie meine Fäuste sich ballten, meine Nägel sich in meine Handflächen gruben. Mein Atem wurde schwerer, meine Sicht verengte sich. Alles, was ich in diesem Moment wollte, war, durch die Scheibe zu stürmen und Marcus zum Schweigen zu bringen – für immer.

Ich machte einen Schritt nach vorn, doch Carters Hand packte meine Schulter, hielt mich zurück.

„Bleib hier", zischte er, seine Stimme war streng, doch ich konnte den Hauch von Besorgnis darin hören.

„Das ist nicht der Zeitpunkt, Damian. Wenn du da reingehst, ruinierst du alles."

„Er… verdient es nicht, auch nur einen weiteren verdammten Atemzug zu nehmen", knurrte ich, meine Stimme war voller Wut, meine Muskeln waren angespannt.

„Hörst du, wie er über sie spricht?"

„Ja, und ich hasse es genauso wie du", entgegnete Carter, seine Augen waren fest auf mich gerichtet. „Aber du musst dich zusammenreißen. Vic weiß, was sie tut. Sie kann das."

Ich schüttelte seinen Griff ab, drehte mich um und starrte wieder durch die Scheibe. Victoria saß da, ruhig, kontrolliert, während Marcus versuchte, sie zu brechen. Aber ich konnte sehen, dass sie stärker war, als er dachte. Doch es reichte nicht, sie kämpfen zu sehen – ich wollte eingreifen, wollte Marcus die Genugtuung nehmen, überhaupt zu sprechen.

„Er verdient es, zu leiden", murmelte ich, meine Stimme war fast ein Flüstern, doch die Wut darin war unüberhörbar.

„Und das wird er", sagte Carter, trat einen Schritt näher und senkte die Stimme.

„Aber nicht jetzt, Damian. Wenn du alles vermasselst,

hat er gewonnen. Und das kannst du dir nicht leisten – nicht, wenn du wirklich auf Victorias Seite bist."

Ich schloss die Augen, atmete tief durch, versuchte, die Wut in mir zu zügeln. Doch Marcus' Worte wiederholten sich in meinem Kopf und ich wusste, dass ich irgendwann die Gelegenheit finden würde, ihn für alles, was er getan hatte, bezahlen zu lassen.

****

Victoria

Seine Worte schnitten tief, doch ich hielt meinen Blick fest auf Marcus gerichtet. Ich wollte ihn verstehen oder vielleicht wollte ich einfach nur eine Antwort – irgendeine Erklärung, die mir zeigen würde, wann aus dem Mann, den ich einst geliebt hatte, dieser Fremde geworden war.

„Wir waren mal ein Paar, Marcus", sagte ich, meine Stimme war leise, fast flehend, doch ich ließ keine Schwäche zu. „Wann hast du dich entschieden, mich so zu verachten?"
Er sah mich an, und für einen Moment glaubte ich, so etwas wie ein Zögern in seinen Augen zu sehen. Doch es verschwand schnell und stattdessen verzog sich sein Gesicht zu diesem selbstgefälligen, schrecklichen Grinsen, das ich so hasste.

„Verachten?" wiederholte er und dann lachte er. Es war kein warmes, echtes Lachen, sondern eines, das nur von Spott und Überheblichkeit zeugte.

„Oh, Mäuschen. Das war nie persönliche Verachtung."

Ich zuckte leicht zusammen, doch ich zwang mich, ruhig zu bleiben.

„Was meinst du?" fragte ich, meine Stimme war kühl, scharf.

„Es war Teil des Spiels", sagte er schließlich, seine Worte kamen mit einer Leichtigkeit, die mich frösteln ließ.

„Dich zu umgarnen, dich zu heiraten, dich zu kontrollieren. Alles nur Teil des großen Plans. Du warst die perfekte kleine Figur, Vicky. Die ehrgeizige, talentierte junge Polizistin, die alle um den Finger wickeln konnte. Wie hätte ich da widerstehen können?"

Ich spürte, wie sich meine Kehle zu schnürte, mein Herz pochte heftig in meiner Brust.

„Ich war nie mehr als eine Spielfigur für dich?" flüsterte ich, die Worte fühlten sich an, als würden sie an meiner Seele kratzen.

„Warum so überrascht?" fragte er mit einem falschen Hauch von Besorgnis.

„Das ist, was ich tue, Vicky. Ich spiele das Spiel. Und du… du warst einfach eine besonders schöne Karte in meinem Deck."

Seine Worte brannten sich in mein Inneres, doch ich ließ mir nichts anmerken. Ich hielt den Kopf hoch, zwang mich, ihn weiter anzusehen.

„Dann solltest du wissen, Marcus", sagte ich, meine Stimme war ruhig, aber voller Entschlossenheit, „dass ich das Spiel besser spielen werde als du."
Sein Lächeln verschwand für einen Moment, und ich konnte sehen, dass er die Härte in meinen Worten registrierte. Doch er sagte nichts, sah mich nur mit einem Blick an, der zu gleichen Teilen verächtlich und beeindruckt war.

Der Raum fühlte sich erdrückend an, jeder Atemzug schien schwerer zu fallen. Marcus' Worte hallten noch in meinem Kopf nach, ihre Grausamkeit bohrte sich in mein Innerstes. Ich hatte geglaubt, ich könnte stark bleiben, doch die Wahrheit, die er so kalt und berechnend ausgesprochen hatte, nagte an mir.
„Ich brauche eine Minute", sagte ich leise, kaum hörbar, bevor ich aus dem Raum trat. Meine Beine fühlten sich wie Blei an, doch ich zwang mich, gerade zu bleiben, zumindest solange, bis ich außer Sichtweite war.

Kaum war die Tür hinter mir zugefallen, spürte ich eine starke Hand, die mich an meinem Arm griff. Bevor ich reagieren konnte, wurde ich in einen festen, vertrauten Griff gezogen. Damian. Sein Geruch, seine Wärme – alles war plötzlich da und ich konnte mich nicht länger zurückhalten.
„Ich habe dich gesehen", murmelte er leise, seine Arme schlangen sich schützend um mich, während er mich noch enger an sich zog. „Ich konnte sehen, was er mit dir gemacht hat, Vic."

Ich spürte, wie die Tränen, die ich so verzweifelt zurückgehalten hatte, unaufhaltsam zu fließen begannen. Meine Finger klammerten sich an sein Shirt und ich ließ mich gegen ihn sinken, während meine Fassade zusammenbrach.

„Er hat alles zerstört", flüsterte ich, meine Stimme war brüchig. „Ich war nie mehr als ein verdammtes Spiel für ihn, Damian."

Er hielt mich noch fester, seine Stimme war rau vor unterdrückter Wut.

„Er verdient es nicht, auch nur deinen Namen auszusprechen. Lass mich ihn fertig machen, Vic. Bitte."

Ich schüttelte den Kopf, hob meinen Blick, um ihm in die Augen zu sehen.

„Das ist nicht der Weg", sagte ich leise, meine Stimme wurde fester, während ich tief durchatmete. „Ich werde ihn nicht mit Gewalt besiegen. Ich werde ihn mit der Wahrheit zu Fall bringen."

Damian sah mich an, sein Blick war voller Zorn, doch da war auch etwas anderes – Respekt. Er wusste, dass ich diesen Kampf auf meine Weise führen musste und er würde mich nicht daran hindern.

„Ich bin bei dir, Vic", sagte er schließlich, seine Stimme war leise, aber bestimmt. „Egal, was kommt."

Ich nickte, drückte mein Gesicht für einen Moment gegen seine Brust, ließ die Stärke, die er mir gab, durch mich fließen. Dann trat ich zurück, wischte mir die Tränen aus dem Gesicht und richtete mich auf.

Carter trat zu uns, seine Schritte waren ruhig, aber sein Blick schien Damian zu durchbohren. Er musterte ihn mit einer Mischung aus Skepsis und Unbehagen, doch ich wusste, dass er langsam anerkannte, dass Damian mehr war als nur ein Problem das er in ihm sah.

„Irgendeine Idee, wie wir Marcus aus der Reserve locken können?" fragte Carter direkt, seine Stimme war sachlich, aber sein Ton trug eine gewisse Schärfe.

„Er glaubt, dass er die Kontrolle hat. Aber wir wissen jetzt etwas, das ihn vielleicht ins Schwitzen bringen könnte."

„Was?" fragte ich, meine Stimme war ruhig, doch ich konnte die Anspannung in meiner Brust spüren.

„Der Name seines Bruders", sagte Carter und sah mich an.

„Jacob Henderson. Ich weiß nicht, wie viel du über ihn weißt, Vic, aber wenn Marcus einen wunden Punkt hat, dann ist es das."

Der Name hallte in meinem Kopf nach. Jacob Henderson. Der Kopf des Netzwerks, die Quelle all dieses Chaos. Und Marcus' Bruder. Die Verbindung war eindeutig, doch ich konnte mir kaum vorstellen, wie weit Marcus für ihn gehen würde.

„Jacob", murmelte ich, mein Blick wanderte kurz zu Damian. „Weißt du etwas über ihn?"

Damian verschränkte die Arme, sein Blick war finster. „Ich habe nie direkt mit ihm gearbeitet oder mit ihm gesprochen. Das meiste ging übers Telefon. Oder er hat Leute geschickt. Henderson macht sich die Hände nicht selber schmutzig", sagte er langsam, seine Stimme war rau. „Er ist ein Kontrollfreak, ein Perfektionist. Er geht über Leichen. Wortwörtlich. Die Frage ist, wie Marcus da rein passt. Ob er seine rechte Hand ist oder nur eine weitere Person, die er hin und her schubsen kann. Aber wenn wir Jacob unter Druck setzen, bricht Marcus vielleicht zuerst."

Ich nickte, mein Verstand begann zu arbeiten, während ich die Möglichkeiten abwog. „Marcus' Loyalität zu seinem Bruder ist stark", sagte ich nachdenklich. „Aber was, wenn wir ihm zeigen, dass Jacob ihn fallen lassen würde, wenn es ihm nützt?"
Carter hob eine Augenbraue, nickte dann langsam. „Das könnte funktionieren. Wenn Marcus glaubt, dass er nur eine Spielfigur für Jacob ist, wird er vielleicht nervös. Vielleicht sogar kooperativ."
„Es ist riskant", warf Damian ein, sein Blick war ernst. „Aber es könnte klappen. Marcus ist arrogant, aber nicht dumm. Wenn wir ihm zeigen, dass Jacob ihn verraten könnte, könnte er aus der Haut fahren."
Ich spürte, wie sich ein Plan in meinem Kopf formte, doch es war ein Drahtseilakt. Marcus war gefährlich, und Jacob noch mehr. Doch ich wusste, dass wir keine andere Wahl hatten. „Dann machen wir das", sagte ich schließlich, meine Stimme war fest. „Wir nutzen Jacob gegen ihn. Und wir bringen Marcus endlich zum Reden."

Ich trat zurück in den Verhörraum, meine Schritte fest, mein Kopf klar. Marcus saß noch immer am Tisch, sein Grinsen war unverändert, als hätte er nichts zu befürchten. Doch das würde sich ändern.

Ich ließ mich langsam auf den Stuhl sinken, legte meine Hände auf den Tisch und sah ihn direkt an.

„Wir müssen über deinen Bruder sprechen, Marcus", begann ich, meine Stimme ruhig, aber kalt. Ich ließ keine Emotionen erkennen – keine Wut, keine Angst. Nur Entschlossenheit.

Er hob eine Augenbraue, sein Grinsen wurde breiter.

„Jacob?", fragte er, als wäre der Name nichts Besonderes. „Was soll mit ihm sein?"

„Ich habe Informationen", sagte ich, lehnte mich leicht vor. „Du bist der Strippenzieher hinter all dem, oder? Derjenige, der Heller auf dem Gewissen hat. Derjenige, der meinen Tod geplant hat. Alles, Marcus – jede verdammte Straftat, jede Lüge. Du bist der Kern davon."

Sein Lächeln verschwand für einen Moment, doch er fing sich schnell wieder.

„Du hast keine Beweise, Vicky", sagte er gelassen, lehnte sich zurück und verschränkte die Arme. „Alles, was du hast, sind Vermutungen. Und Vermutungen bringen dich nicht weit."

„Vielleicht", erwiderte ich, meine Stimme war ruhig, aber meine Augen ließen seinen Blick nicht los. „Aber ich habe genug, um dich in die Defensive zu bringen. Jacob ist der Kopf des Netzwerks, das wissen wir beide. Aber was glaubst du, passiert, wenn er weiß, dass du alles gefährdet hast?"

Seine Kiefer mahlten und ich sah, wie seine Fassade langsam zu bröckeln begann.

„Du hast keine Ahnung, wovon du sprichst", sagte er,

doch seine Stimme war härter, weniger selbstsicher.

„Oh, ich weiß genau, wovon ich spreche", entgegnete ich.

„Ich weiß, dass du loyal zu Jacob bist. Aber was ist mit ihm? Glaubst du wirklich, dass er dich nicht opfern würde, wenn es ihm nützt? Glaubst du, dass du für ihn mehr bist als ein Werkzeug?"

Seine Augen blitzten auf und ich wusste, dass ich einen Nerv getroffen hatte.

„Du kennst Jacob nicht", sagte er leise, seine Stimme war voller unterschwelliger Wut.

„Und du weißt nichts über unsere Beziehung."

„Aber ich weiß, dass du Heller verraten hast, dass du versucht hast mich zu töten", sagte ich kühl. „Und ich weiß, dass Jacob es angeordnet hat. Was meinst du, Marcus? Wird er sich hinter dich stellen, wenn er sieht, dass du diesmal versagt hast? Oder wird er dich fallen lassen wie alle anderen?"

Ich sah es in seinen Augen. Die Fassade, die Marcus so sorgfältig aufrechterhielt, begann zu bröckeln. Doch es war noch nicht genug. Er war ein Mann, der glaubte, immer die Kontrolle zu haben – und genau das musste ich ihm nehmen.

„Du glaubst, du bist unantastbar, oder?" fragte ich, meine Stimme ruhig, doch in jedem Wort lag eine Klinge.

„Du glaubst, dein Bruder wird dich retten, dass er dich braucht. Aber die Wahrheit ist, Marcus – du bist nichts für ihn. Nur ein weiterer Bauer in seinem Spiel."

Sein Blick wurde schärfer und ich sah, wie er seine

Hände auf dem Tisch ballte.

„Du weißt nicht, wovon du redest", zischte er, doch seine Stimme zitterte leicht.

Ich lehnte mich vor, meine Augen ließen seinen Blick nicht los.

„Oh, ich weiß genau, wovon ich rede. Heller war ein Hindernis, also hast du ihn beseitigen lassen. Ich war ein Problem, also wolltest du mich ausschalten. Aber Jacob? Er braucht dich nicht, Marcus. Er wird dich genauso fallen lassen wie jeden anderen."

Sein Gesicht verhärtete sich, doch ich konnte sehen, wie meine Worte ihn trafen.

„Hör auf", sagte er, seine Stimme war leise, aber drohend.

„Du hast keine Ahnung, was ich für Jacob getan habe. Was ich geopfert habe."

„Und was hast du dafür bekommen?" fragte ich kalt. „Ein paar dreckige Geheimnisse, ein Netzwerk aus Lügen? Dein Leben gehört ihm, Marcus. Und wenn er entscheidet, dass du nicht mehr nützlich bist, wirst du verschwinden – genauso wie Heller, genauso wie die vielen anderen, die ihm im Weg standen."

Er schlug mit der Faust auf den Tisch, seine Augen funkelten vor Wut.

„Halt die Klappe, Victoria!" schrie er und ich wusste, dass ich ihn fast hatte.

Doch ich blieb ruhig, ließ mich nicht von seiner Wut einschüchtern.

„Warum so wütend, Marcus?" fragte ich leise, mein Ton war fast spöttisch.

„Ist es die Wahrheit, die dir Angst macht? Dass Jacob dich benutzt? Dass du nichts für ihn bist?"

Er stand abrupt auf, sein Gesicht war rot vor Zorn, doch ich blieb sitzen, sah ihm direkt in die Augen. „Du kannst nicht gewinnen, Marcus", sagte ich leise. „Nicht gegen mich. Nicht gegen uns. Du hast verloren."

Sein Atem ging schwer, seine Hände zitterten, doch er sagte nichts. Ich hatte ihn aus der Reserve gelockt – und jetzt würde er fallen. Es war nur noch eine Frage der Zeit.

****

Damian

Ich stand immer noch hinter der Scheibe und beobachtete, wie Victoria Marcus Stück für Stück auseinander nahm. Ihre Worte schnitten tief und ich konnte sehen, wie Marcus' Fassade langsam bröckelte. Doch mit jedem weiteren Moment wuchs auch die Wut in mir – nicht auf sie, sondern auf ihn.

Seine Stimme, sein Tonfall, das arrogante Grinsen, das jetzt von Verzweiflung durchzogen war – alles an ihm trieb mich an den Rand des Wahnsinns. Er war ein Mann, der glaubte, über allem zu stehen, ein Mann, der sie benutzt und verraten hatte. Und jetzt, wo er merkte, dass er die Kontrolle verlor, war er gefährlicher denn je.

„Er ist kurz davor", sagte Carter leise neben mir, seine Augen fixierten Marcus.
„Sie hat ihn fast. Aber sie muss aufpassen. Wenn er das Gefühl hat, dass er gar nichts mehr zu verlieren hat, könnte er etwas Dummes tun."

Ich ballte die Hände zu Fäusten. „Wenn er sie auch nur schief ansieht, Carter", knurrte ich, meine Stimme war tief und voller Drohung, „dann garantiere ich für nichts." Carter warf mir einen kurzen Blick zu, doch er sagte nichts. Ich konnte sehen, dass auch er angespannt war. Er wusste, dass dies ein gefährliches Spiel war, aber Victoria war stark. Sie war klug. Und sie war unerbittlich.

„Du siehst es, oder?" fragte ich leise, mein Blick war auf Marcus gerichtet. „Er weiß, dass er verloren hat. Aber er will sie noch ein letztes Mal brechen."
Carter nickte, verschränkte die Arme vor der Brust.
„Er versucht, sie aus der Fassung zu bringen. Wenn sie jetzt schwach wird, gewinnt er."
Ich biss die Zähne zusammen, mein Körper war angespannt, jede Faser in mir schrie danach, in den Raum zu stürmen und Marcus für alles, was er getan hatte, zu bestrafen. Doch ich wusste, dass ich das nicht tun konnte – noch nicht.

„Sie wird es schaffen", sagte Carter plötzlich, als ob er meine Gedanken lesen konnte. „Victoria ist tougher, als sie aussieht."
Ich nickte langsam, meine Augen ließen die Szene vor mir nicht los. „Ich weiß", murmelte ich. „Aber wenn er es

wagt, sie zu verletzen… wird er für alles bezahlen."
Die Wut in mir kochte weiter, doch ich zwang mich, still
zu bleiben. Dies war Victorias Moment, ihr Kampf. Und
obwohl ich sie mit jeder Faser meines Seins schützen
wollte, wusste ich, dass sie diese Schlacht allein
schlagen musste. Für sich selbst – und für uns.

Durch die Scheibe beobachtete ich, wie Marcus plötzlich
einen anderen Ton anschlug. Sein arrogantes Grinsen
war verschwunden, ich konnte sehen, wie sich sein
Blick veränderte – von selbstgefälliger Überlegenheit zu
etwas Berechnendem. Es war, als schute er einen
letzten Ausweg.
„Hör zu, Victoria", begann er, seine Stimme war plötzlich
sanfter, fast überzeugend.
„Wir müssen uns doch nicht gegenseitig zerstören. Ich
weiß, was du willst – Jacob. Und ich bin der Einzige, der
dich zu ihm führen kann."
Victoria verschränkte die Arme vor der Brust, ihre Augen
ließen ihn nicht los.
„Und warum sollte ich dir trauen?" fragte sie kühl, ihre
Stimme war voller Skepsis.

Marcus lehnte sich leicht zurück, sein Blick fixierte sie.
„Weil ich dir einen Deal anbiete", sagte er langsam,
jedes Wort sorgfältig gewählt. „Ich sage aus. Ich gebe
euch Jacob. Ich zeige euch, wo er ist, wie er arbeitet.
Alles."
„Im Gegenzug?" fragte Victoria, ihre Stimme ließ keine
Emotion erkennen.
„Eine verminderte Strafe", antwortete Marcus, ein

kleines, selbstsicheres Lächeln kehrte auf seine Lippen zurück. „Ich gebe euch alles, was ihr braucht, um das Netzwerk zu zerschlagen. Aber ich werde nicht den Rest meines Lebens in einer Zelle verbringen."

Ich spürte, wie meine Hände sich fester ballten. Der Mistkerl. Er hatte Victoria in die Falle gelockt, sie verletzt, sie benutzt – und jetzt wollte er einen Deal? Ich trat unbewusst einen Schritt vor, doch Carter packte meinen Arm, zog mich zurück.
„Lass sie entscheiden", sagte er leise, sein Blick blieb auf die Szene gerichtet. „Das ist ihr Call."

Victoria lehnte sich vor, ihre Augen blitzten vor Entschlossenheit. „Wie soll ich wissen, dass du die Wahrheit sagst?" fragte sie, ihre Stimme war scharf. „Wie soll ich wissen, dass das nicht nur ein weiterer deiner verdammten Tricks ist?"
„Weil ich keinen anderen Ausweg habe", antwortete Marcus, seine Stimme war ruhig, aber eindringlich. „Ich weiß, dass ich verloren habe, Vicky. Aber Jacob… er ist der wahre Feind. Und du weißt, dass du ihn ohne mich nicht kriegen wirst."

Ich konnte sehen, wie Victoria mit sich rang, ihre Finger trommelten leicht auf dem Tisch, während sie Marcus anstarrte. Sie wusste, dass sein Angebot eine Chance war – aber auch ein Risiko.
„Du bist ein Bastard, Marcus", sagte sie schließlich, ihre

Stimme war leise, aber voller Wut. „Aber ich werde darüber nachdenken."
Sie stand auf, ihre Haltung war aufrecht, doch ich konnte die Anspannung in ihren Schultern sehen. Sie verließ den Raum und keine Sekunde später war ich an ihrer Seite.

„Du kannst ihm nicht trauen", sagte ich sofort, meine Stimme war eindringlich.
„Egal, was er dir anbietet, Vic. Er wird dich verraten, wenn es ihm etwas nützt."
Sie sah mich an und in ihrem Blick lag eine Mischung aus Zorn und Nachdenklichkeit.
„Ich weiß", sagte sie leise. „Aber wenn das unsere einzige Chance ist, Jacob zu kriegen, Damian... dann muss ich es riskieren."

Ich konnte nicht ruhig bleiben. Ihre Worte hallten in meinem Kopf wider – sie war bereit, das Risiko einzugehen, Marcus zu vertrauen, um Jacob zu kriegen. Doch alles in mir schrie, dass das falsch war, dass er sie nur wieder in eine seiner Fallen locken würde.
„Vic, hör zu", begann ich, meine Stimme war hart, aber nicht laut. Ich wollte sie nicht anschreien, aber ich konnte die Wut und die Sorge nicht unterdrücken.
„Du kannst ihm nicht trauen. Er ist ein verdammter Lügner. Er wird dich verraten, sobald es ihm passt."
„Ich weiß, dass es riskant ist", antwortete sie, ihre Stimme war ruhig, aber ich konnte die Anspannung in ihren Augen sehen.
„Aber Damian, wir haben keine andere Wahl. Jacob ist

der Kopf dieses Netzwerks. Wenn wir ihn nicht kriegen, dann ist alles, was wir getan haben, umsonst."

Ich schüttelte den Kopf, trat näher zu ihr, bis ich sie fast berührte.
„Weißt du, was auch umsonst sein wird?" fragte ich, meine Stimme wurde rauer.
„Dein Leben, Vic. Wenn du dich auf Marcus einlässt, setzt du alles aufs Spiel. Er hat Heller töten lassen. Er hat versucht, dich zu töten. Er hat dich manipuliert, belogen, benutzt – und jetzt willst du ihm glauben?"
Sie wich meinem Blick nicht aus, doch ich konnte sehen, wie meine Worte sie trafen.
„Das ist anders", sagte sie schließlich, ihre Stimme war leise. „Er hat nichts mehr, Damian. Wenn er uns Jacob gibt, dann ist das seine einzige Chance, glimpflich davonzukommen."

„Glimpflich davonzukommen?" wiederholte ich bitter.
„Warum sollte er das verdienen, Vic? Warum sollte er auch nur einen verdammten Tag weniger in einer Zelle sitzen?"
Sie atmete tief durch, ihre Schultern sanken leicht, ich konnte sehen, dass sie mit sich selbst kämpfte.
„Es geht nicht darum, was er verdient", sagte sie schließlich, ihre Stimme war fester jetzt. „Es geht darum, was wir brauchen. Und wir brauchen Jacob."

Ich spürte, wie die Wut in mir wuchs, doch ich zwang mich, ruhig zu bleiben. Ich legte meine Hände auf ihre Schultern, zwang sie, mich anzusehen.

„Und was passiert, wenn er dich wieder verrät?" fragte ich leise, meine Stimme zitterte leicht vor unterdrückter Angst. „Was passiert, wenn er dich in eine Falle lockt? Wenn er dich wieder verletzt? Ich kann das nicht zulassen, Vic. Ich kann nicht zusehen, wie er dich wieder kaputt macht."

Sie schwieg, ihr Blick war fest auf meinen gerichtet, ich konnte sehen, wie sie mit meinen Worten rang. Doch ich wusste, dass sie eine Entscheidung getroffen hatte – und dass sie sich nicht so leicht umstimmen lassen würde. Aber ich würde nicht aufhören, sie zu beschützen, egal, was sie tat.

Ich stand wieder neben Carter, während Victoria zurück in den Verhörraum ging. Mein Körper war angespannt, meine Gedanken rasten. Sie würde Marcus' Deal annehmen – das wusste ich. Doch alles in mir rebellierte gegen diese Entscheidung.

„Das ist ein verdammter Fehler", murmelte ich, meine Hände waren zu Fäusten geballt.

„Er wird sie betrügen, Carter. Es ist nur eine Frage der Zeit."

„Ich weiß", antwortete Carter leise, doch sein Blick blieb fest auf die Szene hinter der Scheibe gerichtet. „Aber Victoria hat recht. Wenn wir Jacob nicht kriegen, ist alles, was wir hier tun, bedeutungslos. Und Marcus ist unsere einzige ernsthafte Verbindung zu ihm."

Ich biss die Zähne zusammen, versuchte, meine Wut zu zügeln.

„Wenn er ihr irgendetwas antut…"
„Er wird nicht die Gelegenheit dazu haben", unterbrach Carter mich, sein Ton war hart.
„Ich lasse das nicht zu. Und du auch nicht, richtig?"

Ich nickte langsam, doch die Unruhe in mir blieb. Durch die Scheibe konnte ich sehen, wie Victoria und Marcus sich gegenüber saßen. Sie sah ruhig aus, kontrolliert, doch ich kannte sie gut genug, um die Anspannung in ihren Augen zu erkennen.
„Ich nehme den Deal an", hörte ich sie sagen, ihre Stimme war fest, aber emotionslos. „Führe uns zu deinem Bruder und ich werde dafür sorgen, dass du eine verminderte Strafe bekommst."
Marcus lehnte sich zurück, sein Grinsen kehrte zurück, als hätte er gerade die Kontrolle zurückgewonnen. „Das war eine kluge Entscheidung, Vicky", sagte er und ich spürte, wie meine Wut wieder aufflammte.
„Ein Team, wie früher."
Er griff nach ihrer Hand, seine Finger schlossen sich um ihre und ich spürte, wie mein Körper sich anspannte. Er hatte kein Recht, sie überhaupt zu berühren. Sie zog ihre Hand nicht sofort zurück, doch ich konnte sehen, wie sie sich innerlich dagegen wehrte.

„Das ist kein Team, Marcus", sagte sie schließlich, ihre Stimme war kühl.
„Das ist ein Geschäft. Und wenn du mich betrügst, gibt es keine zweite Chance."
Sein Grinsen wurde breiter, doch er sagte nichts. Ich wusste, dass er dachte, er hätte die Kontrolle – aber er

irrte sich. Victoria war nicht mehr die Frau, die er einst manipulieren konnte. Doch das änderte nichts daran, dass ich bereit war, ihn für alles bezahlen zu lassen, was er ihr angetan hatte – früher oder später.

Kapitel 33: Die Vorbereitung

Victoria

Die nächsten zwei Tage waren eine einzige Spirale aus Planung, Besprechungen und der ständigen Überprüfung von Details. Jeder Schritt musste perfekt abgestimmt sein, jede Möglichkeit bedacht werden. Dies war unsere Chance, Jacob Henderson und das gesamte Netzwerk, das er aufgebaut hatte, endgültig zu Fall zu bringen – und niemand durfte auch nur einen Fehler machen.

Die Detectives und Officer arbeiteten unermüdlich, die Metro-Einheit war bereit, auf Abruf zuzuschlagen. Jeder war sich der Gefahr bewusst, die dieser Einsatz mit sich brachte. Jacob Henderson war nicht einfach nur ein Name – er war ein Mann mit Macht, Ressourcen und der Bereitschaft, alles zu tun, um sein Imperium zu schützen.

Damian war ein zentraler Teil unserer Planung. Er legte alles offen, was er über das Netzwerk wusste – Namen, Orte, Decknamen, Schmuggelrouten. Informationen, die uns halfen, Jacobs Bewegungen zu verfolgen und die Schwachstellen in seinem System zu erkennen.

„Das Lagerhaus an der South End Street", sagte er bei einer der Besprechungen, seine Stimme war fest, sein Blick ernst. „Das ist sein zentraler Umschlagplatz. Wenn wir dort zuschlagen, können wir ihn und seine wichtigsten Leute festsetzen."

Carter nickte, machte sich Notizen auf seinem Tablet. „Wir brauchen eine klare Sicht auf die Umgebung", sagte er, während er die Karte des Bereichs betrachtete. „Wie viele Leute sind da? Sicherheitssysteme?"

„Mindestens zehn bis fünfzehn bewaffnete Männer", antwortete Damian ohne zu zögern. „Kameras an jedem Eingang und Bewegungssensoren im Inneren. Aber Jacob ist klug – er hat immer eine Fluchtmöglichkeit."

Ich beobachtete Damian, während er sprach. Seine Ernsthaftigkeit, seine Entschlossenheit, uns zum Erfolg zu führen, waren unübersehbar. Er hatte alles riskiert, indem er sich uns anschloss und ich wusste, dass er für diesen Moment lebte – den Moment, in dem wir Jacob und sein Netzwerk zerschlagen würden.

„Was ist mit Marcus?" fragte Carter schließlich und warf einen Blick in meine Richtung.

„Wir wissen, dass er uns zu Jacob führen soll, aber wie stellen wir sicher, dass er uns nicht betrügt?"

„Ich werde ihn nicht aus den Augen lassen", sagte ich, meine Stimme war ruhig, aber bestimmt. „Er wird keine

Gelegenheit bekommen, uns zu hintergehen."
„Gut", sagte Carter, doch ich konnte sehen, dass er noch Zweifel hatte. Ich hatte sie auch, aber ich wusste, dass dies unsere einzige Chance war. Und ich war bereit, sie zu nutzen.

Die Planung dauerte Stunden, doch am Ende hatten wir alles abgedeckt. Jeder wusste, was zu tun war, jede Einheit war bereit. Ich sah Damian an und er erwiderte meinen Blick mit einem leichten Nicken. Dies war es – der Moment, auf den wir beide gewartet hatten. Und wir würden es schaffen oder bei dem Versuch untergehen.

Damian

Das Büro war ruhig, nur das leise Summen der Neonlichter war zu hören, doch die Spannung zwischen Victoria und mir war greifbar. Der Einsatz stand bevor und wir beide wussten, dass dies alles verändern könnte – zum Guten oder zum Schlechten.

Victoria stand vor mir, die Arme verschränkt, ihre Augen waren auf mich gerichtet, voller Entschlossenheit und Sorge.
„Ich will dich eigentlich nicht dabei haben", sagte sie plötzlich, ihre Stimme war ruhig, aber fest.
Ich blinzelte, überrascht, bevor ich mich fester aufrichtete.

„Was?" fragte ich, meine Stimme wurde härter, als ich beabsichtigt hatte.

„Das ist nicht dein Ernst, Vic."

„Ich meine es ernst", sagte sie und ich konnte die Angst in ihrem Blick sehen, auch wenn sie sie zu verbergen versuchte.

„Du hast alles getan, um uns hierher zu bringen. Aber dieser Einsatz... es könnte dich dein Leben kosten."

Ich trat einen Schritt näher, hielt ihrem Blick stand.

„Ich bin ein Soldat, Vic", sagte ich, meine Stimme war leise, aber eindringlich.

„Ich bin besser ausgebildet als jeder Officer hier. Wenn irgendjemand bereit ist, in dieses Chaos zu gehen, dann bin ich es."

„Das hat nichts mit deiner Ausbildung zu tun, Damian", entgegnete sie, ihre Stimme zitterte leicht, obwohl sie es zu unterdrücken versuchte.

„Du hast für Jacob gearbeitet. Er kennt dich. Er weiß, wie du denkst. Wenn er herausfindet, dass du uns geholfen hast, wird er dich töten."

„Dann lass ihn es versuchen", sagte ich, ich konnte die Wut in mir spüren, die sich langsam aufbaute.

„Ich habe keine Angst vor ihm, Vic. Nicht mehr. Und ich werde nicht zulassen, dass er dich oder irgendjemanden hier verletzt."

„Das ist nicht nur deine Entscheidung", sagte sie scharf und ich konnte sehen, wie ihre Kontrolle zu bröckeln begann.

„Es geht nicht nur um dich, Damian. Wenn du stirbst,

bedeutet das, dass alles, was du getan hast, umsonst war. Das kann ich nicht zulassen."

Ich seufzte, rieb mir den Nacken, bevor ich leiser sprach.
„Vic, ich kann nicht zusehen, wie du da reingehst, ohne dass ich bei dir bin. Ich habe dich schon einmal fast verloren. Ich werde das nicht noch einmal durchmachen."
Ihre Augen wurden weich, doch sie schüttelte den Kopf.
„Das hier ist nicht wie damals. Das ist größer. Gefährlicher. Und wenn wir dich verlieren…"
Ich trat noch näher, bis ich direkt vor ihr stand, meine Hände legten sich sanft auf ihre Schultern.
„Ich bin schon verloren, Vic", sagte ich leise, meine Stimme war rau vor Emotionen. „Ohne dich. Lass mich das tun. Lass mich an deiner Seite sein."

Sie sah mich an, ihre Augen waren voller Zweifel, voller Angst, doch ich wusste, dass sie mich brauchte – genauso wie ich sie brauchte. Dies war unsere Schlacht, und ich würde nicht zulassen, dass sie allein kämpfte.

****

Victoria

Das Klopfen an der Tür ließ mich zusammenzucken, riss mich aus dem intensiven Moment mit Damian. Bevor einer von uns etwas sagen konnte, trat Carter ein. Sein Gesichtsausdruck war ernst, die Spannung in seinem Blick sprach Bände.

„Es geht los. Bereit?" fragte er, seine Stimme war ruhig, aber ich konnte die unterschwellige Anspannung hören. Ich nickte, zwang mich, die Sorgen und Zweifel, die ich fühlte, beiseite zuschieben.

„Carter", begann ich, meine Stimme war fester, als ich mich selbst fühlte, „du nimmst Damian mit. Er bleibt die ganze Zeit bei dir. Keine Diskussion."

Damian machte sofort einen Schritt nach vorn, seine Augen blitzten vor Widerspruch.

„Das ist nicht dein Ernst, Vic", sagte er, seine Stimme war lauter jetzt.

„Ich bin nicht hier, um Babysitter zu spielen. Ich gehöre in den Einsatz."

Ich trat zu ihm, legte eine Hand an seine Wange, bevor ich mich auf die Zehenspitzen stellte und ihn schnell, aber innig küsste.

„Du bleibst bei Carter", sagte ich leise, sah ihm direkt in die Augen.

„Versprich es mir, Damian."

Er wollte protestieren, doch ich ließ ihm keine Zeit. Ich wandte mich ab, warf Carter einen entschlossenen Blick zu und verschwand aus dem Büro, bevor Damian oder ich uns weiter in den Diskussionen verlieren konnten.

Auf dem Flur herrschte hektische Betriebsamkeit. Officer zogen ihre Westen an, Waffen wurden überprüft, Strategien zum letzten Mal durchgesprochen. Ich griff nach meiner Weste, zog sie über und zog die Gurte fest, bis sie sich sicher anfühlte. Dann griff ich nach meiner Waffe, lud sie durch und verstaute sie im Holster an meiner Seite.

Ein kurzer Blick in den Spiegel verriet mir, dass mein Gesicht entschlossen war, auch wenn ich in mir drin zitterte. Dies war der Moment, für den wir gearbeitet hatten. Und ich würde nicht zulassen, dass irgendjemand scheiterte – besonders nicht wegen mir.

Draußen wartete bereits der Wagen. Die warme Nachtluft traf mich, als ich aus dem Department trat und ich spürte die Schwere des bevorstehenden Einsatzes. Ich öffnete die hintere Tür des Wagens und stieg ein, fand Marcus bereits auf dem Rücksitz vor.
Sein selbstgefälliges Grinsen war wieder da und ich konnte spüren, wie sich mein Magen zusammenzog.
„Bereit, das große Spiel zu gewinnen, Vic?" fragte er, seine Stimme war voller Spott.
„Fahr einfach los", sagte ich scharf, mein Blick war geradeaus gerichtet. Ich würde ihm nicht das Vergnügen geben, auf seine Spielchen einzugehen. Nicht jetzt. Nicht, wenn so viel auf dem Spiel stand.

Damian

497

Wut und Frustration brannten in mir wie ein loderndes Feuer, als ich Carter durch die hektischen Flure des Departments folgte. Ich konnte immer noch den Geschmack ihres Kusses auf meinen Lippen spüren, die unausgesprochenen Worte in ihren Augen. Sie wollte mich beschützen – und das brachte mich noch mehr in Rage.

Carter öffnete die Tür zu einem unauffälligen Fahrzeug, ein Standardwagen, der in jeder Stadt stehen könnte, ohne dass jemand ihn bemerkte.
„Rein da", befahl er kurz, bevor er selbst auf der Fahrerseite einstieg. Ich knallte die Beifahrertür zu, meine Hände ballten sich zu Fäusten, während ich versuchte, meine Wut zu zügeln.
„Hier", sagte Carter, reichte mir ein kleines In-Ear-Headset.
„Damit kannst du den Funkverkehr mitverfolgen. Du bleibst ruhig, du hörst zu und du hältst dich zurück. Haben wir uns verstanden?"
„Keine Anweisungen nötig", knurrte ich, doch ich nahm das Headset und setzte es ein. Kaum hatte ich es aktiviert, hörte ich die ruhigen, professionellen Stimmen der anderen Einheiten. Jede Bewegung wurde präzise koordiniert, jede Anweisung klar und direkt.
Carter startete den Motor, und wir reihten uns in die Kolonne ein, die Victorias Wagen folgte. Mein Blick war fest auf das Fahrzeug vor uns gerichtet, in dem sie mit Marcus saß. Ich spürte, wie sich meine Muskeln anspannten, als ich daran dachte, dass sie mit diesem Mistkerl so gut wie allein war.

Nach einigen Minuten des Fahrens teilte sich die Kolonne, die Fahrzeuge zerstreuten sich auf unterschiedlichen Routen, um keine Aufmerksamkeit zu erregen. Carter fuhr weiter, sein Blick blieb konzentriert auf der Straße, doch ich konnte sehen, dass er mich aus dem Augenwinkel beobachtete.

„Ich weiß, dass du wütend bist", sagte er schließlich, seine Stimme war ruhig, aber bestimmt.

„Aber Vic weiß, was sie tut. Du kannst ihr vertrauen."

„Es ist nicht ihr Können, dem ich nicht traue", erwiderte ich scharf, mein Blick war starr nach vorne gerichtet.

„Es ist Marcus. Er wird sie betrügen, Carter. Es ist nur eine Frage der Zeit."

Carter schnaubte leise, ein Hauch von Zustimmung lag in seinem Ton.

„Vielleicht. Aber er weiß, dass wir ihn beobachten. Und er weiß, dass wenn er einen falschen Schritt macht, das sein Ende ist."

Ich schwieg, mein Kiefer mahlte, während wir weiterfuhren. Meine Gedanken rasten, während ich überlegte, wie ich reagieren würde, wenn etwas schiefging. Das Funkgerät in meinem Ohr gab mir einen klaren Überblick über die Bewegungen der Teams, doch es beruhigte mich nicht.

Victoria war da draußen, mitten in der Höhle des Löwen. Und ich würde alles tun, um sicherzustellen, dass sie da heil herauskam – egal, was es mich kostete.

Victoria

Die Fahrt war still, zumindest von meiner Seite. Marcus jedoch schien die Stille nicht ertragen zu können. Seine Stimme durchbrach die Ruhe immer wieder und ich spürte, wie sich die Anspannung in meinem Körper verstärkte. Ich hielt meinen Blick fest auf die Straße gerichtet, versuchte, ihn auszublenden, doch seine Worte schienen direkt unter meine Haut zu kriechen.

„Du bist angespannt", begann er, sein Tonfall war beiläufig, doch ich konnte die unterschwellige Provokation darin hören.
„So habe ich dich ausgebildet – immer fokussiert, immer auf die Gefahr vorbereitet. Erinnerst du dich daran?"
Ich sagte nichts, ließ meine Hände ruhig in meinem Schoß ruhen. Meine Gedanken waren klar, mein Fokus lag auf dem Ziel. Marcus wollte mich aus der Fassung bringen, wollte, dass ich die Kontrolle verlor. Aber das würde ich ihm nicht geben.
„Ich kenne dich besser als jeder hier, Mäuschen", fuhr er fort, seine Stimme wurde leiser, fast ein Flüstern.
„Ich weiß, wie du denkst, wie du dich bewegst. Vergiss nicht, wer dir beigebracht hat, wer du bist."
Die indirekte Drohung in seinen Worten war nicht zu überhören. Doch ich blieb ruhig, zwang mich, nicht zu reagieren. Jede Emotion, die ich zeigte, wäre ein Sieg für ihn.

„Du kannst mich ignorieren, Vicky", sagte er schließlich und ich konnte das spöttische Lächeln in seiner Stimme hören.

„Aber am Ende weißt du, dass ich recht habe. Du bist hier, weil ich dich dazu gebracht habe. Und wenn du glaubst, dass du dieses Spiel besser spielen kannst als ich, dann wirst du enttäuscht sein."

Ich atmete tief durch, hielt meinen Blick weiter auf die vorbeiziehenden Straßen gerichtet. Meine Stimme war ruhig, aber kalt, als ich endlich antwortete.

„Du hast mich vielleicht ausgebildet, Marcus. Aber du hast mich unterschätzt. Und das wird dein größter Fehler sein."

Er schwieg für einen Moment, und ich konnte sehen, wie sich seine Haltung leicht anspannte. Doch er sagte nichts mehr, zumindest nicht sofort. Die Spannung im Wagen war greifbar, doch ich wusste, dass ich die Oberhand behalten musste – jetzt mehr denn je.

Der Kollege am Steuer war ruhig, konzentriert und dennoch konnte ich die Anspannung in seiner Stimme hören.

„Wir sind gleich da. Noch drei Minuten."

Ich sah aus dem Fenster, beobachtete die dunklen Straßen und die vereinzelten Lichter, die an uns vorbeizogen. Mein Herz schlug schneller, doch ich hielt meinen Atem ruhig. Alles, was wir geplant hatten, führte zu diesem Moment – und es durfte nichts schiefgehen.

„Showtime, Baby", sagte Marcus plötzlich, sein Tonfall war fröhlich, beinahe ausgelassen. Er drehte sich leicht zu mir, sein Grinsen wurde breiter.
„Wie früher, nicht wahr? Du und ich gegen die Welt."

Ich wandte ihm nicht einmal den Blick zu, konzentrierte mich stattdessen auf den Funk in meinem Ohr.
„Wir sind gleich da", sagte ich leise, meine Stimme war ruhig und professionell.
„Kein Funkverkehr, bis ich mich wieder melde."
Ein kurzer Moment der Stille, dann hörte ich die Bestätigungen der Einheiten. Ich nahm das Headset aus meinem Ohr und verstaute es in meiner Tasche. Marcus beobachtete mich die ganze Zeit, doch ich ignorierte ihn.
„Du bist so kalt, Vicky", sagte er schließlich, ich konnte die Provokation in seinem Tonfall hören.
„Früher warst du wenigstens ehrlich. Jetzt? Jetzt bist du nur noch ein verdammter Cop."
„Und du bist nur noch ein Verräter", entgegnete ich kühl, mein Blick blieb geradeaus gerichtet.
„Also hör auf, alte Zeiten heraufzubeschwören, Marcus. Sie existieren nicht mehr."
Er lachte leise, sein Grinsen blieb unerschütterlich. „Du glaubst wirklich, dass du die Kontrolle hast, nicht wahr?" fragte er und ich konnte das leichte Zittern in seiner Stimme hören, das seine Fassade durchbrach.
„Wir werden sehen, wie lange das hält, Mäuschen."

Der Wagen bog in eine Seitengasse ein, ich konnte das Ziel vor uns sehen – eine alte Lagerhalle, groß und verlassen, von außen unauffällig, doch ich wusste, dass sich dahinter die Realität unseres Einsatzes verbarg. Mein Herz schlug schneller, doch ich zwang mich, ruhig zu bleiben.

„Lass uns das hinter uns bringen", sagte ich, meine Stimme war kühl, während ich den Türgriff in meiner Hand spürte.

„Es ist Zeit, das Spiel zu beenden, Marcus."

„Das ist es, was ich liebe, Vicky", sagte er leise. „Du bist so verdammt entschlossen. Das wird interessant."

Kapitel 34: Nervenkitzel

Damian

Meine Nerven lagen blank. Jeder Muskel in meinem Körper war angespannt, meine Gedanken rasten. Victoria hatte das Funkgerät abgeschaltet und die Stille war unerträglich. Ich zog an meiner Zigarette, der Rauch brannte in meiner Kehle, doch es war das Einzige, was mich einigermaßen ruhig hielt – oder es zumindest versuchen ließ.

„Verdammt noch mal, Damian!" Carters Stimme schnitt durch die Anspannung wie ein Messer.
„Hör auf, dir eine nach der anderen anzuzünden! Wir brauchen dich bei klarem Kopf."
Ich ignorierte ihn, nahm einen weiteren Zug, während ich in die Dunkelheit starrte. Der Gedanke, dass sie dort draußen allein mit Marcus war, nagte an mir.
„Es war nicht der Plan, dass sie das Funkgerät abschaltet", sagte ich schließlich, meine Stimme war leise, aber voller Wut.
„Sie hätte uns auf dem Laufenden halten sollen."
„Ich weiß", sagte Carter scharf, sein Kiefer mahlte vor unterdrückter Frustration.
„Aber Vic macht, was sie für richtig hält. Und sie hat es bis jetzt immer geschafft."
Ich wandte mich zu ihm um, meine Augen blitzten vor Zorn.
„Das ist nicht irgendein Einsatz, Carter! Sie ist allein mit einem Mann, der sie umbringen würde, wenn er die Chance dazu bekommt. Und wir können nichts tun, um sie zu schützen."

Carter sah mich an, sein Blick war hart, doch ich konnte die Besorgnis dahinter erkennen. „Hör zu", sagte er, seine Stimme war ruhiger jetzt.

„Ich mache mir genauso Sorgen wie du. Aber wir müssen ihr vertrauen. Sie weiß, was sie tut. Und wenn etwas schiefläuft, sind wir hier, um sie rauszuholen."

Ich schnaubte, warf die Zigarette zu Boden und trat sie aus.

„Wenn wir es rechtzeitig schaffen", murmelte ich, meine Stimme war bitter.

„Marcus spielt ein Spiel, Carter. Und ich habe keine Ahnung, welche Karten er noch in der Hand hält."

Er schwieg, und die Stille zwischen uns war schwer. Ich ging einige Schritte auf und ab, die Wut und die Angst in mir wogten hin und her. Jede Minute, die verstrich, ohne dass wir von ihr hörten, fühlte sich an wie eine Ewigkeit. Ich ballte die Fäuste, meine Nägel gruben sich in meine Handflächen. „Wenn sie verletzt wird, Carter…" begann ich, doch er hob die Hand, unterbrach mich.

„Das wird sie nicht", sagte er fest, als würde er es sich selbst einreden.

„Weil wir es nicht zulassen werden."

Ich nickte widerwillig, obwohl ich wusste, dass die Wut in mir nicht so leicht verschwinden würde. Ich konnte nur hoffen, dass Victoria wusste, was sie tat – und dass sie genug Zeit hatte, um uns zu rufen, wenn sie uns brauchte.

Victoria

Die Dunkelheit der Lagerhalle war schwer und bedrückend, der Geruch von altem Öl und abgestandener Luft ließ meine Sinne schärfer werden. Marcus ging neben mir, sein Schritt war locker, fast gelassen, doch ich spürte die unterschwellige Spannung in jedem seiner Bewegungen.

„Denk daran, Marcus", sagte ich leise, meine Stimme war schneidend, aber ich wusste, dass die Nervosität in meinem Inneren durchschimmern könnte, wenn ich nicht vorsichtig war. „Halt dich an den Plan. Wenn du uns verrätst, jage ich dir eine Kugel in den Kopf. Deal hin oder her."
Er blieb stehen, drehte sich zu mir um und dieses verdammte Grinsen, das ich so sehr hasste, erschien wieder auf seinem Gesicht.
„Du weißt, wie sehr ich meine Freiheit liebe, Vicky", sagte er leise, fast vertraulich, als teilte er ein Geheimnis. „Wie sehr ich es liebe, die Kontrolle zu haben. Ich habe den Deal vorgeschlagen und ich werde mich daran halten. Keine Tricks."

Trotz seiner Worte war ich nervös. Mein Herz schlug schneller, meine Finger zuckten leicht, obwohl ich sie um den Griff meiner Waffe schloss. Marcus war ein Meister darin, Menschen zu manipulieren und obwohl ich ihm offiziell die Oberhand überlassen hatte, wusste ich, dass er die Situation zu seinen Gunsten drehen würde, wenn er nur die kleinste Gelegenheit bekam.

„Einen Fehler, Marcus", sagte ich, mein Blick blieb fest auf ihn gerichtet.

„Nur einen – und ich garantiere dir, dass du nicht lebend aus diesem Gebäude kommst."

Er hob die Hände in einer gespielten Geste der Kapitulation, sein Grinsen wurde breiter. „Vicky, Mäuschen, ich bin hier, um zu helfen. Glaub mir doch einfach mal."

Ich ignorierte seinen Ton, sein Grinsen, seine Haltung. Alles in mir schrie, dass dies ein Drahtseilakt war, dass ich einen falschen Schritt davon entfernt war, alles zu verlieren. Doch ich zwang mich, weiterzumachen. Dies war meine Mission – und ich würde nicht zulassen, dass Marcus sie ruinierte.

Meine Schritte wurden schwerer, als wir uns weiter in das Lagerhaus wagten. Meine Augen suchten die Dunkelheit ab, jede Ecke, jede Bewegung, die darauf hinwies, dass etwas nicht stimmte. Die Nervosität kroch in mir hoch, doch ich hielt sie unter Kontrolle.

Marcus ging ruhig vor mir her, als würde er den Ort wie seine Westentasche kennen.

Und vielleicht tat er das auch. Ich musste darauf vertrauen, dass der Plan funktionierte – doch die Angst, dass etwas schiefgehen würde, saß mir im Nacken.

„Das ist es", sagte Marcus plötzlich und blieb stehen. Er zeigte auf eine große Metalltür am Ende des Gangs.

„Dahinter wartet Jacob."
Ich nickte knapp, meine Finger spannten sich um den Griff meiner Waffe. Mein Herz raste, doch ich zwang mich, ruhig zu bleiben. Dies war es – der Moment der Wahrheit.

Damian

Die Stimme im Funk war tief und professionell, aber sie traf mich wie ein Schlag in die Magengrube. „Detective Barnes ist vor dem Gebäude. Sie geht jetzt rein. Metro-Einheit rückt vor. Positionen einnehmen."
Mein Herz setzte einen Schlag aus und meine Finger gruben sich in die Lehne des Sitzes. Ich konnte förmlich spüren, wie die Spannung in meinem Körper explodierte. Die Metro-Einheiten waren gut, verdammt gut, aber das half mir nicht, meine Unruhe zu mildern.

„Sie haben alles unter Kontrolle", sagte Carter neben mir, doch ich konnte hören, dass auch er angespannt war. Seine Hände umklammerten das Lenkrad, während er in das Funkgerät sprach.
„Alle Einheiten in Position. Niemand rührt sich, bis ich das Signal gebe."
„Das ist keine Garantie", murmelte ich, meine Stimme war heiser vor Wut und Angst. „Marcus ist ein verdammter Verräter, Carter. Sie ist allein mit ihm da drin. Was, wenn er sie verkauft? Was, wenn Jacob von

ihrem Plan weiß?"
Carter sah mich mit einem ernsten Blick an.
„Vic wusste, was sie tat, als sie den Deal mit Marcus
einging", sagte er ruhig. „Sie ist nicht allein. Wir haben
das Gebäude umstellt, Scharfschützen auf den Dächern
und wir können in Sekunden reagieren."
„In Sekunden kann viel passieren", erwiderte ich scharf,
meine Stimme wurde lauter.
„Du warst nicht dabei, als sie fast umgebracht wurde,
Carter. Ich habe das schon einmal gesehen und ich
werde verdammt sein, wenn ich es noch einmal
durchmache."

Ich zog eine weitere Zigarette heraus, zündete sie mit
zitternden Fingern an und nahm einen tiefen Zug. Doch
der Rauch beruhigte mich nicht. Alles in mir schrie
danach, aus dem Wagen zu stürmen und in dieses
verdammte Gebäude zu gehen, um sie zu holen – egal,
ob es Teil des Plans war oder nicht.
„Halt dich zusammen, Damian", sagte Carter scharf, als
hätte er meine Gedanken lesen können. „Du rennst da
nicht rein. Nicht, bevor wir wissen, dass sie dich
braucht."
Ich biss die Zähne zusammen, mein Kiefer spannte
sich. Der Funkverkehr ging weiter, kurze Berichte von
den Einheiten, die ihre Positionen bestätigten. Doch die
Minuten zogen sich wie Stunden. Jede Sekunde, die sie
da drin war, fühlte sich an wie eine Ewigkeit.
„Wenn ich ein verdammtes Signal höre, Carter..."
begann ich, doch er unterbrach mich.
„Du wirst es tun, Damian", sagte er ruhig, aber

bestimmt.

„Aber bis dahin tust du, was dir gesagt wurde. Weil das hier größer ist als nur du und sie. Verstanden?"

Ich nickte widerwillig, doch die Nervosität in mir ließ nicht nach. Mein Blick blieb auf das Gebäude gerichtet und in meinem Inneren betete ich, dass Victoria da heil wieder herauskam.

Kapitel 35: Die Falle schnappt zu

Victoria

Die Lagerhalle war groß und still, zu still. Jeder Schritt hallte von den hohen, leeren Wänden wider und die Dunkelheit schien sich zu bewegen, als ob sie etwas verbarg. Mein Instinkt schrie, dass etwas nicht stimmte, doch ich konnte jetzt nicht zurückweichen.

Marcus ging vor mir, sein Gang war entspannt, fast zu lässig. Er war in seinem Element und das machte mich nur noch nervöser.
Plötzlich pfiff er zweimal, der Klang durchbrach die Stille wie ein Signal. Augenblicke später trat ein Mann aus dem Schatten hervor.

„Ich wusste, dass du es schaffen wirst", rief der Mann mit einem breiten Grinsen.
Jacob Henderson. Er war genau so, wie Damian ihn beschrieben hatte – charismatisch, aber mit einer bedrohlichen Präsenz, die den Raum füllte.
„Du warst schon immer besser im Lügen als jeder andere, Marcus."
Marcus lachte leise, seine Stimme war voller Arroganz.
„Ich habe es eben von den Besten gelernt."

Ich blieb angespannt stehen, meine Hand lag nahe an meiner Waffe, während ich jeden Winkel der Halle musterte. Doch bevor ich handeln konnte, spürte ich plötzlich eine kalte Metallmündung in meinem Rücken. Ich hielt inne, mein Atem wurde schwerer, als ich die Präsenz hinter mir spürte.
„Keine Bewegung", knurrte eine raue Stimme, während eine Hand auf meine Schulter drückte. Aus dem

Augenwinkel konnte ich einen zweiten Mann sehen, der sich neben seinen Partner stellte, beide mit gezogenen Waffen.

Vor mir grinste Jacob noch breiter, als er die Situation erfasste.
„Ach, und das muss Detective Victoria Barnes sein", sagte er spöttisch, während er näherkam. Die beiden Männer hinter ihm hielten ihre Waffen bereit, doch er wirkte völlig unbeeindruckt.
„Ich habe schon so viel von dir gehört."
Ich zwang mich, ruhig zu bleiben, mein Blick war fest auf Jacob gerichtet.
„Das Kompliment kann ich nicht zurückgeben", sagte ich kalt, obwohl mein Herz raste.
„Dein Name taucht in zu vielen Fällen auf, die zu lange ungelöst blieben."
„Nun, das liegt daran, dass ich gut in meinem Job bin", sagte Jacob mit einem Hauch von Stolz in seiner Stimme.
„Aber ich muss sagen, dass du beeindruckend bist, Detective. Du hast es hierher geschafft, trotz der Warnungen."
„Vielleicht, weil ich weiß, dass du nicht unbesiegbar bist", erwiderte ich scharf.
„Jeder hat seine Schwächen. Auch du."

Jacob lachte, ein kaltes, unangenehmes Geräusch.
„Oh, ich bin sicher, dass du das glaubst", sagte er und sah dann zu Marcus.

„Hast du ihr erzählt, dass das hier eine Falle ist? Oder hast du sie im Dunkeln gelassen?"

Marcus zuckte mit den Schultern, sein Grinsen war wieder da.
„Ich wollte nicht die Überraschung verderben", sagte er.
„Es war eine schlechte Idee, hierherzukommen, Detective", sagte Jacob schließlich, seine Stimme wurde ernster.
„Aber keine Sorge. Wir werden uns gut um dich kümmern."

Jacob trat näher, sein Grinsen kalt und siegessicher, während er mich mit einem Blick maß, der mich wie ein offenes Buch zu lesen schien. Seine Präsenz war überwältigend, doch ich zwang mich, ruhig zu bleiben, mein Atem war flach, aber kontrolliert.
„Weißt du, Detective", begann er, seine Stimme war ruhig, fast beiläufig.
„Ich liebe es, Menschen zu beobachten, ihre Bewegungen, ihre Entscheidungen. Es ist faszinierend, wie berechenbar die meisten sind."
Er machte eine kleine Pause, drehte sich zu Marcus um, der ihm ein kurzes, fast respektvolles Nicken zuwarf.
„Heller war ein Problem. Ein kluger Kopf, aber zu ehrgeizig. Er hat Fragen gestellt, wo keine Fragen nötig waren. Und deshalb musste er weg."

Mein Kiefer spannte sich, doch ich sagte nichts, hielt meinen Blick fest auf Jacob gerichtet, während er sprach.

„Mein bester Schütze hat ihn erledigt", fuhr er fort und in seiner Stimme lag eine seltsame Mischung aus Stolz und Gleichgültigkeit.

„Ein sauberes Geschäft. Eigentlich hätte es dich auch erwischen sollen, Detective. Aber du hattest Glück."

Er lachte leise, sein Blick wanderte wieder zu mir. „Oder vielleicht war es Schicksal. Vielleicht sollte es so kommen, damit wir uns hier treffen."

Mein Herz raste, doch ich ließ mir nichts anmerken.

„Also war es dein Plan, mich töten zu lassen", sagte ich kühl, meine Stimme war ruhig, obwohl in meinem Inneren ein Sturm tobte.

„Warum hat es dann nicht geklappt?"

Jacob neigte den Kopf leicht.

„Manchmal läuft nicht alles nach Plan", sagte er schließlich, sein Tonfall fast philosophisch. „Aber weißt du, was wirklich interessant ist, Detective? Der Mensch, der versagt hat, dich zu töten, war auch derjenige, der dir am nächsten gekommen ist."

Sein Grinsen wurde breiter und ich fühlte, wie sich mein Magen zusammenzog, als die Bedeutung seiner Worte mich traf.

„Damian", flüsterte ich, meine Stimme war kaum hörbar.

„Ah, sieh an, du bist schnell", sagte Jacob, seine Augen glitzerten vor Belustigung.

„Ja, Damian. Ich habe ihn geschickt, um dich um den Finger zu wickeln, und weißt du was? Es hat funktioniert. Du hast ihn hereingelassen, Detective. Du hast ihm vertraut. Genau wie ich es geplant habe."

Mein Atem stockte, und für einen Moment fühlte es sich an, als würde der Boden unter mir weggezogen. Doch ich zwang mich, ruhig zu bleiben, zwang mich, die Wut und die Verwirrung in mir zu kontrollieren.

„Und was hast du jetzt vor, Jacob?" fragte ich, meine Stimme war scharf, obwohl ich spürte, wie die Emotionen in mir aufstiegen. „Mich töten lassen? Oder hast du noch einen anderen Plan?"

Jacob lachte leise, trat noch näher und sah mir direkt in die Augen. „Oh, ich habe viele Pläne, Detective", sagte er leise, fast flüsternd. „Aber der wichtigste ist, sicherzustellen, dass du dieses Gebäude nicht lebend verlässt."

****

Damian

Der Funk, der bis eben nur von kurzen, präzisen Anweisungen erfüllt war, explodierte plötzlich in hektischen Stimmen. Es war, als würde ein Sturm losbrechen und ich konnte die Worte kaum entziffern. Meine Muskeln spannten sich, während ich versuchte, die Fetzen zusammenzusetzen.

„… bewaffnet … mehrere Männer …"

„Position halten! Position halten!"

„Verdammt, wir haben Bewegung auf den Dächern!"

Ich drückte das Headset fester in mein Ohr, versuchte, den Sinn hinter dem Chaos zu erfassen, doch es war, als ob jeder durcheinander sprach. Carter, der bis eben noch relativ ruhig war, runzelte die Stirn und lehnte sich näher zum Funkgerät.
„Was zur Hölle ist da los?" fragte er scharf, seine Stimme war lauter jetzt.
„Bericht, verdammt nochmal!"
„Bewegung am südlichen Eingang", meldete sich eine Stimme durch das Rauschen. *„Mehrere bewaffnete Männer, mindestens vier!"*
„Ich sehe zwei am nördlichen Ausgang! Sie sind schwer bewaffnet!"

Mein Herz raste. „Verdammt", murmelte ich, meine Hände ballten sich zu Fäusten.
„Sie haben eine Falle aufgebaut. Jacob hat das alles geplant."
„Halts Maul, Damian", zischte Carter, doch seine Stimme war ebenso angespannt.
„Wir wussten, dass das riskant wird. Aber wir haben Leute an jeder Ecke."
Ich schüttelte den Kopf, mein Blick war auf das Gebäude vor uns gerichtet.
„Vic ist da drin", sagte ich, meine Stimme war rau.
„Und sie hat keine Ahnung, was draußen passiert."

„*Noch geht niemand auf sie zu*", kam eine Stimme durch den Funk, aber ich konnte die Nervosität darin hören.
„*Wir halten die Position.*"

„Das hält nicht ewig", knurrte ich, mein Körper brannte vor dem Drang, etwas zu tun.
„Wenn sie herausfinden, dass wir hier sind, wird das ein verdammtes Blutbad."
Carter warf mir einen scharfen Blick zu, doch ich konnte sehen, dass auch er innerlich kochte.
„Vic weiß, was sie tut", sagte er, mehr zu sich selbst als zu mir. „Sie hat sich vorbereitet. Und wir sind hier, um sie rauszuholen, wenn es nötig ist."

Ich biss die Zähne zusammen, der Druck in meiner Brust wurde immer stärker. Jede Sekunde, die verging, fühlte sich wie eine Stunde an. Ich konnte die Stimmen im Funk hören, die Berichte, die taktischen Anweisungen – aber alles, woran ich denken konnte, war, dass Victoria da drin war, allein mit Marcus und Jacob. Und ich konnte nichts tun. Noch nicht.

****

Victoria

Die Luft in der Lagerhalle war stickig, jede Bewegung schien die Anspannung zu verstärken. Jacobs Worte hallten noch in meinem Kopf, als er Marcus plötzlich eine Waffe reichte. Der Moment schien sich zu dehnen und mein Instinkt schrie, dass alles außer Kontrolle geriet.

„Hier, Bruder", sagte Jacob, ein kaltes Lächeln auf seinen Lippen.

„Zeig ihr, wie ernst wir es meinen."

Marcus nahm die Waffe ohne zu zögern, sein Blick fiel auf mich. Doch bevor ich reagieren konnte, spürte ich, wie der Mann hinter mir mich mit einem brutalen Griff nach unten zwang. Mein Knie prallte hart auf den Betonboden, der Schmerz durchzuckte mein Bein, doch ich biss die Zähne zusammen.

„So hab ich dich immer am liebsten gesehen", zischte Marcus, seine Stimme war voller Spott und Triumph.

„Du vor mir, auf den Knien."

Mein Atem wurde schwerer, doch ich zwang mich, ruhig zu bleiben. Mein Blick wanderte zu Marcus, der die Waffe in der Hand hielt. Sein Grinsen war unverändert, doch in seinen Augen konnte ich etwas anderes sehen – Unsicherheit, vielleicht sogar Zögern.

„Marcus", sagte ich scharf, meine Stimme war kalt, trotz der Position, in der ich mich befand. „Du weißt, dass das nicht enden wird, wie Jacob es dir verspricht. Er wird dich genauso verraten, wie er alle anderen verraten hat."

„Oh, Vicky", sagte Marcus leise, sein Blick wurde härter.

„Hör auf zu reden. Du hast keine Ahnung, wie das hier läuft."

„Nein, aber du weißt es", entgegnete ich, mein Blick ließ seinen nicht los.

„Du bist nur eine Figur in seinem Spiel, Marcus. Glaubst du wirklich, dass er dich retten wird, wenn es hart auf hart kommt?"

Ich konnte sehen, wie Jacobs Blick zu Marcus wanderte, sein Lächeln war immer noch da, aber seine Augen verrieten seine Wachsamkeit. Der Raum war geladen, jeder schien zu warten, wer den ersten Fehler machte.

„Brich sie, Marcus", sagte Jacob plötzlich, seine Stimme war ruhig, fast beiläufig.

„Zeig ihr, dass sie nichts ist. Dann bringen wir das zu Ende."

Die Waffe in Marcus' Hand zitterte leicht und ich wusste, dass ich ihn erreicht hatte.

Doch ich wusste auch, dass er jederzeit die falsche Entscheidung treffen könnte. Der Mann hinter mir drückte mich fester zu Boden.

„Wenn du glaubst, dass du mich brechen kannst, Marcus", sagte ich leise, meine Stimme war voller Trotz, „dann versuch es. Aber ich verspreche dir, du wirst derjenige sein, der bricht."

Der Schlag kam schnell und hart, traf meine Wange und schleuderte meinen Kopf zur Seite. Ein scharfer Schmerz durchzog mein Gesicht und ich schmeckte das metallische Echo von Blut in meinem Mund. Doch ich ließ keinen Laut von mir hören, zwang mich, ruhig zu bleiben, obwohl mein Herz wie wild raste.

„Halt den verdammten Mund, Vicky!" knurrte Marcus, seine Stimme war voller Zorn und Panik. „Du redest immer weiter, als könntest du irgendetwas kontrollieren. Aber das tust du nicht. Nicht hier."

Ich spuckte das Blut aus, richtete meinen Blick wieder auf ihn. Mein Atem war schwer, doch ich ließ meinen Blick nicht wanken.

„Ist das der Marcus, der mich mal beschützt hat?" fragte ich leise, meine Stimme war ruhig, aber voller Abscheu. „Oder bist du jetzt nur noch Jacobs Hund?"

„Sei still!" schrie er, seine Hand umklammerte die Waffe fester, als müsste er sich selbst davon überzeugen, dass er die Kontrolle hatte. Doch ich konnte es sehen – das Zögern in seinen Augen, die Angst, die durch die Maske aus Wut und Selbstsicherheit blitzte.

„Das reicht, Marcus", sagte Jacob plötzlich, seine Stimme war ruhig, aber schneidend. Er trat vor, sein Blick wanderte zwischen uns hin und her.

„Sie versucht dich nur aus dem Konzept zu bringen. Fokussier dich."

Der Mann hinter mir verstärkte seinen Griff, drückte mich fester auf den Boden, doch ich ignorierte den Schmerz. Meine Augen waren auf Marcus gerichtet. Iich wusste, dass ich ihn weiter treffen musste – nicht körperlich, sondern mit meinen Worten.

„Du bist nichts für ihn, Marcus", sagte ich leise und ich sah, wie sich sein Kiefer anspannte. „Nur ein weiteres

Werkzeug. Und wenn du nicht mehr nützlich bist, wird er dich genauso wegwerfen wie jeden anderen."

„Verdammt, Victoria!" schrie Marcus, ich konnte sehen, wie er am Rand des Kontrollverlusts war. „Hör auf, mich zu provozieren!"

Doch ich schwieg nicht, nicht jetzt, wo ich ihn fast hatte. „Du weißt, dass ich recht habe", sagte ich, meine Stimme war scharf wie ein Messer.

„Du bist genauso gefangen wie ich. Und das weißt du."

Jacob beobachtete ihn, seine Augen wurden schmaler, während er Marcus musterte. „Marcus", sagte er warnend, doch ich konnte sehen, dass etwas in Marcus zerbrach. Der Schlag hatte mich nicht zum Schweigen gebracht – und ich wusste, dass er jetzt mit sich selbst kämpfte.

Marcus' Gesicht war verzerrt vor Wut, seine Augen blitzten, als er wieder zuschlug. Der Schmerz durchzuckte meine Wange, doch ich ließ keinen Laut von mir hören. Ich spürte das Blut von meiner Lippe laufen, schmeckte es auf meiner Zunge, aber ich zwang mich, weiterzusprechen.

„Das ist, was du jetzt bist, Marcus", sagte ich mit heiserer Stimme, mein Blick fixierte ihn, auch wenn ich kaum aufrecht bleiben konnte.

„Ein Sklave. Ein Werkzeug. Du hast keine Kontrolle, nicht über Jacob, nicht über mich – nicht einmal über dich selbst."

„Halt die Klappe!" brüllte er. Seine Hand mit der Waffe zitterte leicht, als er sie hob, direkt auf mich gerichtet. „Einen weiteren verdammten Ton, Vicky, und ich…"
„Und du was?" unterbrach ich ihn, meine Stimme war trotz des Schmerzes scharf.
„Du wirst mich töten? Glaubst du, das wird Jacob beeindrucken? Glaubst du, er wird dich dafür belohnen? Er wird dich fallen lassen, Marcus, genauso wie er es mit jedem tut, der ihm im Weg steht."
„Marcus, reiß dich zusammen!" Jacobs Stimme schnitt durch die Luft wie ein Messer, scharf und eiskalt. Er trat näher, seine eigene Waffe zog er ruhig und zielte direkt auf mich.
„Sie manipuliert dich, Marcus. Lass mich das regeln."
Ich spürte die Kälte der Bedrohung in seiner Stimme, sah die Dunkelheit in seinen Augen, während er mich ins Visier nahm. Doch ich wusste, dass ich nicht aufhören durfte. Nicht jetzt.

„Du hast es nicht in der Hand, Jacob", sagte ich, mein Blick wandte sich zu ihm, auch wenn mein Atem flach war und mein Körper schrie, sich zu wehren.
„Du denkst, du kannst jeden kontrollieren, aber du bist genauso gefangen wie er. Du hast dich in deinem eigenen Netz aus Lügen verheddert."
Jacobs Finger strich über den Abzug und ich konnte sehen, wie sich seine Wut verdichtete. „Du bist mutig, Detective", sagte er leise, sein Ton war fast bewundernd.
„Aber Mut wird dich nicht retten."

Die Situation war zum Zerreißen gespannt, ich konnte spüren, dass Marcus kurz vor dem Durchdrehen war. Die Waffe in seiner Hand zitterte, sein Atem ging schwer, während er sich zwischen mir und Jacob hin- und hergerissen fühlte.

„Marcus", sagte ich leise, meine Stimme wurde sanfter, fast flehend.

„Du musst nicht für ihn sterben. Hör auf mich. Es ist noch nicht zu spät."

Doch bevor ich weitersprechen konnte, sah ich, wie Jacobs Finger sich um den Abzug spannte, sein Blick fest auf mich gerichtet. Der Raum schien stillzustehen, jeder Atemzug ein Schritt näher an der Katastrophe.

****

Damian

Der Schuss hallte durch die Nacht, ein einziges, ohrenbetäubendes Echo, das mein Herz zum Stillstand brachte. Der Funk explodierte in hektischem Geschrei, Befehle und Berichte überschlugen sich, doch das Einzige, was ich verstand, war das Wort: „Zugriff!"

Ohne nachzudenken, sprang ich aus dem Fahrzeug, meine Beine trugen mich automatisch, während ich im Sprint meine Waffe zog. Carters Rufe hinter mir verhallten in der Ferne, ich hörte sie nicht. Alles, was ich sehen konnte, war das Ziel vor mir – die Lagerhalle.

Schüsse krachten, die Luft war erfüllt von Chaos. Die Welt um mich herum verwandelte sich in eine Kriegsszene, wie ich sie nur zu gut kannte. Adrenalin schoss durch meinen Körper, meine Sinne waren geschärft, mein Fokus war unerschütterlich.

Ich stürmte durch den Eingang, mein Blick suchte die Halle ab. Die Schüsse waren ohrenbetäubend, Funken sprühten von Metall, Schreie hallten von den Wänden wider. Dann sah ich sie – Victoria, reglos auf dem Boden.
Mein Atem stockte und für einen Moment schien die Zeit stillzustehen. Ihr Körper war leblos, ihr Gesicht blass. Eine Wut, die ich nie zuvor gefühlt hatte, explodierte in mir. Doch bevor ich zu ihr rennen konnte, bemerkte ich die Bewegung.

Marcus und Jacob – die beiden Ratten – versuchten zu fliehen. Jacob bewegte sich langsam, während Marcus rannte, so schnell er konnte. Ein Schuss hallte durch die Luft, ein präziser Treffer von oben und Jacob fiel schwer zu Boden.
Ich richtete meine Waffe auf Marcus, rannte weiter, ohne nachzudenken.
„Bleib stehen, du verdammter Bastard!" schrie ich, doch er rannte weiter.

Ich wusste, dass ich Victoria nicht einfach liegen lassen

konnte, doch Marcus war der Schlüssel. Wenn er entkam, war alles umsonst. Meine Hände zitterten nicht, mein Griff um die Waffe war fest, als ich den Lauf auf seinen Rücken richtete.

„Nicht entkommen lassen", wiederholte ich in meinem Kopf wie ein Mantra. Ich war bereit, die Entscheidung zu treffen. Egal, was es kosten würde.

Mein Atem ging schwer, mein Finger am Abzug war ruhig, als ich zielte. Marcus rannte, als könnte er den Schatten seiner Schuld entkommen, doch ich war schneller – und präziser. Der Schuss löste sich, durchbrach die Nacht und ich sah, wie Marcus ins Straucheln geriet, bevor er mit einem Schrei zu Boden fiel.

Ich erreichte ihn in Sekunden, die Waffe immer noch in meiner Hand, während ich ihn anstarrte. Er krümmte sich, hielt sich den Oberschenkel, aus dem Blut sickerte, doch seine Augen funkelten immer noch vor Wut und Verachtung, als er zu mir aufsah.

„Du Bastard", zischte er, und in seiner Stimme lag mehr Trotz als Angst.

„Das ist alles, was du kannst?"

Etwas in mir brach. Der Anblick von Victoria, reglos auf dem Boden, ihr Blut, ihre Wunden – alles verschmolz zu einem einzigen Moment der Wut und des Schmerzes. Ich packte Marcus am Kragen, riss ihn hoch und stieß ihn zurück auf den Boden.

„Für Vic", knurrte ich, meine Stimme war tief und voller unkontrollierbarer Wut. Meine Faust krachte auf sein

Gesicht, wieder und wieder. Er versuchte, sich zu
wehren, doch er war schwach und ich war zu stark –
getrieben von einem Zorn, den ich nicht mehr
kontrollieren konnte.

„Du hast sie verletzt! Du hast alles zerstört!" schrie ich,
während ich weiter machte, jedes Wort war ein Schlag.
Sein Blut spritzte auf meine Hände, auf meine Kleidung,
doch ich hörte nicht auf. Seine Schreie wurden leiser,
sein Widerstand schwächer, doch das hielt mich nicht
auf.

Plötzlich spürte ich eine Hand auf meiner Schulter, die
mich zurückziehen wollte.

„Damian, hör auf! Verdammt nochmal, hör auf!" Es war
Carter, seine Stimme war laut, aber fast flehend.

„Das reicht! Er ist erledigt, verdammt!"

Doch ich hörte ihn kaum, mein Blick war nur auf Marcus
gerichtet. Alles, was ich sehen konnte, war der
Schmerz, den er Victoria zugefügt hatte, die Lügen, die
er erzählt hatte, die Leben, die er zerstört hatte. Und ich
wusste, dass er nicht verdient hatte, weiterzumachen.

Mit einem letzten Schlag beendete ich es. Marcus' Kopf
fiel zurück, sein Atem stockte und ich ließ ihn los,
während sein Körper schlaff zu Boden sackte. Ich stand
auf, mein Atem war schwer, meine Hände zitterten vor
Wut und Erschöpfung.

Carter packte mich am Arm, drehte mich zu sich um.
Sein Gesicht war bleich, seine Augen voller Entsetzen
und Wut.

„Was zum Teufel hast du getan?" fragte er, seine
Stimme war rau. „Das war nicht der Plan!"
Ich sagte nichts, starrte nur auf Marcus' leblosen Körper.
„Er hat es verdient", murmelte ich schließlich, meine
Stimme war kalt. „Für Vic."
Carter schüttelte den Kopf, doch ich konnte sehen, dass
auch er wusste, dass Marcus' Tod unausweichlich
gewesen war.

Das Chaos um mich herum begann sich zu legen, doch
es fühlte sich an, als würde alles nur noch lauter
werden. Die Stimmen der Cops, die Befehle und die
Geräusche von Schuhen auf Beton verschwammen in
meinem Kopf. Alles, was zählte, war Victoria.

Sie lag dort, reglos, während die Kollegen sich um sie
versammelten. Mein Herz setzte aus, als ich sie so sah
– blass, blutend, ohne einen Hauch von Bewegung. Es
fühlte sich an, als würde die Welt um mich herum
stillstehen, nur um diesen Moment in seiner
Grausamkeit zu verlängern.
„Vic!" Meine Stimme war rau, fast ein Schrei, während
ich zu ihr rannte, mich neben ihr auf die Knie warf.
„Komm schon, tu mir das nicht an. Bitte!"
Einer der Sanitäter – ein junger Kerl mit einem
angespannten Gesichtsausdruck – hielt mich zurück.
„Geben Sie uns Platz, Sir", sagte er, doch ich hörte ihn
kaum.
Ich packte Vics Hand, ihre Haut fühlte sich kühl an und
ein Schauer lief durch meinen Körper.

„Vic", flüsterte ich, meine Stimme zitterte. „Bitte… du bist stärker als das. Du musst aufwachen."

Keine Regung. Nichts. Die Panik in mir wuchs und ich spürte, wie mir die Kontrolle entglitt. „Holt diese verdammte Ambulance her!" schrie ich zu niemand Bestimmtem, doch ich hörte die Sirene bereits in der Ferne. Sie war so nah und doch nicht schnell genug. „Damian…" Es war Carter, der neben mir kniete, seine Hand auf meiner Schulter.
„Lass sie machen. Sie haben es unter Kontrolle."
„Unter Kontrolle?" Ich drehte mich zu ihm um, meine Augen brannten vor Wut und Verzweiflung.
„Sie liegt da, Carter! Sie atmet nicht! Wie soll das unter Kontrolle sein?"

Der Sanitäter überprüfte ihren Puls, seine Stirn war in Falten gelegt. „Wir haben einen schwachen Puls", sagte er schließlich und für einen Moment fühlte es sich an, als könnte ich wieder atmen.
„Aber sie verliert viel Blut. Wir müssen sie stabilisieren." Die Ambulance hielt endlich vor der Halle und weitere Sanitäter kamen hereingestürmt. Ich wich zurück, nur so weit, dass sie arbeiten konnten, doch ich ließ ihre Hand nicht los.

„Komm schon, Vic", flüsterte ich, meine Stimme war brüchig, während ich ihren leblosen Körper ansah. „Tu mir das nicht an. Du bist alles, was ich habe."

Die Welt um mich herum verschwamm, während ich auf die Sanitäter starrte, die hektisch arbeiteten. Jede Sekunde fühlte sich wie eine Ewigkeit an und ich wusste, dass ich ohne sie nicht weitermachen konnte. Nicht mehr.

Meine Gedanken waren ein einziger Strudel aus Chaos und Verzweiflung. Die Bilder vor meinen Augen verschwammen und ein ungewohntes Gefühl kroch in mir hoch – Panik.

Es war, als hätte ich keine Kontrolle mehr, weder über meine Umgebung noch über mich selbst. Etwas, das ich nicht kannte und niemals zulassen wollte, riss an mir.

Ich sah, wie sie Victoria schnell in die Ambulance brachten, ihre reglose Gestalt auf der Trage. Es fühlte sich an, als würde jemand mein Herz mit bloßen Händen zusammendrücken. Meine Beine bewegten sich nicht, mein Atem war flach und meine Ohren schienen taub zu sein gegenüber dem Tumult um mich herum.

Ich saß da, meine Hände zitterten, meine Augen starrten ins Leere. Stimmen drangen wie durch Wasser zu mir – undeutlich, verzerrt.

„Damian…", hörte ich jemanden sagen, doch ich konnte nicht reagieren. Alles, was ich fühlte, war der Schmerz, die Ohnmacht, die mich zu verschlingen drohte.

Carter war plötzlich vor mir, sein Gesicht war voller Anspannung.

„Damian! Hörst du mich? Du musst dich zusammenreißen, verdammt nochmal!" Er packte meine Schultern, versuchte, mich zu rütteln, doch es war, als wäre ich aus Stein.

Ein Sanitäter trat hinzu, sprach mit Carter, doch ich verstand kein Wort. Alles war dumpf, weit weg, bedeutungslos. Andere Sanitäter arbeiteten an den verletzten Officer, das Licht der Ambulance flackerte über die Szene, aber ich sah nur die Tür der Ambulance, die sich vor Victoria geschlossen hatte.

Plötzlich, wie ein Blitz, brach ein Schrei aus mir heraus. „Victoria!" Es war rau, verzweifelt, ein Laut, der aus den tiefsten Tiefen meines Wesens kam. Mein Körper spannte sich an, und ich sprang auf die Beine, meine Augen suchten hektisch die Ambulance.
Carter packte mich erneut, zog mich zurück.
„Damian, hör zu! Sie tun alles, was sie können! Aber du kannst ihr jetzt nicht helfen!" Seine Worte drangen endlich zu mir durch und ich spürte, wie meine Knie nachgaben. Ich sank zu Boden, mein Kopf fiel in meine Hände, während mein Atem schwer und unregelmäßig wurde.
„Vic...", flüsterte ich, meine Stimme war brüchig, kaum hörbar. „Sie darf nicht... ich kann nicht..." Die Worte brachen ab, die Panik und der Schmerz schnürten mir die Kehle zu.
Carter kniete neben mir, seine Hand legte sich fest auf meine Schulter.
„Sie wird es schaffen, Damian", sagte er, doch ich konnte die Unsicherheit in seiner Stimme hören. „Sie ist stark. Das wissen wir beide."
Ich nickte mechanisch, doch in meinem Inneren tobte der Sturm weiter. Victoria war alles, was ich hatte, alles,

was mir geblieben war. Und ich wusste, dass ich es nicht ertragen könnte, sie zu verlieren.

Der Sanitäter sprach auf mich ein, seine Worte waren wie ein fernes Rauschen, das nicht zu mir durchdrang. Er untersuchte mich, versuchte, mich zu beruhigen, doch alles in mir schrie nur nach einer Sache – nach Victoria.

„Ich muss zu ihr", murmelte ich, fast wie in Trance, während meine Augen sich immer wieder auf die Ambulance richteten, die bereits mit Blaulicht losgefahren war.
„Ich muss… zu ihr."
„Damian, sind Sie verletzt? Sie haben Blut und Ihre Atmung ist unregelmäßig", sagte der Sanitäter, seine Stimme war ruhig, aber bestimmt. „Lassen Sie mich Ihnen helfen."
„Ich brauche keine Hilfe!" schrie ich plötzlich, meine Stimme war roh vor Verzweiflung.
„Ich brauche Victoria!"
Der Sanitäter zuckte zusammen, doch er blieb ruhig, während er weiter sprach. Doch ich hörte nicht mehr zu, meine Gedanken waren ein Chaos, meine Wut und Angst übernahmen.

Plötzlich spürte ich Carters feste Hand an meinem Arm, seine Stimme drang durch den Nebel in meinem Kopf.
„Damian, genug jetzt!" sagte er scharf, seine Augen

waren hart, aber auch voller Mitgefühl. „Steh auf. Ich bring dich ins Krankenhaus."

Er zog mich auf die Beine, sein Griff war stark, fast schmerzhaft, doch es half, mich zu fokussieren.

„Du kannst hier nichts mehr tun", sagte er, während er mich zu einem Wagen führte. „Aber du kannst für sie da sein, wenn sie dich braucht. Also reiß dich zusammen."

Ich nickte schwach, ließ mich von ihm führen, obwohl meine Beine sich anfühlten, als wären sie aus Gummi. Der Weg zum Auto war verschwommen und ich wusste nicht einmal mehr, wie ich ins Fahrzeug gekommen war. Alles, was ich wusste, war, dass ich zu Victoria musste.

Carter stieg ein, startete den Motor, während ich auf dem Beifahrersitz saß und aus dem Fenster starrte. Mein Atem war flach, mein Herz pochte unregelmäßig.

„Wie weit...?" fragte ich schließlich, meine Stimme war kaum mehr als ein Flüstern.

„Nicht weit", antwortete Carter knapp, sein Blick blieb auf die Straße gerichtet.

„Wir sind bald da."

Ich lehnte meinen Kopf gegen die kalte Fensterscheibe, meine Hände zitterten leicht. In meinem Kopf liefen immer wieder Bilder von Victoria ab – ihr Lächeln, ihr Lachen, die Stärke in ihren Augen. Und dann das Bild von ihr, wie sie reglos auf dem Boden lag. Ein kalter Schauer lief über meinen Rücken.

„Bitte", murmelte ich leise, ohne zu wissen, ob ich es zu Carter oder zu mir selbst sagte. „Bitte lass sie das überleben."

Kapitel 37: Warten

Damian

Die Notaufnahme war ein einziges Chaos. Menschen bewegten sich hektisch, Stimmen hallten durch den Raum, doch ich hörte nur das Dröhnen meines eigenen Herzschlags in den Ohren. Carter und ich hatten uns fast zeitgleich an den Empfangstresen gestürzt, die gleiche Frage auf den Lippen: „Victoria Barnes, wo ist sie?"

Die Angestellte sah uns an, ihre Augen voller Anspannung und Müdigkeit.
„Sie ist noch im OP", sagte sie schließlich. „Wir haben keine weiteren Informationen. Bitte warten Sie."
Warten. Das war das Letzte, was ich tun konnte. Doch wir hatten keine Wahl. Carter und ich wurden in einen Wartebereich geführt, doch der Raum fühlte sich an wie ein Käfig. Die Minuten schleppten sich dahin und jede Sekunde fühlte sich an, als würde sie die Luft aus meinen Lungen pressen.

Ich stand auf, begann auf und ab zu laufen, meine Hände ballten sich unbewusst zu Fäusten. Carter saß schweigend da, seine Hände gefaltet, sein Blick starr geradeaus. Er sagte nichts und ich war froh darüber – Worte hätten jetzt keinen Sinn gemacht.
Nach und nach kamen andere Officer herein. Einige waren verletzt, Verbände an Armen oder Beinen, doch

sie blieben, setzten sich oder lehnten an den Wänden. Niemand sprach viel, doch ihre Anwesenheit war eine stille Erinnerung daran, dass Victoria nicht allein war.

Einige der verletzten Kollegen traten aus den Behandlungsräumen, ihre Gesichter waren blass, aber entschlossen.
„Wie geht's ihr?" fragte einer von ihnen leise, doch niemand hatte eine Antwort. Die Ungewissheit lastete schwer auf uns allen.
Die Zeit verging quälend langsam. Mein Blick wanderte immer wieder zur Tür, hinter der sie Victoria operierten. Jede Minute, die verging, fühlte sich wie eine Stunde an und die Anspannung in meinem Brustkorb wuchs ins Unerträgliche. Gedanken rasten durch meinen Kopf – was, wenn sie es nicht schafft? Was, wenn ich sie nie wiedersehen kann?

Carter stand schließlich auf, legte eine Hand auf meine Schulter. „Sie wird das durchstehen", sagte er leise, doch sein Blick war genauso angespannt wie meiner.
„Vic ist zäh. Wir müssen ihr vertrauen."
Ich nickte schwach, sagte aber nichts. Worte hatten keinen Trost, nicht jetzt. Alles, was ich tun konnte, war zu warten und zu hoffen – hoffen, dass die Frau, die alles für mich bedeutete, stark genug war, diesen Kampf zu gewinnen.

Das Warten wurde zur Folter. Jede Sekunde fühlte sich an, als würde sie mich ein Stück weiter zerbrechen. Meine Schritte hallten durch den Wartebereich, während ich rastlos auf und ab lief. Die Blicke der anderen waren auf mich gerichtet, doch niemand sagte ein Wort.

Carter saß immer noch ruhig da, doch ich konnte sehen, dass auch er unter der Ungewissheit litt. Sein Blick war auf die Tür des OPs gerichtet und seine Finger trommelten unruhig auf die Armlehne seines Stuhls. Der Raum war voller Menschen, doch die Stille war überwältigend.

Ich versuchte, die Bilder in meinem Kopf zu verdrängen – Victoria, wie sie leblos auf dem Boden lag, die Schreie, die Schüsse, das Blut. Doch sie kamen immer wieder, wie ein Albtraum, der mich nicht losließ. Mein Atem wurde schwer und ich ballte die Hände zu Fäusten, bis meine Knöchel weiß wurden.

„Damian", sagte Carter schließlich, seine Stimme war ruhig, aber fest. „Setz dich. Du machst uns alle nervös."

„Nervös?" Ich drehte mich zu ihm um, meine Stimme war schärfer, als ich beabsichtigt hatte. „Ich bin nervös, Carter. Weil ich da draußen gestanden habe, während sie fast gestorben ist. Und jetzt sitze ich hier, ohne zu wissen, ob sie überhaupt noch lebt!"

Carter erwiderte meinen Blick, sein Gesicht blieb ernst, doch ich konnte die Sorge darin sehen.

Sie ist stark, Damian. Und die Ärzte tun alles, was sie können. Aber du kannst hier nichts ändern, also beruhige dich."

Ich wandte mich ab, lief weiter, doch seine Worte hallten in meinem Kopf wider.

Beruhigen. Wie sollte ich das tun? Wie sollte ich ruhig bleiben, wenn ich nicht wusste, ob sie noch kämpfen konnte? Wenn ich nicht wusste, ob sie mich jemals wieder ansehen würde?

Die Tür des OPs blieb geschlossen, und jede Minute, die verging, zog die Schlinge enger um meine Brust. Ein paar Officers kamen zu mir, versuchten, mich anzusprechen, doch ich konnte sie nicht hören. Alles, was ich wollte, war ein Zeichen, irgendeine Bestätigung, dass sie noch bei uns war.

Plötzlich öffnete sich die Tür, und eine Krankenschwester trat hinaus. Alle Augen richteten sich auf sie und der Raum wurde noch stiller, als sie zu sprechen begann. Doch bevor sie etwas sagen konnte, hörte ich mich selbst sprechen.
„Wie geht es ihr?" Meine Stimme war rau, voller Verzweiflung. „Bitte, sagen Sie mir, dass sie..."
Die Krankenschwester hob die Hand, um mich zu beruhigen. „Sie ist in einem kritischen Zustand", sagte sie und ich fühlte, wie mein Herz einen Moment aussetzte. „Ess war knapp. Aber sie lebt. Sie wird die Nacht auf der Intensivstation verbringen. Sie können sie morgen sehen."

Die Worte der Krankenschwester hätten mich beruhigen sollen, doch sie reichten nicht.
Sie lebt. Es war eine Erleichterung, ja, aber nicht genug. Ich musste sie sehen, musste mit eigenen Augen sehen, dass sie es wirklich geschafft hatte. Mein Körper zitterte, während ich mich an die Wand stützte, meine Gedanken waren ein einziger Wirbelsturm.

„Warten Sie! Bitte!" Meine Stimme klang rau und brüchig, als ich die Krankenschwester auf dem Gang einholte. „Lassen Sie mich zu ihr. Ich muss zu ihr."
Sie drehte sich um, ihre Augen waren voller Mitgefühl, aber auch Entschlossenheit.
„Es tut mir leid, Sir", sagte sie sanft. „Sie braucht Ruhe. Die erste Nacht ist entscheidend und nur das medizinische Personal darf bei ihr sein."
„Bitte", flüsterte ich, meine Stimme zitterte vor Verzweiflung. „Ich... ich bin ihr..."
Ich wusste nicht, was ich sagen sollte. Alles in mir schrie, sie nicht allein zu lassen. Doch bevor ich weitersprechen konnte, trat Carter neben mich. Sein Blick war fest, aber seine Stimme war ruhig.

„Er ist ihr Freund", sagte Carter und ich drehte mich überrascht zu ihm um.
„Er hat das Recht, bei ihr zu sein. Damian hat mehr getan, als ich in Worte fassen kann, um sie hierher zu bringen. Bitte, lassen Sie ihn."

Einige der anderen Officers, die im Wartebereich geblieben waren, nickten zustimmend.
„Er sollte bei ihr sein", sagte einer von ihnen leise.
„Das ist das Mindeste, was wir tun können."
Die Krankenschwester sah mich an, dann Carter und schließlich die Gruppe von Menschen, die sich um uns versammelt hatte. Ihr Blick wurde weicher und nach einem Moment des Zögerns nickte sie langsam.
„Okay", sagte sie schließlich. „Aber nur für diese Nacht. Und Sie dürfen sie nicht stören."

Ich nickte heftig, meine Worte blieben mir im Hals stecken. „Danke", flüsterte ich, meine Stimme war kaum hörbar.

Sie führte mich durch den Korridor zur Intensivstation, der sterile Geruch der Krankenhausflure machte mir bewusst, wie ernst die Lage war.

Schließlich öffnete sie eine Tür und bedeutete mir, leise zu sein. Mein Herz raste, als ich eintrat.

Victoria lag dort, blass und ruhig, Schläuche und Monitore umgaben sie. Das gleichmäßige Piepen des Herzmonitors war das schönste Geräusch, das ich je gehört hatte. Ich ließ mich auf den Stuhl neben ihrem Bett sinken, meine Hände zitterten, als ich nach ihrer griff.

„Vic", flüsterte ich, obwohl ich wusste, dass sie mich nicht hören konnte. „Baby, du hast es geschafft. Du bist immer so verdammt stark."

Die Nacht verging in einem seltsamen Schwebezustand. Ich beobachtete sie, hielt ihre Hand, hörte auf das Piepen der Monitore, das wie ein beruhigender Rhythmus in der Stille war. Meine Gedanken kreisten um alles, was passiert war und die Wut, die ich noch immer auf Marcus und Jacob hatte.

Doch mehr als alles andere fühlte ich eines – Erleichterung. Sie war hier, sie lebte. Und ich würde nicht zulassen, dass ihr jemals wieder etwas geschah.

Das leise Geräusch von Schritten und gedämpften Stimmen weckte mich. Meine Augen öffneten sich schwerfällig und ich brauchte einen Moment, um zu realisieren, wo ich war. Der sterile Geruch des Krankenhauszimmers, das monotone Piepen der Monitore – alles holte mich abrupt in die Realität zurück.

Ich hatte nicht bemerkt, dass ich eingeschlafen war. Meine Hand lag immer noch um Victorias und mein Nacken fühlte sich von der unbequemen Haltung auf dem Stuhl an. Ich richtete mich auf und sah die kleine Gruppe von Ärzten und Schwestern, die um ihr Bett versammelt war. Die Visite.
„Guten Morgen", sagte eine Ärztin, ihre Stimme war ruhig, aber professionell.
„Sind Sie der Freund?"
Ich nickte langsam, mein Blick glitt zu Victoria. Sie lag immer noch reglos, doch ihre Haut hatte ein wenig mehr Farbe bekommen und das Piepen des Monitors war konstant. Es war ein kleiner Trost.

„Wie geht es ihr?" fragte ich, meine Stimme war heiser von der Anspannung der letzten Nacht.
Die Ärztin lächelte schwach. „Sie ist stabil, aber es wird einige Zeit dauern, bis sie vollständig genesen ist. Die Verletzungen waren schwer und der Blutverlust hat ihren Körper stark geschwächt. Aber sie ist stark."
Die Erleichterung, die ich verspürte, war überwältigend. Meine Schultern sanken und ich spürte, wie die

Spannung langsam aus meinem Körper wich. „Danke“, flüsterte ich, meine Stimme war brüchig.

Die Visite dauerte nur wenige Minuten, die Ärzte überprüften ihre Werte, wechselten ein paar Worte miteinander und machten sich dann wieder auf den Weg. Die Krankenschwester, die mich gestern hereingelassen hatte, war die Letzte, die ging. Sie warf mir einen kurzen Blick zu, eine Mischung aus Verständnis und Strenge.
„Bleiben Sie, solange Sie wollen“, sagte sie leise. „Aber sie braucht Ruhe.“
Ich nickte, konnte meine Augen nicht von Victoria abwenden. Als die Tür sich hinter ihr schloss, seufzte ich schwer und lehnte mich zurück. Die Müdigkeit der Nacht holte mich ein, doch ich konnte den Stuhl nicht verlassen. Ich wollte hier sein, falls sie aufwachte. Falls sie mich brauchte.
„Vic“, flüsterte ich leise, meine Hand umschloss ihre. „Komm schon, kämpf weiter. Ich weiß, dass du das kannst.“
Ich wusste nicht, ob sie mich hören konnte, aber es fühlte sich an, als müsste ich mit ihr sprechen. Sie war hier und das war alles, was zählte.

Kapitel 36: Ein Lebenszeichen

Damian

Die Tage vergingen wie in Zeitlupe. Zwei lange Nächte und endlose Stunden des Wartens, des Hoffens und der Stille. Carter hatte mir nicht viel geschrieben, doch ich hatte ihm eine kurze Nachricht geschickt, um ihn über Victorias Zustand zu informieren: *„Sie ist stabil, aber noch nicht wach. Melde mich, wenn sich etwas ändert."*

Die Zeit war eine Qual. Ich saß an ihrem Bett, hielt ihre Hand, sprach manchmal mit ihr, auch wenn ich nicht wusste, ob sie mich hören konnte. Die Routine der Schwestern und Ärzte war das Einzige, was die unendlichen Stunden unterbrach.

Am dritten Tag war es genauso still wie zuvor. Ich hatte meinen Kopf auf den Rand ihres Bettes gelegt, meine Hand hielt immer noch ihre, als plötzlich das monotone Piepen des Monitors schneller wurde. Mein Kopf schoss hoch, und mein Herz setzte einen Schlag aus.
„Vic?" Meine Stimme war rau und voller Hoffnung. Doch als ich sie ansah, bemerkte ich keine Bewegung. Nur der Monitor zeigte die Veränderung.
Mein Atem beschleunigte sich, Panik kroch in mir hoch.
„Verdammt", flüsterte ich, sprang von meinem Stuhl auf und rannte zur Tür.
„Hallo?! Ich brauche Hilfe hier!"
Die Worte waren kaum über meine Lippen, als eine

Schwester und ein Arzt hereinstürmten. Sie sahen sofort zum Monitor, überprüften die Werte, während ich nervös neben ihnen stand.

„Was passiert?" fragte ich, meine Stimme war zittrig.

„Geht es ihr schlechter?"

„Beruhigen Sie sich", sagte der Arzt ruhig, sein Blick war auf Victoria gerichtet.

„Das ist ein gutes Zeichen. Ihr Herz reagiert – sie kommt langsam zu sich."

„Zu sich?" Ich spürte, wie die Erleichterung mich beinahe umwarf. „Sie wird wach?"

Der Arzt nickte knapp. „Nicht sofort. Es kann Stunden oder sogar Tage dauern. Aber das ist ein Fortschritt."

Ich sah zu Victoria, suchte nach irgendeinem Zeichen, dass sie da war. Ihre Finger zuckten leicht und mein Herz sprang.

„Vic", flüsterte ich, beugte mich zu ihr. „Komm schon, kämpf weiter. Du kannst das."

Die Schwester legte eine Hand auf meinen Arm.

„Bleiben Sie bei ihr", sagte sie sanft. „Das hilft oft mehr, als man denkt."

Ich nickte, setzte mich zurück an ihren Platz. Meine Augen ließen nicht von ihr ab, ich ließ ihre Hand nicht los und ich spürte ein winziges Fünkchen Hoffnung in mir aufkeimen. S
ie kämpfte. Sie war noch da. Und ich würde nicht von ihrer Seite weichen, bis sie wieder ganz bei mir war.

542

Die Stunden nach dem ersten Zeichen ihrer Rückkehr waren eine nervenaufreibende Mischung aus Erleichterung und Anspannung. Jede kleine Bewegung, jedes Zucken ihrer Finger ließ mein Herz schneller schlagen. Doch sie blieb ruhig, fast, als wäre sie noch immer in einem tiefen Schlaf.

Ich hatte meinen Platz am Rand ihres Bettes nicht verlassen. Meine Augen waren auf ihr Gesicht gerichtet, suchten nach weiteren Regungen, während meine Hand ihre hielt. Das Piepen des Monitors war gleichmäßiger geworden, ein beruhigender Rhythmus, der mich durch die Wartezeit trug.
„Vic", flüsterte ich leise, meine Stimme war rau vor Müdigkeit. „Ich bin hier. Du musst nicht allein sein. Komm zurück, bitte."

Die Tür öffnete sich leise und Carter trat ein. Sein Blick fiel sofort auf Victoria, bevor er mich ansah. „Wie geht's ihr?" fragte er, seine Stimme war ruhig, aber ich konnte die Sorge darin hören.
„Sie... hat sich bewegt", sagte ich, mein Blick war immer noch auf sie gerichtet.
„Die Ärzte sagen, sie kommt langsam zu sich."
Carter nickte, trat näher und legte eine Hand auf meine Schulter.
„Das ist gut, Damian. Sie ist eine Kämpferin."
Ich sah kurz zu ihm auf, dankbar für seine Anwesenheit, bevor ich meinen Blick wieder auf Victoria richtete. „Das ist sie", murmelte ich. „Aber es fühlt sich an, als würde jede Minute ewig dauern."

„Das tut es immer", antwortete Carter, leise, fast zu sich selbst. Er zog einen Stuhl heran und setzte sich.

Die Zeit verging langsam, das leise Surren der Geräte und das gelegentliche Rascheln von Krankenhauskleidung waren die einzigen Geräusche im Raum. Dann, plötzlich, ein weiteres Zucken. Ich hielt den Atem an, sah, wie Victorias Finger sich erneut bewegten, diesmal etwas fester.
„Vic?" Meine Stimme war ein Flüstern, voller Hoffnung und Anspannung.
Ihre Lider flatterten leicht, und ich spürte, wie mein Herz raste.
„Komm schon, Vic", sagte ich leise, drückte ihre Hand sanft. „Zeig mir, dass du hier bist."

Langsam, wie in Zeitlupe, öffneten sich ihre Augen ein wenig. Ihr Blick war verschwommen, unscharf, aber sie war da. Sie blinzelte, ihre Atmung wurde schwerer und ich fühlte, wie Tränen in meine Augen stiegen.
„Hey", sagte ich, meine Stimme zitterte, während ich mich näher zu ihr beugte.
„Willkommen zurück, Vic."
Sie sah mich an, verwirrt, müde, aber lebendig. Ihre Lippen bewegten sich, doch kein Ton kam heraus. Ich beugte mich noch näher, hörte, wie sie etwas flüsterte.
„Damian…"
Das war alles, was ich hören musste. Ein breites Lächeln brach auf meinem Gesicht aus und ich fühlte, wie eine riesige Last von meinen Schultern fiel.
„Ich bin hier", sagte ich, meine Stimme war rau vor

Emotionen.

„Ich bin hier, Vic. Alles wird gut."

Carter trat näher, ein leises Lächeln auf seinem Gesicht.

"
Willkommen zurück, Vic", sagte er leise.

Kapitel 37: Zurück ins Licht

Victoria

Das Erste, was ich spürte, war ein dumpfer Schmerz, der durch meinen Körper pulsierte. Mein Kopf fühlte sich schwer an und meine Gedanken waren wie in Nebel gehüllt. Es war, als würde ich aus einer tiefen, dunklen Höhle aufsteigen, jeder Schritt war mühsam, jeder Versuch, die Augen zu öffnen, eine Herausforderung.

Ich hörte Stimmen, gedämpft und weit entfernt, doch sie wirkten vertraut. Ein Name hallte in meinem Kopf – Damian. Sein Gesicht blitzte in meinen Gedanken auf, doch es war verschwommen, schwer zu greifen. Ich zwang mich, die Augen zu öffnen und das grelle Licht über mir ließ mich blinzeln.

Alles war verschwommen, doch langsam klärte sich

mein Blick. Über mir beugte sich jemand und ich
erkannte das Gesicht, das ich so gut kannte.
Damian.
Seine Augen waren gerötet, als hätte er nicht
geschlafen und seine Stimme war leise, als er sprach.
„Hey", sagte er, ein Lächeln, das so echt war, dass es
mich tief berührte, spielte auf seinen Lippen.
„Willkommen zurück, Vic."

Ich wollte antworten, doch meine Lippen fühlten sich
trocken und rissig an, meine Kehle war rau. Es dauerte
einen Moment, bis ich ein leises Flüstern herausbrachte.
„Damian…"
Sein Name fühlte sich vertraut und sicher an, als würde
allein das Aussprechen mich mit der Realität verbinden.
Seine Hand hielt meine und ich spürte die Wärme seiner
Haut. Ich war nicht allein.

Mein Blick wanderte langsam, schwerfällig, durch den
Raum. Carter war ebenfalls da, sein Gesicht war müde,
doch ein kleines Lächeln zeigte sich auf seinen Lippen.
„Willkommen zurück, Vic", sagte er, seine Stimme war
leise, aber ich hörte die Erleichterung darin.
„Was… passiert…?" Meine Stimme war kaum hörbar,
meine Gedanken waren wirr, doch ich wusste, dass
etwas Schreckliches geschehen war. Die letzten
Momente vor dem Schwarz erinnerten sich nur in
Bruchstücken – Jacob, Marcus, der Schmerz, das
Chaos.

„Es ist vorbei", sagte Damian schnell, als könnte er meine Gedanken lesen.

„Du bist sicher, Vic. Wir haben dich rausgeholt."

Ich schloss für einen Moment die Augen, ließ seine Worte auf mich wirken.

Sicher. Ich war am Leben. Und ich war nicht allein.

„Danke", flüsterte ich und obwohl das Wort schwach klang, hoffte ich, dass er wusste, wie viel es bedeutete.

Damian drückte meine Hand fester, und für einen Moment schien alles andere unwichtig. Ich war da, und er war bei mir. Und das war alles, was zählte.

Jede Bewegung fühlte sich an, als müsste ich durch eine zähe Masse brechen. Mein Kopf pochte, mein Körper war schwer, doch das Wichtigste war: Ich war wach. Ich lebte. Das war mehr, als ich mir in den letzten Stunden – oder Tagen? – vorstellen konnte.

Damian hielt immer noch meine Hand und ich konnte spüren, wie sein Daumen über meine Haut strich. Die kleine Geste war so sanft, so ungewohnt von ihm, dass es mich mehr beruhigte, als Worte es jemals könnten.

„Wie lange?" brachte ich schließlich hervor, meine Stimme war kaum mehr als ein Krächzen.

„Zwei Tage", antwortete Damian sofort und ich sah, wie sich seine Augen weiteten, als wäre er erleichtert, dass ich überhaupt etwas sagte.

„Du warst zwei Tage bewusstlos. Sie mussten dich operieren… es war knapp."

Die Erinnerung an den Moment, bevor alles schwarz wurde, kam in Bruchstücken zurück – die Waffe, Jacobs Lächeln, Marcus' Zögern. Der Schmerz. Ich schloss die Augen und spürte, wie sich meine Kehle zusammenzog.

„Jacob… Marcus?" fragte ich, obwohl ich nicht sicher war, ob ich die Antwort hören wollte.

„Jacob ist tot", sagte Damian leise, sein Ton war fest. „Einer der Scharfschützen hat ihn erledigt, als er fliehen wollte."

Er machte eine kurze Pause und ich konnte spüren, dass die nächste Antwort schwerer fiel. „Marcus… ich…" Er hielt inne, als suchte er die richtigen Worte.

„Ich habe es beendet, Vic. Für dich."

Die Worte trafen mich wie ein Schlag und ich öffnete die Augen, sah direkt in seine. Da war keine Reue, keine Zweifel in seinem Blick, nur eine Mischung aus Schutz und etwas, das ich nicht ganz greifen konnte.

„Du…" begann ich, doch meine Stimme brach ab. Ich wusste, was er getan hatte. Und ich wusste, warum.

„Er hatte es verdient", sagte Damian, bevor ich etwas sagen konnte.

„Nach allem, was er dir angetan hat, Vic. Es war das Einzige, was ich tun konnte. Oder wollte."

Ich wollte widersprechen, ihm sagen, dass es nicht richtig war, dass wir anders hätten handeln müssen. Aber die Wahrheit war, dass ein Teil von mir erleichtert war. Ein Teil von mir wusste, dass Marcus mich nie in Frieden gelassen hätte, solange er lebte. Und Damian hatte das für mich beendet.

„Danke", sagte ich schließlich, meine Stimme war leise, aber ehrlich. Ich sah, wie er überrascht blinzelte, bevor er schwach nickte.

„Aber... das bedeutet, dass wir nicht sicher sind. Jacobs Leute... sie werden nicht aufhören."

„Das weiß ich", sagte Damian, seine Stimme war härter jetzt, aber nicht zu mir.

„Deshalb bleibe ich bei dir. Bis das vorbei ist."

Die Gewissheit in seinen Worten ließ eine seltsame Mischung aus Angst und Trost in mir aufsteigen. Ich wusste, dass nichts vorbei war. Doch ich wusste auch, dass ich nicht allein kämpfen musste. Nicht mehr.

Kapitel 38: Ein Hauch von Normalität

Zwei Wochen. Zwei lange Wochen war ich nun im Krankenhaus und jede Stunde fühlte sich an wie ein kleiner Kampf. Doch es waren nicht die Schmerzen oder die Narben, die mich am meisten beschäftigten – es war die Ungewissheit. Die Angst, dass alles, was passiert war, nicht einfach verschwinden würde.

Die Besuche meiner Kollegen halfen, die Zeit erträglicher zu machen. Sie kamen mit Blumen, Karten, sogar mit kleinen Geschichten vom Department, die mich zum Lächeln brachten. Es war eine Erinnerung daran, dass ich nicht allein war. Aber die meiste Zeit war Damian bei mir.
Er wich kaum von meiner Seite. Selbst wenn er kurz verschwand, um zu duschen oder etwas zu essen, war Carter da, als lösten sie sich gegenseitig ab. Die Fürsorge und die ständige Präsenz waren erdrückend und beruhigend zugleich.

Eines Nachmittags, als Damian kurz weg war, saß Carter neben meinem Bett, die Arme verschränkt, sein Blick nachdenklich. Ich wusste, dass es der richtige Moment war, die Frage zu stellen, die mich quälte.
„Carter", begann ich zögernd, und er richtete seinen Blick auf mich.
„Wird es Konsequenzen für Damian geben? Wegen…

Heller und Marcus?"

Er lehnte sich in seinem Stuhl zurück, sein Gesichtsausdruck wurde weicher, fast beruhigend.

„Nein", sagte er schließlich, seine Stimme war fest. „Ich habe mich um alles gekümmert. Jacob und Marcus – sie haben genug Dreck am Stecken gehabt, um alles auf sie zu schieben."

Ich atmete tief ein, spürte, wie eine Last von meinen Schultern fiel. Doch ein Teil von mir konnte es immer noch nicht ganz glauben.

„Niemand wird Fragen stellen?" fragte ich, mein Ton war vorsichtig.

Carter schüttelte den Kopf. „Die Beweise sprechen für sich. Jacobs Verbindungen, Marcus' Verstrickungen – sie sind die Schuldigen. Damian hat nur geholfen, sie zu stoppen. Niemand hinterfragt das."

Ich sah ihn an, suchte nach einem Anzeichen, dass er nur versuchte, mich zu beruhigen, aber er wirkte ehrlich.

„Danke", sagte ich leise, und meine Stimme war voller Erleichterung.

Carter lächelte schwach, seine Hände ruhten locker auf seinen Knien.

„Du hast genug durchgemacht, Vic. Und Damian… er hat bewiesen, dass er mehr ist, als wir dachten. Er verdient eine Chance."

Ich nickte und bevor ich etwas erwidern konnte, öffnete sich die Tür, und Damian trat ein. Sein Blick wanderte sofort zu mir und ich konnte die leise Sorge in seinen Augen sehen. Doch als er sah, dass ich mit Carter sprach, entspannte er sich ein wenig.

„Alles in Ordnung?" fragte er, sein Ton war leise, fast vorsichtig.

„Ja", sagte ich, und ein kleines Lächeln spielte auf meinen Lippen. „Alles in Ordnung."

Damian warf Carter einen kurzen, prüfenden Blick zu, bevor er sich wieder zu mir setzte. Die Wärme seiner Anwesenheit erfüllte den Raum und ich wusste, dass ich endlich anfangen konnte, nach vorn zu schauen – mit ihm an meiner Seite.

****

Damian

Drei Wochen waren vergangen und endlich war es soweit. Victoria konnte das Krankenhaus verlassen. Ihr Körper war schwächer als je zuvor, aber ihre Augen hatten wieder diesen Funken, der mich so in den Bann zog. Der Funken, der mir zeigte, dass sie kämpfte – dass sie lebte.

Als wir vor meiner Wohnung ankamen, zögerte sie kurz, ihr Blick wanderte zur Tür.

„Ich kann nicht zurück in…" Sie brauchte den Satz nicht zu beenden. Ich wusste, was sie meinte. Das Haus, das sie mit Marcus geteilt hatte, war für sie keine Option mehr. Ich hatte das schon geahnt, deshalb hatte ich mich vorbereitet.

„Dann bleibst du hier", sagte ich schlicht, ohne Platz für Diskussionen zu lassen.

„Solange du willst."

Meine Wohnung war nicht mehr dieselbe wie damals. In den Wochen, in denen sie im Krankenhaus war, hatte ich mich darum gekümmert. Die kahlen Wände waren verschwunden, ersetzt durch kleine Details, die Wärme und Leben hinein brachten. Ich wusste, dass ich es für sie getan hatte – auch wenn ich mir das nie eingestehen würde.

Ich öffnete die Tür und drehte mich zu ihr um. Bevor sie protestieren konnte, schob ich einen Arm unter ihre Knie, den anderen hinter ihren Rücken und hob sie hoch.

„Was machst du?" fragte sie, ihr Blick war verwirrt, aber ihre Stimme klang nicht wirklich ärgerlich.

„Ich trage dich über die Schwelle", sagte ich, als wäre es die selbstverständlichste Sache der Welt. Es war nicht notwendig, sie war stark genug, um selbst zu gehen. Doch ich konnte nicht anders. Ich wollte ihr zeigen, dass sie sicher war, dass ich da war.

Sie schüttelte den Kopf, aber ich konnte das kleine Lächeln auf ihren Lippen sehen.

„Du bist unmöglich."

„Das sagst du mir immer wieder. Gewöhn dich endlich dran", murmelte ich, bevor ich sie durch die Tür trug.

Ich setzte sie vorsichtig auf die Couch, achtete darauf, dass sie bequem saß, bevor ich mich neben sie setzte.

„Es ist nicht viel", sagte ich, während ich die Wohnung überblickte.

„Aber es ist besser als vorher."

Ihr Blick wanderte langsam durch den Raum, und ich sah, wie sich ihre Schultern entspannten.

„Es ist perfekt", sagte sie leise, ihre Augen trafen meine.

„Danke, Damian."

Ich zuckte mit den Schultern, versuchte, ihre Worte abzutun, doch sie legte ihre Hand auf meine.

„Ich meine es ernst", sagte sie, ihre Stimme war fest.

„Danke, dass du da bist."

Ich erwiderte ihren Blick, und für einen Moment war die Welt still. Es war ein neues Kapitel, für sie, für mich – für uns. Und ich wusste, dass ich alles tun würde, um sicherzustellen, dass sie nie wieder in Gefahr geriet.

Ende.

Danksagung

Ja, wo fange ich an.
Niemals hätte ich gedacht, dass ich irgendwann mein
eigens Buch in den Händen halten würde.
Tadaaa, da ist es nun.
Ich habe lange überlegt, ob diese Seiten überhaupt
anklang finden würden. Und irgendwann dachte ich mir..
"Why not". Und selbst wenn nur fünf Leute, dieses Buch
lesen werden, dann haben es eben fünf Leute gelesen,
was mich sehr freut.
Also, wenn du einer dieser Fünf bist. DANKE! Du
machst mich sehr glücklich.

Ein großer Dank geht natürlich an meine Schwester.
Schwesterherz. Danke für alles. Danke das du mich
immer unterstützt, selbst bei meinem dümmsten Ideen.
Danke das ich mich immer mit dir streiten kann und im
nächsten Moment wieder mit dir lachen kann.
Ich liebe Dich mehr, als ich in Worte fassen könnte. Du
bist meine Schwester, meine beste Freundin. Du bist
Alles.

Natürlich möchte ich auch meinem besten Freund
Hannes danken.
Du warst von der ersten Sekunde an in meinem
"Shadows-Fieber" gefangen, hast mich ermutigt,
angefeuert, mir immer wieder in den Arsch getreten.
Dafür auch dir ein riesiges Dankeschön. Ohne dich wäre

ich wahrscheinlich nie diesen Schritt gegangen.

Jenny... Meine Hexe. Auch du trägst einen großen Teil dazu bei, das dieses Buch veröffentlicht wurde. Auch du hast mich stehts unterstützt.
Und ja verdammt, ich schreib ja schon an "unserem" Buch weiter. Keine Sorge.
Aber als erstes stehen unsere YouTube-Channel auf dem Plan.

Ich danke euch allen sehr...
Und natürlich bin ich schon fleißig am weiter schreiben..

© 2025 Lilith Raven
Verlag: BoD · Books on Demand GmbH,
In de Tarpen 42, 22848 Norderstedt, bod@bod.de
Druck: Libri Plureos GmbH, Friedensallee 273,
22763 Hamburg
ISBN: 978-3-7693-6826-0